美人谋律

柳暗花溟/著

中

重庆出版集团 重庆出版社

目 录

第十八章　大都督府被盗案　/　1

第十九章　我娶了你呗　/　12

第二十章　狗急跳墙　/　24

第二十一章　鸡窝里飞出金凤凰　/　36

第二十二章　火树银花不夜天　/　47

第二十三章　管得？管不得？　/　59

第二十四章　本能　/　71

第二十五章　下套儿　/　83

第二十六章　我要她！　/　94

第二十七章　休妻　/　105

第二十八章　春游日　/　117

第二十九章　洛阳　/　128

第三十章　歪招　/　139

第三十一章　凶宅　/　151

第三十二章　小姐，可胜任否？　/　162

第三十三章　睚眦必报　/　173

第三十四章　找麻烦的体质　/　184

第十八章　大都督府被盗案

罗大都督单名一个立字，五十来岁的年纪。和想象中的功勋老将或者马上英雄不同，他不是身材魁梧，紫黑脸膛，而是白面美髯公，细高挑的个儿头，倒像是个儒将。年轻时，想必是"玉面银枪俏罗成"那样的人物。不过，他说起话来倒是豪迈，很有执掌一地军政的藩镇风格。

拜见的时候，春大山执军礼，春茶蘼跟着康正源执了晚辈礼。罗立连呼免礼，还叫他们赶紧坐下，威严大方中不失怜下与慈爱。

春茶蘼规规矩矩地跟在春大山身边，既不多话，更不四处乱瞄。当然，也不畏缩。罗大都督阅人无数，看在眼里，心中就暗暗点头。他虽然笑着，但身上无形的威压却在，等闲小点的官员都会有些战战兢兢，可这对父女出身低微，却落落大方，不卑不亢，果然不俗。

春茶蘼感觉到罗大都督那探究的目光，却并不在意。既然点了名要她来，肯定会好奇的嘛，好在她这种能在公堂上侃侃而谈的人，是不怕被人盯着看的。况且大厅里很暖和，她并不会觉得冷——人在温暖的环境下，也是容易放松的。

不过，她很快就又感受到了好几道目光落在她身上。女人的第六感告诉她：有几道不是善意的目光。但还有一道极为怪异的、很熟悉的，却热热地像要在她身上盯出个窟窿来。

谁呀谁呀？

"春氏娘子。"忽然，罗大都督叫了春茶蘼一声。

她赶紧从椅子上起来，低首垂目地道："民女在。"

罗大都督笑了笑："这是在家里，不用这么多礼，坐下回话。"

"是。"春茶蘼依言，后退了两步，重又坐回去，言行举止没有半分局促之处，明明是小家碧玉的打扮，却生生散发出大家闺秀也比不得的坦然气度。

"老夫听人说起过你在范阳县的事。"罗大都督语气温和地道，"真没想到，一个小姑娘却有如此胆色，心思又缜密，口齿又伶俐。特别是对我大唐律法，竟然烂熟于心，随手拈来，运用自如。真如我辈武人，手拿称手兵器的感觉啊。"

这一番话，用的全是褒义词，不过却是能从两面听的。若是怀着好意，自然是夸奖。若是换个角度，就可以理解为：一个姑娘家却心眼儿这么多，嘴巴那么利，不学学修身养性的诗词歌赋，却这般好斗。得，好词全变坏词了。

春茶蘼张了张嘴，因为自己是姑娘家，身份地位又摆在那儿，一时不知怎么回话才好。正犹豫着，就听身边的春大山恭敬地站起来道："大人可别再夸属下这女儿了。属下惭愧，她平时性子倒软和，也素喜读书，只是大病一场，在病榻上无聊，偏属下找不来其他书给她看，这才读了读律法。后来被迫为属下申冤，不得不抛头露面，说起来都是属下的过错，累及女儿。"

老爹这话说得好啊，活脱脱一个坚贞文雅的少女形象，而且是至孝的，这就新鲜出炉了。

"这怎么是你的错？"罗大都督的语气仍然温和，"天有其才，必逢其时罢了。"

春大山一怔。

这话，连他也不好回了，难道说自己女儿是蠢材？他倒是想示弱装傻，可本来自己就为女儿骄傲得很，怎么也说不出口。

好在罗大都督转头和康正源聊了起来，他才重新又坐下。

春茶蘼借机略抬了下眼睛，飞快地观察了一下环境。这是一处方正的小花厅，设在大都督府的跨院里，面积不大，但布置得很雅致大方，既有武将之家的简洁利落感，又有着深郁的文化气息。此时厅内就四个人，仆从们上了茶就都下去了。四人分别是罗大都督、康正源、她爹和她。

她本想稍看一下就收回目光，可当她看到花厅侧面的一座红木彩雕大屏风时，不禁吓了一跳。因为除了看到两道俏丽身影缓缓从屏风后面绕出来，她还看到了一个想不到的人，韩无畏！

韩无畏正笑嘻嘻地看向她，两人目光一对，立即像把她钉死在原位似的。明明刚才进厅的时候没有他，他什么时候出来的？看来花厅侧面大约还有一个通道，所以以屏风遮挡。这几个人应该躲在那儿偷看很久了，怪不得她感觉到好几道怪异目光落在她身上。

哈，大都督家好严格的家教！虽说大唐的礼教不太严格，但主人在这边说话，那边就有人偷瞄，然后还不经通报就闯了进来，也真够瞧的了。

再看明目张胆走出来的两个姑娘，十五六岁的年纪，竟然是双生女，不仅长得一模一样，穿的也一模一样。同样的明眸皓齿、高挑丰满，同样的对襟宽袖、表面闪光的孔雀罗衫裙，朱红色瑞锦帔子，同样梳着华丽的双刀半翻髻，对称插着金四蝶，蝶上垂着翠玉珠。

真是美丽……"冻"人。

"爹。"两人走到罗大都督面前，屈膝行礼。然后又转向康正源，笑着见礼道："康大哥。"

原来是罗大都督的女儿，康正源和韩无畏的青梅竹马啊。哥哥妹妹的，听起来就很亲热，还很有故事的样子。

"你们怎么出来了？客人还在，多没规矩。"罗大都督斥责道，但语气里没有半点责怪的意思，反而很宠溺的感觉。

来幽州城之前，春茶蘼是做过功课的。这位罗立大都督，战功多多，老婆也多多。只是他两个儿子全是嫡子，目前在京城任职。他正妻亡故多年，身边侍妾一大堆，却也只得了两个女儿。虽然是一个妾生的，却因为是双生，又是中年得女，所以宠爱非常。一个叫罗语琴，一个叫罗语兰，看来就是眼前这二位吧。

康正源站起来还了一礼："两位妹妹好。我来时，我母亲还念叨你们来着，何时回京啊？"

他起身了，春大山和春荼蘼就不能坐着。春荼蘼没心情听他们寒暄，只感觉心中一阵阵厌烦。她宁愿和底层士兵坐在小酒馆里，吃涮肉、啃毕罗，没大没小地吆喝着，也胜于坐在这豪华的大都督府里，连喘口气儿也不自由。

"陪我爹过了年就回。"不知是罗语琴还是罗语兰的姑娘说。

"若康大哥年前赶不回去，不如就在幽州城过年吧。"另一个说，"正好年后一起走，还能做个伴儿呢。"

"看情况。"康正源微笑着，端的是谦谦君子，温润如玉。那神情，标准之极，多一分则多，少一分则少，玩的就是一个刚刚好。特别亲切友爱，又隐隐拒人于千里之外，就像天空的白云似的，看得见，但摸不着。

而随后，一片乌云飘了过来，笑道："那可不行啊，他回不了京，就要回我那儿。好歹我们是嫡亲的姑表亲兄弟，砸断骨头还连着筋呢。"

韩无畏仍然是黑色的普通士兵服，同色的抹额，帅气逼人。只是他说完这话，突然转向了春荼蘼，咧开嘴，露出白闪闪的牙齿道："荼蘼，这一路可好？"

春荼蘼怔住。

韩无畏直接叫她的名字，显得两人仿佛很亲近。不仅春大山皱眉，其他人也都露出了些异色。偏此时她不能发作，只得皮笑肉不笑地道："托韩大人的福，见到了我外祖父，一路跟在康大人的人马后面，倒是安全得很。"

大家早商量过，对外，就说她是去辽东郡的外祖家。康正源还特地在那里多留了两天，放她出去玩玩，以方便圆谎。虽然有心人一查就能查出来，但毕竟这也只是糊弄普通人的。而她语气疏离，有意把和韩无畏的关系拉远。就算衬得韩无畏太轻浮了也没办法，谁让他先挑衅的。

哪想到韩无畏只是挑了挑眉头，无所谓地笑笑。

春大山赶紧借这个空，对两个姑娘略施一礼道："见过两位小姐。"

春荼蘼没办法，也屈了膝。见罗语琴和罗语兰坦然受了春大山的礼，她心中一阵暗恼。虽说她们是罗大都督的女儿，虽说她爹只是个小小武官，但她们先是这么直接闯出来，后来又这么大刺刺的，实在没家教得很。果然慈母多败儿，慈父显然也一样。大唐女子本就张扬，这两个显然是被宠得不像话的。

"这位就是那有名的女状师？"双生之一好奇地问道。一双大眼睛里满是天真，就是透着一点假。而这种假，只有同是女人的春荼蘼才看得出来。

"回小姐，我女儿不是状师。"春大山抢过话来，"是我这个父亲无能，她上公堂，是为父申冤。"

春大山一直强调这个，是因为女子上公堂为讼是毁名声的，但代父申冤却是大孝之行。他努力想扭转别人对女儿的印象，可他越是这样，春荼蘼就越心疼，对找茬的人就生出怒意来。

"春姑娘，您是怎么辩的？我连跟人吵嘴也不成呢。"双生之二特别佩服地说，只是这话也有点假，当然春荼蘼也听得出来。

敌意！强烈的敌意。不用说，她也明白是为了什么。只是这二位是不是没脑子啊，罗大都督自然是国家重臣，可她们两个是庶出，也敢妄想韩世子和康巡狱？

不期然间，她抬头看了一眼韩无畏，见后者笑容消失，眉头皱紧，显然不知道罗氏双姝会说出这番话来。而康正源却向她轻轻摇了摇头，表示让她不要生气。

一边的罗大都督看到这些暗潮涌动，不禁叹了口气，心中情绪复杂。

他虽是武勋，却是以智计著称。他明白自家女儿的小心思，也明白可能性不大。但人之爱子女，其实都是不理智的，总想着若年轻人自个儿愿意，总有余地。于是明知此举不聪明，却还是愚蠢地做了，但看目前的光景……

"时候不早了，摆饭吧？"他状似询问韩无畏和康正源，正好把话头截住。

一顿饭，因为摆明了是家宴，唐朝礼法又不太讲究，干脆就围坐在一起，不论尊卑，只讲辈分坐。菜色，自然也是春荼蘼有生以来吃过的最好的东西，可她却味同嚼蜡。

人哪，吃饭就得舒心。她看着父亲强颜欢笑，心里就不痛快。其实除了在公堂上，她这个人还是很随和的，但家人是她的逆鳞。

康正源和韩无畏都看出她不高兴，虽然她脸上一直挂着温顺的笑容，但他们两个就是感觉得出来。看惯了她在公堂咄咄逼人，眼下见她诸般忍耐，心里也跟着不舒服。不过他们在席上谁也没有特殊照顾她，康正源始终淡淡的，韩无畏也收敛了之前的笑容。

两人见惯京中贵女的做派，又都年纪不小且尚未定亲，自然明白罗氏双姝为什么针对春荼蘼，无非以为找到了靶子罢了。若他们摆明对她好，岂不真的拿她当挡箭牌了吗？可罗大都督在，他们和罗氏姐妹在京中又是相熟的，自然也不好直接给罗家没脸。

好在两位罗小姐毕竟不是市井村妇，餐桌礼仪还是很好的，食不言，寝不语，一顿饭除了罗大都督的劝酒，她们都没再多嘴，总算顺顺当当地吃完了。可是才上了茶点，春荼蘼正给春大山使眼色，叫父亲找借口告退时，双生之一，假天真的那位忽然说："我一直好奇，春小姐莫怪。因为我实在想象不出，弱质女流，怎么就敢上公堂那样的肮脏地方去。就算为了父亲，民间不也有状师吗？"

春荼蘼一听，火就冲上了脑门。

她冷静理智不假，但那是在公堂上，而且她不忿，本就是个人不犯我，我不犯人，人若犯我，我必犯人的脾气，还有个有理说理，说不清道理就和人死磕的个性。此时见春大山闻言愣住，似乎又想为她说话，连忙在桌子下面拉住父亲的手，做出吃惊的样子道："罗小姐怎么这么说？"演戏嘛，她擅长，心中怒极，脸上仍然很无辜。

"这话有错吗？"双生之二说。

"天下之大，莫大于公理。而公堂乃是我大唐的公堂，自天子御下，由百官管理，是最最刚正公正端正的地方，如何能说肮脏？皇上每年还要巡狱录囚，康大……哥这回更是主使，可见皇上对公堂之事的重视，两位小姐难道有不同看法？"她把大人，紧急改成大哥，又搬出大道理来，虽然明知民间对诉讼之事本就看轻，却故意拨到国家啊，天下啊，皇上的高度。

罗大都督脸色一沉，瞪了女儿一眼，只觉得平时看她们聪明伶俐，今日怎么会被衬得如此愚蠢。这春荼蘼在公堂上都能问得对方状师哑口无言，在言语上招惹她，能得了什么好去？

可是春荼蘼并没有停下，接着道："若说律法，也是皇上命人制定，正经颁布的大典。它据圣人之言行，依理法之脉络，举天下公义，灭世间阴暗，哪一条不是引人向善，哪一条不是惩凶罚恶，哪一条不是生而为人的道理？所谓没有规矩，不成方圆，律法是约束一切人类的规则，若无律法，世间该如何混乱，咱们大唐和蛮夷之地有何区别？俗话说，王子犯法与庶民同罪，可见其威信是不容置疑的，代表着天家，代表着皇上，是天下间最高贵，最神圣不可侵犯的学问和道理。两位小姐这样说，岂不是亵渎吗？还是不尊重、不服气？"这大帽子扣得极其顺手。

罗氏父女三人目瞪口呆，一时让她言语轰炸得无法反应。春大山很有扬眉吐气的感觉，而韩无畏和康正源一脸肃穆，摆出听君一席话，胜读十年书的模样来，但实际上都忍着笑，心中暗道：叫你们惹她。看，毛了吧。除非以权势或者武力硬压她，不然绝赢不了。

到底罗大都督反应快，笑着掩饰尴尬道："春小姐好见地，应该说给皇上听听。"说着，看了女儿们一眼，"你们两个也学着点，别天天盯着闺阁里的那点女流玩意儿。"

"罗大人，是小女逾矩了。"春大山连忙接下话头，心中对这个比自己不知大了多少级的大都督很有意见。

看他和边蛮还有叛军打的那几场仗，可见是个英雄人物。到幽州看到这边的布防以及兵训，也让人佩服得很，哪想到这样英明的人物却是个糊涂爹，把女儿教成这样，就像是暴发户出身，骄纵无知又霸道，连他家荼蘼的一根头发丝儿也比不了。

可是，罗大都督这话里话外不仅不恼火自己的女儿，还给他家荼蘼挖坑。什么叫说给皇上听听，还嫌荼蘼不够出名？说什么闺阁里的女流玩意儿，意思不就是说他家荼蘼不像个千金小姐，不守妇道吗？

春大山这个厚道人都听得出话音，旁人就更不用说了。于是双生之二，那个假热情就道："爹说得是，原是我们姐妹见识浅薄。我之所以好奇，是因为前几天听府里的长史说了一件很麻烦的官司，说等康大哥来了，最好能给断一断呢。"

"在家里，谈什么公事！"罗大都督拦了一句。

康正源却道："没关系，说来听听？"

双生之二立即像得了尚方宝剑似的道："就在咱们幽州城，有一个继子杀了继母。底下主管的官员判了斩刑，可百姓们上万言书，非要改判，据说负责这事的官正焦头烂额呢。若不改吧，怕引起民怨，失了民心；改，于律法又不合。这到底要怎么办呢？"说着，瞄了瞄春荼蘼。

康正源似乎懂了罗小姐的意思，大大方方看向春荼蘼，问道："春小姐，若你是这继子的状师，该当如何？"话题又转到了春荼蘼这边，罗氏二姝立即露出笑颜，认为康正源多少还是顾念她们些。

而春大山当即就来了气，认为康正源为了和罗大都督搞好关系，故意让自己女儿这么下不来台，亏了女儿一路上帮他整理了这么多案子。

　　可春荼蘼却知道，康正源明是考她，暗是让她露脸，压压这两个罗小姐的气焰。两个月的时间里，疑难案子她虽然没见多少，但像这种却是小儿科。他是信任她，完全的！

　　她眨了下眼，表示承情，嘴里却问："也要看具体情况。他杀人的目的、手段、原因、要达到的效果、有无主观造意、是主动还是被动、是临时起意还是义愤。要知道律法刑司之事，哪里是非黑即白那么简单的？"她故意卖弄，听得两位罗小姐目瞪口呆。

　　罗大都督见两个女儿越比越不堪，心下烦躁，干脆接过话来道："这事，我也听过。只说那孩子的亲娘死得早，爹就给他娶了后娘，当时他才六岁。那继母不是个贤良的，但看在男人的面子上，也好歹给这孩子吃饱穿暖，养到十六岁，还考上了秀才，算是幽州城的小才子。只是后来当爹的瘫在床上，身不能动，口不能言，继母嫌麻烦，百般虐待，又有了奸夫，被这孩子发现了，一气之下，把人杀了。本来，念在他情有可原，可判绞的。可是，继母也是母，杀母是大不孝，十大恶，老夫虽然替这孩子惋惜，可是律法如山，摆在那儿呢，又能如何？"说完，也用眼角余光看向春荼蘼，心想：你刚才不是说律法不容侵犯吗？倒看你要怎么辩说。

　　春荼蘼微微一笑，想也未想就道："回罗大人和康大人的问，我若是那小秀才的状师，辩护的方法很简单。其实刚才罗大都督已经提了，就是一个'孝'字。他那继母虐待其父，又在外面有了男人……"奸夫二字，才不会从她嘴里说出来哩。虽然她不觉得这两个字能脏了自己的嘴，可是也不能落把柄于罗家人嘴上。这一家子都是争强好胜的，就算明知道自己错了，也要逮到她的小辫子，然后扳回一局。

　　可她是谁？怎么会犯这种小错？

　　果然，她看到罗家两个小姐露出遗憾的神色，倒是罗大都督，一脸正义慈祥，果然姜还是老的辣啊。

　　她深吸了一口气，继续道："他父亲娶了继母十年，对他的多般不公都容忍了下来。如今他有了功名，却偏偏要杀人，可见不合常理。那么，他这样做，就是给父亲报仇。一报，继母对父亲不仁。二报，继母对父亲不贞。大唐律法，对报仇的案子，若查明，虽然也会判刑，却是比较宽容的，至少能减一等。"

　　"还有。"她顿了片刻后又说，"这位继母的所作所为，都犯了七出之罪。鉴于那小秀才的父亲口不能言，身不能动，身为长子，他可以代父休母。想必，那父亲的意思也是如此。不信的话，可以去找人问问，他就算不能说话，还有其他方式表达。也就是说，那继母早就没有资格被称之为母，在她背叛丈夫的那一刻，她已经与这家人毫无关系。既然如此，还有什么子杀母一说吗？还涉及孝义吗？完全是普通杀伤。那这样说来，从重的情节没有，从轻的情节一大把。完全给小秀才脱罪是不可能的，但若官司打得好，变成流刑甚至徒刑，绝对可能。"

　　这一番话后，罗氏父女完全叹服了。春大山骄傲得很，韩、康二位则是很高兴。

然而，还没等罗大都督说话，外面就跑进来一个管家模样的人，慌张地大叫："不好了不好了，大都督，咱们的密库被盗了！"

"什么？"罗大都督噌地站起来，原本泰山崩于前亦不变色的脸也变色了。

其余几人均是惊诧。

春茶蘼借机拉着春大山悄悄后退，不招惹这里的麻烦事。大都督府中的管家也是见过大世面的人，若非重大的、紧急的情况，绝不会如此慌张。她答应随康正源巡狱，眼看就到了尾声，现在只想立即回家去。祖父应该在家等着他们过年呢，可不愿意节外生枝。再者，既然并非有人蒙冤，只是大都督家被盗，那就与她半点关系也没有。这样的人家，丢点财物算什么？顶多就是心疼肉疼罢了。就算再重要的东西没了，罗大都督这么大本事，也自然会想办法自己解决的。

她只希望罗大都督带人到别处去询问，或者先让他们离开。但显然这个消息太震惊了，罗大都督居然什么话也没说。只下意识地问："你说什么？"好像再听一遍，结果会不同似的。

"被盗……被盗了！密库被盗了！"那管家很害怕。但，可以理解。因为说的不是仓库，而是密库，那里面放的自然是非常重要的东西。

"别慌，说清楚，到底是怎么回事？"罗大都督不愧是领兵的人物，很快就镇定下来。

受他的感染，那管家苍白的脸上，恢复了一点血色："回大都督的话，方才巡逻的府卫来报，说演武阁有一扇窗子是开着的，很有些奇怪。属下想，从昨天一早到现在，大都督都没有去那边，照理门窗都是锁好的，即便昨夜北风凛冽，也断没有无缘无故吹开的道理。属下心知不妙，立即去看，结果发现……演武阁后面的密库被打开了……"

"丢了什么？"罗大都督本来已经坐下了，问这话时却身子前倾。虽然他努力克制着面色不变，但肢体语言还是说明，他非常紧张。

"空……空了。"那管家瑟缩了一下，低下了头。

咣啷一声，罗氏二女之一的手中茶盏掉在了地上。众人的心，也都是一沉。

空了？！是什么贼有这样大的本事，居然把密库搬空，却丝毫没被发现？这可算得上神不知鬼不觉了。这样大的手笔，会不会有内奸？

罗大都督的脸色变幻，沉默半响后突然站起来对康正源说："小康大人，大都督府出了这样的事，少不得要劳烦你跟着走一趟。你是负责刑司的官员，对贼盗之事比我这种武夫要有经验得多。你在这儿，也算不幸中之大幸。"

康正源当然无法推辞，应道："罗大都督客气了，这正是我分内之事。"

"好。"罗大都督点头，抬步就往外走。到门边时，似乎才记起有客，对韩无畏和春大山说："今天失礼了，还先请回。语琴，语兰，送客。"一旦决定，他办事说话倒是干脆利落。

罗氏二女自打出事，就一个字也说不出来，此时发愣着还没应答，韩无畏就在一边拦道："两个妹妹想必吓坏了，不如赶紧回内院去歇着，春队正和春小姐就由我来护送吧。"

这种时候，没有人还客套，各自点头去了。

走出大都督府的时候，虽然府兵和仆役丫鬟们都没有喧哗，整个府内也无混乱的声音，但从所有人都低头快步行走，特意靠着墙边，还有无数灯笼火把向西跨院那边迅速集中的情形来看，仍然显示出大事不好的样子，连空气中都似有了火药的味道。

韩无畏轻车熟路，带着春氏父女七绕八绕的，尽量走人少的地方，免得下人或者下级们看到他还要见礼。约莫半炷香后，一行三人终于从边门出府。

前脚踏出大都督府的门槛，春荼蘼后脚就深深吸了一口气。她果然不适合深宅大院，只吃了顿晚饭，她就觉得压抑非常，连呼吸都不痛快。此时，冬夜雪后的清冷空气灌入肺部，她只觉得说不出的畅快淋漓。

"对不起。"韩无畏突然压低了声音说。

春大山比春荼蘼还讨厌这个地方，已经走到前头去了，只韩无畏跟在春荼蘼身边。

春荼蘼有点发愣："对不起，为什么？"

"我没想到罗家那两个丫头如此无理。"韩无畏拧着眉，有点懊恼，"早知她们有京中贵女的坏毛病，但我还以为在罗大都督面前，多少会收敛些。不然，我绝不会带她们去偷看你的。"

"你带她们偷看？"春荼蘼拔高声音，有点火。

春大山走在前面，隐约听到女儿有生气的意思，不禁转回头来，却见韩无畏那样高大的少年人却略弓着腰，一脸讨好的样子，想了想，终究没走回去。那样，女儿也会尴尬吧？对一些不出格的事，他只当看不到好了。女儿心里比他还有成算，而且毕竟大了……

"我其实……是想炫耀……想让别人知道我认识你这样的人，而且天下间，是真有你这样的奇女子的。"韩无畏抓了抓头发。

不知他这是心里话还是假意哄人的，如果是后者，春荼蘼得说，很管用。如果是前者，那就更难得了。但无论是哪一种，她的气都瞬间消了，哼了一声道："奇女子？是想说我是奇怪的女子吧？你跟罗氏姐妹很熟吗？"说到最后一句，她有点后悔，因为有点责问的意思。她和韩无畏又没有特别亲近的关系，这样说很不适合。

可说话这个东西，永远是这样，说出来就收不回。后面越描越黑，干脆说错了也不解释。

果然韩无畏听她这样说，心情顿时大好，笑道："罗大都督常年在外征战，他的儿女们大多在京城，皇上很是看顾的。所以嘛，偶尔一起出游打猎什么的，自然就认识了，关系普通。"

春荼蘼知道大唐的贵族男女喜欢成群结队地游玩，很能理解，只是她又没问韩无畏与罗氏女的关系如何，他何必多此一举地加上一句？

于是，她话题一转，问："韩大人怎么会来罗大都督府？"

"特意接你……和小正嘛。"韩无畏一副"你不知道啊"的样子，"当然了，我给自己弄了个公务顺便做做，是关于战马的事。不然，随意离开折冲府是不行的。你们在路上时，小正随时和我通信的，我估摸着你们快到了，三天前就过来了。"

"就住大都督府里？"春荼蘼停下脚步，目光闪闪地问。

韩无畏以为她是介意他与罗家太熟，心里莫名其妙地有些高兴，笑道："怎么样？本都尉聪明吧？才来了三天，而且大部分时间和罗大都督在书房讨论兵事，还有整个幽州的兵力分布和防御情况，只略略参观了一下整个大都督府，可是却把路径都记住了，刚才黑灯瞎火的也半点没走错，算得上过目不忘呀。哈哈。"

春荼蘼暗中翻个白眼，谁问他这个了？她是想知道，他在这里三天，难道对密库被盗一事没有任何发觉吗？那是密库，可刚才那管家说什么演武阁，说明密库的入口就在演武阁中，这样的地方出了状况，前面要想不露出一点马脚和端倪几乎是不可能的。

不过算了，跟她又没关系。

见春荼蘼没有夸奖的意思，韩无畏的厚脸皮也有点撑不住了，赶紧说起别的："荼蘼，你刚在宴席上给罗氏二女没脸，就不怕罗大都督报复，在春家脱籍一事上阻挠吗？他在兵部的人面儿很广啊。"

春荼蘼站下，扬着下巴，冷笑道："我不怕。春家想脱军籍，就是为了尊严，不想再低人一等，不想为国家抛头颅、洒热血，到头来却连良民也比不上。可刚才，如果我不反击，我春家的尊严当场就丢了，脱籍还有什么意义？说句不怕你要恼的话，我没觉得谁比谁高贵，谁比谁低贱，贵如龙子龙孙的你，低贱如军奴，在为人的尊严上，是一样的。我先前有本事让韩大人和康大人答应帮忙，这次机会若是丢了，以后也一定能再想到新办法。但是，我若低头任人侮辱，我爹和我祖父也会抬不起头。我春家只有站着死的人，绝没有跪着生的，就算我是女子，也一样！"

这一番话，铿锵有力，掷地有声，听得韩无畏目瞪口呆，又心血沸腾。这个姑娘，就是与众不同，其气度，与他见过最高贵的女子也不相上下。

而此时，银色的月华照在她柔美的小脸上，仿佛给她镀上一层光辉，竟然有一种惊心动魄的美丽。

"你放心，我一定会帮你的。"韩无畏冲口而出，听起来很像承诺。

春荼蘼没接话，只笑笑，因为她不知道说什么，也没有必要说。所谓大恩不言谢，很多伤筋动骨的大事，彼此心里记着就行。日子还长久，有的是机会报答。

看着春大山不远处的背影，春荼蘼紧走几步赶上去。韩无畏愣了愣，也追了上去。两人都没注意，附近的高墙上有黑影一闪，又隐没在黑暗中。

韩无畏看到春荼蘼身上的皮袍子，认出是小正心喜的那件，虽然颜色不光鲜，可皮料却是进贡来的，非常难得。只是，怎么改小了？

他心头一动，却没说破，只问："大都督府密库被盗一事，你就没点看法？"

"我只是帮康大人录囚，查看有无冤狱和淹狱，若有需要我做的，应该在府衙里。大都督府什么的，与我无关。"春荼蘼耸耸肩。

其实她知道，大都督这个官职的前身是节度使，虽然没有明确的行政区域划分，类似于封王封地的，但权力非常大。不仅一地的军政归其全权负责，连民政也一把抓，有自己的衙署和官厅，有自己的典狱、执刀、问事和白直。此案别说是发生在大都督府里的,就算是幽州地界的任何一个地方,罗大都督都有权插手。

"若以旁观者的角度,你觉得有无疑点?"韩无畏紧跟着问。

春茶蘩暗叹一口气,因为知道康正源搅进这事了,韩无畏是想帮助表弟吧。

"我不了解内情,不方便给意见。"她想了想道,"但是,有点小小的猜测。第一,密库那种地方,不是外人能轻易得知的吧?就算能探得地点和方位,也很难在不被人发觉的情况下打开。所以此案若没有内鬼,至少也得准备好久。第二,密库被搬空了,那得多大的力量和人手才做得到?大都督府有府卫,定期巡视,一个丫头小厮出去办点事儿,都会有记录,或者是痕迹,这么多东西怎么会凭空消失?第三,偷东西之后,不要销赃吗?不要藏匿吗?那也是大工程啊。"

说到这儿,春茶蘩脑海里闪过一道亮光,似乎与这案件有关,可惜没有抓住,反而想起一个可怕的问题,不禁惊呼道:"过儿呢?过儿呢?"

她这一嚷嚷,春大山也吓一跳。

过儿跟着来了大都督府,但吃饭的时候,因为没用下人侍候,就请到另一处吃饭去了。刚才事情急,大家赶着出府,居然把她给忘记了。

"过儿还在府里,快,得去把她找回来。兵荒马乱的,万一她看到不该看的,听到不该听的,或者被误会了,麻烦就大了。"春茶蘩急得跺脚。她就怕过儿慌神,又找不见她,乱闯到不该去的地方。

"在这儿等着,我去去就来。"韩无畏果断地说,转身就消失在夜色中。

春茶蘩双眼发涩,自责得不行。春大山握着她的肩膀,也不知如何安慰,心里也是自责万分。女儿毕竟还小,遇事慌乱是可能的,他一个大男人,居然也急着走,把人给丢了一个。

好在片刻后,韩无畏就带着过儿回来了。

春茶蘩立即上前,眼泪都掉下来了,拉着过儿的手,一个劲儿地道歉:"过儿对不起,你原谅我吧。我刚才跟人生了点气,又不想被搅和进那个烂事里,一直以为你跟着我的,结果把你给忘了。对不起对不起……"

过儿见春茶蘩这样,反倒紧张了,连忙劝道:"又不怪小姐,是奴婢不够机灵嘛。一时嘴馋,没留意外面的动静。"这小丫头有点羞赧。

春茶蘩见她平安无事,吊着的心才放下来,随后又奇怪:"怎么这么快就出来了,从哪儿找到她的?"这一句,是问韩无畏的。

"就是咱们出来的边门。"韩无畏也纳闷,"我去的时候,看过儿站在门口,很迷糊的样子。"

春茶蘩疑惑地看向过儿,哪想到过儿同样疑惑:"奴婢也不知道怎么回事。当时,一起吃饭的还有罗府的丫头,是罗大小姐和罗二小姐身边得用的人。她们一边吃,一边跟奴婢打听小姐的事。奴婢想小姐总是说:无事献殷勤,非奸即盗。又想咱们很快就回家了,跟这种高门大户的八竿子都打不到,就随便敷衍了几句。后来,又进来一个小丫鬟,说罗小姐叫她们快回去,她们就慌慌张张地走了。奴婢越想越不对劲儿,就到院子里看看,突然发现一个人也不见了,可吓死奴婢了。"

"你自己跑到边门那儿去的？"春荼蘼急问。

"没有啊。"过儿仍然茫然，随后就露出很害怕的神情，"小姐，罗府会不会藏着有神通的大仙啊？"她说的大仙，是指狐仙或者鬼魂什么的，是一种因为畏惧而生的尊称。

"为什么这样说？"春大山插了句嘴，眼神凝重。

他毕竟对鬼神之说是打心眼儿里相信的，因而就有一种莫名的敬畏。春荼蘼虽不信，却也想知道发生了什么。

"当时奴婢在院子里，正想要不要去找小姐。"过儿哆嗦了下，似乎有点害怕，"可是觉得脑子一晕。再清醒过来时，就已经站到边门的门口了。"

有人帮忙，春荼蘼立即想。有可能是和盗窃案有关的。但不管这个人是谁，至少对她没有敌意。思虑中，她瞄了一眼韩无畏，见他也是眉头微蹙，似乎跟她想到一处去了。

"快走吧。大都督府这事，咱们人小力薄，管不了，就别添乱了。"春大山望了一眼不远处的豪宅，叹口气，转头走了。

韩无畏默默送他们回到住处，路上一句话也没说，一直低头想着什么。

春荼蘼既然不挂心大都督府的事，自然一夜好眠。哪想到第二天清晨，一家三口才到那处宅院的饭厅吃早饭，就见康正源端坐在那儿，眼底下泛起淡淡的青色，显然是整夜没睡的。

她热情地道了早安，却什么也不问，更是当着康正源的面儿给春大山和过儿使眼色，怕自家老爹和丫头嘴欠，客气之下问起昨晚的事。那时一问一答，就不好甩开手了。他们春家的人都脸皮薄，凡事总不好意思拒绝，或者给人没脸，于是不断吃暗亏，就她一个皮厚的，不得不做恶人。

康正源是多么聪明剔透的人，自然理解了春荼蘼的意思，当下暗暗苦笑。本是想让她帮忙的，但考虑到昨晚席间的事，又知道她不乐意，到底没有强求。

一桌人默默地吃早饭。其间，康正源心里有事，用得很少，当春荼蘼才吃一半时，就已经停了碗筷，又想了想，才对春荼蘼说："这几天我怕是很忙的，关于幽州城的刑司之事，我会派人把最近的案件卷宗送过来，麻烦你帮我看看。"

春荼蘼没料到康正源突然说话，愕然抬头，就见他满脸疲惫，心中一时不忍，话到嘴边才硬生生咽下去道："康大人放心。力所能及的事，荼蘼不会推辞，也会尽力办好的。"她这话已经说得很明白了。

虽然她是因为罗大都督及其两个女儿的行为，而不愿意管这件盗窃案，但实际上，她也管不到。她是状师，不是捕快。虽然在辩护中，为了支持己方的观点，她承担了侦探的职责，毕竟不是专业的。

康正源点点头道："我明白，只是有劳你了。"想了想，又说，"韩大人让我带个话，本来这幽州城的城里城外，颇有几处地方，冬日正是好景致。他提早来，就是想带你和春队正四处游玩一番。可惜，罗大都督托他帮忙，将幽州城戒严，许进不许出，他不得空，来不了了。"

春荼蘼一凛,听出了这话的隐含意思。

看起来,那个盗窃案闹大了,罗大都督震怒,这是要全城搜捕啊。这样,康正源的压力也很大吧。他不来还好,来了幽州城,却正好出了这种事,若抓不到真凶,在皇上那儿只怕也无法交代吧?若说,他还真是倒霉。那会不会是,盗贼故意挑这个时候作案呢?而无论如何,这是康正源警告他们,无事不要出去乱走。

"康大人放心吧。"犹豫了一下,她还是说。

早饭后不久,一位本县的典狱送来了刑司卷宗。春荼蘼压下心中的内疚,立即就忙碌了起来。不看不知道,一看才发现幽州城治理得极好,恶性案件相当少,最惹人眼球的,就是那起小秀才仇杀继母案。

春荼蘼细细审阅案件的细节,又找出一大堆有利于这个小秀才的证据,一条一条地另录在一张纸上。她的字实在见不得人,春大山左右无事,干脆给她当助手。这个案子,原被告双方都没有状师,只是判官在判决上找不出合理的说词,春荼蘼这一插手,那小秀才必能活命,至多是流刑。而大唐对复仇的案子一向宽容,民间甚至还很赞颂,虽然春荼蘼不赞成这样,可这小秀才到了流放之地,当地官员若想拿他的孝字作文章,他未必会过得辛苦。

她业务熟练,在刑司之事上又见识广博,所以尽管十分仔细,到天擦黑时,也全部做完了。这时,康正源却还没回来。春大山略出外打听了下,说现在幽州城内人心惶惶。大概罗大都督知道捂不住,干脆公布了所丢的财物数目。除了他多年搜罗的名人字画、古董玉器外,最重要的是两大箱御赐的珍宝。

御赐的,倒卖都是犯法,这是警告有些做黑市的商人不要收吧?到底这么多的财物被偷出后,必须要销赃,总积在自己手里,早晚会被抓到。罗大都督这样做,就是要逼盗贼到死角。

一时之间,幽州城内风声鹤唳。大年下的,人心惶惶。

第十九章　我要了你呗

这样的日子足足过了三天,城里的气氛非但没有好转,反而更紧张了,就像是有兵乱的时节。本应该家家户户置办年货的,街上却连行人都少有。这样一来,那些就靠年节卖点农副产品来贴补一年家用的穷苦人家,日子就难过了。

春大山军户出身,虽然后来他升了武官,因军府事多,又因春青阳又有衙门的差事，家里的田地归春家大房和二房种，他只象征性地收点米粮，但他深知底层农民的艰辛，心情就变得十分沉重。

而康正源照例早出晚归，忙碌异常，韩无畏更是连人影也不见。康正源身子本就不好，这么劳累，一下就病倒了，春荼蘼去探病时，见他眼眶深陷，嘴上却起了一圈火泡，可见又是辛苦，又是焦急。

春荼蘼瞬间内疚了，虽然知道自己出手也不一定怎样，但就这么袖手旁观，感觉特别不仗义。若康正源开口倒好，偏他咬着牙，也没有把她拉下水，这就更让她觉得自己不厚道。

"案子怎么样？"春荼蘼挣扎半天，终于开口问。同时，亲手给康正源倒上一杯茶。

此时，康正源斜倚在榻上，本想起来，但实在太疲乏了，也顾不得礼节，就坐着没动，只伸手接过茶盏，苦笑道："仍然没有头绪。"

春荼蘼暗暗又咬了一回牙，才问："细节……可以给我说说吗？"

康正源有些惊讶，因为知道她是很排斥这件案子的。想了想，就半开玩笑地说："怎么又肯帮忙了？难不成是为了我吗？"

春荼蘼很认真地点点头："康大人于我春家有恩，你不用反驳，给了机会就是恩情。照理来说，我不该挑拣，毕竟这趟巡狱之行还没有结束，本就是我分内的事。所以，请康大人原谅我的任性吧。再者，我爹心疼快过年的百姓没好日子过，这两天对着我长吁短叹，实在逼得我没办法了。"

前半句，她是公事公办的语气，康正源还有些局促，但后半句，却是小姑娘抱怨父亲的口吻，又说得直率，康正源的心一下子就放下来了，笑道："春队正是个好人。"

"他是好人，可却让我做好做歹。"春荼蘼嘟了嘴，但很快就转到正题上道，"真的什么也没查到吗？韩大人那边呢？"

康正源摇了摇头："这件事做得太干净，我们怀疑有内应。但大都督府里查来查去，闹到人仰马翻，却也没查出有用的东西来。你可知道，那密库在何处？"

"不是在演武阁里吗？还是不能说的地方？"春荼蘼眨了眨眼。

康正源疲惫地笑笑："此案一出，罗大都督就知道密库的事是瞒不住的，毕竟要查案，人来人往，怎么可能再保密？再说那密库已经空了，他之后再从别处建起来就是，所以这已经不是秘密了。正如你所说，密库就在演武阁，在后面兵器架子上有机关，扭开后，地下就是密库。所失财物中，罗大都督自己的东西真不算什么，关键就是那两箱御赐之物，虽然听着数量不多，只有两箱，但每一件都是价值连城。据说还是当年罗大都督力抗西南的叛军，助先皇顺利登位后，先皇赏赐的，其中有好多前朝的异宝。罗大都督说，那本是准备给两个女儿做陪嫁的，现在全丢了，心疼个半死不说，也是对先皇的大不敬。"

"罗大都督在幽州经营多年，先是任节度使，后改任为大都督，所以，密库应该很少人知道才对。"春荼蘼想了想，"而且知情人，也必是心腹吧。"

康正源点头："是的，加上罗大都督自己，也不超过五个人，还都是他极信任的。而且知道机关的，只有罗大都督一人。说起来，查内应，其实查的是这几天值班的侍卫，因为那么多东西要弄出去，可不是一件小事。"
　　"这是集团作案。"
　　"什么？"
　　"我说是集团作案，意思是这起盗窃案，得有不少人同时动手才行得通。预谋、踩点、策应、运输、藏匿，而且至少要计划很久，几个月甚至一年也说不定……也许，这些人不是常驻幽州的？否则为什么这么多年都不动手？当然，也可能最近才有机会。"
　　看着春荼蘼秀气的弯眉轻轻蹙着，康正源恨不能帮她抚平。但是，她的话却真让他有一种看到光明的感觉。她脑子很灵活，往往切入点与别人不同。之前，他为什么没想到作案人可能是来幽州不久的呢？虽然这种机会只有一半，但也不失为一个突破口。
　　一个外来人不好找，若是有很多外来人，目标范围就小多了。
　　"其实，我们可以弄一个时间轴。"春荼蘼突然说。
　　而在康正源还没了解什么叫时间轴的时候，春荼蘼已到了书案那里，拿纸笔快速地写写画画，拿过来给康正源一看，却是纸上画着一条横线，横线上有几个点，上面写着日期。
　　春荼蘼指着纸上的点，给康正源解释："那天罗府的管家来报告时，非常慌张，他的话有几个要点。第一，巡逻的府卫来报，说演武阁有一扇窗子是开着的，很有些奇怪。第二，从前一天的早上到报案时，罗大都督都没有去演武阁。也就是说，之前应该没有异样。第三，平时罗大都督不去时，那里是锁着的。第四，管家去的时候发现，密库中已经空了。而且还有一点，是刚才康大人说的，就算有五个人知道密库在那里，却只有罗大都督一个人知道机关之所在。"
　　康正源听得很认真，不住点头。
　　"别的证据暂且不管，单从时间上已经表明，密库的失窃时间，应该是在报案前一天的早上到报案当时。康大人可还记得，咱们吃完饭才只有酉时中，虽然冬天的这个时候天色已晚，但大都督府里，下人们还来回走动，街上也仍有行人，一更天也不到，不可能行盗窃之事。做这种事需要夜黑风高，也就是说，密库十之八九是头一天晚上失窃的。"
　　"你说得对，这一点我也想到了。"
　　"我要说的重点是，若对方这样细密地谋划，必然是盗出东西就立即藏匿。也就是说，当第二天发现失窃时，他们有整整十二个时辰能把东西藏在事先准备好的地方。所以，这时候再戒严已经没有意义了。"
　　"你觉得，东西已经出城了吗？"康正源一下就坐直了身子。
　　"城里搜查了那么长时间，几乎要把幽州城翻个底朝天了，不是什么也没查到吗？很显然的事啊。"
　　听春荼蘼这么说，康正源立即沉思起来。假设头一天晚上盗窃成功，因为城门是关的，必须第二天白天把东西送出城，还要神不知，鬼不觉……而且这么多东西，必须要光明正大地走城门而不被人怀疑……

康正源突然眼前一亮。

幽州城南北九里，东西七里，开十门，是一座长方形的城市。但十个门中，有八座为外城的城门，即东西南北，每面城垣各开两座城门。那天他从东南门进城，遇到了出殡的队伍。那会不会是……

"荼蘼，你觉得那出殡的队伍可有问题？"急切之下，他第一次直呼春荼蘼的名字，居然十分顺溜。

春荼蘼想起当天案发时，她脑海中的闪光，其实正是这一点，于是点头道："确实值得怀疑，但还要查查其他七个城门的出入情况。"

"可是，就算那个出殡的人家有可疑，万一他们准备周详，确实有人去世，依大唐律法，官家也不能擅自开棺掘墓，否则于理法难容。他们若死咬着不同意，难道查案要暗中进行？"康正源皱眉道。

春荼蘼摇摇头："刑司之事，必须公正、透明、公开，不然如何服众？就算罗大都督暗地派人去偷挖坟墓，一来对方可以完全抵赖掉，二来，说出去也不好听。"

"那怎么办？"

"依我看……"春荼蘼露出坏坏的笑容，"不如以不能再打扰民生为名，别戒严了，把守城门的官兵全撤掉。康大人想，这件事需要耐心，不能急于破案。对方偷盗了财物，也不是为了埋在那儿不动的。风声太紧，自然藏着，风声松动，他们就会想办法取出财物，分赃。只要找好了怀疑的对象，暗中监视不就得了？话说回来，罗大都督也不是丢了这些财物就吃不上饭了，急什么呢？"

康正源怔了片刻，终于露出了笑容。

春荼蘼却说："其实也不应该一味地放松，应该外松内紧。一来，要查查发现失窃的前一天，八个外城门都有什么可疑的人物出去。二来，查查近一年来搬到城里的人。三来，还得查查到底是如何失窃的。说起来我也好奇，对方是怎么把东西偷走并运出的？"

"府内府外，都详查了无数次，真的一点痕迹也没留下。"康正源叹了声，"我倒是有些佩服那盗贼了，真不知道他们是怎么做到的。你不知道，现在大都督府里都有传言，说是大仙作法，把财物直接运走了。就连罗大都督都有些相信了，不然如何解释这样的情况？那两位罗小姐，正张罗着要请天师作法呢。"

春荼蘼心中一动，突然想到一个可能。

"康大人。"她忽然的笑，在康正源看来，就像拨云见日般的美丽。

"有想法？"他微笑着问，从心底对这个小姑娘叹服。还有欣赏，还有……心跳。

"人吧，思维有惯性。"春荼蘼解释，"所谓惯性，就是习惯。这样的事，往往是一叶障目，也算是灯下黑的道理。这件案子因为是盗窃，所以自然就想到往外运东西，怎么就不往内想想呢？"

"什么意思？往内想？"康正源突然有些兴奋，好像有什么东西要抓住了。

春荼蘼凑过去，和康正源低语几声，核心就是：挖地道。

如果那密库没有用巨大的岩石或者铁板来垫底或者做四壁，就自然能让人从外面挖进来。而罗大都督虽然经营幽州十数年，这座大都督府却是官造，在他之前住过几任地方官。他接手后，从未大兴土木，所以偷偷挖个密库是可能的，却不会太坚固。

康正源听了春荼蘼的话，也顾不得还在病中，大声叫人进来，帮他更衣，要立即去找罗大都督。可又想起什么似的道："如果赃物已经出城，有没有可能直接运走了呢？"

"可能性不大。"春荼蘼摇摇头，"那么些珍宝要一次性运走，一来不利于逃跑，二来太引人注目，三还要提防罗大都督发现失窃后立即追来。从他们之前的行事风格来看，我猜，他们必定先稳住，等避过风头再行动。不然也不用伪装，直接坐地分赃，之后分道扬镳就可以了。"

"这倒是，那样反倒容易各个击破。"康正源深以为然，"实不瞒你，罗大都督的人已经追出了方圆百里，连一点蛛丝马迹也没找到，更没有抓获一人。所以我也早就怀疑，赃物必定还在幽州城内或者城外不远处。"

"是啊，带着东西跑，说不定第二天就被追回了。"春荼蘼道，"再者，城外的道路都有哨卡，盘查严格时，根本是无法通过的。事实上，我觉得也许作案人都已经分散逃走，隐藏在附近的地方，只等风头过时，再来化整为零，携财而去。所以这个案子真的不能急，除非能找到其他证据。比如，密道什么的。"

"听消息吧。"康正源笑笑，半个谢字也没对春荼蘼说。两人相处得自在，何苦因为所谓礼节再生分？

春荼蘼也为能帮上康正源而高兴，当天晚上情绪很好，非缠着春大山学了两招拳法。另一边，康正源和罗大都督也算雷厉风行，第二天全城戒严解除，韩无畏终于可以回来了，不过他才见了春荼蘼一面就又被叫走帮忙。

接着，晚上传来消息，在密库下面发现了密道。而密道，是通向大都督府后街的一家药铺子里的。按照这条线索，大都督府立即抓到了药铺的主人。

金一，二十三岁，有秀才的功名，一边行医为生，一边读书，准备继续参加科举考试。他是本地人，土生土长。父母早亡，跟祖父相依为命长大。祖父金有德，也是名乡间医生，今年五十九岁，没能等得及六十大寿，因病去世。

康正源还告诉春荼蘼，那金一就是他们进城当天遇到的出殡队伍的主家。

春荼蘼仔细回忆了下，似乎没什么特别深刻的印象，只记得大约是个长得挺面善的、个子中等，略有些胖的小伙子。

"他招了吗？同伙呢？"春荼蘼问。

"他不肯招，一直喊冤。"康正源皱眉，"只说为了贴补家用，把他家的东院租给了来做生意的几个胡人，不知道那个密道是怎么来的。"

"密道确实在他家东院吗？"

"确实。"康正源点头，"他家办丧事也是真的，他的祖父因病去世，停灵数天后发的丧。"

春荼蘼又回忆了下，记起那天的送葬队伍中确实有胡人，十个上下的样子。她把这个情况和康正源一说，康正源就道："已经审问过他，他说那些胡人帮着送葬后，就退了房子，说是要回乡过年了。"

"过年？倒没听说过胡人也过咱大唐的年。"春荼蘼立即找出这话的漏洞，眉头皱紧，"如果他所说属实，那些胡人才是真正的盗贼，那么，咱们之前的推测是对的。盗贼提前做了一年的周密准备，得手后先四散藏匿，要等风声过了，再取出珍宝分赃。"而且，胡人是大唐人对外族的通称，具体是什么民族，其中也是有很大区别的。

还有，这些胡人怎么知道罗大都督有两大箱的财宝，而且带到了幽州呢？又怎么知道，珍宝在密库里呢？

"问题的关键是，金一不肯招，我们就没办法打开坟墓，取回贼赃。"康正源敲了敲自己的额头，"事情闹这么大，弄不好长安都得到了消息，罗大都督就不敢冒险去赌。因为，若打开棺材，里面是赃物还好说，万一是死人，面子里子就都丢了。"

说的倒是。春荼蘼也有点犯愁。虽然有密道，但谁也不能保证棺材里装的是什么。金有德的死是真实的，这年代的邻里间都很热情，谁家有事都会帮手，大家互相照应。在这种情况下若要作假弄出个诈死什么的，是很难瞒得过的。万一打开棺材，发现是一具腐烂的尸体，这不仅是丢脸的问题，还可能惹来大麻烦。要知道在京中，那么多双眼睛看着呢。

而康正源此时正在幽州的地界，开始时或许是助力，现在倒成了掣肘，罗大都督不敢随意行事。若真有什么违法的，康正源也没办法掩盖。

"那就这么陷入僵局了吗？"春荼蘼问。

"罗大都督明天要亲审，想必会有结果了吧？"康正源的眼睛里闪过一丝烦忧，"疑犯找到了，密道也有，却缺乏直接的物证和犯人的口供。而那个金一看起来为人温厚，哪想到嘴却硬，到时候我只怕他要受皮肉之苦。"

春荼蘼心里一凛。

这个时候刑讯逼供是合法的手段，判官们常说一句话：不动大刑，谅你不招。来人哪……大刑侍候！

所以，刑司案件屈打成招的人很多，这也是皇上要每年录囚的原因。

但是，罗大都督相当于被逼到了绝路上了吧？他一定会想方设法撬开金一的嘴。首先，那些盗贼太绝，令罗大都督不得不大张旗鼓地搜捕。然后事情闹大又一无所获，无法收场。现在，好不容易抓到了突破口，那是无论如何也要冲过去的。甚至，都不需要金一招供，只要他点头答应开棺验"货"就成。

只是金一会答应吗？应该不会。假如他真是被冤枉的，出城门那天，为了死者的吉期，他敢和守城的官兵及巡狱史大人作对，应该是个至孝的人。那么，难不成真得上大刑？虽然这手段合法，可康正源真能眼睁睁地看着吗？罗大都督真能不管不顾？

答案在第二天揭晓了：金一，手无缚鸡之力的秀才，长得白白胖胖像个包子，人都说脾气好得很，却真的熬住了刑罚，就是不肯吐口，让官府开他祖父的棺。

第三天仍然如此。

然后是第四天……

春荼蘼不断地听到消息，心尖上麻麻的。虽然她知道跟自己没关系，可寻找密道的主意是她出的。如果金一真是被冤枉的，她感觉自己好像助纣为虐似的。但之前，她哪知道罗大都督会蛮干？最可气的是，康正源在第二天就病倒了，不是装的，是真病了，而且来势汹汹，不致命，却起不来床。春荼蘼严重怀疑是罗大都督为了不让康正源陪审，阻止他用手段，而在康正源身上做了手脚。

"有办法让这案子转到小正手里吗？"韩无畏找过来，一脸怒气地问。

他生气的对象是罗大都督，连春荼蘼都看出康正源的病有问题，韩无畏如何能看不出？这两位是天潢贵胄，一般人不敢得罪。可罗大都督是权力极大的一方藩镇，在幽州这个地方像土皇帝一样，真犯起拧来，韩无畏和康正源都没有办法越过他去。很明显，他被这个案子逼得铤而走险，甚至不惜得罪韩、康二人，已经有些疯狂了。

反正，过了这个难关后再努力赔罪，也有转圜的余地。平时面儿上不显，一做起事来，罗大都督就显出战场上武夫的狠劲儿和壮士断腕般的激烈。

但春荼蘼隐约觉得，这不太可能只是因为那两大箱珠宝吧？就算再价值连城，就算财帛再动人心，姓罗的也不是没见过世面的人，犯不着做这么多浑事。以韩无畏的脾气来讲，极可能和他发生过冲突，他却仍然我行我素，难道那箱子中还有什么要命的东西？

"正常情况下，没办法。"春荼蘼想了想，"非正常情况，有办法。"

"告诉我要怎么做？"韩无畏的脸色严肃凌厉，显然是真生气了。认识他这么久，春荼蘼第一次看到他真正生气的模样。虽然，人还是很好看，却也有点吓人。

"那麻烦韩大人带我去趟大牢，我得见见金一。"春荼蘼看着韩无畏，"做得到吗？"

韩无畏一笑，黑宝石般的眼瞳闪闪生辉："那金一是不允许任何人探视的，但我韩无畏要做的事，没人挡得住。等着吧。"说完，转身大步离开。

春荼蘼愕然。

等着吧！什么意思？他马上就去想办法让她见见金一？他能怎么做？据春大山所言，他将来是要接任罗立，担任幽州大都督的，此时和老罗闹翻似乎不大好，毕竟顺利交接是压倒一切的必要。之前，他也好，康正源也好，表现得和罗大都督非常亲厚。可是，大都督府的密库失窃，似乎瞬间就打破了表面上的友好平静，花团锦簇，很多最深层的利益和纠葛立即浮上了水面。这其中的秘密她不知道，可罗立为了尽快破案，能找回失去的财宝，或者比财宝更重要的东西，不惜用阴私的手段让康正源病倒，而韩无畏的军职比罗大都督低不少，又不是在自己折冲府的地盘，如今却要以下犯上，为自个儿的表弟撑腰。

在这种条件下，罗立和韩无畏、康正源二人算是心照不宣地撕破了脸，罗立也会谨防着他们二人，那韩无畏如何能带她去见那么重要的人犯？

说起来，罗大都督真是流年不利，丢了东西就算了，偏偏身边的好事都变成了坏事。

迎接康正源，是为了借康正源嘴，向皇上禀明幽州在他的治理下有多么稳定。可没想到出了巨盗之案，碍着皇差的面儿，他一手遮天的土皇帝做派不能施展，手段用得谨慎小心。不然他直接掀起腥风血雨，也未必不能在第一时间追回赃物。可到头来，还是得罪了大理寺丞大人。

　　请来韩无畏，是为了和京中勋贵兼下任大都督搞好关系，也算是为了给那些不能随他离任的老部下铺人情路子。何况，他那两个女儿还恨不得瓜分了这两位年轻权贵。而请韩无畏帮忙带兵搜寻贼盗，也是无奈之举。可惜请神容易送神难，韩无畏已经无法被轻易打发走了。

　　他做梦也没想到，两个他极力要拉拢的人，现在却成了两颗钉子，揳在他前进的路上。

　　不过春荼蘼对罗大都督这种人并不同情。她想了一整天，也想不出韩无畏要如何带她去大牢。罗大都督对康正源下手了，自然绝不会让任何人接近与本案有关的人和事。那韩无畏要怎么做呢？

　　当晚三更天的时候，答案揭晓了。

　　春荼蘼这才发觉，她的思维也进入了一种定式，结果却被韩无畏打破了。韩无畏确实没办法带春荼蘼去大牢，却把金一这个重得不得了的重犯带到了她面前。

　　这么晚了，春荼蘼自然已经睡下了，只是不太安稳。所以，当房间里进了人，她立即就惊醒了，猛然坐起。好在尖叫声还没出口，韩无畏已经轻声道，"是我。"

　　"你吓死我了。"春荼蘼有点生气，"转过身去！"

　　春荼蘼住的地方是一个小巧的偏院，离康正源下榻的正院不远。院子中有一正两偏三个房间，春大山心疼女儿，硬逼着春荼蘼住的正房，他和过儿分别住在左右的偏房。

　　夜已深，房间内没有点灯，不管韩无畏为何而来，春荼蘼叫他转身，是想要套上衣服。

　　"不用。"

　　"不用？什么叫不用！"春荼蘼怒了。

　　难道，要她当着他的面穿衣服，他把她当成什么人了？

　　"小声点儿。"韩无畏的语气中似乎有些笑意，但伴随着一阵窸窸窣窣的声音，房间内已经亮起灯火。

　　春荼蘼吓了一跳，连忙裹紧被子，能视物时发现，她床前五六尺处的地上，坐着两个男人。

　　一个背对着她，看那矫健的身姿，那宽肩窄腰，就知道是姓韩的混蛋。他这是摆明他非礼勿视，虽然他大半夜闯进姑娘家的卧房，行为已经等同于淫贼了。而正对着她坐的人，身上套着个麻袋，只头部露了出来。不过他也看不到春荼蘼，因为他眼睛上蒙着块厚实的黑布。

　　至于说他长什么样……已经完全看不出来了，反正猪头什么样，他就是什么样，而且是掉进染缸的猪头，青青紫紫，伤口遍布。可以想象，脸上如此，身上如何了。

春茶蘼看清此人，不禁倒吸了一口凉气，立即就知道了这个人的身份。

有句话叫，山不到我面前来，我就到山前去。同理，她进不了大牢，韩无畏就把人弄到她的住处。看韩无畏的装束，不是平时爱穿的军装，而是夜行衣！他居然不顾身份，直闯到大牢里。可是，他既然能爬墙头，能偷入闺房，还有什么做不出来！

贵族子弟，尤其他这种等级的，尽管有时会行事胡闹，但总体上是很讲规矩的，但像韩无畏这样说好听点叫潇洒不羁，不好听叫肆意妄为，完全无视行为准则和社会礼法的人，真是少见。不，是奇葩！

"我实在没办法，才出此下策。"韩无畏又道，"你要知道，不仅大牢防守严密，此地也有很多暗哨。放心，我已经把他们料理了，等他们醒后也只会怀疑，不会发现什么。你只要小声些，不让隔壁听到动静就行。我们坐在地上，也是怕灯影映上窗纸。"

"你这么细心体贴，怎么就不怕影响我的闺誉？"春茶蘼冷笑。

因为当着外人的面，不知道韩无畏是什么打算，她没有像往常一样称呼他为"韩大人"。

"没人会知道的。"韩无畏似乎有点抱歉，随后，想也没想地冲口而出，"真有妨碍……大不了我娶了你呗。"说完，自个儿倒先吓了一跳。

他没想过成亲，定亲也没有，但惦记他的人颇多，以致令他产生了厌烦心理，可是怎么……突然说出这种话！他之前好像没这么想过，怎么就顺嘴溜出来了呢？

他以为春茶蘼会局促、羞涩，甚至愤怒，哪想到她对男女感情与婚姻是光明正大的态度，此时只是嗤笑一声，冷冷地道："你有什么资格说这种话？"

她的意思是，她是不给人做妾的。侧妃什么的，其实也是妾，不过说法上好听。而且，她也绝对不允许自个儿的丈夫除她之外再有别的女人。当然了，她知道在很多人家都行不通，所以她有一辈子不嫁人的打算。韩无畏什么身份，他能娶她为妻？既然不能，当然没资格。

可韩无畏误会了，以为她是觉得他配不上她。他是天之骄子，从没被人嫌弃过，闻言只觉得纳闷、尴尬、不服气，还有种说不出的感觉，好像隐藏在心底的东西，突然摆到明面儿上了。

这种明明白白的感觉，很不错。

"我……"

"别废话了，正事要紧。"他才从喉咙中蹦出一个音节，春茶蘼就不客气地打断他，之后把声音压得低低的，对着麻袋问，"金一？"

"你是谁？"金一反问，神情和语气都很戒备。不过，他并没有大声嚷嚷，显然之前得了韩无畏的嘱咐。但他坐在那儿一动不动，说两句话都疼得脸上变色，可见伤重。

"我能帮你。"春茶蘼诚恳地道，相信金一感觉得出来。

人就是这样，封了其中一种感官，另一种感官就格外敏锐起来。

"你应该是相信我的吧？不然，你也不会忍耐着身体的剧痛，跟着跑这一趟。"

她这话有两层意思。一，金一肯在这么痛苦的情况下跟来，就是存了希望。二，韩无畏不可能放金一离开，一会儿必然还要送他回牢房。不管韩无畏是怎么把他弄出来的，但这件事的性质不是劫狱，而是提审。

"死马当成活马医。"金一笑笑，又疼得猛吸了几口凉气。

他眼睛上蒙着黑布，看不到春荼蘼。但春荼蘼是女人，又是掺和刑司官司的女人，她的身份是瞒不住金一的。知道她是谁，那么韩无畏是谁，此地又住着谁，大约不难猜出。所以韩无畏蒙上他的眼睛，并不是要隐瞒身份，只是不想让他看到春荼蘼穿着中衣，围着被子坐在床上的样子而已。

可是，春荼蘼对这个小胖子产生了点好感。

一个幽州城的小秀才、小大夫而已，却能熬下那种酷刑。而面对这样神秘的夜审，也能做到不惊不躁，平静安详，实在是很难得的。

"你觉得，我会和你说什么？"春荼蘼又问。

"只要不是让我答应开棺查验，小姐什么都可以和我说。"金一语气坚定地道，"祖父于我恩重如山，我宁愿万死，也不让任何人打扰他的安宁！"

"我佩服你至孝，但我也没想让你点头答应这件事。"春荼蘼也笑笑，"我有一招，只要你按我说的做，我就能让你摆脱罗大都督的刑讯，由巡狱史大人接手这个案子。"

"真的？"虽然被黑布蒙着，春荼蘼却似乎看到金一眼睛一亮。

"你承认一切都是你做的。"她抛出计划。

金一显然吃了一惊，但他没有生气，反而淡淡地笑了，本来圆圆胖胖的脸，肿成了猪头一样，这时候看起来有些狰狞。

一边的韩无畏也是惊讶万分，本能地想转过身来，却硬生生忍住，肩膀就那么僵着。

"小姐还说是帮我，这分明是害我。"金一说着，虽然轻声细语，声音却有些颤抖，可见也不是不愤怒的，只是忍耐着罢了。

春荼蘼对金一的佩服又加深了几分。这个男人，看似温和无害，若有机缘和愿望，只怕也是能成大事的人吧？她突然冒出这个念头，自己也觉得有几分奇怪。但她随即摇摇头，把这些有的没的和不相干的都丢掉，只轻笑道："你不信我，我就没办法帮你了。"

"哦？那请小姐仔细说说，我真照着这么做了，能有什么好处？"金一语露讽刺地道。

"你没做过那件事对吧？"春荼蘼一点不以为意地问。

金一怔了怔，随即冷笑道："我自然没做过。小姐信也好，不信也好，就是这话！"

"我信不信重要吗？但你只要把罪行全承认了，这案子就能转到康大人手中。那样，你就不用再受刑，而且也能还你公道！"

"还不是要我答应开棺！"

"不用。"

"请小姐明示。"金一想了想,大约抵不过好奇,压着火气问道。

春茶蘼好整以暇:"你别忘记,康大人来幽州城是做什么的。他是来巡狱的,查的就是民间冤情。你把自己弄成屈打成招的模样,把所有罪过全揽在自身,越是和证据不符的,越是要承认下来。而有了犯人的口供,罗大都督不得不判案。对于断过的案子,康大人就有权拿来审阅。康大人清正廉明,为人聪明敏锐,那些故意留下的漏洞,他会发现不了吗?发现了,自然就要重审,你的案子不就到了他的手里?到时候,你再喊冤就是了。所以说,你承认罪行其实是一招以退为进,只要是康大人主审,你再翻供就是。"

这点手段太简单了,既然一审说不出道理来,还屡受刑罚,与其有一天扛不住,不如人为地加快诉讼速度,直接到达二审。一般情况下,这样子被告要吃苦头,但谁让康正源正在这儿呢?

金一认罪,罗立审判。康正源重审,金一翻供。看,多么清晰的程序。

韩无畏背对着春茶蘼坐在地上,却暗中微笑:这丫头实在太坏了,这样的招数也让她想得出来。

金一听了也有点兴奋,好像看到曙光似的。不过他还是多了个心眼儿,问道:"我承认罪行,不是要交代贼赃在哪里吗?罗大都督非要我说出藏匿之地怎么办?难道我当真让他开棺?"

"笨!既然要翻供,前面的证词不是随便你说?反正那些胡人也跑掉了,你就说他们卷了财物走了,不就得了。他们不仁,利用了你,还在你家挖地道,你何必顾念他们?说不定,他们就是真凶呢。"春茶蘼叹了口气。唉,好好的大唐有为青年,全让她教坏了啊。

"行了,快走吧,别影响我睡觉。"说到这儿,春茶蘼挥挥手,"再者,大牢那种地方,失踪不宜太久。"

"谢谢小姐。"金一努力动了一下,弯下了身子,像是鞠躬行礼。

春茶蘼点点头,没有说话。

她这样做是应韩无畏之邀,而且她觉得金一很可能是被冤枉的,那她就不能袖手旁观。基本上,真正被冤枉的人是会跳脚的。若和案子有关系,虽然也会嘴硬、顽抗,但应该不会反应这么激烈才对。

韩无畏也没出声,只上前拎起那巨大的口袋,一挥手就灭了屋内的灯火。春茶蘼感觉有冬夜的寒风吹拂在脸上,之后周围就沉寂了下去。

好半天,眼睛适应了黑暗,看到床前再无黑影,她干脆又躺回去。只是这么一折腾,被窝里凉得像冰,不禁低低咒骂了韩无畏几句,这才沉沉睡去。

半夜的这点小插曲,春大山和过儿毫无知觉。过儿就算了,可春大山是练武之人,居然半点没发觉,春茶蘼觉得肯定是韩无畏做了手脚,上上下下打量着父亲,确定春大山没事,这才放下了心。韩无畏的武功很高,而且做坏事也没有心理负担,这样的人,只应了一句话:流氓会武术,谁也挡不住。

午饭后,她照例去看康正源,见他的身子已经大有起色,还有精神倚在榻上看卷宗，心情也放松了下来。她倒不认为罗大都督这时候会放松对康正源的控制，只能说小正同学也不是好相与的，之前他没料到罗大都督会胆大至此，现在自然是找到应对方法了。

陪着康正源说了一会儿话，正要告辞，就有随行的军士进来，对康正源耳语了几句。康正源边听边点头，等那军士下去，就歪着头看春荼蘼，真看得春荼蘼都有点发毛了。

"康大人，您这是何意？"她大大方方地问。

"你出的主意吧？"康正源笑，因为病着，脸色还苍白，身子又单薄，那笑容竟如梦境般虚无，可却又感觉实实在在的。这样的美色幸好是她啊，一般少女哪里扛得住？

"案子有进展了？"她也不装傻。

"金一什么都认了，实在太突然了。想必……证据里会有很多引人怀疑的地方。罗大都督是武夫，看不出来，可逃不过我这大理寺丞的眼睛。"康正源极聪明，一下就明白了其中的花招和目的。而且他知道，这绝对是春荼蘼的主意。少不得，他那表兄也起了大作用。毕竟，金一被罗大都督死死盯着，不是谁都能接触的。

他好奇的只是一介平民，没见过世面的小小秀才，怎么就有胆魄依计而为？难道金一就不怕春荼蘼陷害他吗？当然，春荼蘼是不会告诉他昨晚之事的，相信韩无畏也不会说。

"康大人保重身体吧，希望疑犯也能平安无事。"春荼蘼没有明说，但她相信康正源能够明白。这件事不知道到底牵扯到了什么，谁知道罗大都督会做到哪一步。而案子既然到了康正源手里，罗大都督就不能完全插手了，他还会继续施加压力吗？甚至，他会做到什么程度，会不会丧心病狂，直接威胁任何知情者的生命？可是，既然韩无畏敢于这么做，必然是相信康正源的能力，而且他也肯定有保证安全方面的后招。这些，根本不用她操心。

"放心吧。"

三个字，不必多言。除非罗大都督敢造反，不然他就动不了有了准备的韩康二人。

春荼蘼回到自己的院子，该吃吃，该喝喝，又跟父亲练了两招拳法。她知道自己那是花拳绣腿，春大山陪着她活动活动而已。过儿在一边做着鞋，笑呵呵地看着这父女二人。其情其景，若是身在范阳县的家，绝对是温馨美好的下午。

"我好想祖父哪。"春荼蘼掏出帕子，秀气地抹了抹额头上的微汗，叹道。

"已经腊月十五了，希望这边的案子快结束，那时咱们就能回家过年了。"春大山安慰女儿道，但他的眉尖几不可见地轻蹙着，显然也为最近的事情担心。

春荼蘼一见，连忙把话题扯开。

晚上，打发了过儿去睡觉后，她不知怎么，一直心神不宁，翻来覆去地睡不着。北方的深冬之夜，寂静冷清，约莫三更天的时候，似乎还起了风。寒风在房前屋后游荡，发出凛冽的风声。她侧身躺在床上，竖着耳朵听外面的动静。她不知道，韩无畏那个家伙，还会不会像昨天一样摸进来。如果他再这样，她绝对要生气，不能给他好脸色。

他昨天说娶她，语气轻松随意，她根本就不当真。但她也必须表现出闺阁少女的风范来，显得太随便了，以后别人就不会尊重她的。

正想着，门扉忽然轻响了一下。若非春荼蘼一直保持着清醒，还集中着注意力，可能会以为是风吹动门窗摇晃。

她不禁暴怒，心说你韩无畏也太过分了！想也没想，抓起身边的枕头，向门边扔过去。同时心中遗憾透顶，为什么没拿点板砖一类的东西砸过去。

"快滚！"她低声怒喝。

然而，瞬间，她发现情况不对。来人不是韩无畏！许是女人的第六感，她感觉身上的汗毛突然全竖了起来。

有杀气！这传说中的东西她原来不理解，但此刻，却深深感受到了，好像死神突然从黑暗中钻出来，扼住她的喉咙。

电光石火间，她根本来不及思考，只有生存的本能刺激着她的大脑皮层和肾上腺素，让她做出了一些不可思议的举动。

也许是这两天练拳脚，动作麻利了许多。总之，当匕首的寒光闪过，她猛然身子歪倒，滚到了床里面，堪堪避过这致命一击。尽管如此，那寒冷的凶器仍然震动了她的心神，身上还不知被什么刺了两下，针扎般的麻痛。之后她想张口呼救，却不知怎么发不了声。再动，身子也僵住了。

那杀手走上前来，全身包裹在黑色里。可能没预料到春荼蘼躲开了，他咦了一声，之后又笑道："好货色啊，直接杀了倒可惜，不如先快活快活。"说着，伸手向春荼蘼抓来。

春荼蘼害怕了，有生以来第一次那么害怕。

然后，她看到在那刺客的身后，浮现出一双绿色的眼眸，在黑暗中就像有狼潜伏。

第二十章　狗急跳墙

一切，都发生得非常快。

春荼蘼甚至什么也没看清，也没来得及第二次反应，那个刺客就无声息地倒下去，浓烈而潮热的血腥气扑面而来。重重黑影中，她只感觉身上再度产生了轻微的刺麻感，接着就恢复了自由，周围也恢复了死寂。唯有夜风，猛地灌进屋里，刀子一样割在她的脸上。

有人要杀她，有人救了她。没有原因，没有理由，甚至没有一句话。就像突然做了个极可怕、极真实的噩梦，然后又猛然惊醒。

她蜷缩在床里没动，劫后余生的感觉如此强烈，她必须努力使自己平静下来，才能像电影慢放一样，一帧帧回放前一刻的画面。

她肯定刚才的那一幕是真实的！照理说，光线昏暗不明，她没有练过武功，目力和普通人一样，不应该看到什么。而人类，就算是绿眼睛的，也不可能在半夜冒出绿光，毕竟不是野兽。

可她，就是莫名其妙地认出了救她的人，在黑暗中清楚地撞进了那双眼瞳。

是那个军奴！

就算他也全身包裹着黑色衣服，还蒙着面，但她认出了那双眼睛。不是痴呆的、不是空洞茫然的，不是死气沉沉的，而且锋锐凛冽，像绿色寒冰，偏又寒极生热，蕴含着强烈的生命感。

难道她因一念之善而搭救的人，并不是普通人吗？很可能是这样。哪有普通人会令上过战场的战马和狩猎用的猎犬害怕得不敢靠近？哪有人能在风雪的户外待这么久而没有冻伤？哪有人能漠视肉身的伤害，连呼吸都是冰凉的？

可他到底是谁？有这么大的本事，却又为什么陷入了军营做了军奴，还受到那样的虐待和屈辱？他救她，貌似是报恩，可他怎么知道有人要杀她？还那么及时赶到了？

照金一所说，这件巨盗案有可能是胡人所为，而这军奴是半胡半汉，那么，本案和他有关系吗？他之前被困在军营中，难道说现在已经成功逃脱了吗？若他真是做案人，那天她在军营外救了他，会不会因此把她自己和她家老爹牵连进这个案子？

深夜遇险，英雄救美，应该是挺浪漫的事，但对春荼蘼来说，并没有什么旖旎的心思，只怕好心办坏事，冥冥中给春家带来灾祸。

她不后悔心存善念，而那军奴肯来救她，且瞬息间就消失，还蒙着面，一个字也没说，似乎是怕被她认出来，也应该不想连累她。所以，她应该装作什么也不知道，装作惊慌失措之下什么也没看到，只圆了今晚这个谎就行。虽然她很好奇这军奴的身世，但必须忍住不去打听，以后回了范阳，尽量别再来幽州城了。

有的人，是不该招惹的，因为有的秘密，不是能随便揭开的，后果也不是能承受的。她大多数时候不是个鲁莽的人，而且有家人的存在，必须谨慎。

可是，到底是谁要杀她呢？窃贼？罗大都督？肯定是这二者之一，因为她在幽州城没有仇家，除非是有人不想让她插手案子，找出真相！这是唯一的解释！

前因后果推测了一遍，自己要保持什么态度也想清楚了，春荼蘼这才下床。其实，她只花了一点时间思考，但浑身却都冻僵了。赤着脚踩在地上，感觉又凉又湿，她感觉很恶心，甚至不敢点燃烛火去看，只随便从椅子上抓了件外衣披上，就哆嗦着走了出去。

"爹。"她敲响了隔壁春大山的房门。

她不知道还有没有第二拨刺客，所以尽管不愿意父亲担心，却还是不得不叫醒他。

何况房间里应该有大量的血迹,她无法含混过去。

春大山睡眠极浅,若非刚才的事,半点声响也没发出,他不可能无所知觉。此时,春茶蘼只敲了一下门,他就醒了,立即就从床上跳起来,点燃了蜡烛。

北风呼啸,月亮却高悬于空。春大山打开门,借着月色和房间内的微弱烛光,就看见女儿披着皮袍子,孤零零地站在门口,心头骤然柔软,轻声道:"怎么?做噩梦了吗?快进来。大姑娘了,还会怕……"他问着,低头间,蓦然看到女儿还赤着脚,唬得连忙拉春茶蘼进屋,抓起被子就往她身上盖。

"你这孩子,做了噩梦就叫一声,爹马上就会过去。不然,叫过儿陪你也行啊。这么大的风,怎么自己往外跑,受了寒怎么办?来,喝口热水。"他一边絮絮叨叨地说,一边从壶中倒了杯茶,塞到春茶蘼手中。挺大个男人,在女儿面前就像个老妈子。可他越是啰唆着责备,春茶蘼越感觉平安温暖。

冬天,为了给茶保温,有条件的人家都会备着一种小铜炉,就放在桌子上,只比手炉大一点,上面可以安放铜壶,整夜温着水。

春茶蘼握紧茶杯,让那热乎乎的感觉从手心直达心底,情绪又稳定了一些。而这时,春大山又忙着找自个儿的衣裳,想把女儿的赤脚包起来,倒顾不得自己冷了。只是他才蹲下身,就闻到一股子血腥味,顿时吓了一跳。

"你哪儿受伤了?"他吓坏了。

"爹,你坐下听我说。"春茶蘼尽量把声音放得平稳,"我没事,我真的没事。所以,您听到我说的,千万不要乱了方寸,更不要着急。"

"爹不急,你快说!"春大山说是不急,但肩膀却瞬间绷得紧紧的。

"刚才有人要杀我。"春茶蘼深吸一口气,看到春大山的脸色即刻僵住,连忙接着道,"然后又有人把我救了。我不知道他们是谁,但我确实没有受伤,爹你别担心。"

春大山一把把女儿抓起来,前后左右地看:"真没事吗?真没事吗?别怕,告诉爹,凡事有爹呢,你真没事吗?"

"爹,我非常肯定,我一点伤也没受,就是吓到了。"春茶蘼抓着春大山的手,很认真地说,"我脚上的血是踩到的,那个刺客被救我的人伤了。"

"现在人呢?"春大山咬牙忍住颤抖。

他害怕,不是怕别的,是怕女儿出事。若没人救女儿,明天早上他会看到什么?他不敢想!

"不见了。"春茶蘼咽咽唾沫,"救我的人把刺客打伤后,直接拉走了。"

"你怎么不呼救?"

"太快了,我没来得及。"她没说突然失声,又突然恢复的事。是点穴,精神控制或者是什么邪术,她分辨不清楚。那感觉来得太快,去得也太快。自然,那个军奴的事,她是不会和父亲提起的。否则,父亲如果去查,谁知道会不会被牵连进更可怕的事里?

"我去看看,再去叫人。"春大山迈步就要走,被春茶蘼死死抓住。

"爹，别忙，忙则生乱。"她低声撒了个娇，"再者，女儿害怕，爹不要离开。"

"爹不走，先弄点水给你洗洗，再穿好衣服。"春大山安抚道，"今晚不睡了，我这就把过儿叫起来。你待在这儿别动，我就不信，有我春大山在，谁敢伤害我女儿！"

"我和爹一起。"春茶蘼拉着父亲的衣袖不放，"现如今一动不如一静，有什么事也等天亮了，回过康大人再说。兴许，刺客要杀的并不是我，黑灯瞎火的找错了地方也说不定。此处虽是偏院，却紧挨着隔壁的正院。另外，这事情是半夜发生的，爹若闹起来，近则打草惊蛇，远则对女儿名声有碍。"

春大山听说有人对春茶蘼不利，暴怒攻心，此时听春茶蘼说了这几句话，略平静了些，觉得自己是太冲动了。毕竟，有男人半夜摸进女儿的房，好说不好听。女儿就算没事，闹大了也架不住长舌妇们胡说八道。

这件事，是得捂着点。

他若知道韩无畏半夜去过春茶蘼的房间，尽管是为了公事，只怕也会暴跳如雷，管他是不是上司，非要杀人不可的。

依着春茶蘼的意思，父女二人先是叫醒了过儿，之后由过儿侍候春茶蘼洗了脚，穿好了衣服，然后一家三口就吹了灯，摸黑坐在春大山的房间里。因为心中有事，谁也不说话，就这么沉默到了天亮。

春大山不放心女儿单独待着，只好叫过儿到康正源那边报告。很快，康正源亲自来了，一个侍卫也没带，直接进了春茶蘼的房间。就见房间的门闩不知被什么利器割断了，切口极其平滑，严丝合缝的门框上只刮掉了一层渣皮，却没有其他大损伤。

房间内，并无剧烈打斗的痕迹，就是一个枕头滚落在门边的地上。若非床前脚踏处有一摊触目惊心的血迹，昨晚似乎什么也没发生过。

康正源皱紧了眉："偏院里，我本安排了人手巡逻，看起来远远不够。"说着，又转向春大山，"是本官的疏忽，等此间事了，再亲自向春小姐请罪。至于今后，春队正放心，今晚我会再多派人手，绝不会让春小姐再受到惊吓。但这事……不宜宣扬。"

"我明白。"春大山点头，"只是我怕对方是找错了人，所以大人也要注意安全。从今天开始，我会亲自上夜，叫大人来的意思是要多方防备，最好还能缉拿真凶。"

康正源点点头，并没多说什么，只拱拱手就带人走了。春大山和过儿立即就清洗房间，之后就把春茶蘼的东西都挪到了春大山的房间去。春大山还忙忙碌碌地在房间内外设了些机关暗弩，但不知为什么，春茶蘼觉得刺客不会来了。

韩无畏下响的时候倒是来晃了晃，检查过门闩后，趁着春大山和过儿不在跟前儿，偷偷对春茶蘼说："突厥人有一种宝刀，锋刃薄如蝉翼，能插入最小的缝隙中，却又削铁如泥。"

"你是说，昨天要暗杀我的是突厥人？"突厥人，也是统称为胡人中的一种。

"你也知道，其实……刺客并不是找错了地方吧？"韩无畏叹了口气。

春茶蘼点点头。

她那样说是为了安春大山的心，但春大山轻易就相信了，未必不是为了安她的心。

有些事情，大家彼此心照不宣，这就是所谓的互相为对方着想，是感情和亲情的伟大之处。

"这么神奇的宝刀，不是很容易就能得到吧？"她问。

"你一下就问到了关键之所在。"韩无畏无意识地抚摸着门闩的切口，"据说，这样的宝刀世上仅存三把，有两把在突厥王族的手中，另一把下落不明。"

春荼蘼吃了一惊："不会是突厥王族的人要杀我吧？为什么呀？我跟他们八竿子都打不到好不好？在人家眼里，我就是蝼蚁般的存在才对呀。难道，是因为这起巨盗案？怕我查出蛛丝马迹来？不不，不对！你想，既然是突厥王族的人，那两箱宝贝虽然珍贵，他们也不至于潜伏进大唐，伺机来偷吧？就算为了巨额的军费开支，但那些宝贝不容易脱手，远水解不了近渴。"

还有一句话她没说：好歹是王族，至于做出这样鸡鸣狗盗的事来吗？太令人不屑了吧？

"我也觉得不太可能，你和他们根本没有利益冲突。"韩无畏烦恼地扒了扒头发说，"要刺杀，也应该刺杀我才对。"

"得了，也不是什么得意的事，还要抢着上吗？"春荼蘼没好气地瞪了韩无畏一眼。

此处房屋的门闩不像普通的那样，一根扁木，横插进去了事，而是比较精巧，倒像个搭扣似的。因为是内院，又有人巡逻，前几天春荼蘼睡觉前总是忘记锁，而且有时候过儿会跑过来送水什么的。所以，那天韩无畏闯进来时，根本没有阻碍。后来春荼蘼怕他跑惯了腿，当晚就把门闩死了。哪想到，又出了什么专门削门闩的宝刀。难道，她就是半夜被惊梦的命？

而和韩无畏在一起的时候，春荼蘼总是变得轻松随意，说话做事也极其自然，可惜她自己都没发现这一点。或者，因为韩无畏本身就是不羁的性子吧。

"若是盗贼想要杀我……会不会是第三把宝刀在罗大都督的珍宝箱里？"她突然想到一种可能，"得了珍宝，自然就拿得到宝刀。所以，未必是突厥王族下手，不要局限了思维呀。"

"有理。"韩无畏认真地点头，随后歉疚又真诚地道，"八成，你的灾祸是我惹来的。"

"怎么说？"

"你想，就算盗贼想消灭可能会破案的人，就算你的名声虽然已经显露，却只是在公堂辩论的方面，他们犯不着现在就对你下手。这说不通啊。唯一的可能，就是那天我把金一带来的时候不小心被盗贼看到了。他们觉得你构成了威胁，不管真假，先杀了再说。"

"果然是你连累了我。"春荼蘼不客气地道，但脸上和心里都没什么怒意。

所谓无巧不成书，很多事都是大大小小的巧合赶上的。仅凭谨慎是没用的，因为还有一种东西叫天意，叫阴差阳错。埋怨没有用，想办法解决问题就是。

"知道对不起我，就别只是嘴上说说，我家脱军籍的事，你要多帮忙来弥补我。"

她仍然还是不客气地找补了一句。

韩无畏点头:"你放心,这事我说帮你办,就一定想办法帮你办成。只是……"

"只是什么?"

"你觉不觉得,罗大都督在这件案子上反应太激烈了?他屹立两代朝堂不倒,虽是武将出身,为人处世却极为圆滑。可这次,他几乎不给人留脸面。说不定,他的那两口箱子有更重要的东西,不惜让他铤而走险的。"

春荼蘼低下头,没有回答这话。

其实韩无畏也不是想听她的意见,只是想找人说说罢了。反常即为妖,罗大都督的态度已经表明了一切。若说第三把宝刀真在那两口箱子里,想来他再爱武成痴,也应该不至于。

若不负责地猜测,说不定是通敌书信?但那也说不通啊,突厥一蹶不振,内乱不断,西北两面的蛮夷虽多,也不过是小打小闹,不成气候,谁有病才放着一方藩镇不做,非得去叛国,能有什么好处可捞?

说来说去,关键在于金一死也不肯答应开棺,各方力量这才胶着了。只不知狗急跳墙是个什么样子呢?说起来,她真的很想收手回家。她喜欢律法之事不假,她也愿意为遭受不公平待遇的人出头说话,为民申冤,可是若涉及权贵斗争什么的,她只想躲起来。所谓人有多大的脑袋就戴多大的帽子,现在她的脑袋还小得很呢。这不,还没做什么,就有人要杀她了。

"从古至今,有很多悬案疑案,有的算千古难题,经历几朝几代都解不开。"她想了想才道,"这世上,混沌不明、黑白不分的事多了,我从来不强求一定要真相大白,幼稚的人才那样想。谁能把整个天下的事都弄得清楚明白?所以,只要尽量把无辜者捞出来就行了。至于珍宝什么的,不归咱们操心。"

她这话说得很明白了,韩无畏当然懂得其中之意。如今金一已经招供,但是漏洞百出,而且失窃财宝的去向仍然成谜。只要把案子挪到小正的手里,本着良心把金一择出来就算大功告成。罗大都督今后再想怎样,让他自己着急好了。当然,他会把此事密报皇上,罗大都督这样的老臣若有异动,哪怕是内宅里的那点事,也要留心。毕竟,幽州护卫着整个长安哪。

两人又嘀嘀咕咕地说了一会儿,主要是关于如何保障春荼蘼人身安全的措施什么的,康正源就走进了偏院。他身体才好,走得不快,身上裹着厚厚的皮裘,黑色的貂皮大氅更衬得他脸色苍白,双眸漆黑深邃,眉如远山,脸上却露出愤怒又无奈的神色来。

"怎么了?"韩无畏从小和他一起长大,自然立即看出不妥,迎上去问。

康正源停下脚步,平息了下急促的呼吸才道:"我方才去都督府的署衙,打算把金一的案子调过来审审,哪承想听到个天大的消息。"

"什么?"春荼蘼和韩无畏异口同声地问。

康正源又喘了口气,问春荼蘼:"荼蘼,你可知盗墓掘坟之罪?"

春荼蘼点点头:"我知道,掘坟罪比盗墓罪要严重得多。因为盗墓多是为了财物,对尸体并没有恶意。掘坟就不同了,有侮辱死者的成分在内,所以要根据挖掘的程度不同来判刑。若是发冢已开棺椁，要处绞的。"这也就是金一不答应，罗大都督就不敢开棺的原因。他不敢赌，因为若开棺后发现没有财宝，而确实埋葬的是尸体，如果金一反告他掘坟，他就算功勋盖世，有减等的条件，也会倒大霉。而且，罗家的脸面也丢尽了。

若康正源不在还好，可他偏偏在这儿，还顶着皇差的头衔，罗大都督捂都捂不住。

《大唐律》中的这个罪名，原先春荼蘼并不清楚，因为之前看的是残缺的律法书。但后来韩无畏送了她一套完整的，她利用路上的时间遍览之后，不敢说唐律烂熟于心，但一理通，百理明，也算胸有成竹。

"自从抓到疑犯金一，那处坟墓就被幽州所属的军士看管了起来，"康正源轻蹙着眉，继续说，"就连那块充当幽州城百姓墓葬之地的地界，无论白天晚上，也都不许人出入。"

"出问题了？"韩无畏一挑眉，目中立即染满煞气，看起来又狠又帅。

"是啊，重兵把守，居然被人掘开坟墓，打开了棺椁！"康正源哼了一声。

"罗大都督好计谋啊。"韩无畏一听就笑了，冷笑，露出雪白的牙齿，"那金一死也不肯松口，他就弄出盗墓的戏来，私下开棺。台面儿上一套，台面儿下一套，监守自盗这手玩得很溜儿嘛。幽州城的治安还真是好、民风还真是淳朴、罗大都督的治理真是了不得哪！"

"可恶的是，明知道是他做的，却没有任何证据。到时候把那些守墓的兵士草草惩罚了就是，反正玩忽职守却并无人致'死'，也不是了不得的大罪。"康正源咬着牙说，显然连被罗大都督摆了两道，十分生气，"何况那些士兵众口一词，说昨晚墓地闹鬼，他们被迷了，全部不省人事，才出了状况。"

大唐人迷信，若这话传开，十个人中倒有八个是相信的，另两个是宁可信其有，不可信其无的。不得不说，罗大都督这手虽无耻，却是釜底抽薪，玩得足够漂亮。

"棺材里有什么？"春荼蘼急问，因为这才是最重要的。果然啊，狗急跳墙了。

康正源摇摇头。

韩无畏急了："你这是什么意思？不知道，还是没发现？"

"我的意思是没有。"康正源的眉头皱得更紧，"既没有尸体，也没有财宝。棺材是空的。"

空……的？！这下子复杂了。

"那……那怎么办？"韩无畏摊开手，大冷的天，脑门子都见汗了。

春荼蘼静静坐在一边，看着这二位大眼瞪小眼，忍不住提醒了一句："其实，罗大都督这事办得不聪明哪。他雄踞一方惯了，做事已经不习惯示弱。这样，对咱们不是挺有利的吗？"

"愿闻其详。"康正源道。

"凡事都有度。"春荼蘼想了想道，"若我是盗贼，看到罗大都督丢了这么多财宝却反应极小，我会觉得奇怪。但若反应太大，我又会觉得财宝中有更重要的东西，就算想出手，现在也不敢了。或者，我会把那个很重要的东西找出来做个要挟。总之这时，若盗贼真要死死地藏匿起来，要想找到赃物就如大海捞针。"

康正源和韩无畏面面相觑。

他们当然知道罗大都督最近的行事很反常，这么说来，他这件事办得确实是不聪明。但所谓关心则乱，有了秘密，别说罗大都督，不管是谁都可能看不开的。事不到自己头上，谁也体会不到那种焦急，这就是人们所说的站着说话不腰疼。当局者迷，旁观者清，只因为所处的角度不一样。

可是，当有心人看出那两箱财宝中有要罗大都督命的东西时，不知有多少暗中的势力就像打了鸡血似的立即行动起来，都想掐住他的咽喉。这样一来，找回赃物的事就更难办了。

"康大人只是从六品上的大理寺丞，特派到幽州的巡狱使，巡狱录囚，只要没有人蒙冤就行了。"春茶藨又提醒了一句，"若是赃物找不到，虽然结案得不完美，但有道是水满则溢，月满则亏，面面俱到未必是好。到时候，谁丢的东西让谁着急去就是了。"

康正源和韩无畏顿时就明白了。

他们都出生在皇族，亲戚也都是极其强大的望族门阀，所以，他们从小就处于权力的漩涡中心，看得比常人多，见识自然不凡。只是这两人的骨子里都很傲性，遇到难事不愿意后退一步，反而喜欢往前顶，恨不能做到尽善尽美，所以一叶障目。此时春茶藨一语惊醒梦中人，霎时就有了计较。

对于韩无畏来说，他是罗大都督的下级，又是当今皇上的亲侄子，还是未来大都督的内定人选。派他来范阳当折冲都尉，有熟悉北部兵务的意思，也有掣肘牵制的意思。毕竟，幽州地理位置太重要了，是抵御北部各蛮族的重要防线。而幽州大都督的权力又太大，必须由皇上绝对信任的人担当。

而这次的事，他是必会密报于皇上的，但与其如此，让罗大都督继续上蹿下跳，不是更有说服力吗？皇上的眼睛可亮着呢。况且，罗大都督的东西找不回来，必不会罢手，行事之间也必然会露出更多的马脚。若罗大都督有什么隐晦而不能示人的心思，借着乱劲儿，他更好调查。

对于康正源来说，他是被皇上当大唐的未来栋梁培养的，和韩无畏并称长安双俊。不过他毕竟才及弱冠之年，这次出来不到三个月的时间，就把幽城的刑狱之事都梳理了一遍，不敢说绝无遗漏，至少刑治清明，乾坤朗朗，还得了把万民伞，以皇上赏罚分明的行事风格来说，要赏他什么呢？可以他的年纪来说，官位已经很高，爵位更是将来跑不掉的，皇恩过重也未必是好事。

但，如果幽州城这个案子破不了，只保证不让人蒙冤，那他前面的功劳就都失了色，算是没有顺利完成皇上的嘱托吧。当然，真正情形如何，皇上心里有数，表面上不赏不罚，甚至斥责几句才好。将来皇上要对罗大都督有什么举措，也正好拿他当个台阶。

两人想通了这一点，神情就都放松了下来。康正源笑说："身在局中，是我们太着相了。"

"你们是太着急了。"春荼蘼耸耸肩道,"我刚还和韩大人说,天下那么大,那么复杂,有很多事是掰扯不清的。既然如此,干脆晾在那儿就是。"

"对,幽州悬案哪。"康正源露出自嘲的笑容,但眼神却是轻松快乐的,"说不定我能千古留名呢,虽然不是什么好名声。"

"遗臭才能万年哪。"韩无畏哈哈一笑,又道,"快过年了,你干脆明天就重审金一,定了案赶紧跟我回范阳,离开这是非之地。反正你年前也赶不回长安,天气又冷,不如开了春再回。"

"明天不行。"康正源看了眼春荼蘼,"我虽然要重审,但必须有人替金一说话,只怕还要麻烦荼蘼。"

春荼蘼倒没推辞,心中虽然叹息了一声,但却直接点了点头道:"那不如再拖两天,我得仔细研究下卷宗,还要找几个人,私下调查一下。韩大人,借几个手下用用成吗?"

康正源的人,只怕会被罗大都督注意。韩无畏虽然只是折冲都尉,府内卫士又大都留在范阳,但他是龙子龙孙,身边得用且不显眼的人多了去了。

"好,待会儿就叫他们过来。"韩无畏即刻就答应。

康正源瞄了自个儿的表兄一眼,要知道那些暗卫,非特别信任的亲近人,他是从来不在表面上说起的,更不用说借来用用了。表兄对荼蘼,态度越来越不同了。

而春荼蘼和韩无畏都没注意到康正源的心思,各自忙去了。过了一个时辰不到,春荼蘼在悄悄见了几名暗卫,给他们指明了调查方向后,就回屋埋头研究案卷,做堂审准备。

春大山和过儿见她忙起来,都知趣地不吭声,也不吵她,只帮她把后勤工作都准备好。好在,晚上再没有人跑来暗杀她,也不知是发现她根本没有杀的价值,还是外面的护卫保护得太严密了。春大山晚上也不肯睡下,一直守在门口。若有人敢伤害他女儿,他非跟对方拼个鱼死网破不可。

春荼蘼看在眼里,心疼不已,暗想为了自家老爹,她也得快点结束这个案子,回范阳去。

腊月二十这天,幽州城盗窃案终于重审了。因为涉及私人财产,罗大都督要求不公开审理。也就是说,不能让百姓前来看审。其实他的要求很无理,但康正源还是给了面子,另外也是不想让春荼蘼卷入太深。若没百姓围观,也少点人指指点点。

这个时代对女性还是有很多限制的。关键在于春荼蘼没有显赫的贵族出身,不然就算做出很出格的事,外界也会宽容得多,甚至能成为标新立异、与众不同的代名词。

春荼蘼感激康正源的好意,却有些不以为然。世上没有不透风的墙,越是捂着盖着,民众的兴趣就越大,流言传得就越狂热。这个案子那么轰动,现在又不让人搞清楚,等着吧,指不定传出什么可笑又不符合逻辑,但却娱乐性十足的"事实"来。

不过,那与她无关,再怎么说,她也只是个超级大配角,活动布景板。真正的男一号是罗立大都督,男二号是神秘的盗贼,男三是可怜的金一。第四号,根本没有。

想到这儿,她的脑海里不知为什么冒出一双绿色的眼睛。她没有去打听城外的军营中有无军奴逃脱，也没去打听他的背景。萍水相逢，彼此照顾了对方一下，仅此而已。

幽州城的署衙门楼为听政楼，此时用作了公堂，面积不小，而且建筑风格比较北方化、军事化，大方而硬气，使人一入其中，就感觉强烈的煞气扑面而来，不由得心惊胆战。

最上首的公座，坐着身着官服的康正源。左侧偏座，则是罗大都督本人。右侧坐着的，是大都督府自带的典狱。韩无畏根本在堂上没位置，只是站在侧门处偷看。春大山和过儿，一脸担忧地站在他身旁。

堂下，三班衙役俱齐，被告金一和他的状师春荼蘼，早就双双跪在那儿等候。

春荼蘼很是郁闷，没有功名就要跪，为人代诉还要打板子。幸好，可以用赎铜折抵，不然她还没辩护，屁股就早开花了。而且这一次，她算是公派状师，康正源早就说明，金一受刑太过，恐无法自行申辩，本着皇上提倡的德仁之念，为金一指定了状师。

而且，这是第一次春荼蘼表明身份是状师。前两次，一次是孝女代父申冤，一次是朋友间的帮忙。到底，方娘子是春家的租客来着。

惊堂木轻轻拍下，因为大堂上人少，气氛又肃穆，所以发出的声音清晰无比，还略有回声。

"堂下何人？"康正源按照程序问。

春荼蘼上前一步，深深吸了一口气："民女春荼蘼，见过大人。此来，是代金一为诉。"就算大唐民风开放，女子有名字的也算少见，大多叫什么什么娘，看在家中的排行了。只有贵族，或者特别讲究的耕读人家，才给女儿起名。

而罗大都督，是见过春荼蘼的，此时不禁眯起了眼睛。跟那天扮演慈祥的叔叔不同，今天他的目光中仿佛掠过一条冰线，能杀人于无形般。

只是，看到春荼蘼的表情，他暗暗有些心惊。有时候，他在听政楼议事，连手下的官员都会有些紧张，怎么这个小小女子却神情坦然？

只见她穿着蟹壳青色的圆领窄袖胡服，式样和衣料都很是普通，还有点长了，腰带也只松松拢住，却更显弱质纤纤，满头乌发整齐地向上梳起，被黑色幞头罩住，皮肤白皙，明眸皓齿。明明是娇美的模样，浑身上下却散发着不怕捅破天的气势和面对千军万马的沉着镇定。这春氏女果然有点门道，怪不得连那长安双俊也与她来往密切，连自己的女儿都看不入眼了。

他不知道，春荼蘼是越到这种地方越来精神儿。如果真把她扔到战场上，第一时间晕倒也是可能的。这就叫：闻道有先后，术业有专攻。

"所诉何事？"康正源再问，"春氏女，起来回话。"

春荼蘼从容站起，朗声道："所诉者有二。"说完，看了身边的金一一眼。

今天的金一比那天更惨，或许因为是白天，看得更清楚所致。怎么说呢，反正看不出他的本来面目。但他听到春荼蘼的话，肿成细缝的眼睛看到春荼蘼的目光暗示，立即忍着剧痛，伏在地上，高呼："学生冤枉！"他有秀才功名，所以自称学生。但因为被定罪，却还是需要跪的。而他目前的样子，则更类似于瘫，或者趴。

真真是应了一句：谁敢比他惨！

"一诉，大都督府盗窃一案，金一无辜被牵连，蒙冤入狱，屈打成招；二诉，金一祖父的坟茔被掘，如今尸骨不知所终。清平世界，朗朗乾坤，天理人伦乃我大唐立身根本，可今日却被双双破坏，其悲其痛，加诸金一一人之身，还请大人明鉴，还堂下金一公道。"春荼蘼口齿清晰，声音清亮，可神情上却不激动，给人非常正义的感觉。而她虽然没有指名道姓，但桩桩件件罪名都直指罗大都督。

是啊，她这样犀利，很是得罪人，可是她有职业操守。既然站在了公堂上，就应该为了案子和当事人服务。若怕，她干脆就不会来，也不会觉得丢人。

至于到堂下怎么办？一码归一码，到时候再想办法应对就是。

罗大都督到底城府深，心中虽恼，但面儿上半点不显，只对着站在堂下的一个刀笔小吏使了个眼色。早知道康正源会为金一找状师，所以他也备下了熟悉刑司之人。

那刀笔吏姓田，人称老田，约莫四十来岁年纪，长得倒还不错，但不知是不是刀笔吏当太久了，看起来颇为严厉，很不好说话的样子。

看到罗大都督的暗示，他连忙上前，对堂上施了一礼道："康大人，此名女子所辩者，甚为荒唐，算得上是信口雌黄。堂上用刑，那是律法允许。至于说金有德的坟地被挖，是盗墓贼所为，与大都督府的盗窃案何干？"说着，轻蔑地看了春荼蘼一眼，又对康正源道，"我还有几句话要问问那大胆的民女，请大人答应。"

"哦？"康正源一挑眉。

然而他还没答应，那老田就已经急不可耐地道："身为女子，抛头露面，可还有体统？既无体统，还谈什么大唐的立身根本？"说得义正词严，唾沫星子乱飞。

春荼蘼一点不生气，因为她既选了这条前人没走过的路，在大唐当个状师，还是女的，就有准备面对礼教的压迫和别人的轻视，甚至敌视，因而只笑了笑道："田先生，既然您提起《大唐律》，岂不知律法并没有禁止女子代讼，又怎么没有立身根本了？难道说，你对皇上颁布的法典不满吗？还是你认为，你比皇上还高明？皇上没说不许，到你这儿就不许了？"老田是刀笔吏，不是官，所以尊称一声先生。

"你！咬文嚼字，小儿之戏。"老田哼了声，却不敢正面回话。

"律法，就是要抠字眼儿的。"春荼蘼又驳了回去，神色端正，"一字之差，谬之千里。先生若没有这种严格严肃的精神，还是不要再上公堂，免得误人误己。再者，我上堂不是与人做口舌之争，而是讲事实，摆道理，适用律法，申诉平冤。敢问先生，你上来就针对我，可是对律法应有的态度？"

老田听说过春荼蘼的事，但第一次直面体会到她的伶牙俐齿，不禁着恼。但他也算是冷静的，并没有暴躁，而是嗤笑道："说到律法，你敢来上堂，可知凡为人作辞牒，加增其状，不如所告者，笞五十。若加增罪重，减诬告一等。"意思是：给别人写状子，不按实际随意增加状况的，打五十板子。如果增加的状况致使对方罪状加重的，按照诬告罪减一等处置。

老田是警告她，金一的反诉这么狠，但若最后罗大都督无事，她自己会倒霉的。总体上来说，这也算恐吓了。

"多谢田先生提醒,只是民女虽然无权无势,却明白以事实为依据,以律法为准绳,断不会冤枉别人,也不会让别人冤枉。"春茶蘩不卑不亢。

康正源忍不住翘翘嘴角。这句话,是他第二回听了,不管从哪方面讲,都有理又贴切。

"堂下金一。"他缓缓开口,努力表现出不偏不倚的样子,"你要反诉?"

"是。"金一大约嘴里有伤,口齿不太清楚,但他努力大声,语速也减慢了,还能让人听得明白,"春小姐所言,均可以代替学生本人。"

"那么之前你所招认之事实呢?"康正源有意无意地看了看公案上的原供词,问。

"学生当堂乞鞫、翻供。"金一坚定地道,"其余事项,全权委托给春小姐做主!"这是昨天晚上说好的。

乞鞫就是请求重审,也就上诉的意思。

"好,看你伤重,免你跪礼。来人,给金一弄个垫子坐。"康正源和颜悦色地说,堂上风度好得不得了。若主审官都是他这种态度,很容易让人卸下心防的。

一边的衙役到哪儿去找垫子?最后只好弄个草帘子来给金一坐。

春茶蘩觉得康正源这是给她时间准备,因为直接进入了对推阶段,怕她应付不来吧?虽说之前她早显出了本事,此时毕竟罗大都督在,他怕她怯场。

感念到这份偏心和体贴,她几不可见地微微一笑,让康正源放心。别说所告的只是个大都督,就算要告皇上,她也要在公堂上为委托人说话。当然,前提是委托人敢告的话。

"田先生,金一乞鞫,反诉之事,你可认?"康正源反过来问老田,仍然态度温和。

"不认!"老田态度激烈,好像正义就站在他身后似的,"我倒认为,金一当堂翻供,藐视我大唐律法,大人要严惩才是!"

"田先生就确定当日之供全是事实吗?"春茶蘩插嘴道。

"白纸黑字,那还错得了!"

春茶蘩见老田完全走进自己的节奏,立即又道:"世间事,唯一个'理'字说通,方才是事实。"

她的意思就是,凡事要符合逻辑。而所谓逻辑,就是任何事物也无法打破的规律。

"若是道理说不通,就算点头认下了,也未必是真。律法,求的就是真理吗?"她继续说,"就说金一这件案子,无外乎三点道理:目的、手段、结果。可偏偏这三样在他的供词里前后矛盾,错漏百出,根本经不起推敲,一见就知是屈打成招之下,胡乱说的。康大人,当堂用刑,虽为律法所允许,但也有度。若一味用刑,岂是追求事实这态度?也与皇上对刑司之事的态度相悖啊。"

"那说说,到底哪里不通?"康正源问,心中暗笑。

这丫头,特别会把皇上和圣人抬出来当挡箭牌,毕竟,谁敢说皇上和圣人不对呢?

"首先是目的。所盗者,为何?"她说着,目光却望向老田。

"自然是为财。"老田理直气壮地回答,"金家贫困,要以出租院子才能贴补家用。所以他要偷盗，道理上不是很通吗？"

"错！"春荼蘼比他还理直气壮地说，"田先生显然没有调查过金家和金有德、金一祖孙二人吧？所以说，断案不能只坐在屋里，更不能凡事想当然，重要的是走出去，才能了解真实情况。金家祖孙在十五年移居幽州，是编入官府户籍的良民，金一还考取了秀才功名。而金有德开了间小小的医馆，金一长大后继承了祖业。他们祖孙心地善良，经常帮助贫苦百姓，施医赠药，宁愿自己吃苦，也要行那积德之事。为此，令小康之家陷入艰难，也才腾出部分房屋，租赁给做生意的胡人。请问这样品格高尚之人，视钱财如粪土，自己的银钱都舍出去了，怎么会做出有辱斯文的偷盗之事？"

"也许他们看不上小钱，却看中大钱呢？黄白之物动人心，说不定他们之前是伪善，是沽名钓誉！"老田反驳道。

第二十一章　鸡窝里飞出金凤凰

"田先生，还是那句话，凡事讲究一个理字，要众人心服才行。你这样胡搅蛮缠，就没意思了。"春荼蘼讽刺道，"再者，你说的只是你的臆测，我却是有证据的。"说着从袖筒中拿出一摞纸，抽出最前面两张，送到公座右侧的典狱手里。

"大人，这是金一的街坊邻居，以及受过金氏医馆恩惠的人，所做之供词，上面都按了手印，也随时可上堂作证。"春荼蘼说，"这足以证明金氏祖孙乐善好施，安贫乐道。从来没有动机也没有可能，去做下那一桩惊天大案。"

罗大都督坐在一边听审，双手无意识地抓紧了椅子的扶手。说实在话，他也不相信那个胖胖的乡间医生会是盗贼，也绝没想到他居然能熬得住刑罚，是个硬茬。可是，种种迹象又指向这个金一。

想到这儿，他又使了个眼色给老田。老田得了暗示，高声道："对方状师不要忘记，从大都督府的演武堂下发现了暗道，正是通向金氏医馆的！"

"这就是我要说的第二点，手段。"春荼蘼侃侃而谈，"不错，密道正通向金氏医馆。可金一已经供称，那房子是租给几个胡人，换取租金贴补家用的。金氏医院的房子分为东西两个院落，为了彼此不打扰生活，中间筑了高墙。"

"说不定，这就是为了掩人耳目。"老田抓住机会道，"否则，为什么早不筑，晚不筑，偏偏等那队胡人来了才筑墙呢？"

春荼蘼没有反驳，因为这种问题是纠缠不清的，强辩只能坏了自己的节奏，不如示弱，再提出更强有力的论据："好吧，不提地上，先说说地下。不管是谁挖的地道，有一个问题希望大人注意。"她面向康正源，"挖地道，得运出土方吧？从大都督府的演武堂，到金氏医馆的西院，中间隔着一条街，遇到地基深厚的地方，还要绕行。请问，要挖空这么一条密道，土方在哪里？这样挖法，是不是需要地图呢？那些胡人不可能整天窝在院子里。"说着，她又把另几张证词呈了上去，"经我的调查，他们表面上做胡食的生意，只有三个人外出贩卖，七个人在家做。但他们起床很晚，要下午才出摊，还有很多人认为胡人懒惰。可今天看来，显然他们大部分时间在晚上挖，然后趁夜运出土方。问题是，运到了哪里，又如何掩人耳目的？"幽州城并没有宵禁制度，可晚上也有卫兵巡逻的。大都督府中，更是定时有府卫巡视。

听她这么说，连罗大都督都不禁身子前倾，关切起来。

然而春荼蘼却又改了方向，伸出了白嫩的三根指头说："第三点，就是结果。敢问各位大人，定一个人的罪，仅有口供就行吗？特别是涉及贼赃的时候。在金一家里，完全没有搜到所丢失的财物。不幸的是，金有德的坟墓已被打开，里面空空如也，自然也是没有赃物的。既然如此，如何能给金一定罪！"

金一听到这里，突然伏地，号啕大哭。

康正源拍拍惊堂木，冷声道："肃静，不得咆哮公堂。"

"大人，学生冤枉。学生的祖父更冤枉！"金一哭道，"我祖父一生行善积德，最后竟然曝尸荒野，至今找不到尸骨，老天无眼！老天无眼！"

"老天无眼，可堂上大人看得到，皇上看得到，天理看得到！"春荼蘼很煽情地说。可惜没有百姓看审，不然一定会煽动起大众的情绪。在公堂上，控制和操纵情绪，其实是极为重要的技巧。

老田听她这么说，立即就沉不住气了，大声道："若非金一不肯开棺，事情怎么会到了这一步？他捂着盖着，盗墓者自以为里面有财宝，所以才会偷偷挖开！说到底，金有德死后不得安宁，全是金一不孝所致。从此也可看出，连百姓都以为金一有罪，不然那么多有钱人的坟墓不盗，为什么偏偏挖了他家的？"

老田这么说，实在是不厚道，而且毫无怜悯之心。春荼蘼本来也没指望他能讲理，不禁冷笑道："结果如何呢？什么也没有！再者，田先生这话也不通。你可去实地调查？可亲自问过百姓们的想法？"

老田一脸尴尬，只得扬头脖子，哼了一声，假装不屑以逃避问题。

可春荼蘼却要把他击倒，所以两步向前，与他针锋相对，大声道："问案、律法、刑司之事，必须严谨，事无巨细，都要查个清楚明白，因为关乎别人的前程和性命，若都像田先生这样闭门造车，不体会民情民心，自己胡乱臆测，好像拍拍脑袋就明白了，简直辜负天理国法与人情，又怎么对得起堂前的那副对子！得一官不荣，失一官不辱，勿说一官无用，地方全靠一官。吃百姓之饭，穿百姓之衣，莫道百姓可欺，自己也是百姓！你抬头看看，如此草菅人命，可对得起官字！"她越说越大声，慷慨激昂，莫说金一，搞得堂上所有人都激动起来。

"这……这……"老田给挤对得说不出话来。

"为官者不查，我却查过。"春荼蘼继续道，"所有知道金一被下狱的人，无一不说他是冤枉，因为根本没有人相信，他会是巨盗！这样，你还敢说盗墓者误以为他是真凶，所以挖开了金老爷子的坟墓？！"

她自己也有祖父，所以她深刻理解金一。若有人这么伤害春青阳，她和人拼命的心都有！

"再者……"她话题一转。

她打击老田，其实也就是打击罗大都督已经够了，立即把绷紧的弦松松，免得绷断了，大家不好转圜。于是，就在金一压抑的呜咽声中，她似笑非笑地问："听说，守墓的官兵都被迷了，不是说因妖所为吗？怎么能扯到盗墓者身上？"虽是把话题拉回来，却也充满嘲讽。

大家都知道是谁挖的坟，不如彼此心照不宣吧。

上堂，其实也是衡量。利益的衡量，结果的衡量。金一想告罗大都督偷棺掘墓，在现在的条件下是不成的，那也只好让他承担失职的罪过。然后，为金一争取更好的结果。可惜，《大唐律》中没有国家赔偿这一说。民告官倒是有，告官府却从无先例。

"关于土方的事，春小姐可有独到见解？"大堂上诡异地沉默了半响，罗大都督苍老但威严的声音响了起来。因为空旷，略有回音，听起来威胁力十足。

春荼蘼心中有数，可是不想直接说出来。她的目的是要捞出金一，让官府承诺帮金一找回金有德的尸体，毕竟个人力量有限，这也是她能做到的极致。至于到底这惊天大盗是谁，赃物在哪里，里面有什么重要到逼得罗大都督铤而走险的秘密，这些都不在她的考虑范围内。她只是一介草民，要救的也是草民，高层的争斗，与她无关，她也没有力量插手。身无靠山，就不要瞎搅和，否则就会牵连可爱的家人。而那，是她拼尽一切也要保护的。

但是，她可以给罗大都督一些线索。不管罗大都督承认不承认，总是一份人情。最重要的是，可以让罗大都督忙活起来，不再有心情、有闲工夫找其他人的茬。特别是金一，她会建议他找回祖父的尸体，好好安葬后就离开幽州城。

"罗大都督。"她略施一礼，姿态优雅端庄，令罗大都督不得不承认，自家女儿受过这么多年的贵族小姐训练，比之眼前的女子却差得远了。其实，有些东西不能只靠训练，那种大方和从容是骨子里散发的，是春荼蘼的自信。

"其实民女已经说得很明白了。"她镇定地说，"要掩饰土方的事，自然要有其他工程，而且是长达一年、同步进行的大工程。土木这种东西，混在一起，蚕食般消化，才能不被人看出来。还有，要能弄到大都督府的地形图，好避开不能、或者挖掘起来比较困难的房屋、假山、水池等地。最后，晚上开工的话，就算是在地下数十尺的地方深挖，也要提防夜深人静，被巡逻的兵士们发现动静。所以，那帮胡人也要弄清巡逻的班次吧？这些，外人如何得知？罗大都督，民间有句话，叫日防夜防，家贼难防啊。"

"多谢。"罗大都督深吸了一口气，目光闪烁。

捉贼要拿赃，但现在赃物找不到，就只好从源头入手。照着春荼蘼提示，要想找到这样的人也不太难。剩下的，就看他自己怎么折腾了。

"罗大都督为国守护边疆，使万民安乐，这点小事，是民女应该做的。"春荼蘼毕恭毕敬地道，"只是这金一，既无动机，更无手段，在他身上也寻不到结果。为安抚民心，为严正律法，还请罗大都督开恩。更请您念在他一片孝心的分上，严惩玩忽职守的兵士，帮他找回祖父的遗体。"

罗大都督眯起了眼，心中虽然窝火，但当着康正源和韩无畏的面，也不能做得太过，因而道："本案已经审结，但康大人仔细，发现了异情，遂重新审理。既然金一当堂翻供，本都督也无话可说，只依律法而行吧。"

因为是巡狱史重审，所以不需要过三堂，康正源直接定了案，当堂读鞫：金一无罪释放，发还家产。罗大都督承诺，帮助金一寻找金有德的尸体。当然，金一那些打就白挨了。他自己知道讨不回，也就见好就收。

而所谓盗墓事件，罗大都督把当时守墓的官兵当成替罪羊严惩了之后，也不了了之。至于那些替罪羊今后是升官发财，还是被杀人灭口，就不得而知了。

因为一些繁杂的小事，康正源一行人在幽州城又逗留了几日。在腊月二十三小年这天才终于启程，晚上就进了范阳县。

春荼蘼归心似箭，知道这时候祖父必定在家了，就顺便跟韩、康二人告了个辞，拉着春大山和过儿往家跑。韩无畏和康正源本来还想说几句话，却只看到她一溜烟儿钻进马车的背影。

"算了，反正还得送年礼，到时候就见着了。"韩无畏摊开手，无奈地道，并不知道自己此时的表情温柔，还带着笑意。

康正源并不揭穿，只道："我孤身在外，你备年礼时备上两份，不用太重。虽说她这回跟我出去两个多月，吃了不少苦头，帮了不少忙。不过，她是小门小户的出身，春大山的官位和薪俸也不高，只送些实惠的就好。不然，人家还礼就成负担了。"

他这是暗中提醒一下两家的地位差距，韩无畏怎么会不明白，却装作不知，笑着说："这个倒不用你操心，你们外出之时，我已经写信给京国，说明你要在我这儿过年，不仅我爹和你娘早就派人送来了很多年货，就连皇上也赏了些。那些贵重的不拿，稀罕的瓜果蔬菜米粮等物却可以送给春家。再说，咱俩官位虽低，却也有年资，反正也吃不完，不如送人。只可惜，为着春大山着想，咱们不能经常去蹭饭，咱们两个大男人，除了醉酒，也没什么可乐呵的。"

"你怎么不回去幽州城，罗语琴和罗语兰不是挺好？"康正源嗤道。

"我一个人回去有什么意思，人家要的是两个。"韩无畏哈哈笑道。

这两个人，就算过了年要长一岁，也才一个二十二，一个二十一，平时端着老成持重的架子，特别是在外人面前，也只有到此刻才像才及冠的少年。

另一边，春大山直接把从幽州城雇的马车赶回了自家门口。一停车，过儿就飞一样地跳下去敲门，老周头见是自家老爷、小姐和过儿，高兴地连忙进去通报。等春荼蘼下了车，春青阳已经迎到门口了。

"祖父！"春荼蘼扑过去，一把抱住春青阳的胳膊，"我可想您了，您想我不想？"

这么大的大姑娘鲜少有与祖父、父亲如此亲近的了，因此她这举动，更让春青阳的心融化得只剩下一摊水，眼中的泪意都忍不住了，强行绷着脸说："这么大的丫头，别总咋咋呼呼的。"

春荼蘼知道春青阳这是不好意思了，倒不是不想她，也不以为意，只嘿嘿笑着，更不顾春大山，挽着祖父就往院子里走，一边走，一边说出无数撒娇卖乖的话，绝对发自内心，直出胸臆，听得春青阳的嘴都合不上。

春大山这个郁闷，没想到风尘仆仆地回来，直接被女儿和父亲嫌弃了。再看过儿和老周头也是有说有笑，就扔下他孤家寡人一个。没办法，他只好先打发了车夫，再自个儿进院，认命地锁上了院门。

腊月二十三是小年，从这天开始，家家户户就开始过年，有很多事要准备，是非常忙碌的日子。所以，虽然春青阳不知道他们回来，并没有准备小年饭，但东西都是现成的，早就采购好了，忙活着做就是了。借这个时间，春荼蘼洗澡换衣服，等收拾好，再到正屋吃饭时，一家人已经围坐在一起了，包括老周头和过儿在内。

炭火红红，气氛温馨，这让春荼蘼很兴奋。而且，在家人面前也不用伪装出女强人的样子，又令她很轻松。因此，虽说讲究食不言、寝不语，她还是一边吃，一边叽里呱啦地说着路上遇到的好玩事。

春青阳笑眯眯地听着，爱怜地给她夹菜，而过儿是个多嘴的，经常插话，令老周头也不时露出惊叹的模样，一家子其乐融融。春大山坐在旁边，心里的酸意渐去，只觉得这样和乐安详，才是一家人的样子。

饭后，春荼蘼累得够呛，肚子还胀着就睡了，也不怕积食。过儿和老周头收拾桌子，春青阳就把春大山叫到自己屋里，问起何时去找徐氏的事。

春大山把前些日子发生的事说了说，春青阳就叹道："一步错，步步错，唉，也该着你命苦。有句粗话，叫买马看母的。老徐氏是个不好的，哪能教育出识大体的女儿。可是，咱家不兴休妻，说出去实在不好听。你还是先把徐氏接回来，好好管教，以后不生事就好了。"

见春大山低头不语，又道："我知道你忘不了白氏，可那样的女子，本不是我们家能肖想的。她给你留下了荼蘼，已经是老天开眼。"

"什么时候去接徐氏？"春大山低着头，闷声问。

这快三个月的时间，春大山跟着女儿在外面行走，虽说辛苦，心情却是畅快的。如今归了家，又要回到先前的生活，不禁心中郁结。

"明天就去接回来。"春青阳道，"她既嫁进了春家，就没有总在娘家的道理。再说，咱们这儿的风俗，出嫁女儿在除夕夜看到娘家的灯，婆家要一辈子受穷的。"

听到这话，春大山自从进了春青阳的房间后，第一次有了笑模样："不会不会，儿子已经升了武官，咱家以后还可能脱了军籍，日子只会越过越好的。到时候，就给荼蘼招个小女婿也成，那样她就离不了咱爷俩儿的眼前，能看顾她一辈子呢。"

春青阳这是头回听到春家脱籍的事，连忙问起。

春大山详详细细说了。

春青阳简直又悲又喜，随后又埋怨春大山在他不在的时候，让孙女做了抛头露面的事。他回家后已经听说了一些，镇上的人传得特别神奇，有人说好的，但也有很多人说坏话。左邻右舍的，流言蜚语也特别多。他本来焦急得不行，听老周头说了个大概，却仍然不明就里。刚才饭桌上本来想问，只是见孙女那么高兴，就忍着没说。

"儿子也不想的，只是大小事都赶在关节上，逼到那了。"春大山心情烦乱，也不知是该骄傲，还是后悔，"但是，开始是不得已，后来……儿子就舍不得茶蘼。"

"怎么倒成了舍不得那丫头？"春青阳纳闷。

"爹您不知道，她有多么喜欢律法上的事。"春大山说起女儿，露出宠溺的神色，"从小到大，她那么闷闷的，我从没见她这样快活过。所以我就想，那些高门大阀的女子，能想做什么就做什么，大方又自在，为什么咱家茶蘼不行？担忧着她毁了名声，将来嫁不出，难道就叫她日日不快活？再说，她这样优秀，嫁给一般人还辱没了她呢。而那些有眼光的男子，不论出身，肯定能看出她的好处，善待于她。我啊，努力去挣功名，看到时候谁敢瞧不起我的女儿！"

春青阳之前见过春茶蘼那高兴的样子了，此时听儿子这么说，一时为难之极。在他的观念里，绝不可能让孙女去做讼师的，哪怕饿死，也要阻止。但孙女的行为，令春家有了脱籍的希望，加之不想让孙女不开心，他也就犹豫了。

挣扎了半天，仍然无法决定，他干脆先放下这个事，吩咐道："大过年的，她也没什么机会上公堂，这事先放一放。你先把你的事办了，好歹接徐氏回家过年。今后，我少接那些出外差的事，有我在，徐氏必定会老实的。到底，我是她的公爹。"

春大山不甘不愿地应下，回了自个屋。

一夜无话，第二天春大山就去接徐氏，在涞水县逗留了一夜，第三天晚上就到家了。巧的是，当天上午，韩无畏和康正源送了年礼来，虽然没有什么特别贵重的，也没什么尺头绸缎、珠宝玉器的，但稀罕的吃食却是不少，让徐氏的眼睛都不够看了，露出又疑又喜的神色。

送她回来的仆人却暗想，老太太总说春家穷困，军户人家没有好东西。可看看这些，自家算是涞水首富，有钱却也买不来呢，不禁对春家巴结了起来。

一家人各自见过，心里不管怎么想，到底保持着面子上的和睦，之后忙忙碌碌的，就到了庆平十五年的除夕夜。

万家灯火中，街上却无行人的影子，只有狗儿不时发出一两声吠叫。

在春家的大门外，两人两马，默默地停驻。

过了半晌，一个胖胖的年轻人轻声道："殿下，走吧，这不是我们的节日。"

"别叫我殿下。"另一个高大年轻的男人低沉着声音道，"萨满已死，我同那边就再没有瓜葛了。以后，我名为夜叉。"

"无论如何，您永远是我的殿下。"胖胖的男子执拗地说，"只是，您要把春茶蘼怎么办？"

"你利用了她。"夜叉的声音比夜还冰凉，"尽管你是为了我。所以，我们都欠她的，以后还回来吧。"

说着，男人一提马缰，如风一般消失在黑暗里。

夜色中，只见他碧绿的眼眸里，掠过春家温暖的灯火……

炮竹声中，春荼蘼迎来了庆平十六年。

这个年代，还没有以火药制的鞭炮，而是烧空竹，但尽管如此，街头巷尾的孩子们还是玩得不亦乐乎。

春家今年衣食丰足，自家准备的，还有韩康二人送的年货多得吃不完。初一的早上，春青阳本来说给大房和二房送点过去，叫春荼蘼拦住了。

"祖父，去年秋天我生这么大病，他们都没来人看过。节前，我听老周叔说，也给他们送了年礼，可他们都没有回礼，显见并不想和咱俩来往，您又何苦巴巴地贴上去？万一人家赚了点钱，会打量着咱们去沾人家的光呢。"她说。

听这话，春青阳就有点讪讪的。

春家在他这辈中有兄弟三人，一个爹一个娘的亲兄弟，后来那两房绝户了，渐渐就连来往也很少了。他以为是那两房人在他面前抬不起头来，毕竟他还有儿子，而且是很出色的儿子，因此就不好意思主动联系，现在被孙女一说，暗想亲戚之间走成这样，不禁有点抬不起头。

春大山在旁边听女儿的话有点重了，连忙找补道："荼蘼，你小时候，你大爷爷一家、二爷爷一家，都是来看过你的。不过，后来日子过得紧巴，人家上门不好空着手，你病着时就更不用说，所以你心里不能生出怨怪来。"

"没有怨怪呀。"春荼蘼连忙解释，"就是吧，咱家也只是小康，算不得有钱人家。今年过年的年货虽然多，却大多是韩大人和康大人送的。今年咱们给了大爷爷和二爷爷家，明年可还给不？那时候拿不出来，人家生了怨怪才不好呢。"

这就是人性。也就是常言所说的，斗米恩，升米仇。给惯了，一旦不给，厚道的人会想，你家是不是今年有困难，说不定来看看能不能帮忙，对之前的馈赠，也会心存感激。但不厚道的人，反倒会恨起你来。而这个世上，不厚道的人数量很可观。

春荼蘼是个有疑问就喜欢调查的性子，所以老早前就从老周头那里打听了不少春家大房和二房的事。春家是军户，只要能出丁，就能得到田地耕种，而且还是免税的，只是军械马匹要自己准备，相关费用也要自己出。春大山一肩挑三房，他是春家出的丁，论理，田地应该大部分归他所有，可事实上，每年他只象征性地拿回些地里种的米粮，连自家一年的嚼用都不够，有时候还要上街买。至于蔬菜什么的，都是春青阳和老周头在后院自种的。

春大山年轻力壮，青春阳的身子骨也硬朗，不在军府或者衙门做事时，侍弄那点子田地是完全可以的。可那两房大约因为没有儿子，所以特别贪财，把地全要去后，半佃半送地给自家女儿和女婿种。就这样，还经常哭穷。春青阳和春大山父子心软面嫩，又念着亲戚情分，因此也就不多计较，吃了这个暗亏。

好在春大山升任了折冲府最低级的武官，有俸禄的，春青阳在衙门也有事做，家里的日子很是过得，也就不去跟那两房争田地上的利益。一来二去的，他们倒心安理得起来，忘记是因为春大山才得到那么大片土地，还生怕三房跟他们抢夺利益，所以故意不来往。

其实他们也在范阳，就算隔得远，也是在一个县内，真就至于逢年过节也不露面吗？每年都是春青阳在清明祭祖和大年初六这两天去一趟，还大包小包地带东西，回来时全身却光溜溜的，连好衣裳也被换成粗麻的了。开始，春大山也跟着，后来他们话里话外嫌春大山过去，还要特别招待，春大山就不去了。

说到底，就是春家大房和二房长期侵占三房的利益，善良又顾念亲情的三房总是吃亏。只不过春青阳和春大山父子厚道，又念在那两房没有儿子的分上，不肯计较罢了。他们把那两房当成家人，可人家未必这么想，但终究谁也不是傻子，所以后来春青阳这边也淡了。

其实，春荼蘼调查得很清楚，春家的大房和二房过得比他们家还好。因为春家那片田地是上等的良田，旁边还连着荒山一角。而那山地是出沙石料的地方，副业收入那是相当可观。也为此，大房和二房更怕三房去抢吧？

"荼蘼说得对，是我没想通透。"春青阳马上明白了，点头道，"今年冬天冷，把吃不了的东西暂时都放在地窖里，还能吃好一阵子，倒是省了不少钱。"

"就是嘛，他们占的便宜已经不少了，也没听到个谢字，干吗还上赶着让他们抢劫。"春荼蘼终究忍不住，咕哝了一句。这下，连春大山都有点尴尬了。

其实她还有话没说：春家大房和二房的人，靠着三房，他们才能有好日子过，可他们不仅不感恩，却防贼似的防着三房，自己躲起来闷声发大财，可见人品绝对不好，而且脸皮极厚。应该，也是两家子极品吧。

这样的人，少来往，甚至断绝了亲戚关系才好。

"咱中午做乌米饭吃吧？"春荼蘼话题一转，高兴地提议道。

她虽然喜欢面食，但也喜欢大米。只是现在稻米只在南方种植，算是比较金贵的粮食，黄黍米倒是平常些，但摆弄好了，也是很好吃的。

这次，韩无畏和康正源送来了一大袋子稻米，可把春荼蘼稀罕坏了。唐代人吃稻米时总喜欢配着鱼蒸，生米做成熟饭后，米香和鱼香混在一起，特别美味。不过春荼蘼不喜欢吃鱼，所以就不太受得了。而她所说的乌米饭，是以一种乌树汁把米泡黑，再蒸出来，这种做法别有一番风味不说，听说还有食疗作用。

往年过年，家里的蔬菜就是菘菜（大白菜）和萝卜、芥菜、秋芹、蕹菜（空心菜），还有没有成熟的小葫芦。大唐人很喜欢吃蒸烂的嫩葫芦。今年还有韩康二人送来的藕、笋、昆仑瓜（茄子）等稀罕物，就显得丰盛了许多。

之前春荼蘼还以为藕是特别金贵的，后来才知道大唐人特别喜欢吃藕，所以南北各地都有大量挖塘种植的，所以倒不是稀罕物。

"你喜欢乌米饭，咱家就吃乌米饭。"春青阳什么都宠着春荼蘼，"配个炙牛肉可好？"

"还要红烧羊肉、韭菜炒鸡蛋、炒笋片、凉拌菘菜心。"春荼蘼一连说了好几个菜,"要不再给我爹清蒸一条鱼?我虽然不喜欢,我爹可爱吃呢。祖父不是说牙疼,可能是上火了,凉拌荠菜心正好,加点醋和糖。"

春青阳和春大山听她点的菜全家都照顾到了,相视一笑,心说这丫头不白疼,倒没注意她没给徐氏点爱吃的菜。

牛是稼穑之资,随意宰杀是犯法的,但南边可以适度宰杀水牛,肉质很好,运到北方就特别贵。羊肉是胡人贩卖,汉人并不蓄养。所以肉类里,猪肉和鱼肉比较常见,今天春家是托了韩、康二人的福,连同牛羊肉,外加飞禽,甚至大雁的肉都有一些。

在春荼蘼的张罗下,一家子热热闹闹地吃了饭。下午,就得准备春大山和徐氏初二回娘家的事。春荼蘼没想到这个风俗,满心有点不乐意。因为徐氏娘家在邻县,并不太远,可从范阳到涞水的官道只有短短一段,剩下全是土路,非常难行,一来一去要快三天呢。

人家娘家远的,初二就不必回了,偏徐氏穷讲究。再者,她这几天低眉顺眼的很老实,提出这个要求时,春家两代男主人都不好开口拒绝。

只是回门要带节礼,徐氏小年后才回来,家里的年货她并没有跟着张罗,此时为了不太寒酸,自然要找了盒子,拣了几样韩康二人送的东西,还得拣好的,满满装了,让她带回去。

一想到这么好吃的东西要给老徐氏吃,春荼蘼嘴里就犯酸。可有时候,就算再不乐意,表面也得装得大度些,她也只好强迫自己面带微笑,送自家爹上了马车,带着礼物出门。

"依奴婢看,太太就是惦记着那点子东西。"过儿悄悄对春荼蘼说,"徐家老太太还总说咱们家穷,定是眼皮子浅的,哼,她们徐家才是呢。小姐没看见吗?那天送太太回来的那个死老婆子,眼珠子都快掉到咱家的年货上了。太太非要回娘家,就想把这些有钱没处买的东西,带给她娘家尝尝。"

"算啦,就算圆我爹一个脸面吧。"春荼蘼叹口气,也当是劝自己了。

她不知道老徐氏看到这些,心里会怎么想,但是她绝对没料到,那死女人两天后,居然跟着马车一块到了,说是给亲家来拜年。同行的,还有徐氏的父亲,一个面白无须,初看以为是太监的瘦高个中年男。

春荼蘼不禁警惕起来。

俗话说,无事不登三宝殿,这老徐氏,又憋着作什么怪呢?上回因为她失手打了春荼蘼的事,春大山不许她上门,她这回却跟了来,可见,脸皮的厚度不比春家的大房和二房差。

春青阳到底面子上过不去,客客气气请了老徐氏进来。至于老徐氏的丈夫,却推说头受了风,去自个闺女屋里躺着去了。

老徐氏一脸喜色,就像和春荼蘼从来没发生过争执似的,不仅给了春荼蘼一个大红包,还拉着她的手不住地夸奖。不知道的,还以为老徐氏多喜欢春荼蘼,全然不记得半年前她为了要把人家闺女远嫁,吓得小姑娘偷跑,最后滚下了山坡的事。

大年下的,北方的大姑娘、小媳妇都爱穿大红。而红色正衬春荼蘼的肤色和气质,头上又插了几支春大山在幽州城给她买的,像一串串小花蕾似的绢花,就更衬得俏丽明艳。春青阳看在眼里,爱在心头,当然更喜欢旁人夸奖。但他在官门多年,就算为人忠厚,从不害人,眼力却也练出来了。既看出春荼蘼有些不耐烦、有些尴尬,又觉得老徐氏只怕有话要说,连忙找个由头,让自家孙女先下去了。

春荼蘼温温顺顺地应了,带着过儿出了正厅的门。才想反身偷听,就见小琴站在当院的正中,好像在清点徐氏带回的回礼,其实却在行监视之事。

正厅里,现在有春氏父子和徐氏母女,只怕有重要的事商量吧?

"小琴,去旁边坊市的食肆买点乳酪回来。"春荼蘼吩咐,"韩大人和康大人年前送了些顶稀罕的樱桃,那个和了乳酪吃,最是可口。"

小琴一怔,很有些不愿和为难地说:"小姐,大正月头,食肆关门了吧?"

"咱们这儿的店子都是初三开业,你又不是不知道?"过儿抢着说。

食肆,就是综合性的食品店,服务还很好,卖各种果品、点心和酒类,既能在店里吃,也能往家里带,如果有人要开大点的宴会,还会送货上门。比较大的食肆,食品非常丰富,可谓是一站式服务。

"可是,我要把老太太的回礼整整,待会儿要给咱家老太爷过眼哪。"小琴还在推辞。

"小琴姐姐,亲家老太太回的礼都在这儿,这院子里还有人会偷不成?"过儿冷笑着说,声音却不大,免得屋里的人听见,面子上不好看,"再说,你看看,虽说是回春家的礼,看起来还挺丰富的,可各色尺头、绸缎、棉布,还有点心吃食,可都是太太用得上、吃得着的,摆明借着名义给自家闺女的,别人就算拿去也没用不是?"

过儿伶牙俐齿的,春荼蘼又没拦着,结果小琴就给臊了个大红脸。她自然知道徐家那位老太太总说自己是涞水首富,但表面上大方,骨子里小家子气又抠门。可之前春家人都不说,此时让过儿说破,只觉得脸都没地搁了。这时候,哪还顾得老徐氏让她守门的命令,从过儿手中拿过一串钱,急急地就走了,跟后面有狗追似的。

春荼蘼和过儿对视一眼,都笑了。过儿麻利地把那些个回礼暂时收到厨房,而春荼蘼就蹲在正厅的窗根底下,竖着耳朵偷听。

正好,前面的寒暄话都说完了,只听老徐氏夸她道:"果然是女大十八变,这才几个月没见荼蘼丫头,真是成大姑娘了,模样又生得好。唉,这一晃都十五了吧?"

娘的,老徐氏又要给她说亲。

瞬间,春荼蘼就猜出老徐氏的心思来。不过她并不怕,因为春大山承诺过,不管是什么样的亲事,必会由她点了头才作数。她恼的是,明明春家已经摆明态度,不让老徐氏掺和了,她怎么又把爪子伸这么长。这才平静了多久,怎么又要闹腾?大过年的,不是给祖父和父亲不痛快吗?

她皱了皱眉,就听自家老爹拦道:"我家荼蘼生日小,正经还差大半年才及笄。"显然,也是知道老徐氏后面要说的话。

照理,人家已经往外推了,话就不用说得太过,免得伤了和气与颜面。偏老徐氏是控制欲超强的人,也不看看是在人家家里,仍然忍不住指手画脚道:"女儿家,青春易逝。这好日子一闪就过去，若不抓紧，以后可有后悔的。"

听听，有她这么说话的吗？

接着，春青阳还没回话，老徐氏就快嘴道："我这次来，一是看看亲家公，毕竟亲戚间是要多走动的。这二来嘛，倒是有门亲事，给荼蘼说说。我们涞水有户人家，那是极好的，家里人口简单，小伙子人生得好，今年才十八，年纪轻轻的就中了秀才，家里还有好大一片地，虽说不算豪富，可也和春家算般配了，亲家公不如考虑考虑。"

什么意思啊？就是说这样的人愿意求娶春氏女，春家就应该心存感激？

"谢谢您的好意。"春青阳沉默了片刻说，"不过我就这么一个孙女，还想在身边再留上几年，咱们大唐，女子二十岁不说亲，才有官媒上门。所以，暂时还不想考虑。再者，现在是正月。正月里头不说媒，是咱们这儿的规矩。"他声音平静，只有亲近他的人才知道，语气中已经带着怒意了。

大约春青阳也不能理解，上回孙女儿差点死了，不正是因为婚事吗？这亲家也太无理了，还敢提出来？

一边的徐氏见状，有些忐忑地叫了一声："娘！"那意思，是让老徐氏闭嘴。

可这世上，能让老徐氏闭嘴的人还没生出来，因而她就笑道："我这哪里是说媒，说媒自有媒婆子。我要亲自说，不是折了孩子的福吗？我就是告诉亲家公，好好参详参详罢了。"

她这意思，她是高层人物，给低等小女子保媒，人家就承受不住她的面子吗？哼，她以为她是谁啊？一个有俩臭钱，却绝对不够多的商家妇而已。

"不用参详了，我女儿的事，我父亲会做主。"春大山冷冷的声音传来。

"你这孩子，我和你父亲说话呢，你怎么就插嘴？"老徐氏不悦道，倒没想想，刚才她女儿也插嘴来着。还有，春荼蘼是春大山的嫡亲女儿。事关女儿的亲事，人家亲爹不能插嘴，她一个外人难道就能做主了？

"我也是这话，还是多谢亲家母了。"春青阳站了起来，"天色不早，你们一家子必有体己话儿说，我不耽误你们。我这就去整治一桌酒席，待会儿和亲家公好好喝一顿。"这话虽不客气，但好歹面子上圆了过来。

一般正常人，肯定见好就收，可老徐氏却不是正常人，因此不乐意了，提高了声音道："我也是为了荼蘼好，你们不知道外面说得多难听。也是的，人家骂春家，自然不能当着春家人的面，我可是听了满耳，到外头也有些抬不起头来。"

春大山一下就怒了，啪地拍了下桌子道："怎么了？我家荼蘼做了什么神憎鬼厌的事，要别人在背后说嘴？有本事当着我的面问，我们春家的家风堂堂正正，不怕人说！您该怎么就怎么，用不着抬不起头！"

"你看你急什么，这是你对长辈的态度吗？"老徐氏是个不吃亏的，也不想想这是在别人家里，当场也怒道，"我不过说点实话，倒轮上你拍桌子打板凳了。真这么端正，为什么叫自己的闺女在公堂上抛头露面？这样的人，谁还敢娶？我好心巴拉地给说了一户人家，你居然还嫌弃我多事了！"

"你可不就是多事！"春大山暴怒。

春茶蘩觉得大过年的打起来不好,又背运,让邻居听到也笑话,就考虑是不是应该进去劝劝。正犹豫着,就听祖父的声音冷淡地响起:"我家茶蘩与众不同,就不是池中之物。早晚,我们家这鸡窝里,就能飞出金凤凰。所以,您说的那些亲事,我们家看不上。还是那句话,春家多谢您想着,只是这事,我家自己做得了主。"

听祖父这么说,春茶蘩的眼泪都快掉下来了。

真的吗?在祖父心中,她真的有那么值得他骄傲吗?祖父是个保守的人,只怕他也不喜欢她当状师,可在外人面前,祖父那样维护她,毫无理由地支持她,让她恨不能粉身碎骨来回报这份浓厚且永远不会改变的亲情。

只听老徐氏冷哼一声道:"倒看不出,亲家公的心还真是大,要春家出金凤凰呢。实话说吧,我才懒得管你们家的事,你孙女嫁不嫁得出去,与我何干?可是她若做这一行,势必影响春家的名声,连我女儿也给拖带了。今后,我女儿若再生个一儿半女,让人家怎么看底下的孩子?儿子就罢了,反正也脱不了军户,早晚也不过是个当兵的料。若是个女儿呢?你家茶蘩不嫁,可不能耽误我的外孙女!"

"你的外孙女还没影儿呢。"春大山压抑不住地发火了。

他根本就不是个好脾气的,只是心软,而且懂得心疼老婆。可这不意味着,他能看着从小捧在手心的女儿被人这样说道。

第二十二章 火树银花不夜天

其实这老徐氏就是个糊涂的,前一刻还春风细雨,哪怕是假的,至少还没撕破脸,可两句话过后,关系就彻底闹僵了。到时候她拍拍屁股走了,想没想过自家女儿还怎么在这个家待下去?或者,她一直以来就是想把女儿接回娘家。从她屡次对春家的态度,就应该知道了。

她总自诩是大户人家,可吵架吵到人家家里头,是哪门子的礼仪规矩?平时,她倒还装个富家太太的样儿,可只要一言不合,就宛如泼妇般。

"今天不怕告诉你。"春大山大声道,"茶蘩就是我春大山唯一的孩子,以后我不会再生一儿半女。到时候我给她招个女婿,外人甭想把她从我春家哄出去。以前这样,以后还这样!"

咚!这话扔在那儿,似乎发出一声响亮的声音。

春茶蘩又一次感动得一塌糊涂。

有这样的祖父和父亲，她还怕个甚。她瞬间就决定，一定要做一只金凤凰！还有，要么她就不嫁，要么必要嫁个贵婿，让祖父和父亲可以扬眉吐气！

　　"你听听！你听听！"老徐氏气得发抖，也不想想自个儿管到女儿、女婿房里的事，实在不成个体统，"他都要给你喝避子汤了，你这日子还有什么奔头！走，跟我回去！"

　　"娘！"徐氏又开始抽抽搭搭地哭，眼神哀怨地望向春大山。

　　这个男人，她绝对舍不得，可是他又说不让她生孩子，实在也让她伤心透顶。

　　只要有老徐氏在的地方，环境和气氛就会瞬息万变，这还不到半个时辰，本来是亲亲热热地来拜年，现在却闹得像要立刻分家似的。

　　春大山开始只是说气话，此刻听老徐氏要带女儿走，顿时就犯了牛脾气，深吸了口气，对徐氏道："你可想好，但凡你做什么决定，我定不拦你！"

　　徐氏哇一下就哭了。

　　老徐氏大怒，腾地站起来，一甩袖子道："大年下的，我本来好意为你女儿，趁着她名声还没毁到家，赶紧嫁出去，总好过将来连累到别人！你们父子不领情就算了，居然还赶我女儿走。好春家！好家风！我倒要看你们得意到几时！"说完，强拉着徐氏就走。

　　她以为春氏父子会阻拦，可春氏父子居然都冷冷地站在那儿，没有动。

　　门外，春荼蘼当机立断，风一样跑到院外去了，从没想过自己的速度能这么快。过儿紧紧跟随，半步也没落下。

　　徐家的马车就停在春家门外，春荼蘼和过儿跑出来，躲在门前的大枣树后，正好可以观察到马车那边。她惊讶于老徐氏颠倒黑白还理直气壮的能力，想继续看看结果。她就不明白，老徐氏那个脑袋是什么构造，凭什么所有人、所有事都要围着她转？

　　她到春家来，也不管春氏父子如何不愿，噼里啪啦地说了一通废话，尤其处处诋毁人家的女儿、孙女，好像春荼蘼是个垃圾，必须尽快甩掉似的。春氏父子虽说生气，却还努力维护着亲戚脸面，可她呢？居然就大吵大闹起来，最后还怪了别人一身不是。

　　这种人，不理会她是最好的，她早晚暴跳得自己气死算了。那时，也算为民除害了。

　　春荼蘼才在树后藏好，就见老徐氏拉着女儿，气冲冲地出来。可到了马车跟前儿，徐氏却用力挣脱母亲的手，哭道："娘，我不回去！"

　　老徐氏气得直抖，挥手就打了女儿一巴掌："你个没出息的！春大山有什么好，他这样对你了，你还守着他不走？"

　　"反正我就是不回。"徐氏犯了认死理的性子。

　　"你让我说你什么好！"老徐氏气得打了自己一个嘴巴，"我这还不是为你？你没长眼瞧见哪，春家老的小的都把那个臭丫头捧在心尖上，你算个什么东西！那丫头如今坏了名声，真的嫁不出去，或是老死在家里，或是招了女婿，你这一辈子都翻不了身！"

　　这话，听得春荼蘼忍不住翻白眼。

有这么比的吗？本来就是不一样的关系啊。春大山对女儿的疼爱和对妻子的爱与关怀能是一样的吗？根本没有可比性，也不应该这样对比。徐氏嫁进春家，只是一味索取，可她为这个家做了什么？好吃好喝都紧着她，她却连家也挑不起来，更不用说孝顺公爹，爱护前房儿女了。

这是一个孝字能压死人的时代！对女性要求很多的时代！而徐氏在娘家被娇宠，就恨不得换个地方继续被娇宠，本来就不对，因为当姑娘和做人家媳妇本来就不同啊。其实春家对徐氏根本没有苛刻的要求，只想平静地过个日子都做不到，她娘家妈还动不动就来春家指手画脚。这样春家也没休了她，如此的丈夫和公爹，简直打着灯笼也难找了！

说到底，是春氏父子太善良了。他们总以为，对徐氏不多要求，能满足的就尽量满足，以换取和睦的生活就好。但在老徐氏那，她看不到这些善念，结果不但不感念亲家能容忍这样没用的媳妇，反而觉得这是春家没有她女儿不行，是上赶着他们徐家、巴结徐家、非徐家不可。

人，贵在有自知之明。可话说回来，老少徐氏的毛病，也是春家给惯出来的。

"你就知道哭，我怎么生了你这么个没用的玩意儿！"老徐氏见女儿不说话，又拍了一巴掌，"你若不跟我走，后面你就自己受着。这春家我是不乐意来了，就算请，我也不来！"

"巴不得你快滚，永远别踏进我们家的门！谁稀罕你！"过儿气得咬牙，在春荼蘼身后小声地嘟囔道。

春荼蘼把食指压在唇上，示意她别说话，继续偷听。

"你说说，你怎么就那么瞎呢，你看上春大山什么了？他除得长得好点，浑身上下，哪有一点好处？"老徐氏继续道。

这下，连春荼蘼都忍不住了，恨不能冲出去说：我爹那叫长得好点吗？那是英俊潇洒，范阳第一美男好吗？再说，我爹优点可多了。忠厚善良、武艺高强、为人正派、上孝敬父亲，下疼爱女儿，中对老婆纵容，外加上前途无量。就只不拈花惹草一条，有多少男人能做到？我爹明明就是珍珠，你却当成鱼眼睛，真是……干脆你自挖双目算了。

春荼蘼按住腹部，气得肝疼。若论斗嘴，十个老徐氏也不是她的对手，偏偏她要顾忌自己和家里，毕竟一名老年妇女可以撒泼打滚，她若冲上去，名声就全毁了。

算了，好鞋不踩狗屎。照老徐氏这闹腾劲儿，她有强烈的预感，她很快就有机会能收拾老徐氏。因为，这样的人连老天也看不过眼吧。

"他家那丫头倒是有眼光，我在涞水都听说了，连折冲府的都尉和大理寺丞都对那死丫头另眼相看，这回你捎回去的稀罕物，可不就是人家那龙子凤孙送的？你不言不语的，主意倒是正，追着沾上春大山，可怎么不给我找个人家那样的女婿回来？"老徐氏语气中那个酸哪。

春荼蘼不禁吃惊，没想到八卦的传播力是如此之强大。可是，她和韩无畏、康正源根本就没有什么。这两人也是懂礼的，韩无畏还来信说，本来亲要送年货来，还想

· 49 ·

拜年来着，但考虑到他们表兄弟的身份，怕给春家带来麻烦，就叫仆从送了东西来。

和身份地位差距大的人做朋友都很辛苦，何况更近一步的关系？人是有等级的，说白了就是生活圈子，能突破圈子的不是没有，只是太少、太辛苦了。

只是，老徐氏为什么想得理所当然呢？她春荼蘼好歹是低级武官的女儿，尚且不敢肖想那二位，身为商家女的徐氏，又无倾世之姿、惊世之才，怎么被老徐氏说得好像……只要徐氏愿意，人家韩无畏和康正源就得巴巴地来求娶？实话说，虽然春家是军户，但论人才和人品，徐氏连春大山也配不上！

这下春荼蘼算明白了，为什么老徐氏这么强势，因为她自我膨胀得太厉害，是涞水的井底之蛙，以为天就那么点子大呢。

"娘你别说了。"徐氏终于开口，"我早告诉您，别来给荼蘼说亲，您偏不听。怎么样，好好的事，倒闹得两家不和睦。您快回去吧，夫君和公爹都心软，我做小伏低一阵，他们就会把这一篇揭过去的。回头，我再找人给您捎信儿！"

"孽障，你就是离不开那个春大山！"老徐氏恨铁不成钢地道，"若与他和离，娘自然给你找好的，你怎么就不听呢！"

果然啊，老徐氏想让女儿和离回家。

见徐氏又恢复到抿着嘴不说话的状态，老徐氏恨声道："算了，我管不了你！我走！"才一转身，又想起什么，"你爹呢？怎么没看见他？"

"在我屋里歇着呢。"徐氏张望了一下，"小琴也不知道死哪儿去了，我去叫我爹吧。"说完匆匆地进了院子，但很快又折了回来。

"我爹不见了。"徐氏诧异道，"明明我亲自带他进屋的啊，跑哪里去了？"

老徐氏想了想，不耐烦地道："谁知道他死去哪里了，我不会等他的。他若回来，你让他自己雇车回去。哼，小琴这个不安分的，怎么也跑得没影儿了？"

"别是带我爹一块儿逛去了吧？我爹正经没来过范阳几回。"徐氏疑惑。

"大年下的，有什么景好逛？"老徐氏边说边上了马车，狠狠甩下车帘。

眼见着马车离去，徐氏回院，春荼蘼才和过儿从树后出来。

听了这老半天，身子都有点冻僵了，两人连忙回了春荼蘼的屋子里。想必春青阳和春大山还在生气，院子里静悄悄的，正厅的门也紧闭着。

过儿向那边张望了，又看了看春荼蘼的脸色，这才犹豫着说："亲家老太太就是要搅得咱们家宅不宁的。要我说，太太真不如和徐老太太回娘家去呢。最好……再也不要回来。"说到后来，声音小了下来。

春荼蘼知道过儿的意思，是想让春大山休了徐氏。这门亲结得不好，拖下去大家痛苦。春家之所以说不休妻，是因为徐氏没有犯七出之罪，上回给丈夫下泻药的事倒可以做文章，可是春大山也会没脸，那事就压下去了，现在哪能重提？即使真要休了徐氏，她做女儿的也开不了口，还得看春青阳的。

不过，徐氏是真心喜欢春大山，虽然她的喜欢非常自私，只是想独占春大山，并且不会为春大山改变自己一丁点儿。可真要休她，她肯定赖死赖活，一哭二闹三上吊都用得上。虽然徐氏表面上很懦弱，可拧起来是个极有准主意的，也拉得下来脸，如果闹得尽人皆知，势必又要影响春家和春大山的前程。

年前韩无畏的来信说了，已经就春家脱军籍的事开始活动了，若这种最关键的时刻让徐氏闹起来，说不定会影响到大事。而春大山才升了官，前程看好，要休妻也得悄无声息，理由充足，完全不受妨碍地休。比如说，徐氏犯下了什么不可饶恕的过错，所有人都站在男方这边。

"过儿，亲家老太太很看不上我爹和我家，想让太太和离呢。"春荼蘼叹了口气，"就算是恩爱夫妻，有长辈这么闹腾，也会磨没了感情，再也过不下去，何况我爹和太太这种情况？所以你看着吧，不等我爹休妻，太太也在咱家待不长。亲家老太太那个人我不敢说了解，却很清楚，但凡她起了什么心思，若达不到目的，就难受得要死，非可劲儿地搅和，直到她满意不可。"

"小姐是说，亲家老太太一定会让太太和老爷和离？"过儿高兴地问。

"我觉得她不会善罢甘休的，别看她自己说再不来咱家了。"春荼蘼嘲讽道，"自个儿打自个儿脸的事，她做得不少，也没见她羞愧。所以，咱们不动，让她闹去吧，到时候不管什么样的结果，都怪不到咱们身上，带累不了春家和我爹才好。"

"那咱们给加把火？"过儿眨着大眼睛，露出恶作剧的表情。

春荼蘼点点过儿的额头："听我的，敌不动，我不动。实话说吧，我觉得今天她在我爹面前丢这么大脸，这口气她咽不下，很快就得想办法闹一出。有的人，不用跟她打，递给她一把刀，她自己就抡起来，伤敌不成反伤己。"

过儿细想想，觉得自家小姐说得对。惯而休妻，是痛快了，遗祸却无穷。让徐氏这个女人搅和得家里过得不和顺就罢了，难道还要让她影响到春家的今后？小姐常说的那句话很对：小不忍，则乱大谋啊。

"欸？话说小琴去哪里了？"春荼蘼突然想起这茬，"让她买个乳酪，她别是跟人私奔了吧？这么久还不回来。"

"管她呢，她跟人私奔倒好了。"过儿翻翻白眼儿，"就怕她不知上哪闲逛去了，我听说镇上有庙会。"

"你不早说！"春荼蘼瞪了一眼过儿，"早知道去镇上逛庙会，不在家受那窝囊气。"

主仆两人说笑了一会儿，听到正厅那边有动静，就起身过去了。接着一家人吃了饭，尽管徐氏也在场，可所有人都不想让别人不高兴，就都强颜欢笑，装作没事般。可压抑的气氛，却是无论如何也摆脱不了的。不管怎么说，这个快乐的春节假期，还是让老徐氏破坏掉了。

当天，小琴天色快黑的时候才回来。一问，果然说是去镇上看庙会了，自然引起了徐氏的不满，借机发作了小琴一回。只不知为什么，春荼蘼总觉得小琴有点不对劲儿，似乎有些魂不守舍。而且小琴是个机灵的人，虽然心思总是不正，但很会做事，这么不管不顾地贪玩，没经允许就去镇上，不是她的风格。自然，乳酪也是没买来的。

但春荼蘼心中要考虑的事极多，当下没多注意，过后也就扔到脖子后面去了。而从那天开始，徐氏着实老实了一阵，也能迈出房门，每天早上给春青阳请个安，偶尔给

· 51 ·

春大山煲个汤什么的。春荼蘼冷眼旁观，并不多说。

转眼到了正月十五，镇外没什么热闹的，但镇上却有灯会，听说官府还组织了舞龙等表演节目巡街，祈祷今年风调雨顺。春荼蘼很有兴趣，所以春青阳和春大山商量了下，决定晚饭早点吃，完了带她去镇上看灯。

春荼蘼高兴坏了，她一大早就拉着过儿挑了衣服，因为怕人多拥挤，还是挑了男装，却不是胡服，而是直裾大袖，扎口的宽腿裤子，头上不戴幞头，而是系勒带，脚下配着长靴。这套衣服本来是春大山的便服，竹青色，春大山嫌颜色太亮，基本没怎么穿过，被过儿连夜改小了，春荼蘼正好穿。过儿自己来不及做男装，只好还穿着原来的胡服。

春大山的意思是，让徐氏留在家里。因为她一向娇怯，去人多的地方怕不方便，还得派一个人专门保护她。再说晚上冷，冻病了又是个麻烦事。但徐氏也不知是怎么了，死缠烂打的要跟去。小琴这些天都老实得过分，却也哀求徐氏要跟着。最后一家之主春青阳拍板，家里也不用留人看着，连老周头在内，全家一起去。

"不然你怎么忙活得过来？"私下，春青阳对春大山说，"本来咱们父子只关照下荼蘼和过儿就行了，而且过儿泼辣，本身就顶个小子使唤。现如今去的人多了，就由我看着荼蘼和过儿。你屋里的两个，你一个人都照应不过来，不叫老周跟着是不成的。"

春大山很惭愧，可又不想为此事和徐氏吵起来，再把元宵佳节也毁了，只能死忍着心中的不快。而且徐氏最近一直小心翼翼，他不好那么硬起心肠。

当天晚上包了饺子吃，打算全家逛回来后，再煮元宵当宵夜。

这个时候，饺子是作为馄饨的分支出现的，并没有明确的叫法和分类。春家这个年过得富裕些，就用了白面做皮儿，猪肉荠菜的馅。春荼蘼还自作主张和了一个豆芽、芫荽、鸡蛋，又加了碎豆腐的素馅，特别受到了春青阳和老周头两个年纪偏大的人的喜欢。

大家饭后又歇息了一下，免得被冷风冲到热乎乎的胃里。然后，一家人在大门口挂上大红色的灯笼，又找隔壁何嫂子借了牛，套了辆稳当的牛车，就去镇上。春荼蘼还当他们到得算早，哪想到天才擦黑，镇上已经人山人海，各色美丽的花灯沿着官府指定的几条街挂了出来，再加上家家户户门前的灯笼，简直应了那句诗：火树银花不夜天。

"没想到这么挤。"被春大山护在身前，徐氏还是忍不住抱怨道。

"爹心疼太太，早说太太不必来嘛，偏太太不听。"春荼蘼笑眯眯地给徐氏上眼药，"不然现在让爹送太太回去？"

徐氏见春荼蘼这样说，哪里肯走？咬着牙，紧跟着春大山不放。小琴借着人多的机会，装出害怕挤散的娇柔模样，拉住了春大山的手臂，大吃豆腐。这么多天来，第一次见她有了真正的笑模样。

"我就看不惯她那样儿！"过儿气得跺脚。

"摸一摸又不会少块肉。"春荼蘼低声道，"这事不用你操心，太太会修理小琴，你只管看着就行了。"

说完，她转过身提议道："咱们去临水楼吧？那边的铺子结束了很久，又还没有租出去，清清静静的，咱们先在街上逛着看灯，差不多时辰的时候，正好上二楼去看舞龙表演。"

"这么久没有人，会不会很脏啊？"徐氏有点不乐意。

因为一提到临水楼，就想到了那个方娘子。好不容易那女人走了，徐氏不想让自家夫君再睹物思人。而且，荼蘼是故意的吧？她非常怀疑。

春荼蘼哪管她怎么想，只道："我年前雇了小九哥去打扫过，不脏的。那条街上是最热闹的，临街的各个酒楼和铺子早被人占满了，除了那儿，也没有其他地方容得下脚呀。"

"没有人烟的地方……大晚上黑咕隆咚的……"徐氏还想反对。

春青阳却插嘴，问春荼蘼："钥匙可带了？"

春荼蘼点头道："自然带了。我还叫小九哥准备了点心、瓜果、甜酒，还有好多灯笼呢。"

"你这丫头，原来早就打算好了。"春青阳就笑道，"那咱们就去，也算是享了我孙女的福了，我年纪一把，可从来没有过独占一楼的时候。"

春青阳这么说了，徐氏哪还敢说个不字，委委屈屈地低下了头。

清静有清静的好，热闹有热闹的妙。一家子才来镇上，体力和精神自然都充沛，先在镇子口寄存了牛车，然后沿着那条最繁华的街，闲闲地逛着。等逛累了，时辰也差不多了，再上临水楼的二楼，找最好的位置看舞龙表演。

春荼蘼晚饭的时候本就留了肚子，这会儿见了各色小吃，自然这样买点，那样买点，只是春青阳怕她冲了风，不许她边走边吃，只由过儿提着，等回家，或者到了临水楼才吃。还有那各色花灯，虽然算不得精致，却颇有野趣，带着胡汉融合的粗犷风格，特别可爱。她看着新鲜，自然也买着了好几个花样。

徐氏看在眼里，很是不以为然，觉得春荼蘼纯粹是浪费银子，净买些没用的东西。可是春家虽没有分家，但却分了灶，说白了，各花各的银子，春青阳爱把银子给孙女花，就是扔在水里听响，也跟她没有半文银子的关系，她根本管不着。

临水楼所处的那条街，是镇上的主要街道，平日里最是热闹，逢年过节的，自然要加个更字。况且官府组织的舞龙队是必要经过此街的，所以此处人山人海。平时从街这边到那边，也不过走个一刻钟，今天却足足逛了一个时辰。

徐氏和小琴走得愁眉苦脸，鬓发散乱，春荼蘼倒是兴致勃勃。她身体本来很娇弱，可经过两个多月的巡狱之行，一路上摔打颠沛，倒强健了不少。此时到了临水楼门口，倒是徐氏主仆更想进去歇脚了。

春荼蘼掏出钥匙，由春大山上前，先请站在楼前台阶处的人让开些，然后就打开了大门。在摸到门框的瞬间，他不禁有点怅然，想到不久前，方娘子还站在这儿，对他柔和地笑着……

他的神情,别人没注意,徐氏却是看到了,心里就是一阵发堵,上前道:"夫君别想那么多,快开门吧,老太爷只怕走得累了。"一句话,酸酸的,还攀扯了别人。

春荼蘼假装没听到,刚要拉着春青阳进去,就听后面有人叫道:"春队正,这么巧遇到你们啊?"

不用回头,就知道说话的人是韩无畏。他的声音永远那么明朗,就连冬天的寒风都似被逼退了似的。又听说皇上怜惜康正源的身体,不想让他在年节期间赶路,许他元宵后再回京,想必此时正跟在韩无畏身边吧。

对于大唐人来说,从腊月二十三的小年开始,直到元宵节,二十来天的时间都算过年。

果然,春荼蘼一行人转过身就看到韩无畏和康正源两个人走过来,后面还跟着十来个护卫。他们两个都穿着便装,可除非易容,生就的模样和气质就是鹤立鸡群,在人群中根本隐藏不了行迹,一眼就能找到。何况,韩无畏个子那么高,所以他们根本也不掩饰了,衣着华丽,姿态优雅,浑身上下散发出的风采,令他们的额头上似乎明确地写着三个字:贵公子。

韩无畏穿着深紫色窄袖胡服,因为他不喜欢戴帽子,最冷的天里也是系着抹额,大约知道那会使他的眼神显得格外深邃,所以依旧是细细的一根带子勒在额头上。同样的紫色,上面缀着一颗小小的红宝石。剔透的颜色衬着火光,似乎让他的眼睛里燃起了两簇小火苗儿。

康正源则是前汉风采的广袖博带的袍子,天青色,高冠革履,略显苍白的脸在背后各色灯笼的映照下,像美玉一般。天气还冷,他呼吸之间弥漫出淡淡的白气,整个人仍然给人不真实的梦幻感。

他们知道街上人多,没有"荼蘼荼蘼"地乱叫,而是喊了春大山的名字。

春大山见状,连忙上前,虽然他们是便装,却仍然执了属下礼,问道:"二位大人怎么也在?倒是巧了。"

"康大人没看过咱们范阳的舞龙,我特别带他观赏观赏。"韩无畏说着,望向身后的临水楼,"怎么,是要上楼去占个好位置吗?那我可要打扰了,不知可否同行?我往年不爱掺和这热闹,就没想到临街商家的酒室雅阁都提前订满了,刚才找不到座位,让康大人埋怨了我好大一阵子。"说话的时候,目光稳重,没有一丝乱瞄到春荼蘼身上。

春荼蘼知道他私下虽然随便,但其实是个心细妥帖的,也很知礼仪。对外,绝对是贵族绅士风范。当然,他想不想、会不会真正遵守规矩,就是另一回事了。

"这是属下的荣幸,平时请还请不来呢。"春大山客气道,"说来今天算我的好运道,大人若不肯屈尊,我非要硬拉不可的。"说着,就把人往里让。

韩无畏和康正源见春青阳在此,又有女眷,自己是微服,没有以官位压人的道理,自然不肯先走。正推辞间,春荼蘼拉了拉春大山的衣袖,小声道:"爹,楼里面黑呢,总得让人先进去点了灯,略收拾下,怎么好让两位大人这就直接进去?"

一句话提醒了春大山，立即就告了个罪，让老周头、小琴和过儿进楼先整理整理。韩无畏和康正源既然不客气地要求进人家的酒楼赏景，断没有看着的道理，也叫那些随从跟去帮忙。

　　人多好办事，很快临水楼上下就亮了起来。

　　韩无畏和康正源推辞不过，率先进楼。他们一行人到了二楼最正面，也是最大、视线角度最好的房间，分宾主坐下，那些护卫就散坐在各处。过儿和老周头，麻利地到后厨去烧水，并取了炭盆来。方娘子走得匆忙，并没有把酒楼内的东西全清理走，所以一切都是现成的，还有余下的茶与酒，倒也便宜。

　　春荼蘼把买来的各色小吃放在桌上，因为没了外人，就免了拘束，笑道："祖父还嫌我买的吃食多，这不，正好用上了。可见韩康二位大人是有口福的，随便逛逛都有人请吃。"

　　虽然韩无畏和康正源早就跟她混熟了，而且大唐民风开放，并不忌讳男女同席，但当着人家祖父的面，而且还有她那不省事的继母，自然不好太随便，免得她让人说嘴，于是康正源就笑道："托了姑娘的福，下回改请春队正一家。"

　　韩无畏坐在一边点头不语，心下却暗道：这丫头在家里是能干泼辣的小家碧玉，在外能表现出大家闺秀也欠缺的高雅气质，在堂上堪比最强悍的战士，但此时却一副小女儿态，真是一人千面，不知哪个才是真正的她呢？

　　"两位大人见谅，荼蘼被我宠坏了，有点不识礼数。"春青阳谦虚几句，把春荼蘼拉在身边，不愿意让她和韩无畏、康正源多接触。

　　他是保守的人，更了解贵族与平民之间的地位差异。虽然他看得出这两个年轻人都对孙女有一定程度的好感，而且他们本身也格外出色，但他不想孙女嫁到高门，只想找个知道疼人的男人，守着孙女过日子，要离他近些，才好帮衬。

　　地位悬殊的婚事，他见到过，可结果呢……徒惹伤心、生离死别罢了。

　　春氏父子脸皮儿薄，不会奉承人，好在韩无畏和康正源也不是搭架子的人，三言两语地寒暄过去，大家倒没了尴尬，一边聊着过年的事，一边吃着春荼蘼买的零嘴，倒也和乐。过了会儿，过儿又把茶和烫过的、加了乳酪的果子酒拿了来，气氛就更融洽了。

　　就是徐氏，仍然是上不得台面的小家子气。都说穷养儿，富养女，徐氏这种让老徐氏用银子泡大的人，为什么就不能大方点？再看小琴，逮到一切机会上前侍候，虽然没到乱抛媚眼的地步，可架不住她总这么乱献殷勤啊。

　　而春荼蘼看出韩、康二人确实是偶遇，也确实是来看灯的，当下就消除了怀疑的情绪。唉，她这个职业病啊，可怎么得了。不知为什么，她又想起了那个军奴，当时对那个人，自己怎么就毫无防备呢？

　　想到这儿，她不禁想到上回被咬伤的手指，确切地说是划伤。她皮肤白细，若有个印子要好久才能完全消失，现在离被咬才只一个月，仔细看的话，仍然有一条淡淡的浅褐色细痕……

　　"春小姐看什么这样出神？"康正源注意到了春荼蘼突然的沉默，微笑着问。

"有点困了呢，怎么舞龙还不来？"春荼蘼随意找了个借口。

韩无畏武功高，自然耳聪目明的，闻言耳廓一动，接着就站起来，走到窗边，打开了一条缝往外瞧，随后笑道："春小姐，快来看，舞龙队可不就到了嘛。"

春荼蘼一听，顿时高兴起来。

这间雅室面积大，有三个临街的大窗。一屋子的人自动分成三部分，春青阳和春荼蘼、过儿占据了一个窗子。春大山和徐氏、小琴占据了一个。韩无畏和康正源自觉地用了第三个。老周头是很讲究上下的人，一直守在门外，不肯进来。

眼见舞龙队还在长街的那一端，蜿蜒的灯火好似自天上而来，热烈的气氛瞬间就浓厚了。而长街这边的人群也明显感受到了，顿时就开始骚动、拥挤起来。

正充满着期待，只听小琴惊叫了一声，因为声音尖细而高，听到人耳朵里极不舒服。

春青阳觉得在贵人面前失了礼，沉下脸问："什么事咋咋呼呼的？"

小琴惊讶地向窗下一指："那是不是王妈妈？老太太跟前离不得的王妈妈！"

春荼蘼惊住了，心中顿觉不祥。

这是女人的第六感，一般来说，她有这样像被凉水从头浇到的感觉，就肯定有大事发生。

情不自禁地，她探出身子往下看，果然见到了那个王婆子，身材魁梧得像个男人，长着一副脸上有痣，痣上有毛的天生凶恶相。

这个婆子是老徐氏的绝对心腹，有她的地方，必有老徐氏，所以徐氏一怔，情不自禁地喊了声："王妈妈！"

人群熙熙攘攘，那王婆子被挤在人群当中，身不由己地走着。徐氏的声音并不大，照理她是听不到的。可不知什么原因，她就是听到了，还准确地向临水楼的楼上望来。

街上灯火通明，但却及不上楼上更明亮，所以王婆子一下就认出了徐氏。但她不但没有露出惊喜的神色，反而还很慌张，把脖子一缩，头低下，竟然打算装作不认识，拼命挤开人群就跑。

徐氏急了，拉了春大山一把："夫君，王妈妈行事有异，不知我娘家出了什么事。请夫君把王妈妈追来，我好细细问过。"

她一脸哀求，春大山犹豫片刻，不好拒绝，抬步就要走。

春荼蘼眉头皱紧，极为不快。以王婆子这种情况来说，徐家，确切地说是老徐氏那儿必然是出了事故的，可王婆子摆明撇清，春家沾上去就是麻烦。若两家的关系亲近还好，可十天之前，两家算是吵起来了……那么，徐家的事，凭什么要她爹去插手？就算好歹算作姻亲，也得徐家提出来，春家才好帮忙，现在算哪档子事？

可惜，当着外人她又不好直接开口说什么。春青阳也是这样想，又怕人太拥挤，儿子虽然身强力壮，可万一撞上点阴私之事……

康正源最是审时度势，反应又快，看到春荼蘼没来得及掩饰的脸色，立即就道："外面杂乱，春队正不方便行事。不如，叫我们带来的护卫把人叫上来问个清楚。"一来，护卫身份为公，若是栽赃陷害什么的，很容易分辨清楚。二来他深知春荼蘼对继外家的态度，假如有不好的事，他和表兄的地位在这儿摆着，能做见证。

他很感激春荼蘼在律法之上给他帮的忙，又对她心有好感，就一心向着她。反正若是不方便外人插手的事，到时候他们再避开就是了。

韩无畏也是这样想，所以康正源话音一落，还没等春大山拒绝，韩无畏就出了门，快速吩咐了护卫们两句，指派了四个人。虽说护卫们不认识王婆子，但那女人的特点太明显，很容易辨认出来。

这么一闹，看舞龙的心情又被坏了。眼见舞龙队伍和簇拥在旁边的百姓，叫着闹着，一路过来，可那热闹与欢喜，开心愉悦与笑声阵阵，还有对新年美好的祈祷，好像都与临水楼上的人无关。春荼蘼不知心中是怒是恨，过个年，两次被老徐氏破坏了气氛。

房间内，大家尴尬地沉默着，等舞龙队通过了临水楼的窗口，那四名护卫终是把王婆子带了来。

"你怎么在范阳县？"没等任何人开口，徐氏就急问。

这是人家两位大人的护卫把人带到的好不好？至少先道个谢，然后判断情况是否可以当面询问，才能开口啊。徐氏怎么这么莽撞？

"我娘呢？我娘是不是也来了范阳？她老人家是找我有急事？怎么不派个人来？这大晚上的……是我娘病了吗？"接着，她又一连串地问，都没给韩康二人告退的工夫和借口。

那王婆子平时凶恶，也只是狐假虎威，其实遇事却是个胆小糊涂的，听徐氏这么一问，还没怎么着呢，就扑通一下跪倒，大哭道："小姐，小姐，您听我说。不是老奴要背主，实在是走投无路了。官府要拿了老太太，老奴也没有办法。老奴上有老、下有小，不得不顾着这一家子啊！再说，我这样也是为着老太太着想，将来万一有什么……我这也是铺后路，让老太太有个退身步不是？"

嗡的一声，春荼蘼一个头变成两个大，而且非常吃惊。

老徐氏要下狱？怎么会？虽说她平时耀武扬威，可家里确实有几个臭钱，在官家面前又惯会来事儿，所以在涞水地头上颇吃得开。她控制欲超强，自私自利、喜欢显摆、为人强势，让人非常讨厌，但应该还不至于做杀人放火的事。可若不是大案，涞水官府不会拿下她。

徐氏听王婆子这么说，嘤了一声就要晕，被小琴架住后，浑身抖得筛糠似的，把没见过世面的乡下妇的形象摆了个十足十，完全没有官家娘子的半分沉稳。

倒是春大山颇镇静，问王婆子："别说那些没用的，只说说，徐家到底发生了什么事？"

这时候，韩康二人倒不好立即抽身而走了，毕竟主家没发话，主动离去，似乎是要袖手旁观的感觉，显得十分冷淡疏远。而且出于心底的某些说不清的原因，他们本也不想和春家生分了。

而春青阳则是考虑到怕徐家有什么官非事，出于对老徐氏的深深忌惮，他顾不得家丑，很希望有两位大人物坐镇，免得以后说不清。于是，又请韩康二人坐下了。

春荼蘼皱着眉，全神贯注在王婆子颠三倒四的叙述上，搭配着春大山不时的提问，半个时辰后，春荼蘼终于弄清了全部事实，不禁更是惊疑。再看徐氏，已经晕过去了，把这种逃避现实的方式使用得淋漓尽致。

原来，自从那天老徐氏从春家回去，她的夫君，徐氏的亲爹，本名为范建的，就一直没有回涞水。开始时，老徐氏根本不管，因为范建在入赘前是个秀才，经常开个诗会啥的，念几句酸文，也有几天不回家的经历。老徐氏把范建管得死死的，知道他不敢在外面玩花活儿，就没当个事。谁还没有个怪癖？大部分打压，小部分放纵，全面接管的同时，好歹留点儿缝能让人喘口气儿，就是她的驭夫之道。

可是哪想到，范建从那天开始就再也没回去。老徐氏是从春家扬着下巴走的，自然低不下头来求着帮忙寻找，只派了人私下寻人，还求了范阳县衙的人，可愣是没向在县衙做事的春青阳透露一星半点。

结果，范阳、涞水以及相邻的路上和附近的几个地方都找了个遍，仍然没有消息。老徐氏这才急了，可却还有比她更急的。家里的生意倒无所谓，本来就是她一个妇人撑着，范建就是个百无一用的穷酸书生。不过范家贫困，家里的老母又贪婪，不然也不会让秀才儿子入赘了。

范家经常要范建偷拿银子接济，范建这一失踪，银子拿不回去，范家又大手大脚惯了，一下子就承受不住。本来老徐氏把范建失踪这事是瞒着的，只说他到外地和朋友游玩去了，可到底世上没有不透风的墙。范家听说后，心想摇钱树断了还了得，非要往大里闹，要老徐氏赔一大笔银子才算。

老徐氏强势惯了的，自然不肯，结果两相说翻了，惊动了官府。官府收过好处，本不想宣扬，但架不住范家不顾脸面地大闹，想捂着这事却捂不住了，只好把老徐氏拿下。

其实，老徐氏并没有被关到大牢里，只是被带走问话，然后放回了家，责令她不能出门。可是老徐氏这样的人，调教不出好手下和家仆，哪怕是她最信任的王婆子，见主人有难，也只想捞一把快跑。王婆子身为老徐氏的心腹，生怕被连累，又觉得范建很可能在外面遭了难，于是卷了些老徐氏平时不怎么注意的细软，随便告了个假，带着男人和儿子一家闪人了。老徐氏虽然生气，可这节骨眼儿上，哪有心情和时间收拾下仆？

王婆子的儿媳不是徐家的丫鬟，而是聘娶的范阳县清白人家的女儿。因此，他们一家回到范阳县上，本来要隐匿行迹，暂时不露面的，可今天元宵节，她小孙子非得出来看灯。王婆子心存侥幸，觉得范阳县说大不大，说小可也不小，不太可能就遇到熟人，就跟了出来。哪想到，世上的事真就这么巧！

"小姐，姑爷，春家老太爷，求求你们放过老奴吧。"王婆子哭诉道，"老奴是有私心，可也真是为了老太太着想啊。刚我儿子和儿媳抱着小孙子家去了，还不知道我这边的情况。三位慈悲，好歹放我回去一趟，免得他们提心吊胆。"

"你这样，就不怕我娘提心吊胆！"徐氏怒喝一声，醒的时机很到位，"你这忘恩负义的狗奴才，但凡我娘没事，必不能与你善罢甘休。你和你儿子的卖身契，我娘是赏还给你们了，可别忘了，还有你男人的！"

王婆子一听，吓得哇哇大哭，吵得春荼蘼脑仁儿疼。她无意间转过头，见到小琴脸色变幻不定，双手绞着，似乎要把手指扭断了似的，表现得很是不同寻常。

春荼蘼突然想到范建消失的那天，小琴也是莫名其妙地消失了大半天，这两者之间有关系吗？可是，这与她有什么关系？春大山于情于理不能不闻不问，可跟她沾不上边吧？

春荼蘼正想着，徐氏突然扑通一下跪在她面前，哭道："荼蘼，求你救救我娘吧！"

第二十三章　管得？管不得？

这什么啊，气死人了！

什么意思啊，当着这么多人的面跪她？再怎么说，徐氏占着辈分呢！这是求吗？这是逼！

老徐氏对她怎么样？徐氏自己又对她怎么样？脸怎么这么大，这时候还要胁迫她？

春大山显然也想到了这一点，一把把徐氏揪起来。他强压着怒火，惭愧地对韩无畏和康正源道："贱内无状，让两位大人看笑话了，真令某无地自容。"看他那样子，确实很想要找个地缝钻进去。

韩无畏和康正源本想留下帮忙的，但徐氏突然来这么一出，令两人都非常尴尬，连忙起身告辞。康正源还说了句："春队正请自便，今日叨扰了，改日再登门道谢。"说完，两人就快步走出去。

韩无畏走到门口时停顿了下，略转过身，状似无意地瞄了春荼蘼一眼。虽然没说话，但春荼蘼明白，他是说有困难，可以去折冲府找他帮忙。她心中感激，几不可见地轻轻点了点头。

等韩康二人一离开雅间，春青阳就恼了，沉声道："有什么事回去再说，在外面闹腾个什么劲儿。"说着，拉起孙女就走。

春大山又愧又怒，当下也不言语，只和老周头把灯火熄了，胡乱锁了房门，把王婆子直接丢在街上。然后一家子到镇口取了牛车，直奔家里。

一路上，气氛压抑极了，没有人吭声，和来时的欢乐相比，简直是两个极端。只有徐氏不断地细声抽泣，听得人心烦意乱。

她就是这样一个人，你说她没主意吧，她做事蔫有准儿，你说她有手段吧，她又偏偏弄得周围的人跟她一起六神无主。这人像块牛皮糖似的，黏在手心儿里，甩也甩不掉；又像扎在肉中的毛刺，明明扎得慌，可就是不好拔出来。有时候，春荼蘼觉得自家老爹还不如娶个泼妇回来的好，好歹把事情摆在明面儿上，真刀真枪干一场，哪怕上演最低级的全武行呢？总胜于拳拳像打棉花，气得人的火气升起又落下，落下又升起，最后憋出内伤。

到了家，老周头去卸牛车，小琴和过儿忙活着收拾东西，只有一家四口进了院子。春大山一个没留神，徐氏就跟着春青阳和春荼蘼祖孙二人进了正厅。春青阳那儿才要坐好，徐氏又立即泪如泉涌，而且还要跪。

春荼蘼怒气直冲天灵盖，也顾不得平时勉强维持的礼貌，伸手把徐氏生生架起："太太，您若再哭，或者再跪，祖父和父亲我管不了，我立马回辽东郡我外祖家，三年两载后才回来！"她这话说得很明白，徐氏再来这套哀兵政策，她真的甩手就走，说到做到。当然，辽东郡外祖家云云，是上回跟康正源巡狱时编出来的。

徐氏一哽，硬生生把哭诉噎了回去。她知道春荼蘼虽然平时笑眯眯的，却并不好说话，所以对春青阳哀求道："爹，我爹现在下落不明，我娘又惹了官非，求您让荼蘼帮帮我娘家吧？"

春荼蘼站在春青阳身后，抿着嘴不出声，因为她深知自己的祖父和父亲的为人，知道他们会为自己说话。春大山不是个惧内的，他只是嘴笨心软，做事总是给人留脸面和余地。这样的男人如果遇到懂事的老婆，日子一定过得极其和乐，互相尊敬，举案齐眉。但结果遇到不识抬举的女人，比如徐氏，就会蹬鼻子上脸。

而春青阳也只是善良厚道而已，却不是傻的，也不是不敢说话。

果然，春青阳一脸疲倦地道："大山媳妇，你说这个话可得摸着良心。我自问，你嫁到我春家后，从没有苛待于你，甚至身为人媳应该做的事，你不做，我也从不多嘴。毕竟，日子是你们小夫妻过的，我还能活几年？荼蘼又能搅和你们几年？只是你提出这个要求，自个儿就不掂量掂量吗？你还记不记得，当初荼蘼被迫上公堂是为了什么？为了你的夫君被诬陷，你身为他的妻子没有办法还他清白，逼得荼蘼不得不小小年纪代父申冤！"

说到这儿，春青阳有点激动，眼圈都红了，很是痛心："然后，事情一件件来，逼得荼蘼不断向这条路上走。可是，前几天你娘来家里拜年，说的什么？她说我家荼蘼坏了名声，连她也跟着抬不起头来，要随便把她嫁出去，好为你未来的儿女扫清道路。她既然看不上荼蘼，现在也不用求上来。你又怎么好意思让荼蘼为你娘的事再上公堂、再奔波、再坏了名声？你这心，可是肉长的？你怎么说得出口！"

"爹，以前都是我不好，是我娘不好。但现在事情到了这个分上，求您念在两家亲戚一场，叫荼蘼救救我娘吧。"徐氏仍然忍不住哭道，却不敢大声哭，怕惹春荼蘼发脾气。

"大山媳妇，这事出了快十天了，你娘求人求到了范阳县衙。"春青阳神色冷淡，"我就在县衙做事，却没听到半点风声，可见她是特意要瞒我，是不想让春家插手。如今你来求，我要是应下，岂不是多事？"

徐氏怔住了，但很快又说："是我娘糊涂，恐怕也是因为上次的事有愧，所以才瞒着。可这事我不知道就罢了，我既然听说了，就不能袖手旁观。我又是个没能耐的，只能求您、求茶蘼来帮我这一把。如今夫君已经是正九品的武官了，若是岳母入狱，只怕也会影响前程。"她这话语气软和，似是哀求，但语意却透着隐隐的威胁。

春大山顿时就怒了，大喝一声道："你别说了！你的意思是，我的官位要拿我女儿的名声去保吗？真是混账！你跟我走，咱回屋好好说道说道！"说着上前死拉着徐氏，不管她怎么挣扎着不乐意，也把她提溜到东屋去了。

她这一走，正厅顿时安静了下来。春茶蘼看到春青阳脸色铁青，厌烦中带着无奈，就知道刚才徐氏最后一句话对祖父不是没有触动的。这个年代，重要的亲戚之间确实互相影响，不然为什么有诛九族之说呢？名声，就像一座巨大的山，背在每个人身上，令所有人都活得很小心辛苦，特别是女人。所以这时候的大家族结亲时很慎重，就是因为牵一发而动全身。

"祖父，喝点水，压压火气。"春茶蘼从小茶炉上倒了杯温茶给春青阳。

"茶蘼，你说，徐家这事……管得吗？"春青阳接过茶盏，叹息着问，甚至不想看向孙女。

孙女是他的心头肉，可儿子也一样是。自个儿的儿子有多大的雄心，他知道，大山也想建功立业、光宗耀祖，只是自家这种情况，在没有大战的情况下，是没什么机会的。可谁又让儿子一时不小心，他又一时心软，招了这么个祸害进门呢？如今想甩都不是那么容易了。

若春茶蘼能听见春青阳的想法，一定会乐得蹦起三丈高。因为，春青阳已经有了要摆脱徐氏的意思了！

"您别着急，再气个好歹的，心疼的可是孙女和我爹。"春茶蘼坐在春青阳的下首，安慰道，"您长命百岁，孙女才有福气，所以别为这点子小事伤神。依我说，这事管得，也管不得。"

"什么意思？直说吧，别绕祖父，头晕。"

"我说管不得，是因为徐家老太太是个烫手的，谁沾上谁倒霉。"春茶蘼分析道，"而且咱们帮了她，她还未必会感激，反而会认为咱们拿了她的短处，以后必要找回场子，指不定怎么变着花样闹腾呢。"

"有理。"春青阳点点头，没留意自己不知从什么时候起，开始重视小孙女的意见了。

"我说管得，是因为她若真下了大牢，或者……说句丧气的话，太太的爹真的死了，而且还和徐老太太有点关系，那我爹是一定会被连累的。人家不会说咱们两家关系不亲近，只会说春队正的岳家如何如何。咱家正在脱籍的关键时刻，不能让别人找到机会说嘴。"

"可……"春青阳恨声说，"难道为了咱家的事顺利，就让徐家混赖上咱们一辈子？你爹这个老婆娶得能不能做他的贤内助，我已经不要求了。可你爹若发达了，只徐家那位老太太就惹不起，她不天天跑来惹是生非就怪了。"

春荼蘼一听有门——春青阳对徐家的态度,是能不能摆脱这家子人的关键。于是她趁热打铁道:"所以,依孙女说,这事还得管。只是怎么个管法,可得好好合计合计。"

"你这丫头,有话就直说吧。"春青阳瞪了孙女一眼,爱怜得很。

"祖父,徐家与春家虽说是亲戚,但毕竟是两家人,亲兄弟还得明算账呢,何况只是姻亲呢?"春荼蘼笑得像一只小白兔那么可爱,可眼神却像小狐狸那样狡猾,"做状师是要收银子的,叫诉讼费。根据各自的本事不同,收费也不一样。鉴于我是和大理寺丞一道办过案的,就定……白银五百两。若胜诉,再加一千两。"

"这么多?!"春青阳被惊到了。

"对穷人当然不用这么多了,真是特别困难,孙女我不要钱也行,只当为了祖父长寿、父亲的前程行善积德了。可是对有钱人,客气什么?徐家可是涞水首富哪,还在乎这些散碎的银子?若不多多地要,岂不是看不起人?"春荼蘼坏笑,"其实关键不是银子,而是徐家老太太的心思。咱们捏了她的短处,有恩于她,还刮了她的银子……哈,她本来就不想让太太嫁我爹,这下非得想办法让太太和我爹和离不可。那样,我爹就自由了。祖父你也不用担心以后徐家会连累春家了。"

"原来你这丫头打着一箭双雕的主意。"春青阳恍然道。

"祖父,你也别瞒我,我就不信太太不让您头疼,您心里就没有点别的意思。"春荼蘼站起来,走到春青阳身侧,低声道,"世上没有不透风的墙,徐家这事,早晚会在范围闹到尽人皆知。那时若徐家主动提出和离,大家都会以为是因为徐家对春家有愧,总比春家休妻强,保住了两家的脸面,徐家老太太巴不得的,咱们家还能落个仁善之名。话说,咱们家本来就是仁善嘛。"

"徐家会这样做?"

"放心吧祖父,徐家老太太总是俯视众生,怎么能容忍在咱家手里有短处?太太再想赖在咱们家,也架不住她娘闹腾。所以我总说,咱家不用动,只要等机会就行,徐家老太太会自己往刀口上撞的。"

她这话说得形象,春青阳不禁脸色一缓,随即又发愁道:"只是这样一来,你爹的亲事又成了大问题。他前面死了一个老婆,后面又和离一个,以后得多难哪,总不能让他孤独终老。"

"大丈夫何患无妻?只要咱家有钱,或者我爹以后再升官,就算娶不上名门贵女,家世清白的小户人家也尽由着我爹挑。就我爹长得那模样,往大姑娘面前一走,就没有不乐意的。说起来还是祖父有本事,怎么把我爹生得那么好看哪。"春荼蘼故意开解春青阳,逗得老人果然笑了。

"你这丫头越来越油嘴滑舌了。"春青阳假意板着脸,"提防让别人听到,就真嫁不出去了。"

"我在外面可文雅了,就是在祖父面前才这样。"春荼蘼拉着春青阳的手臂撒娇,"之前您总想将就一下,想让我爹把日子过顺了。现在看出来了吧,越将就越紧绷,不如趁早斩断。"

"可是,你爹升官的事可遇不可求,咱家又没钱。"春青阳有点患得患失,总体说来,还是因为担心儿子。

春茶蘼摊开手:"一千五百两哪,很快就会有的!"

"她能给?你能赢?"春青阳没亲眼见过孙女打官司,一切只是听人说起,此时就有点不能想象。另外,他内心深处还是对春茶蘼上公堂的事比较抵触。只是事情又逼到了面前,而且先前他已经放出话说他春家的茶蘼是只金凤凰,现在自然不能拦着。

他不知道自己做得对与不对,只觉得心里不踏实极了。可对于春茶蘼来说,她要当状师的计划一步步走到今天,春大山也好,春青阳也好,已经算是足够开明。一来,这里民风确实开放。二来,春氏父子太宠爱她了。于是,她不到一年就接近了自己的目标。

"她不给,就等着吃官司吧,至于赢与输……"春茶蘼拖长了声音,"我是一定会赢的。"

这番自信之语,给她的脸上增添了不一样的光彩。春青阳看在眼里,心下不禁又是骄傲,又是失落。昔日在他怀里撒娇哭泣的小孙女长大了,已经成了他的主心骨。这样,是不是意味着她要振翅而飞,要离开他的手心了?

正感慨,就听东屋传来咣当一声响,似乎有什么东西被丢在了院子里。接着,徐氏的哭声传来。这一次,她没有压抑,还故意放大了声量。

"看看去吧,就照你的意思。"徐氏的行为,令春青阳终于下定了决心。

爷俩走出正厅,就见院子里躺着一个红漆小箱子,徐氏正跪在箱子前,一边哭,一边把散落的衣服又塞进去。这时,过儿和小琴都回到了内院,被站在东屋门口的春大山吓着了。

春大山满脸怒容,压着声音吼道:"拿着你的东西滚回你娘那儿去!别总说我们春家占了什么便宜,自打你嫁过来,我们全家几口人,没花用过你一文钱!徐家豪富又如何,你吃的是我的俸禄!现在居然敢拿银子威胁我?"

春茶蘼苦了脸。

徐氏这是闹哪样啊!求人的事,她还把姿态摆那么高?哪有拿娘家财势压婆家的。不过想想也可以理解,她爹就是入赘的,她娘平时肯定是这样看不起男人,潜移默化中,徐氏表面上倒没什么,心里却学到了,遇事自然而然就模仿了起来。

可春氏父子是硬气的,她的亲娘白氏留下的嫁妆他们都不乐意沾一点,还能在乎老徐氏掌握下的那点"恩赐"?何况老徐氏一直防贼似的防着春家,吃穿用度,全是给她自个儿闺女的,吝啬得很。

春茶蘼怕再吵下去,惊动了邻居不好看。再说,好歹是元宵佳节,家宅不宁总是不好,别影响了一年的运道。于是,她向春青阳使了个眼色。

春青阳立即喝道:"都给我闭嘴!我看你们是想气死我!要真看我碍眼,不如直说,摔桌子打板凳的干什么呢?"

春大山极孝顺,见父亲这么说,不禁又羞又惭,这样的硬汉子,竟然气得红了眼圈,差点掉下眼泪来。

春青阳到底心疼儿子，暗叹了口气，故意绷着脸对儿子说："给我滚进屋来！"说完，意味深长地看了孙女一眼，转身回了自己屋。

春大山低着头，不情不愿地跟了进去。

"你们俩，快帮太太把东西收拾进去。"春荼蘼赶紧吩咐吓呆的过儿和小琴，然后又转向徐氏，"太太到我屋里坐坐吧。"一边说，一边上前扶起徐氏。

徐氏跟春大山吵，就是因为她要春荼蘼帮助老徐氏打官司，可春大山不允。说着说着，她就提起自己是下嫁，好好的良民嫁了军户，之后又说起什么徐家必有回报，可以帮助春家改善生活的废话来，还要从那小箱子中拿体己银子，结果把春大山惹恼了。

春大山从不打女人，气得无处发泄，就把徐氏的小箱子扔在当院里，叫她滚蛋！现在春荼蘼主动跟她说话，她是巴不得的，立即就跟着进了西屋。

"荼蘼，你爹在气头上，脑子不清楚，但你是个好孩子，可得帮帮我，帮帮我娘啊。"一进门，她就开始哀求，也不等人坐下。

春荼蘼闭了下眼，深呼吸两次，这才压下心中的恼火。这个时候，徐氏还敢说自己的夫君脑子不清楚？徐氏自个儿清楚吗？若是清楚的，说春大山的不是，就不怕她不高兴？

"毕竟是亲戚，哪有不帮忙的道理？"春荼蘼努力平静下来说，"我爹不应，还不是因为太太只为娘家想，却不顾及婆家的名声？"

徐氏讪讪的，但她随即意识到春荼蘼的意思是肯接这个案子，又是大喜："真的吗？那太谢谢你了。放心，若我娘能平安无事，谢礼必不会轻的！"

"谢礼倒不必了。"春荼蘼神色间淡淡的，"只是我再抛头露面，只怕这辈子的名声就洗刷不干净了。所以我想，干脆就做了这个营生，将来嫁不了人，至少还能养活自个儿，大不了一辈子做春氏女就是。"

徐氏低下头，看不清神色，可春荼蘼对其真是不齿。只要为了她好，为了她娘好，为了她徐家好，在徐氏眼里，牺牲掉她一个春荼蘼算什么，居然连假意的阻拦都懒得说。那她还有什么好客气的？

"不过……"她话题一转，看徐氏惊得抬起头来，大约以为她又反悔了。

她故意犹豫半天，急得徐氏快不行了时才说："既然当个营生来做，自然要有个收费的章程。照理来说，两家是亲戚，我不能张这个口。可这也算是开张做生意，头一回又不能坏了规矩，所以这银子嘛……"

徐氏也不傻，一听是要钱，心中倒放下了，还暗想：到底是军户贫民，说什么白氏有嫁妆留下，还不是见钱眼开？亏得春大山往日里把他自个儿的闺女夸得天上少有，地下无双的，也不过一身铜臭气，自然比不得她这样视钱财如粪土的。

"荼蘼，你放心。只要你肯帮忙，咱们就公事公办。"她挺直了脊背，眼中闪过一丝不易觉察的轻蔑。

春荼蘼看了出来，却完全不放在心上，笑道："我就喜欢公事公办，感情归感情，钱财要分明。这样，我开的价是上堂五百两。若赢了官司，再加一千两。"

徐氏本能地点头，片刻后才意识到这数字，不禁大为吃惊，还以为自己听错了。

春荼蘼不等她说话，就继续道："不二价，太太还是想想再决定吧。"

她微微露出的笑意，令徐氏突然觉得这丫头太可恶了。死丫头明明是不想帮手吧，所以开高价来吓人。可她是谁，她娘家是涞水首富，虽然这一千五百两拿出来实在肉疼，可为了自个儿的面子，为了娘亲的官司，她出了！

既然万事谈好，春荼蘼第二天一早就要赶去涞水。她绝对恪守职业道德，既然说好要干，就肯定全力以赴，把老徐氏从案子里捞出来。

正月里没有兵训，春大山就带着徐氏、小琴、过儿，与春荼蘼同行。留在家里的春青阳也被孙女交代了任务——必须要完成的。

"祖父，麻烦你在衙门里告个假。"她偷偷对春青阳说，"帮我盯着点王婆子。"

"你怀疑她？"春青阳愣住。毕竟他在衙门做了大半辈子了，不仅对犯罪的敏感，身上也有些功夫。尽管身手比不上春大山，对付一般小蟊贼却是富余。

"祖父，您想想啊，徐家老太太是个什么样的人？"春荼蘼眯着眼笑，又露出小狐狸的样子，"她那么掐尖要强，不允许任何人和事脱离她的控制。王婆子是她跟前儿第一亲近和信任的人，而现在她身上背着官司，王婆子却跑回儿媳的娘家来，这种行为就等于背主。依徐家老太太的性子，就算现在正焦头烂额，也必不会容忍吧？"

春青阳一想，深以为然，眼神中就流露出疑惑的神色道："亲家老太太，确实是宁愿自伤一千，也要伤敌八百的强硬性子。"

春青阳厚道，说得含蓄。其实老徐氏的个性总结起来就是五个字：损人不利己。

"所以啊，王婆子肯定有问题。但凡是犯罪，或者与犯罪有关的事，都要研究当事人的心理，那是很重要的。"春荼蘼继续说，"那王婆子是什么人我不知道，可却绝对不是好人。她说的话，能全信吗？"

"那不能！"春青阳摇头。这件事来得太突然，他当时并没有多想，对王婆子说的话，竟然全盘接受了，现在孙女一说，也觉出不妥当来。

"你不会认为王婆子跟整件事有关吧？"他吃惊地问。

春荼蘼摇摇头："若是有关，徐家老太太更不会放过她了。我是觉得……是徐家老太太自己身上有问题。"

她这样说，春青阳更是吓了一大跳，"不会吧？她总不至于谋杀亲夫……"

"我不能确定，但范老太爷的失踪，说不定徐家老太太是知情的，只是装成不知道。您想啊，还是从她的性子来说，夫君不见了，她应该暴跳才对，而不仅是着着急。"想到这儿，春荼蘼习惯性地皱紧了眉，"所以我觉得，这其中肯定有隐情。而王婆子作为徐家老太太身边的得力人，自然也知道些什么。为了堵她的嘴，徐家老太太才允许她卷了细软，跑到范家来。"

"有理。"春青阳越想越对，突然拉了孙女一把，"不然，这事你还是别掺和了，若闹出什么辛秘之事，沾上身就是麻烦。这传出去，得多难听啊。继外祖父母的私密事，你一个姑娘家给搅和里头去了……"

"祖父，既然应了，咱就不反悔。为人根本谓之诚，人无信不立呀。"

春青阳不说话了，脸色很不好看。他为人正直端方，还真做不出背信违约的事来。于是他犹豫半天后，咬牙道："放心，祖父必把那王婆子盯紧，不能让她害到你！"

"辛苦祖父了。"春荼蘼由衷感激地说，"只是不要露了行迹，也不用做什么，只让她不要跑路就行了。不过祖父一个人也盯不过来，不如您去找以前在临水楼做事的小九哥和小吴帮忙，轮流盯着就行了。这监视的事，可是苦活累活。他们两个以前帮过我，全是可靠的。"

"你不用管我这边。"青春阳点头，"我和洪班头关系一向不错，他嘴又严，找他帮忙就行。"

爷俩儿又商定了一些细节，春荼蘼就和春大山走了。这一次，他们特意从镇上雇了辆马车。

春荼蘼坐在车上，觉得有两件事是当务之急，必须尽快解决。第一，家里得备匹马、备辆车，出行方便些。第二，她得雇几个调查员。若她以后真能以诉讼为业，总不能事事动用自家老爹和祖父。而过儿，到底是个小姑娘家，对嫌疑犯跟进跟出的，比较危险。

"荼蘼，沿路上要不要走慢些，顺便查查有没有岳父大人留下的蛛丝马迹？"半路上，春大山问。

这辆由双马拉的大车比较简陋，就是附近乡镇上专门拉脚的车，座位比较硬，头上罩着个简易的棚子。本来一次要拉十几个人的，但春家有急事就包车了。春荼蘼第一次真切而真实地感受到，大唐的车资真是贵啊。

徐氏本来诸般挑剔，坐不惯这样四处漏风而且不舒适的车。春大山见自己的女儿都乐呵呵地忍耐了，徐氏为了她自个娘家的事还别别扭扭，顿时就阴了脸，半天没说话。等出了范阳县的地界儿，他才忍不住这样问女儿。

"说得是。"春荼蘼还没回答，徐氏就点头道，"不然，再雇几个闲汉帮忙吧。"

"不用的。"春荼蘼无视徐氏不满的眼光，"徐家老太太已经报了案，官府的差役自然把应该找的地方找过了，不用咱们自己动手。咱们总共才五个人，有四个是女人，只凭爹一人，再加上几个帮闲的，怎么比得过官府的力量？"

春大山对女儿是绝对相信的，因为他见识过女儿破案和上公堂的本事，当即就点了点头。

徐氏还想说什么，小琴暗中拉了她一下，到底没再多嘴。

春荼蘼看到了这些小动作，只装作没看见，心中却决定，等到了地方，先把自家老爹当成调查员利用起来，首要任务就是盯着小琴。

她没有实在的证据，可就是觉得小琴隐瞒了什么，很是不对劲儿。对于怀疑的事物，必须彻底排除她才能放心，不然就会使案子发生意想不到的变化，所以哪怕是最微小的怀疑也不能放过。

其实范阳县和涞水县是相邻的，但是因为两县之间的官道只修了一段，其余道路难行，而且要绕很大一圈，因此一来一回要三天。于是在两县交界的地方，就形成了一片商业坊市，主要是两间邸舍和一些卖吃食、用具的。地方倒不大，但麻雀虽小，五脏俱全。而在坊市的正前面，临着一个野湖。看起来是死水，但因为湖面大，水质倒还是可以的。

两间邸舍的招牌好像约好了，一家叫吉祥，一家叫如意。如意邸舍离那个湖更近些，风景更好，但春大山在两地之间跑惯了路，倒是与吉祥邸舍的王老板相熟。那王老板也是认识春大山的，很热情给几个人安排了住处，一共两间上房。春大山自然和徐氏一间，春荼蘼就带着小琴和过儿两个丫头同住。赶车的车夫则住了前院的大通铺，那是专门给仆役睡的地方。

过儿很不喜欢小琴，可是一来不能给小琴单开一间房，二来春荼蘼想就近监视，也就只好如此。

正月十六，按幽州的风俗，是"溜百病"的日子。就是说这一天要出门走动，祈祷自己这一年不生大病。吃了晚饭后，春荼蘼兴致很高，虽然今天在外面赶了一天的路，绝对算溜百病了，可她还想出去走走。恰巧天气只是微微干冷，无风无雨的，月色也好，她就拉了全家人一起。

倒不是她喜欢徐氏和小琴，只是不想让她们单独待着，免得又出幺蛾子。

徐氏不情不愿的，好不容易听了劝，又穿了厚厚的衣服，来到前院，却正好遇到王老板要关店门。春大山对王老板这么早闭店感到奇怪，而王老板听说他们要去湖边散步、赏冬月，立即变了脸色。

"若说以前，那湖边倒有几分野趣儿，好多文人士子和过路的旅商都喜欢去那里游玩，只是现在不行了。"王老板说，脸上露出惊恐的表情。

"出了什么事？"春大山问。

王老板左右看看，似乎有什么隐形人盯着他似的，还夸张地打了个哆嗦："才过了年没几天的时候，有个男人住在如意邸舍。也不知怎么，半夜睡着觉的时候被梦魇了，大喊大叫，披头散发就闯出了门去，还赤着脚，一直跑到湖边，跌进去，就再也没有浮上来。"

一听这个，徐氏嘤了一声吓晕了，小琴和过儿也脸色发白。

"过儿，快和小琴扶太太回屋。"春荼蘼吩咐道。她不是完全不害怕，但经历了之前那么多，就不会那么容易被吓到了。

而春大山毕竟是男人，又是从军之人，身上本就带煞似的，也并不害怕，只皱眉问道："此事当真？"

"我的军爷，小的怎么敢编这种瞎话！"王老板就差指天发誓了，"那个湖，以前也淹死过人的，但不过几天，尸首就能浮上来。年前一场雪，这么多年头一回冷得上冻，可湖面在节下就开化了。就算冰凉的水沉吧，也不至于这么多天不浮白呀？再说，出了命案，虽说咱们这儿是两县都不太管的，可衙门也派了人来捞，就是什么也没捞出来。军爷，您说奇不奇怪？"

"会不会那人自己游上来就走了？"春荼蘼问。

"不可能。"王老板道，"当时那位仁兄跑出去时一路狂叫，好多人被吵醒，追了过去,亲眼看到他跳进水里,却从来没有人看到他出来。军爷,小姐,您几位说这事邪性不?也是从那天开始,好多人半夜听到过女人的笑声,也有人在湖边看到过白影子飘来飘去,差点没被吓死。"

春荼蘼和父亲对视一眼,都是悚然中带着一点怀疑。

"所以哪,您几位没看见吗?天一擦黑,外面卖吃食的都少了,都关在住处不出来。"王老板继续说,"您二位好好住在店里就没事,过年时小店贴了木符,防邪祟的,勾魂女鬼进不来!"

"尸体到现在也没找到吗?"春荼蘼揪着关键的问题,又问。

王老板肯定地摇头:"如果找到,也就没那么邪了。到底人的身子不是石头做的,怎么会沉到水底,就是上不来呢?"

"那个人的身份查清了吗?"春大山问。

王老板还是摇头:"我们两家邸舍,做的都是附近几个县城来往的生意,但那个人却是生面孔。在柜台那记的名字,也只是说姓李。唉,还是客死的孤魂,惨哪。"说完,又哆嗦了下,回后院自己的住处了。

"爹,您干吗问那个人的身份?不会怀疑那是太太的爹吧?"春荼蘼低声问。

"你觉得……可能吗?"春大山反问。

"得有动机才成。"春荼蘼摊开手,"这世上没有无缘无故的爱与恨,所以,一切皆有可能,却不能乱猜。只是爹,我不信什么闹鬼的说法,但今天晚上是不成了,明天太阳升起的时候,您陪我去湖边看看吧。"不管这世上有没有鬼,肉身都只是皮囊,除非有湖里的怪兽把尸体吃了,不然不可能浮不上来的,那不科学。

"好,那赶紧回去睡觉,我叫王老板给你多加个炭盆,别冻到。"春大山点头道。

春荼蘼回到房间,见过儿正在铺床,小琴却坐在一边发呆,脸色很白,心事重重的样子。

"小琴,你不会胆子这么小,听人家说说就吓到了吧?"春荼蘼假装无意地问。

"奴婢就是胆子小。"小琴嗫嚅道。

"没事没事。"春荼蘼"安慰"道,"平生不做亏心事,半夜敲门心不惊。所谓冤有头,债有主,若没有不可告人的秘密,天塌下来也不用怕。"

小琴惊惧地望了春荼蘼一眼,嘴唇动了动,却始终也没说什么。当天夜里,过儿睡得倒是很香,可惜春荼蘼却睡不踏实,因为在她床前打地铺的小琴一整夜都翻来覆去的,似乎心中压着特别沉重的一件事。

第二天早饭后,春大山叫徐氏先收拾着东西,然后陪着春荼蘼去湖边走了一趟。那湖的面积挺大,但视线好的情况下,可以看到对面。尤其湖边因为经常有人来玩,既无野草也无树木,只有几块嶙峋的怪石,倒是空阔得令人心旷神怡。

"咱回吧。"沿着湖走了半圈,春荼蘼围着一块石头转了转,又踢了踢土,就往回走。

春大山有点莫名其妙,但见女儿什么也没说,也就没多问,只看了看女儿道:"昨天晚上没睡好吗?眼下都是青的。"

"没事，我认床呢。"春荼蘼无所谓地笑笑，"待会儿在马车上补眠好了。"

"车上冷，还是熬着，到了徐家再睡。"春大山否决道，"你身子本来不好，这几个月摔摔打打倒是强健了些，但也不能胡来。"

"还是我爹最疼我。"春荼蘼甜言蜜语地哄着，看春大山不快活的脸上露出一丝笑意。

又经过半天时间，一行人终于到了涞水县的徐府大门口。

也怪不得老少徐氏在春家人面前总有优越感，比起春家那一进隔成里外的小院子，徐家四进的大屋算得上豪宅了，而且还是地处涞水县最好的地段。徐氏自从下了马车，脸上就像蒙了一层光，那股子骄傲是掩饰不住的。

春荼蘼以前来过这里，但她已经完全没有印象了。却只见徐家府门紧闭，显得一片萧索，连空气仿佛都紧绷着，隐约有种惴惴不安的感觉。因为现在还没出正月，徐家这样的富户，来往的人应该很多，不应该这样门前冷落鞍马稀才对。

徐氏叫小琴上前叫门，好半天，那扇朱漆大门才打开一条缝，露出一张老仆的脸来。

那老仆显然是认识小琴的，惊讶地把门打开，又见到不远处的徐氏和春大山，连忙跑出来道："姑奶奶和姑老爷回来啦！老奴马上去禀告老太太。"照理，徐家这边没有第三代，老徐氏的称呼只到太太这辈。但因为春荼蘼之前来住过一阵子，她就自动升级了。

"禀报什么？我们太太是老太太的亲闺女，又不是外人，我看你是老糊涂了！"小琴沉着脸骂道。显然，到了徐家，她的脾气也见长，全忘记昨晚吓得睡不着的事情了。

那老仆一迭声地告罪，脸上惶恐的模样看得春荼蘼都不忍起来。姑爷是娇客，何况春大山还是有武官品级的姑爷，自然大摇大摆从正门进去。徐氏为了显摆在徐家的高地位，并不许人通传，直接就进了内院自个儿原来住的院子，还难得贤惠地安排了春荼蘼和过儿的住处。

才收拾好，就要去拜见老徐氏时，却见老徐氏已经得了信儿，急急火火地赶了过来。她的眉头皱得死紧，语气很冲地对徐氏道："你怎么回来了？"

徐氏快步上前，拉着母亲的手问："我听说咱家出了事，立即叫了夫君和荼蘼来帮忙。您为什么不给我捎个信儿啊，难道当我是外人？"

春荼蘼冷眼旁观，发现老徐氏神色间并没有感动和安慰，而是分外恼火，更加明白祖父说得对，老徐氏是想瞒着春家的，倒是徐氏多事，把他们父女叫了来，还不知道怎样收场。可再看老徐氏，确实气色很差。她皮肤本来就黑，现在又透出些黄来，显得格外憔悴，脸颊也塌了下来，嘴唇边一圈火泡，初看之下，似乎老了十几岁。

"根本就没大事。"老徐氏断然否认，实在有点掩耳盗铃之嫌，"你别听外面的人瞎说，怎么听见风就是雨的脾气就不改改！我没事，你们吃了饭赶快回吧。到底是嫁了人的，总往娘家跑算怎么回事？"居然只留饭，不留宿。

春大山顿时憋了一口气，可又不好说什么，只得转过脸，怕忍耐不住，露出不满来。徐氏毕竟与他是夫妻，看出他的不快，加上自个儿心里也恼了，便道："娘你别瞒着我，我们是亲母女，有什么不能说的。我们在范阳见到王妈妈了，她什么都告诉我们了。"

"什么？"老徐氏顿时就像火上房似的，声音拨高了八度，绕口令似的说，"她都说了什么？什么叫都告诉你们了？有什么好说的！"

老徐氏这样，春茶蘼愈发觉得自己的判断是正确的：王婆子拿到了老徐氏的把柄。可这个把柄却不足以致命，所以她看到主人要倒霉，自己先抽身而退以自保。也因为这个把柄，老徐氏心里窝着火却不能发作她。

"说我爹失踪！范家的人来闹腾，非找母亲要人，结果连官府都惊动了！"徐氏跺脚道。

春茶蘼明显看到老徐氏像松了口气似的，证明王婆子果然没全部说出事实。而且徐氏母女对范建还真是凉薄，说了半天话，居然一句没提那个"失踪"的人。

只见老徐氏那双利眼就在春大山和春茶蘼身上转了一圈，拉起女儿的手，轻轻拍了拍道："娘知道你孝顺，可是真没必要麻烦别人。官府的人已经跟娘说过了，再关门闭户地过一阵子，避避嫌，范家人就闹腾不起来了。娘是正正经经的良民，谁也诬陷不到。"她故意说起官府，好像很有些门路似的。

春茶蘼见状，上前拉了春大山一把。春大山会意，就对徐氏说："你有话和母亲说，我先回避一下。若真无事，也别打扰母亲，咱们连夜赶回去就好。"

正常的岳母听到这话，就算是客套，也得虚留几句。可徐氏却没有，其他时候她倒没有无理到这个程度，显见是真心不想让春家人掺和这事。

可徐氏费尽力气才把春氏父女找来，哪肯就这么回去，赶在春大山迈出门槛前，一手拉一个，抓住春氏父女，转身对老徐氏急道："娘，这时候您还顾忌什么，夫君是来帮您的啊！"

老徐氏张了张嘴，显然当着春氏父女的面，有很多话不好说。偏徐氏就是没有眼色，生拉着春大山和春茶蘼不让走，场面一时僵住了。

这时候，前院隐约传来一阵骚乱，一个小丫头慌慌张张地跑进来叫道："老太太，不好了不好了！老太爷家里又来人了！人已经到了二门！"

"不是让你们关紧了所有的门吗？怎么又让他们进来！"徐氏厉声道。

"老太爷家⋯⋯范家的人居然拿了梯子，直接翻墙进来！"那小丫头也有点气急败坏，"他们还不知从哪叫了一帮子闲汉，都蹲在咱们院墙外面看笑话呢。还说⋯⋯还说要做个见证。范家的二老太⋯⋯老太爷的亲弟弟说，如果今天不把老太爷交出去，县衙又不受理这案子，他就吊死在县衙门前！"

老徐氏闻言，身子晃了晃，差点栽倒。

徐氏连忙扶住老徐氏，拿眼睛不住地瞄春大山。

春大山叹了口气，抬步就要出去，给老徐氏平了这个场面再说。

春茶蘼偷偷拉着春大山的袖子，不让父亲去。因为，她必须要等老徐氏开口。

不是她拿乔，是有句话说得好，做事不由东，累死也无功。吃力不讨好，事后还落埋怨的事，她不能让父亲去做。就在刚才，老徐氏还态度鲜明地表示：不想让春家掺和！

一边的老徐氏见状，立即明白了春荼蘼的意思。她到底慌了神，当下咬牙道："大山，麻烦你去外面看看，到底是怎么回事？"

第二十四章　本能

春大山单独去的外院，不让女儿露面。可春荼蘼不放心，到底偷偷跟了去，躲在一边看。

徐氏的父亲范建是有秀才功名的，虽然自那之后，不管多少银子花出去，也不管考了多少次，他再也没进一步，但在这个年代，秀才在百姓眼中，已经是了不起的成就。

春荼蘼之前以为，能培养出秀才的人家，至少不会太混账。可事实教育了她——完全不是那么回事。范建的弟弟名为范百，简直就是泼皮无赖，撒泼打滚、污言秽语、寻死觅活，不管什么手段，用来都格外熟练。整个一块滚刀肉，很难对付。

开始时，春大山还试图和范百讲讲道理，但范百根本不容人说话，跳着叫着要找老徐氏要人，还说他大哥定然是给老泼妇害死了，要在徐家门口摆灵堂。甚至，非常直白地怀疑了老徐氏的贞节和徐氏的出身，越说越不像话，声音也越来越大。

他这么混赖，倒真把春大山惹火了。说老徐氏不贞，有了野男人，嫌范建碍事，于是下毒手，难道不是打徐氏的脸吗？他身为徐氏的丈夫，算是一起被侮辱了。于是他二话不说，上前把范百小鸡子一样拎起来，既然不讲道理，那就揍人好了。

"快给爷爷滚！"春大山发起脾气来，那双大大的双眼皮凤眼里，煞气十足，"你要吊死在哪儿，赶紧快去。可你记好了，要死就死透了，不然爷爷我亲自把你宰了，一刀一刀片下肉，再把你的嘴里塞上大粪，让你再敢满嘴胡吣！你惹得爷爷来火，你们一家子有一个算一个，谁也别逃了爷爷的刀！"

这一段吼，还真把范百震住了。民不与官斗，春大山好歹是个正九品的武官，虽然折冲府的军官管不到涞水的地界儿来，但春大山真发火的时候，身上有股子凶悍气，范百也不由得怕了。

不过他毕竟也不是好对付的，嘴虽然软了，气势也弱了，却还嘟囔道："军爷也不用吓唬我，你不讲理，我去衙门讲理去。我说不信了，咱们大唐国有国法，就容得一个暴发户的婆子随便祸害人命！"明明是他不讲理，结果却反咬春大山一口。

春大山笑了，咬着牙笑的，吓得范百坐了一个屁墩。

"好啊，你不去衙门，爷爷还要去呢。"春大山哼了一声道，"我倒要先问问县大人，光天化日之下，私闯民宅是个什么罪过。你说徐家老太太害了你哥哥，可有证据？但你搬了梯子爬进徐家来，却有那么多双眼睛看着哪。还有那些蹲墙根儿、起哄架秧子的，也是扰乱之罪，少不得一人一顿荆条抽着，管饱！走，咱们就一并说道说道。现在就去！"说着，伸手就去抓范百。

范百看到那双蒲扇般的大手，想起刚才掐在自己脖子上那铁钳一般的力气，顿时哧溜一声就闪了，一边跑一边没什么底气地叫嚣："你等着。我……我这就见官，还不信没天理了。有种你别走，你不就是春家的姑爷嘛。我认识比你还大的官，还认识拿杀人不当回事的朋友……"

其实春大山根本没想抓他，不然以他那点子本事，如何能逃掉？而当范百和那些个闲汉跑干净后，春大山立即收获爱慕的目光及媚眼无数。现在徐府满院子的女人，连一个顶事的男人也没有。春大山这种相貌、身材，这种气势，迷倒了全徐府的女人。

春茶蘼骄傲之极，感觉胸中那股得意劲儿都冒出来了。她家老爹多好啊，真是"秀外慧中，才貌双全"，平时拙嘴笨腮的，可跟在她身边久了，潜移默化，刚才连私闯民宅，扰乱民生的话都说出来了，真是聪明能干啊。

可惜，当春大山无视那些丫鬟媳妇的目光，令她们的心碎了一地时，转身看到春茶蘼躲躲闪闪，要跑还没跑利索的模样，就皱眉道："不是不让你出来吗？"他早知道那范百是个混横不讲理的，骂的那些脏话会污了女儿的耳朵。虽然女儿已经决定以上公堂为生，可到底公堂上有主官管着，没有人敢说那么难听的。

春茶蘼施展嬉皮笑脸加撒娇大法，很快哄好了春大山，爷儿俩回到内院。这时，早有耳报神告诉了老少徐氏外面的情况。徐氏得意非凡，觉得自家夫君果然撑脸面，老徐氏却心情复杂：一方面觉得春大山替她解了围，终究是好事；另一方面却又觉得让春大山在她面前扬眉吐气了，以后不好拿捏，实在高兴不起来。

"娘，只怕范家不肯善罢甘休。"回屋后，徐氏劝自个儿的娘，"若我夫君住在这儿，他们就不敢太过分。还有啊，万一范家再告官，衙门顶不住要拘了娘上堂，也得有人在堂上帮您分说分说才好呀。所以，就让茶蘼帮忙吧。"

这话说得，好像让他们父女留下，反而是徐家的恩赐似的。春茶蘼恼火地想。

可老徐氏却在犹豫！

春茶蘼实在看不下去了，就说了句："其实这事吧，关键在于把徐老太爷找出来。人好好地站在那儿，范家必闹不起来的。"说这话的时候，她仔细留意老徐氏的神色，见她虽然面上半点不露，但眼神中还是闪过一丝不易觉察的慌乱。

春茶蘼心里一紧：难道范建真的出事了？而且真的和老徐氏有关？那样的话，她还要不要帮打这个官司？明知道当事人有罪的话，要不要为他（她）辩护？

她正犹豫着，却听徐氏说："对啊，我爹到底去哪里了？娘您真的不知道吗？咱得赶紧找，若真出点什么意外……"

"哪有你说的那么邪乎？"老徐氏打断她，"娘没事。你爹，说不定跟哪个小狐……"下面的话，她没说下去，但谁都明白是什么意思。

春荼蘼想了想，还是决定先要把利害关系跟老徐氏说明白。如果能弄清大概的事实是最好了，就算不能，也得有个切入点，好为老徐氏辩护。

于是她站起来，略垂了垂头道："徐老太太，能不能让我单独和您说几句话？"

"你一个小孩子，有什么话好说？"老徐氏本能地拒绝。

春荼蘼看了徐氏一眼。

徐氏这回倒是机灵的，劝道："娘，您就听听荼蘼说什么呗！"说完也不等老徐氏反对，拉着春大山就出去了。

春大山本来还有点不放心，后来又想到他那岳母不可能把他女儿给吃了，也就离开了。

房间中只剩下老徐氏和春荼蘼两个人时，气氛一下子静下来。春荼蘼用了点心理手段，一直不开口，最后是老徐氏绷不住了，皱眉道："你这孩子，不是有话吗，怎么又不说了？"

"王妈妈都告诉我了。"春荼蘼突然没头没脑地来了一句。

果然，老徐氏一震。不过她倒真是会掩饰情绪，很快就恢复了平静道："这事，刚才你母亲不是禀报给我了？"

春荼蘼愣了愣，缓了会儿才知道所谓的她母亲是指徐氏，还真是一时无法适应。不过她很快甩掉这些无关紧要的事，继续低眉顺目地道："太太知道的不全面。那王妈妈是说……徐老太爷并非没有回过家，徐老太太您……是见过的。"

一句话，令老徐氏噌一下跳起来。

春荼蘼看她的反应，就知道自己所料不假。是的，她诈了老徐氏，因为她有非常合理的推测。王婆子是老徐氏的心腹，若非觉得老徐氏要倒大霉，她不可能放弃在徐府中作威作福、又轻省又饱的差事不做，跑回儿媳的娘家去寄人篱下。而这些日子来，徐府的糟心事，就只有范建的失踪了。

但老徐氏能允许王婆子做出类似于背主私逃的事，又没有处理她，一是说明老徐氏腾不开手，二就证明她手里有老徐氏的把柄，可又绝对不是像杀人这样要命的把柄。那么剩下的，就是与范建失踪有关的事了，比如：老徐氏是偷偷见过范建的。可这次见面，府里并没有第三个人知道。

甚至，老徐氏知道范建失踪的原因。她咬紧牙关不说，是那件事必会牵连到她。要知道，什么夫妻情义都抵不过自己的安危重要。或者她并没有杀人，却有间接推动作用。

正如刚才春荼蘼所说，找到范建才是关键。或者，找到他的尸体。

范建是死是活？范家在其中扮演了什么角色？一个人，却牵连到两家、几方、好多人！

而春荼蘼诈老徐氏的目的，就是想弄清楚真相，打赢这场官司，解决由此引发的一切麻烦事，还自家一个清静。

"你觉得衙门会拿我？"半晌，老徐氏缓缓地问。

"范家这么闹下去，衙门不会不管的。"春荼蘼答道。她不知道康正源走了没有，涞水离范阳这么近，地方官传过去消息，意思意思也要开堂审理吧？可只要上堂，老徐氏就不太可能全身而退，毕竟人是从她这儿消失的。

"也好。"老徐氏想了想，突然神色坚定了起来，"范家来闹，我就请几个地方上的豪强来坐镇徐府里。要上公堂，涞水也有状师。大不了，花大价钱到幽州城请一个。幽州大都督治下，那地方能人才多呢。"

春荼蘼明白了，老徐氏宁愿请别人，也绝不让春家占了她的上风，要了她的强！

"这是我身为晚辈的提醒。"她站直了身子，神色淡淡的，半点不强求，"徐老太太自求多福吧。我和我爹，今晚就收拾东西回去，徐老太太尽可以放心。"

老徐氏仍然没有虚留。

只是，当春荼蘼走到门口时，身后传来老徐氏的声音："王婆子没都跟你说，对吧？"

"徐老太太，您没明白。"春荼蘼没有正面回答，"我知不知道隐情不重要，其实我也没什么兴趣知道。但若您想请状师，所有的细节就都要告诉他。"

状师和当事人之间必须信任，当事人对状师不能隐瞒，哪怕是最说不出口的隐秘，也得提前告知，这是她当状师的心得。否则某些证据被对方掌握，在公堂上就会陷入相当被动的局面。她提醒老徐氏，是做到仁至义尽。

至于老徐氏听不听，就不是她能左右的了。总之，人家不愿意春家插手，她离开就是。

徐氏听到这个消息，急得要去劝说她娘，却被春大山拦住了："岳母这么做，必有自己的考虑，你不必非得左右。这样，你和小琴先留在娘家，等此间事一了，我就来接你。或者再有什么事，你找人捎个信儿去就成。岳母是好脸面的人，我们在这儿，她反而不快。"

徐氏哭哭啼啼的只是不愿，可终究拗不过她娘，只好去帮春氏父女收拾东西。若依着春大山的意思，立即就要走。可他们到徐家的时候是近中午时分，折腾了半天后，天色已晚，此时离开会错过宿头。他带着女儿，自然不愿意女儿跟他露宿野外，只能先将就一夜，打算第二天一早出发。

当晚，老徐氏安排了丰盛的晚饭给春氏父女送过来，但她自己并没有露面，还把徐氏给叫走了。在这节骨眼儿上，春大山也不会挑礼儿，和女儿匆匆吃了，就吩咐春荼蘼早点睡觉。

春荼蘼也确实很疲惫，因为旅行本身就很累，何况她的精力实在有限。只是她才迷迷糊糊地要睡着，就听到有人轻轻叩了两下窗户，小声叫她："小姐，小姐睡了吗？"好像还刻意捏着嗓子，改变了声线。

不是过儿。春荼蘼知道，因为她不习惯叫人值夜，过儿一向是睡她隔壁的。这两天过儿累得狠了，睡得相当沉。而春大山睡在另一边的厢房，听不到这边的动静。当然，她也不会以为是女鬼，有哪只鬼会这么规矩叩窗户，早应该穿墙而过，在她面前哭诉冤情了。

所以答案只有一个，是小琴三更半夜的不睡觉，找她来说隐秘了。之前，听说她要回范阳县，把小琴和徐氏留在徐家，小琴就跟被人抽走了全身的血似的，脸色白得吓人。看得出，她非常害怕。想必，此时是为了这个来找她吧。

她披衣下床，点燃了蜡烛，打开了房门。自从在幽州城遇刺，她在外面睡觉，一定是要闩好门的。

果然，小琴局促地站在外面，还不住地东张西望。

"进来吧。"春荼蘼没有表现出一点惊讶，转身回屋。

小琴连忙跟了进来，又把房门反手关上。见春荼蘼重新回到床上，围被而坐，她连忙拨了拨炭火盆，又倒了一杯温茶，递到春荼蘼手里。不得不说，她是个极伶俐的丫头，比过儿强得多了。可惜，正是因为她心思太活，反而容易出状况。

"说吧，你和徐老太爷是怎么回事？"春荼蘼压低着声音问。

小琴吃了一惊，手上一松，差点把茶壶摔在地上。而后，她扑通一声跪在床前，低低地哭道："小姐！求小姐救奴婢一命。"

"别哭，坐下说话。"春荼蘼冷冷地训斥了声。大晚上的，她这样哭起来太瘆得慌。

这时候的小琴既不敢矫情，又不敢不从，当然更不敢大模大样地坐凳子，就这么慌忙爬起来，斜坐在床前的脚踏上。

"小姐，您怎么……您怎么知道？"小琴声音如蚊地问。

其实春荼蘼也是通过蛛丝马迹推测的，但所谓做贼心虚，她的问题就连老徐氏那么强大的神经，也会受到冲击，何况小琴这种耳软心活，自以为有几分姿色就分不清东西南北的人？

"徐老太爷失踪那天，你出门到晚上才回来，虽说解释了，但你不是没分寸的人，明显是有隐瞒的事。"春荼蘼先以夸奖安抚小琴，"之后你一直心事重重，跟我爹来徐府时就显得不情愿，要知道你平时可是很喜欢回徐府的。现在听说我爹要把你留下，又吓得半夜来找我，不就更说明你在徐府有怕的人吗？说到底，不就是徐老太太吗？你之前不怕徐老太太，反而在徐老太爷失踪后才怕，这样联系起来一想，还难猜吗？"

小琴立即伏在脚踏上，也没跪，只歪着身子磕头道："小姐明鉴！求您救救奴婢！这事怕老太太还不知情，若知道了，非得打死奴婢不可。小姐救奴婢一命，奴婢来生为牛为马，也要报答小姐的恩情。老太爷兴许还没告诉老太太什么，但纸包不住火，老太太今天看奴婢的眼神都不对，只求小姐带奴婢走吧！"

"这事？是什么事？"春荼蘼冷声问。

其实她有猜测，不外乎爬床一类的桃色事件。不过她必须要听小琴亲口说出，才能确定。

小琴扭捏了半天，捂着脸道："奴婢没脸说！总归是奴婢失德，现在死的心都有了。"

春荼蘼不说话。心道，你若真想死，这会儿就不必来了。

果然，小琴嗫嚅了半天才说："年前老爷送小姐去辽东郡的外祖家，太太被老爷送回了徐府，足足待了快三个月。那时候，老太太天天叫太太在跟前守着，老太爷没人管，老太太就叫奴婢去侍候。奴婢任劳任怨，也不知怎么得了老太爷的眼，于是老太爷就说……就说要把奴婢收进房里。"说到后来，声音更小了，若非夜深人静，春荼蘼都听不清楚。

"可奴婢虽非家生子，却也是从小就在徐家的，知道老太太强横，平时连老太爷开诗会时喝个花酒都要大发雷霆，何况给老太爷身边放个人？"小琴继续道，语气里有了愤懑，"奴婢不敢说洁身自好，却也是个好好的女儿家，所以就婉拒了老太爷。"说完，偷瞄一眼春荼蘼。

春荼蘼垂着眼睛，烛火摇曳，有光影在她脸上一闪一闪，令小琴根本看不清她的脸色和神情，更判断不出她的心思。

其实春荼蘼在心中冷笑：洁身自好？好好的女儿家？不是一直想爬她家老爹的床吗？若不是徐氏盯得紧，春家又是小门小户的，不像深宅大院里机会多，她可能早扑上去了。小琴拒绝范建，大约是知道只要老徐氏活着一天，她就算想为妾也是不可能的吧？

其实范建虽是入赘的，但老徐氏没为徐家生下儿子。在这种情况下，大多数人会选择给这个赘婿再讨个小。哪怕是典个妾来呢，有了香火好继承家业啊。或者，再给小徐氏也招个女婿。

这，也是老徐氏一直想让徐氏和她家老爹和离的重要原因吧。

范建长得还算可以，是个白面书生，不要脸的老白脸那种，比春大山可差得远了。小琴若爱俏，除非她瞎了，才会舍春大山而近范建。小琴若爱钱，春家虽然只是小康，但对人却不苛刻，总比天天对着一毛不拔的铁公鸡强。

徐家再有钱，范建想多花几个还得手背朝下，找老徐氏要，接济范家还得偷偷摸摸地下手才行。她给一个赘婿做小，不死就是幸运，还想穿金戴银，吃香喝辣？

所以说，小琴在这方面还是聪明的。只是不知，后来她和范建又怎么勾搭上的。

"继续。"她说。

小琴似乎更不好意思了，头几乎垂到了地上："老太爷是读书人，心思比旁人要细，就算奴婢婉拒了，他还是念念不忘。那天老太太带着回门的老爷和太太回春家，老太爷就硬要跟过去，就是为了跟奴婢多待一会儿。后来老太爷假意不舒服，回了屋后就跑出去了，其实是到酒肆去买醉。那天，小姐叫奴婢去食肆买乳酪，正好路过酒肆。老太爷叫奴婢陪着喝一杯，奴婢不敢不从。哪想到后来醉了，于是就……就……"

春荼蘼再也控制不住脸色，不由得瞪大了眼睛。因为，因为太惊悚了！

那酒肆她是知道的，因为常有人喝醉，后面搭了个简易的棚子，供醉酒的人歇息醒酒。听小琴这话里的意思，徐老太爷也太不拘小节了吧？居然在棚子里就啥那啥。这人是让徐老太太管了二十来年，心情郁闷到底了，突然爆发起来，还真是不管不顾的。怪道人家都说，天不怕，地不怕，就怕流氓有文化。

不过话说回来，小琴也一定是半推半就。她惦记春大山许久，想必发现没有机会了，于是想搏一搏，至少糊弄点钱在手里。十有八九，当时范建就给了她不少金钱和好处。不然，那棚子四处漏风，她喊叫起来，范建怎么会成事？可后来灯节上，小琴还意图揩春大山的油呢。这样的女子，此事一了，必须尽快打发了。

"你已经是老太爷的人了，是吧？"她得问清楚。事关事实，不能臆测。

小琴羞愧地点头。

"那徐老太爷失踪，与你有关吗？"春荼蘼又问。

小琴猛地直起身子，激烈地摇头道："小姐，您相信奴婢，奴婢什么也不知道。"看她那样子，倒不像做伪。

"当日，老太爷对奴婢讲，要回来和老太太禀明，收了奴婢进房。"小琴接着解释，"但老太爷到底有没有和老太太说，奴婢就不知道了。这些日子以来，奴婢心事重重，就是因为忧心此事的结果。奴婢知道自己一时糊涂，做错了事，可却真是怕老太太的雷霆手段。"

春荼蘼不说话，心中却想，八成范建和老徐氏透露了一点意思，但没有说具体。所以老徐氏没有立即报复小琴，但却对小琴产生了严重的怀疑。毕竟，范建在老徐氏的严防死守下，接触年轻女人的机会不多。

"小姐，您带奴婢走吧。"小琴又哭求道，"留在徐家，早晚不被打杀，也会被卖掉的。"

春荼蘼想了想，点头应下。

倒不是同情小琴，只是这丫头虽然下贱，却没有致死的罪过。再者，若老徐氏的案子缠绵难结，再找上她时，小琴说不定还有用。对小琴这样的丫头而言，凭借姿色，换取更好的生活是天经地义，毕竟这世上太多人贪慕虚荣。也正因如此，小琴明知道跟着范建是靠不住的，还是会倒大霉的，却仍然控制不住去沾惹。因为，那是她的本能。

"徐老太爷许了你收房。"她神情冷淡地道，"还给了你什么现实的好处没有？"

"五……当时给了奴婢五两金子。"小琴低着头答。

我的娘，好大手笔！五两金子贴身藏着，也不怕被人偷了去。想必这么大的数目，是范建积攒了好久，做了很多掩护才从老徐氏的账上挖出来的吧？五两黄金等于五十两白银，说句不好听的，睡范阳县红莲那样的头牌姑娘也能有个二三十回了，还附赠酒菜和香闺。可跟小琴，只有一次不说，酒是自己买来的，还是在四面透风的棚子里成其好事，若非他当时醉得真是很厉害，就是真心喜欢小琴。

小琴呢？面对这么大笔巨资，加上她本身就想攀附权贵，怎么可能不就范？

不过这样就好办了，因为她虽然答应带小琴走，却没打算让她回春家。这样水性杨花又不知廉耻的女人，没有徐氏盯着，把她放院子里，她要爬了春大山的床怎么办？引狼入室的事她不会做，农夫与蛇的故事她也很清楚。所以滥好人，她是不会做的。

小琴有钱，就让她自己去住邸舍，顶多略照应一下，等这件事整个平息了再说。了不起让小琴自己出银子，她出面买下身契，给小琴自由。至于以后的日子，就看小琴自己的造化了。

又敲打了小琴几句，比如有些事必须保密；逃奴被逮到，惩罚有多严厉；到了范阳，为了安全起见，要住在镇上之类的。见小琴郑重应了，就把人打发走了，她则躺下继续睡。

可能因为太累了,她睡得很沉,第二天早上是过儿敲了半天门才把她叫醒。她急忙就着冷水洗漱了,好提提神,然后就去找春大山,让他把小琴要过来带走。

"不用回徐家老太太,小琴是太太的人,爹您和太太说一句就成。"她说。

春大山有些犹豫,见过儿不在跟前儿侍候,低声道:"怕徐氏不放人。"说完,脸色尴尬。

春荼蘼顿时就明白了,也有点讪讪的。徐氏日防夜防,防的就是小琴跟她抢夫君,这事春大山也知情,只是不理会罢了。现如今徐氏自己住在娘家,怎么敢把小琴直接扔到春大山身边?

"是我没考虑周到。"她清了清发紧的喉咙道,"爹不如跟太太说,罗大都督的女儿,就是那个罗语琴和罗语兰,邀请我到幽州城玩两天,我身边丫鬟不够,是我借太太的,小琴不用在父亲和祖父身边侍候。"

她这瞎话编得极顺溜儿,反正只是利用一下人名而已。大都督的女儿,在徐氏看来,应该是得罪不起的人,还必须要巴结、结交。这样,她就算心里有疑虑,也不会推三阻四地拒绝。

春大山愣怔了下,见女儿神色严肃,自然觉得女儿这样做必有深意,于是也不再多问,只道,"好,我这就和徐氏去说。"起身走了。等春荼蘼吃好早饭时,春大山回来,身后已经跟着收拾停当的小琴。

出徐府时,老少徐氏都没有相送,他们干脆低调地走了角门。往大门那边张望时,虽然没有看到范家的人和闲汉,却看到几个明显身负武功的人物,被徐府的管家点头哈腰地迎了进去。

"徐老太太的动作真快。"春荼蘼笑着对春大山说,"只不知状师请到没有?"

"她不用咱管,你就别管。"春大山轻拍了女儿的头一下,"上车,咱回范阳,大把好日子过呢,何必理会不相干的?回头当心吃力不讨好,有肉也都埋在饭下面,她吃了满嘴,却装作看不到,还嫌你的饭粗陋了。"

春荼蘼笑盈盈地不说话,顺从地上了马车。她当然想过舒心日子,再不被徐家牵累。可是她有预感,这事最终还是得扣在她头上,她若不早做准备,只会跟着一块吃挂落儿。

马车路过徐府大门前时,她忍不住掀开车帘,再度往外看。所谓的豪强和游侠儿,做的就是保镖的工作。不过游侠儿为义,很多豪强却是为了利。他们也没什么组织和章程,不过是在地方上比较强横,武力值比较高,连衙门也不愿意惹的一些人罢了。

希望老徐氏找的豪强靠谱点,别回头尾大不掉,给自己带来麻烦。

回范阳县的时候,马车不是雇的,而是徐府自备的,条件果然是好多了,宽敞舒服,顶棚华丽整洁,坐垫软软的,车厢内还放了炭盆和茶水、点心等物,春荼蘼甚至还在车上补了眠。大约在傍晚,照样到达那个两县交界的吉祥客栈。

"爹,我们在这儿多逗留一天行不行?"吃晚饭时,春荼蘼问。

"那有什么不行的,咱们又不赶时间。只是,为什么要留一天?" 春大山纳闷地问。

"就是累嘛，多休息一天再走。"春荼蘼含糊地说，瞄了一眼旁边的小琴。

春大山会意，再没多问。

第二天，春荼蘼让过儿和小琴留在房间里，不要出去乱跑。当然，主要防的是小琴，过儿只是起个监视的作用。而后她和春大山爷俩就把这个不大的坊市逛遍了，找了很多人打听当天那起梦魇的投水事件。

春大山穿的是军装，问事情倒是很方便。普通的百姓，特别是做生意的，对穿公服的都有天生的敬畏心理，轻易不会招惹。虽然春大山并不是差役，被问的人还是竹筒倒豆子，有什么说什么。虽然提问的是一个男装的小姑娘，问的问题还特别古怪刁钻，都是特别细微的地方，大家也是知无不言，言无不尽。何况，这两个人长得都好看，天生让人有好感呢。

"荼蘼，你为什么要调查这些，徐家不是不让咱们管吗？"春大山不明白，"还很厌烦咱们，恨不得赶咱们快走似的。"

"就只是好奇。"春荼蘼没有说出自己的预感，"有了奇怪的事，女儿就想把它弄明白，找出真相，就好像做游戏。爹就当宠宠女儿，陪女儿浪费了一天时间嘛。"她撒娇。

春大山对她的撒娇大法最没有抵抗力，责怪了她两句胡闹，也就不再追问了。但是，他对女儿沿着如意邸舍，就是当初投湖人所住的地方，到湖边的那段路来回走了好几遍，又在湖边站了好久的事，还是觉得讶异，大约知道女儿这么做不是为了玩，目的并不简单。

回到范阳县那天，他们先是绕到镇上，把小琴安顿在一家安静又安全的邸舍里，又嘱咐她不要出去乱走，然后才往家里赶。到家时已是黄昏，在家门口和正从衙门回来的春青阳撞个对头。小小别离几日，一家子见到，自然又是一番欢喜。

徐氏和小琴都不在，春荼蘼不必提防什么，和祖父、父亲热热闹闹地吃了晚饭后，就把整件事情说了一遍，还说了不能把小琴留在徐家，也不能留在自家的理由。

"你做得对。"春青阳想想就后怕。若不是孙女考虑周全，万一小琴算计了自己的儿子可怎么办？哪有女人这样无耻的，侍候了一个男人，回头又去勾搭这男人的女婿。如果成事，实在是太恶心了，简直算是灭人伦，那自己的儿子这辈子都抬不起头了。

"我就知道亲家老太太不会让春家插手这件事的，结果真是白跑了一趟。不过……"春青阳继续说，"王婆子那边，倒还真出了点事。"

"什么事？"春荼蘼抓住春青阳的手臂，急问。

"我不是和洪班头轮流盯着那婆子吗？"春青阳拍拍孙女的手，让她少安毋躁，"那婆子是认识我的，却不认识老洪。偏那天她鬼鬼祟祟的不知要出门打探什么消息时，直接撞上了洪班头。当时老洪穿的是差衣，没来得及回家换，那婆子做贼心虚，以为老洪是公干，是来抓她问话的。结果没等审，她就说了一堆奇怪的事。"

"与范建的失踪有关？"春荼蘼直呼其名。

春青阳点了点头,把洪班头所遭遇的事细致地说了一遍。春荼蘼听了之后,立即要求第二天见一下王婆子:"我要听她亲自说。"

"有必要吗?"春大山疑惑地问。

"太有必要了。"春荼蘼有点兴奋,因为王婆子所供述的事,与她的推测不谋而合,"我听说过一句话,叫魔鬼藏身于细节之中。越是细微处,越容易发现致命的漏洞。王婆子的话,经过洪班头和祖父,已经转了两遍,哪有她亲自说得更清楚?还有很多关键处,要再深挖着问呢。"

"你这孩子,听到这些龌龊事,这么开心干什么?"春青阳无奈地道。

"祖父,这世上哪有龌龊的事,只有龌龊的人呢。"春荼蘼若有所思。

尽管春青阳不太赞成,可转天还是安排了孙女和王婆子见面。当然,他不放心,亲自在一边盯着。这时候王婆子已经没有了顾虑,反正早都说了,也不怕再说几遍。只是在她叙述的时候,总被春荼蘼不断打断,还反复地问一些问题,足足耗了两三个时辰,才放她走。走之前还告诉她说:"你不必想着逃跑了,范阳县衙已经和涞水县衙通了气儿,这时候再走,可是有大罪过的。不仅你,你儿子孙子都要倒霉。所以,若有人来问你什么,你照实了说就是。至少,能把你择出来。我这是好话,听不听在你。"

两边县衙通气什么的,是她胡诌出来的,但如果范徐两家打官司,王婆子这个证人是很有用的。假如有状师发现这里的弯弯绕的话,她也算暗中帮了一把手。当然,她也不必找人再盯着王婆子了。

春青阳和春大山父子对她的这种作为也完全闹不明白,但因为全心信任,倒也没多问。接着,春荼蘼又拉着春大山去找韩无畏。

因为还没出正月,韩无畏住在镇上自己的房子,并不在军营,春荼蘼想找他,倒也方便得很。只是康正源在春荼蘼去徐家时,已经动身回京了,托韩无畏给春荼蘼留了礼物,仍然是几块皮子。

"小正说,看你似乎很怕冷。这是他北巡时当地的官员送的。他带回去嫌麻烦,又不是什么特别贵重的东西,就请你收下,算是谢谢你帮他。"韩无畏说。

"那就却之不恭了。"春荼蘼大大方方地收下,并没有扭捏。

日子还长,这份心意她记下,有机会她一定会还的。

"还要麻烦韩大人一点事。"她接着说,"也算跟我们家有点关联,所以是私事,倒有点不好意思跟韩大人开口。"

"你为什么和我倒客气了?"韩无畏看了看坐在一边沉默着的春大山,语气中有点幽怨。

春荼蘼假装没听出来,正色道:"因为要跟韩大人借几个人,似乎有点过分。"

"不过分,不过分。"韩无畏摆摆手,"只是你要告诉我,要做什么?"

"徐家那边的官司,想必韩大人知道了。"春荼蘼开门见山道,"可惜,徐家老太太并不用我做状师,但毕竟事关两家,需要随时关注。只是范阳和涞水离得远,怕消息传递不及时……"

"哦,传信儿啊,这个不难。"韩无畏痛快地应下,"既然是私事,我也不会动用军府的力量，我的贴身护卫就做得来。两县之间，一来一往要三天，但单人单骑，快马加鞭，一天一夜就可以来回。我派几个人，轮流跑这趟路，包管头天早上的信儿，你第二天早上就知道了。"

"谢谢韩大人。"春茶蘼高兴地说，心想真是朝中有人好做官呀，若非如此，消息闭塞的条件下，她就算再有本事，也没办法施展。

"能问一下不？您有多少贴身侍卫？"她想了想，又说。

"茶蘼！"春大山皱眉，提醒女儿要注意分寸。

春茶蘼何尝不知道自己要求太多，但她确实缺少人手，不禁就有点尴尬。倒是韩无畏笑着解围道："放心吧，不多不少，你用的话，刚刚够。"

"我是想，再拜托韩大人帮我盯着一个人。"春茶蘼是真有些不好意思了。康正源只是送东西，她以后有能力时还礼就行。可韩无畏搭的是人情，不知道将来拿什么还呢。

"盯谁？尽管说吧。"

"我父亲和祖父跟那个人都认识，所以他们不能露面。再找别人，一来怕没有能耐，显了行迹，打草惊蛇。二来，一般人我也不信任。所以，只好跟韩大人开口。"

韩无畏一听这话音儿，是拿他当自己人的意思，立即高兴地点头道："到底要盯着谁？"

"我家的婢女，小琴。"春茶蘼拿出一张纸条，"她就住在这间邸舍，上面还有房号。不用对她做什么，只看她每天做什么就行，事无巨细，都要留神。特别是她拜访的以及拜访她的人。"

出了韩府，春大山才好奇地问："小琴的事不是说清楚了，还盯着她干什么？"

春茶蘼一脸高深莫测地道："天机不可泄露。到真相大白时，您自然就明白了。我现在告诉您，您印象不深刻。"说完，笑着跑掉了，把春大山闹个哭笑不得。

事实上，她是不能确定答案，所以才不说。她有推测，但需要证据来证明。

接下来，她就老老实实地待在家里，和过儿研发新菜式。

与此同时，除了小琴那边每日必报的消息外，涞水县的新闻也不间断地传了过来。先是涞水县衙终于受理了范家的诉状，按照律法规定把双方当事人先散禁起来，也就是暂时收押，但关在条件比较好的牢房里。徐家的被告人，当然是家主老徐氏，范家作为上告者的，却并不是范百，而是范建的娘，范老太太。

论理说，就算范建是入赘的，范老太太也算老徐氏的婆婆。可老徐氏哪里是个服软的，于是两个多嘴又尖刻的女人隔栏而居，从进去就一直吵嘴，把牢里的耗子都烦得绝迹了。

接着，听说范、徐两家都请了状师。范家请的是当地状师，姓梅，秀才功名，与人为讼二十年，可谓经验丰富。徐家是从幽州城重金聘请的吴状师，据闻是从长安回来的，曾经名动京城。涞水县的单县令已经发告，要在正月二十五填仓节这天，开晚衙审理。

春茶蘼听到这个消息，立即跟祖父和父亲商量，要去看审。

"不必了吧？你在家听消息就是了。"春青阳不同意，"来回奔波的辛苦就算了，既然徐家不想让咱们春家插手，你何必非得露面呢，回头又让人不待见你。"

"祖父，我怕这事会生变哪。"春荼蘼道，"有时候在案子的关键时刻，就得速战速决，迟则就生变。这事，如果我能帮上忙，就算徐家不给我银子，不愿意我插手，我也不能看着。不为了别的，总不能她们陷泥里，到头来把咱们春家也拉上。再者说了，以后我若想做状师，可不得看看人家真正的状师是怎么做的。咱们县那个孙秀才，根本不够我瞧两眼的。"

她就是要当老徐氏心中的刺，扎得越深，徐家就越会急着放开春家。

春青阳虽然模糊地答应了孙女做状师，但其实心里是不愿意的，总想着孙女也许就是三分钟热度，过去就算，这时候当然不想让她还去观摩。春大山和父亲态度一致，春荼蘼鼓动三寸不烂之舌，好说歹说，才让这父子二人勉强点了头，还弄了约法三章出来。

第一，不得单独行动，不能自作主张。第二，不能往前凑，远远看着就行。第三，若有不妥当的地方，立即就走，不得有误。

哄完父亲和祖父，春荼蘼又借去镇上买东西的机会，再见了一次韩无畏，告诉他，不用再派人打探涞水那边的消息。只派给她两个人，帮她传口信回来就行了。

"听到我的消息，韩大人直接把人抓起来，押送过去就是。"春荼蘼道。

"你这个坏丫头。"韩无畏哈哈大笑，"都已经摸到底了，却还吊着人。"

"那当然了。"春荼蘼皱了皱鼻子，"人家看不起我，我还巴巴地赶上去吗？那样也太贱了吧？再说，我还没看过两名状师当堂对推呢，实在是好奇。"

"你不是和孙秀才对推过？"韩无畏道，略略偏过去点脸。

她那皱鼻子的样子真可爱啊，可却让他有点不自在。

春荼蘼却暗中滴了两滴汗，心想：对推这词儿，还真容易让人想到别的东西上去……就算她想推，也绝不能是孙秀才那个窝囊废。韩无畏嘛……模样上倒还将就。

正想着，恰逢韩无畏回头。于是就好巧地看到春荼蘼鬼鬼祟祟地瞄了他几眼，不禁莫名其妙地问道："怎么啦？"

"没什么。"春荼蘼连忙摆摆手，"我意思是说，我没看到过别人对推，不包括我自己。总之，请韩大人一定帮这个忙。"

"帮忙没关系，回头怎么谢我？"韩无畏目光闪闪地问。

"韩大人说。"

"我心里有谱，必不是让你为难的。"韩无畏笑笑，"等你这次如了愿再说吧。"

春荼蘼忽然有种被算计的感觉，但形势比人强，她也只好点头答应。

至于是否一诺千金……要看情况。

第二十五章　下套儿

都是大唐司法系统里的人，春青阳就托了人情，让春茶蘼在涞水县的公堂附近也可以任意走动，就为了能让孙女不和普通百姓挤在一起看审。在他看来，孙女金贵得很，怎么能在人群中挤来挤去？之后他还嘱咐春大山，不要惊动徐家，既然要看审，就只单纯地看审好了。

徐家是涞水富户，老徐氏的强势霸道也很有名，所以当范建失踪，范家又把这件事往大里闹出来后，就成了轰动性的案件。全镇的人都各有猜测，但大部分人都认为范建是被老徐氏毒害了。而这种所谓的豪门秘闻，正是老百姓最津津乐道、最喜欢八卦和传播的事，也是最佳的民间全体性娱乐。于是开审那天，尽管单县令紧急限定了人数，仍然有很多人堵在门口等着看升堂。

春茶蘼、春大山、过儿和韩无畏派来的两个护卫一起，就在公堂的左侧门。这里有看审的最佳视线和角度，能把堂上堂下都看得清楚，还很清静隐蔽。而涞水县的衙役得了托付，又见春大山和两名护卫穿着军装，态度就变得非常好，还搬了条凳来，让他们坐着看审，和县官及堂上小吏差不多同样待遇了。

至于双方的证人等，就候在公堂的右侧门处，方便县官大人传唤。若有临时证人，到时候再请差役速度提人即可。右侧门处还安装了一扇偏门，关得紧紧的，是为了防止证人听到堂上的情况，继而影响到证词而设的。这一点，涞水县比范阳县要科学。

春茶蘼通过公堂后方的夹道，偷偷转到右侧门处看了看，发现了几张熟悉的面孔，心中大致有了个数，就又悄悄转了回来，谁也没惊动，躲在左侧门的阴影处，观察等在堂下的双方当事人和她们自请的状师。

原告范家，是由范家老太太出面。被告徐家没得选，因为人家告的就是老徐氏，她不得不亲自上堂。两人都衣着华丽，头发梳得整齐，发间攀比似的插金戴银，显然都好好修饰过一番。不过范老太太一脸冷笑，很占理儿的模样，而老徐氏则是一脸不屑和屈辱。这二人，没一个衣着朴素、态度恭谨的，极不容易令人产生好感。

她们哪懂得，上堂时，衣着和态度都非常重要。要给判官和民众留个好印象，要争取很重要的同情分。那样做，对自己的利处虽然表面上看不见，但却是实实在在能感受到的。

当然，获得同情分是要当事人表现大方得体，认真诚恳，而不是哭哭啼啼的装可怜。春茶蘼就恨在公堂上表演哽咽、哭泣、晕厥的当事人，一点儿都不尊重公堂这个庄严的地方。

再看范家请的梅状师，年已过半百，鬓发略略染霜，身上着棕色圆领窄袖的袍子，戴黑色幞头，穿黑色软底的靴子，神态温和，衣着斯文中带着体面，若不是注意他那并不浑浊，反而精光四射的眼神，就像个好好先生。

徐家请的吴状师才三十出头,是从幽州城重金聘请的,往远处说是从长安镀金归来的。和徐家人一样,很是傲慢高调,总透着点高人一等的感觉,浑身散发着强大的自信感。他穿得可比梅状师洋气多了,松柏绿的翻领大袍,同色的幞头,黑色小皮子的六合靴。

所谓翻领,就是袍子前面的一层襟自然松开垂下,形成一个翻过来样子,接近胡服,是一种近年来流行的,比较潇洒的穿法。可是,幞头就是帽子,他为什么选绿色的?太不好看了。

"茶蘼,你看哪边强?"到了这儿,连春大山也八卦起来。另外,他也是有点担心。不管怎么厌恶徐家,到底也不想徐家一败涂地。再说那范家,也不是什么好鸟。

"我去那边看了证人,徐家请的吴状师事先调查得仔细,搞不好会先声夺人。"春茶蘼认真地想了想说,"但范家请的梅状师不急不躁,胸有成竹的样子,只怕也不好对付。如果非要我品个高下,我觉得后发力的梅状师似乎更强些。吴状师嘛,锋芒毕露了点。"

"嗯嗯,太扎眼了不好。"过儿一脸深以为然的表情,附和道。

她那一本正经的样子把春茶蘼逗笑了,少不得额头上挨了一记轻轻的毛栗子。接着,春茶蘼就笑道:"锋芒毕露也不是不好,但也得看具体情况。有的案子上来就要猛,打乱对方的部署,有的案子却要稳住了。因案而异,哪能一味逞强或者示弱呢?就徐范两家的案子来看,双方都有隐瞒,双方也都有企图,理不直,气不壮,先出头的当然成靶子了。"说白了,两边没一个好东西,调动不起看审者和主审官的情绪、心意和倾向性。这时候还咄咄逼人,不是自个儿找打吗?

大家正说着,鼓响了三遍,单县令上堂。

他是个四十岁上下的中年男子,相貌斯文,比范阳县的张宏图显得精明干练些。在公座后安坐好后,照例是问堂下何人,所为何事。老徐氏和范家老太太并不开口,而是由双方状师作答。

接下来,直接进入对推阶段,由原告状师,也就是梅状师先开始。

梅状师上前,慢条斯理地说:"学生代表范家,要说的话,都已经呈在了状纸中。总的说来,就是原告范氏之次子范建,于二十二年前以秀才之身,入赘徐家。徐家当日承诺善待,可庆平十六年初六,距今不足二十日前,范建突然无故失踪,至今生死未卜。范家找徐家理论,被告说不出个所以然来,又拒不交人。范家只怕其子凶多吉少,早遭了恶妇之毒手,故而上告到衙门,请县官老爷明断。给死者昭雪,为生者平怨!"

好嘛,事情还没掰扯清楚呢,先给老徐氏扣了好大顶帽子,真是会咬人的狗不叫哪。春茶蘼想着,津津有味地跷着二郎腿,托着下巴看审,那一脸的喜悦,就跟看了自个儿最爱的戏文似的,就差给她手里放点儿瓜子糖果,再送上茶水了。

春大山和过儿分坐春茶蘼左右两侧,一家三口共用一个条凳。春茶蘼如此表现,过儿倒没如何,春大山却无奈之极。自家的女儿,那么娇柔甜美的小姑娘,怎么就不爱诗词歌赋、不爱刺绣女红、不爱花朵香粉、不爱首饰衣物,偏偏一听哪儿有破案审案、哪儿有杀人放火、哪有逼良为娼、哪有为非作歹、哪有偷盗欺诈,就那么感兴趣呢?他和白氏，是怎么生出这种性格的女儿的啊？若白氏还在，他还有个商量的，现在他又当爹，又当娘，可让他把女儿怎么办呢？

想着，他就轻轻一推春荼蘼的膝盖，递了个恼火的神色过去，让她规规矩矩地坐好，装出大家闺秀的端庄态度来。不得不说，女儿装文雅很是有能力，再加上女儿长得还不错，只要别摆出那痞里痞气的样子让人瞧见就好。过两年，她年数大点，兴许会……好点？女儿变成这样很突然，以后再有什么变化，他实在拿不准。唉，愁死人了。真愁死了。

好在那两个护卫正襟危坐在他们之后的条凳上，看不清春荼蘼那笑眯眯的神色。

"被告可有什么话辩解？"堂上，单县令问。

吴状师哈哈大笑道："大人明鉴，这本就是诬告，何需辩解，分明就是常识。范建是一个大活人，还是有功名的，可见脑子也没问题。虽然是入赘，到底是男人，他去了哪里，他的妻子徐氏还整天盯着不成？再者，他失踪，最急的应该是徐氏，范家怎么就上蹿下跳起来？范建突然不见，焉知不是他卷银私逃，或者携女私奔呢？徐氏还没有找范家理论，范家怎么有脸先告徐氏！可笑啊可笑。太可笑了。哈哈。"

春荼蘼也笑了，还不忘记低声给春大山和过儿讲解："没想到吴状师是这个表演路数，倒有点门道。可惜啊，他太造作了，不是骨子里的疏狂肆意与自信，就会显得干巴巴的。换句话说，就是个纸老虎，一戳就倒。三板斧过后，就会没招儿的。"学李白喝醉酒后的风采，可人家李白是肚子里有墨水。吴状师呢，典型肚子里无本事嘛。于是，这番潇洒豪迈，反倒显得心虚。因为公堂上不讲风采，只讲两个字：理法。

"快看，单大人皱眉了，显然很反感他这种游戏公堂的不庄重态度。"过儿眼尖，又很是能举一反三，立即看出不妥当处。

"可不，看审的百姓也很莫名其妙的样子，似乎没听懂他说的是什么。"春大山也道，随后又发愁，"徐家总是这样，喜欢华而不实的东西。荼蘼说得对，这状师请错了，不如姓梅的。"

"卷银私逃，携女私奔？可有证据？"堂上，梅状师果然开口反击，却仍然不急不躁地缓声说，"那范建就算入赘，也是范家所出之人。范建每年过年期间，都会回家探望老母，今年久等不来，范氏着急，也是人之常情，也值得吴状师怀疑吗？难道入赘之婿就不算人？或者徐家还就真拿赘婿不当人。"说到这儿，梅状师顿了顿道，"徐氏是如何对待自己的夫君，倒是有几个证人可以说明。"

"看到了吧？只一招，就把徐家拉到不利的位置了。"春荼蘼继续解说。

再看堂上，足有四五个徐府的仆人出来作证。这些人大约全不是家生的，甚至是签了活契的，加上范家不知许了什么天大的好处，反正把老徐氏平时不尊敬夫君，克扣吃用银子，动辄辱骂，还有一次家暴，当然是女方殴打男方的事都抖落了出来。最后，竟然还请了当日给范建看伤的大夫出来佐证。

看审的百姓顿时哗然，听说过凶悍的婆娘，却没见过这么不讲理的，一时众议纷纷，舆论慢慢向范家倒了过去。再看老徐氏，脸色极其精彩，因为这个案子最后就算判她无罪，她的名声也毁尽了，徐家的家丑，就这么扬了出来，以后在涞水县她怎么抬得

· 85 ·

起头？

春荼蘼在一边听着，只感觉范家要的就是徐家败落，这和他们之前表现出的要人、要银子的态度很是相违。她之前推测出了一个答案，这下子正好从侧面论证了她推测的正确。不过，这也说明老徐氏太不厚道，太不会做人，得把人逼成什么样，才会有这样的反击？

而范家老太太，竟然当堂儿啊肉啊地痛哭起来，好像笃定她儿子已经死透了似的。旁人瞧着倒还好，春荼蘼却暗中挑了挑眉。公座之上的单县令也头疼地喝止，把惊堂木拍得啪啪响。

老徐氏请的吴状师简直气坏了，借着堂上肃静的那片刻，一直冲到公堂当中，高喝道："就算徐氏与范建的夫妻相处之道与众不同，但那也不是指责徐氏杀人的理由。正所谓一个巴掌拍不响，夫妻不和，难道只是徐氏一人的过错？"他年轻力壮，嗓门又洪亮，一时还真把堂上的各种声音给压了下去。

春荼蘼乐了："这吴状师要是去唱戏，肯定能成名的。嗓音又高又亮，表情丰富，唱念做打俱佳啊。"

噗嗤一声，后面两个坐得很端正的护卫都忍不住笑了。

春大山瞪了女儿一眼，但没什么威胁力，怎么看怎么像宠溺的感觉。他指了指堂上，提醒女儿好好看审，别这么多废话。

"想那范建是身有功名的人，可是却抛下圣人教化，贪恋富贵虚荣，在并无他人逼迫、家有高堂父母的情况下，自愿到徐家入赘为婿，这样的人，可称得上男人的骨气，称得上人品优秀？"吴状师接着大声道，"既然人品这么差，还有什么做不出来的！范家有证人，学生这边也有！"敢上公堂的人，除了地方豪强，大多数是有功名却没有官职的人，所以都自称为学生。

徐家的证人是账房，还有几处铺子的掌柜，最后是几名婢女。这些人一来证实范建及范家人经常会到"自家"铺子里白吃白拿。二来证实范建通过一些小手段，贪了账上的几千两银子之多。三来……那些婢女证明范建是斯文败类，在家经常调戏丫鬟，花言巧语地说要收她们进房，将来一起远走高飞等等。当然，这些婢女全是人品清白正直的好姑娘，正色拒绝了范建的无耻要求。

听到这儿，春大山露出羞惭的神色，忍不住叹道："亲莫若父子，近不过夫妻。彼此之间有什么深仇大恨？为了一桩案子，就把脸撕破了，互相揭短，有什么意思！"

春荼蘼没说话，只牵住父亲的衣袖，算作安慰。父亲不明白，这世上确实有正直善良的逻辑，可也有自私自利的逻辑。那是普通的好人无法理解的，因为有的人，永远不懂为他人着想的美德。

不过，当又听堂上有人说起，范建最终勾搭上了女儿的陪嫁丫鬟时，春大山坐不住了。

勾搭别人就算了，所谓的陪嫁丫鬟不就是小琴吗？都跟着徐氏嫁到春家了，又和原家的老太爷有了首尾，说出去会带累了春家的家风，更带累了女儿的名声！关键是，这不是诬告，前几天小琴已经承认了事实！当初以为这事捂着，过了风头把小琴扔回徐家就好,现在让人捅了出来,难道春家真要被徐家害死才算?这一刻,他无比痛恨自己几年前没忍住,招了祸害回来。

"小琴何在?"单县令问。

"与徐氏之女一起嫁往范阳,如今并不在涞水县。"吴状师答。

单县令正沉吟有没有把小琴带到的必要,因为涉及其他县,公务来往是有规矩、有一套繁杂的程序的,实在是很麻烦。春大山这边已经腾地站起来,很焦急,生怕万一扯到春家,扯到女儿身上……

"爹别急,梅状师没那么菜呢。"春荼蘼又拉父亲坐下,因为她神色平淡,好歹安抚了下春大山突然暴躁的情绪。

果然,单县令还没做出决定,梅状师已经上前道:"大人,对方状师顾左右而言他,已经偏离本案的宗旨。我们告的是徐氏对范建的失踪负有责任,甚至,可以推想范建是不是遭了毒手,而不是两口子过日子时那点子钱财,那点子花花肠子。一个泥腿子从田地里多刨出点粮食来,还惦记着纳妾,何况这种大户人家?男人三妻四妾很正常吧?就算范建是赘婿,可是说起来,徐氏招其入赘,就是为了徐家的香火,但二人成亲二十余年,却只有一女,还远嫁了范阳县。照理,徐氏早应该为夫纳妾,延续子嗣,好接管徐家。当然了,妒妇之行之思,常人难以揣度,只能以事实和证据说话了。"

这招好!转移视线,不纠缠范建的桃色和金色问题,不让不利之处落在范建的身上,继而牵连到范家。春荼蘼暗暗挑了挑拇指,心道大唐的状师也不都是范阳县的孙秀才那样的,没有本事,还收费很高。

单县令闻言也很高兴,因为这样一来,倒省了他不少事。更不用说春大山抹抹额头上的冷汗,把好悬没蹦出来的心,又安放在胸腔之中。而堂下,看审的百姓听到妒妇什么的,也不禁都低声笑起来。

府里的老爷收拢丫鬟,虽有丑闻的味道,也很有意思,不过在大户人家却也是稀松平常的事,倒是妒妇杀夫,显然更有趣味性啊。

老徐氏脸色铁青,只觉得从来没这么丢脸过。不过她不检讨自己平时行为失德,关键时刻决定失误,反而怪吴状师没本事,也忘记了她没有听从春荼蘼的劝告,对状师没有完全说实话。

"说到证据和事实……"吴状师又冷笑了起来,"学生倒有疑问。"

"是什么呢?不如说来听听?"梅状师态度温和地微笑道,不像是在堂上针锋相对,而是两个朋友闲聊似的。

吴状师明显看不上梅状师的手段,骂了句:"惺惺作态。"之后面向单县令说:"请问大人,若某人自寻死路,他的妻子为着他的名声而隐瞒其死讯,可有罪过?"

单县令摇了摇头:"应判无罪。只是……令其夫的尸骨不能入土为安,只怕也是不妥当的。"

"若是寻不到尸骨呢?"吴状师又问。

"吴状师,你有什么话不如直说?"单县令还没说话,梅状师就在旁边激了一句。

春荼蘼见此,顿时心中雪亮,不禁为吴状师感叹。

他是要跳进人家的陷阱了啊，他以为查到了什么真相，但很可能，那是人家故意让他知道的，只为最后关键处驳得他哑口无言，无法翻盘。这是一招欲擒故纵玩得高，看来老徐氏告诉了吴状师一部分事实，可却没有说全面，结果让对方有了可乘之机。

只是若她上堂的话……

她露出自信的微笑，看到吴状师向单县令深鞠一躬，面露怆然道："学生代被告徐氏，请单大人垂怜。念其一片爱夫之心，所以前面有所隐瞒。"

堂上堂下，顿时嗡嗡声一片，大家都被突然出现的新情况惊到了。

隐瞒了什么了？是不是有更大的丑闻，或者秘闻？太有意思了啊，涞水人民就是缺乏这种比看戏还要精彩百倍的故事啊，徐范两家贡献大啊。

"肃静！肃静！"单县令不得不再次狂拍惊堂木以维持公堂秩序。

当看审民众略安静后，他对吴状师不耐烦地道："有什么赶紧说，别卖关子了。"

吴状师看了一眼老徐氏，才慢慢地道："范建，已死！"

轰的一声，犹如投入了重磅炸弹，人群再度炸开。就连在侧门看审的春大山、过儿和两名护卫，都忍不住惊叫出声。而他们发出的声音，居然没有任何人注意到，大家完全淹没在公堂之下的震惊情绪里。

范家起诉的就是范建遭杀害，而且杀人者直指老徐氏。刚才堂上辩了半天，不就是说两人夫妻关系不好，老徐氏凶悍，还有暴力史，而范建手脚和下半身都不太干净吗？可吴状师是徐家的人哪，怎么能自己承认？照理，不是应该梅状师提出吗？

退一步讲，纵然大家都觉得范建失踪那么久，有可能是死了，可现在直接揭出答案，还是很让人接受不了。

只是惊讶的人中不包括春荼蘼，她紧紧盯着梅状师和范老太太，见他们都低头垂目，明显知道会有这么一出，根本不慌乱。可见，她猜的全中，这是范家要下套儿了。

"到底怎么回事？讲！"听说出了命案，一直温文尔雅的单县令也急了。

吴状师清了清嗓子，大声道："大人，你可听说过，前些日子在范阳县与涞水县交界的坊市出了件奇怪的事。"

他这一说，人群就又议论了起来。因为古代人迷信，那件事又涉及女鬼什么的，所以越传越邪乎，算得上尽人皆知，而且人人尽信。

单县令当然也不例外，于是就点点头道："那件事与本案有什么关系吗？"

吴状师点头："死者正是范建！"

"你如何得知？"单县令也顾不得群情激昂，紧着问，"虽说那块地方的管辖权模糊，但本官恪尽职守，还是派人去调查过，也打捞过尸体，却一直没有发现。"

"大人爱民如子，是地方之福。"吴状师拍马屁道，"但投湖之案在先，失踪之案在后。两个案子没有关联起来，自然不知道出事的是同一个人。"

"你是如何把两个案子想到一处的？"单县令问，神情间有点不悦。

一个不明身份的人怪异死亡，一个有名有姓的人离奇失踪，两个人的行动轨迹都涉及那间坊市，很容易就会令人把两件事联系起来。只是坊市之地管辖权不明，县衙的人不过做做样子去调查，哪能认真执行公务？若有好处还可说，现在这个事情摆明是件麻烦事,谁爱沾惹才怪。自然是多一事不如少一事,走个过场就算了。

但吴状师这么想,却不敢这么说,只道:"可能是老天不愿人间蒙冤,天示于我。也不知怎么回事,我灵机一动,就有了这样的想法。"

单县令听他这么说,神色缓和多了。

一边的春茶蘼差点笑场,暗道老天爷多可怜哪,但凡有解释不清的事,甭管好坏,都推在他老人家的头上。偏偏,有人还真信。她想起之前看到过的一个故事:在某个案件中,双方各执一词,审案地官员无法判定真伪,干脆交给神灵处理。让双方在河前起誓,然后交给河神来判断。怎么判断呢?把两人绑起来,身上坠着石头,扔进河里。浮上来的,就是说实话者。最后的结果可想而知,身上坠着大石头,还绑住手脚,能浮上来才怪!

这故事虽然荒唐,却折射了部分人的心态和逻辑,那就是解决不了的以及解释不清的,全是神力作怪。而且,他们对此还坚信不疑。

"可有证人?"单县令问。

"有。"吴状师点头,"堂审之前,学生做足了功课,拿着范建的画影图形,到坊市那边去取证询问。当日,那范建被噩梦所魇,女鬼所迷,大半夜狂叫着从邸舍跑去,落湖而死,是很多人看到的。"

"这事,学生倒也听说过。"梅状师插嘴道,"但学生所闻却是,有男人披头散发而出,狂喊狂奔。当时又是黑夜,怎么保证那些人所看到的,就是范建呢?"

"是啊?你怎么说?"单县令赞同地拍了下掌。

吴状师胸有成竹:"当时确实是黑夜,那人也确实披头散发,但他跑得跌跌撞撞,一路上撞倒了三四个人。那天还在年下,坊市那边多的是人来人往走亲戚的人,虽是夜晚,但光线却很明亮,一路上都挂着大灯笼,所以很多人都看清楚了他的脸,更不用说那些好心追在后面的人,也把他的身材看得清清楚楚。大人不信,尽可提证人来问。"

单县令一听,就把那几个早就候着的证人叫上堂,详细询问之下,证实了吴状师的说法。

吴状师得意洋洋,老徐氏也似乎缓过劲儿来了,轻蔑地瞄向范老太太。哪想到那老贼婆子半点没有心虚的样子,倒让她心里七上八下起来。

果然,梅状师似乎也没有被打击到,反而对单县令和吴状师都略施了一礼道:"大人,吴状师,真的可以确定那投湖之人就是范建吗?"

吴状师倨傲地道:"那是自然。这么多证人被盘问过,还能有假?只是……"他又转向了单县令,"这件事,徐氏夫人确实知情,因为夫君失踪,她不可能不找。想那范建,是在随徐氏夫人去范阳拜年时突然不见的,所以她很自然地私下沿路寻找。但她怕范建被女鬼所迷这种事会带累了夫君和徐家的名声,于是有所隐瞒。求大人念在她一片爱夫之心,从轻处罚。"这种知情不报也是有罪的,但大多罚银了事。徐家有钱,不在乎这一星半点。

"徐氏夫人的罪过真的只是隐瞒事实这一项吗?"梅状师打断了吴状师的慷慨陈词。

吴状师显然没料到有这一句,怔了怔,怒言道:"梅状师说的什么?这是公堂之上,若满口胡言,是要受刑罚的!"

"当着单大人的面,学生怎敢?"梅状师微笑着道,而他那淡定又笃定的模样,没来由地令吴状师心中打了个突。吴状师快速回想了一下刚才自己的言词,似乎没有漏洞啊。

"你查到了什么?"单县令比范阳县的张宏图更会操纵公堂上的秩序,适时问道。

"大人容禀。"梅状师态度谦恭地道,"吴状师前面所说,学生没有异议。但,范建为什么要投湖?真是被噩梦所魇,女鬼所迷吗?鬼神之说,固然有其道理,但我大唐百姓,受圣人教化,也应敬鬼神而远之。且适逢年下,人间的大喜庆日,诸神辟易,鬼怪焉敢出没?何况吴状师刚才也说了,当夜人来人往,阳气十足,还有无数灯火,照得坊市明亮。"

"说得好!"春荼蘼不禁低赞一声。这位梅状师,是她目前见过的最有能耐的状师了,掐制对方软肋的手法相当犀利有效果。

果然,堂上堂下也一片哗然,显然大家之前都没有想到,现在就觉得梅状师说得极对。

吴状师脸色变了,未料到被人抓到了这么大的漏洞。然后,还没等他想出话来反驳,梅状师就接着道:"若非鬼怪所为,那就一定是人祸。想那范建,既有功名,身体健康,又入赘富贵之家,有何理由投水自尽?除非是遭人侮辱,一气之下而为。"

"他是失足落水,哪里是投湖?梅状师又不是范建本人,如何能断定当时他的心意?"吴状师也是个反应快的,立即反击道。

梅状师怔了怔,但很快就接话道:"我虽不知范建的心意,却可以推测。吴状师去调查坊市落水案时,不可谓不用心,可却忽略了一点,就是动机。学生刚才说了,不是鬼怪所为,而是人力所致。单大人、吴状师,还有看审的各位父老,你们不知道吧?那徐氏并不是在范建死后才知道他投水的消息,而是亲眼看着范建身死的!"说到最后,他突然提高声音。

堂上堂下的人都被他的话震惊了。

"我大唐律法言明,杀有故杀、戏杀、过失杀,但无论哪种都是杀人。而杀人,一定要用刀吗?一定要亲自动手吗?"梅状师大声道,一直老好人似的他,这时候却突然变了样子,言语间攻击性很强,"需知,言语逼迫也可置人于死地,言刀语剑,难道不是凶器吗?"

"梅状师,你是什么意思?"吴状师急了。

然而梅状师并不理他,而是直接对着公座道:"单大人,请传我方的证人,徐氏身边最信任、最得力的王婆子上堂。"

话音未落,春大山和过儿同时"咦"了一声,虽然没有站起来,却也同时探出了身子,一副无法相信的样子。随后,又齐刷刷一起看向春荼蘼。

春荼蘼耸耸肩道:"我问过王婆子后,早说会有人找她嘛,所以都不派人盯着她了。这不是,范家找上她了。这个证人,咱们护不住,不如大大方方地摆在那儿,大家来用,只看谁用得好了。"想了想又说,"本堂,徐家必败。败在哪儿?败在徐家老太太没有对吴状师说出全部实情。我之前提醒过她,可她还是说一半、留一半,把最关键的地方隐瞒了,于是只能让对家抓住短处死命下手。她总是自作聪明,这是最要不得的。"

"那怎么办?"春大山有点发急。

毕竟,他还是希望徐家赢。倒不是对徐家有好感,是因为徐家和春家是姻亲,多少会有牵连。

"爹,别慌。"春荼蘼神色镇定地道,"一般案子要审三堂,后面还有翻盘的机会,就看吴状师有没有那个本事了。"事实上,她觉得吴状师比起梅状师,虽然年轻气盛,有可能在律法上更娴熟,道行却还嫩得很。好在他反应不错,也许可以狡辩到下一堂。

再看堂上,老徐氏听到王婆子的名字,就如一摊烂泥一样塌在地上。

真是愚蠢!春荼蘼暗中摇头,做事的时候不计后果,发现问题后处理不利索,现在被人抖出来又变颜变色,完全没有担当。徐家这涞水第一富户交到她手里,今后必然败落。

按程序参见过单县令,又自报了家门后,王婆子开始回话。

"王妈妈,你知道什么就说什么。"梅状师和颜悦色地道,"你只是个下人,服从主人的命令是你的职责。主人做好做歹,与你半点关系也没有。把事情说清楚了,你就可以回家了。若不然被打成同谋,一家子可就完了。"他老好人般的脸上带着诱哄,但语气中又满是威胁。

王婆子最疼爱的,就是自己的小孙子。她多年巴结老徐氏,为虎作伥,好不容易让自己和儿子、孙子脱了奴籍,还娶了清白人家的女儿,就是想让孙子今后读书,做个斯文人。可若她被定了罪,孙子的前程就没了。家有罪犯,子孙是不得参加科举的。

所以,老徐氏在她这再有积威,她再害怕老徐氏会报复,也不得不咬牙说出实话。

"正月初二的时候,已经嫁到范阳县春家的大小姐和姑爷回娘家,我们老太太就决定和他们一起回去,好给春家老太爷拜个年。"那王婆子老老实实地道,看也不敢看老徐氏一眼,"我们家老太爷不知为什么,也要同行……"

"你家老太爷是……"单县令一时没明白。

"就是范建。"梅状师"好心"地解释。

"我们没在春家多待,可哪想到回来时,老太……范建不知跑到哪里去了。因为范建有文人脾性,遇到好山好水,或者能做好诗文的朋友,之前也有过在外逗留的事儿,而且还不是一次半次的,我们老太太……就是徐氏也没在意,和罪妇一起先回了涞水。没想到,这一等就是好几天,范建丁点儿消息也没。徐氏这才急了,想起之前范建提过纳妾的事,就以为他是带着外面的女人私奔了。徐氏要顾着徐家的脸面,没有声张,对外只假说要巡铺子,实际上是带着罪妇和几个绝对信得过的家仆,估摸着范建可能落脚的地方,到处寻找。因为那个坊市能通向周围几个县,徐氏就想来探探消息。没想到,范建真的就躲在如意邸舍里,大约是等着哪个小骚……哪个……女人。我们到坊市的时候,天已经全黑了。徐氏怕惊动旁人,说出来不太好听,就叫马车和家仆都在坊市外等着。可巧,如意邸舍有一个后门,闭店前也不锁,又没人守着,徐氏和罪妇两个就偷偷摸摸进去,找到范建的房间。范建见我们找来,先是很慌乱,然后就提出条件,要徐氏答应他纳妾,不然就和离。徐氏顿时大怒,对范建又打又骂。"

王婆子这个人,别的能耐没有,嘴皮子倒是利索,记性也好,于是在公堂上充分发挥,把当日老徐氏骂的那些不堪入耳,极具侮辱性的言语,清楚明白而详细地复述了一遍。真是闻者脸红,就连男人都汗颜不已,因为实在骂不出这样的水平和下流等级来。

春大山涨红了脸,伸手就把女儿的耳朵捂住了。春荼蘼也没含糊,捂住了过儿的。他们身后的两名护卫啧啧称奇,看口型的意思是赞叹,因为军中的糙爷们儿也骂不出这许多花样。

等春大山松开手时,春荼蘼听到王婆子所说的最后一段话:"范建被气得浑身发抖,说徐氏有辱斯文,实在欺人太甚。然后又大叫一声:我不活了!就么也不知叫嚷些什么,跑了出去。罪妇本来也担心范建,怕他一时想不开。可徐氏说:管他呢。让他去死好了,这样的软骨头,我还真看不上!"

一语毕,堂下顿时炸开了锅。老徐氏脸色灰白,身体哆嗦成一团。她不是怕的,她是气的,表面上她还要装贵妇的,如今这层脸皮给自个儿的亲近手下生生揭下,今后还怎么在涞水立足?

她倒没想想,这官司打不赢,她若被判了流刑或者徒刑怎么办?死刑倒还不至于,毕竟她没有"造意",也没有亲自动手。

而左侧门处,春大山悔得肠子都青了。他倒不是震惊于王婆子的这番话,毕竟早就听说过了,而且也知道女儿心里有数。他悔的是,总说徐氏牵连到春家,明明就是他的错!他和父亲都无所谓,可他还有个没出嫁的女儿哪。要知道所谓家风,就是人的名儿,树的影儿,绝对辦扯不清。老徐氏的人品在全涞水县的见证下,已经低到没有,而他娶的是徐家女,还是作为荼蘼的继母,人家说起来能好听得了吗?幸好王婆子没提老徐氏给女儿说亲,以及小琴与范建勾搭的事,不然荼蘼的名声就算毁透了。早知如此,他就不应该和徐氏再过下去了!

这是第一次,他很明确地有了和徐氏分开的想法。

"大人!"堂上,王婆子一说完,梅状师立即再度开口,"真相已经是明摆着的,那徐氏招了女婿,虽说给予吃穿用度,却在心理上百般折磨,欺压了范建二十余年。那日,又如此折辱欺凌,令范建激愤之下自戕。虽则她没有亲自把范建推落湖中,可却与相推何异?特别是在仆人提醒的情况下,仍然不施救助,令那范建落湖而不浮,沉冤深似海,无颜见青天!大人,徐氏先是逼人至绝境,中是不肯救人,最后还要隐瞒事实,三罪并发,不得以赎铜抵罪,求大人严惩,还范建一个公道,让他不用再尸沉冰冷湖底,可以重见天日,入土为安!"

呵,最后几句说得真煽情,有点结案陈词的意思。其实什么落水而不浮,和所诉罪行有关系吗?但在这时候说出来,却是最拨动人心的。想想也明白,冤枉啊,六月飞雪啊！你欺侮得人家掉水里淹死了都不愿意浮出来，得有多大的恨意和委屈啊。

老徐氏一向强悍，不像她女儿小徐氏，经常嘤一声晕过去。今天，她也嘤了，却只是瘫在那儿，死活晕不过去，反而吓得愈发清醒。上堂前，她还什么也不在乎，以为最差的结局就是赔银子而已。直到现在，她才发现这个世界不是围着她转的，范家谋算的是她，是徐家全部的家产。只要她坐牢或者发配，徐家就改姓范了！

她终于明白了，可惜有点晚。现如今，她只有狠命地瞪着她花大价钱请的吴状师——他不是在长安参与过刑司事件吗？不是给大理寺卿当过私人文书吗？怎么如此不济事！或者当初她就错了，应该让春家那个死丫头帮她卖命，听说那死丫头在公堂上厉害着呢。

吴状师接收到老徐氏令人浑身发麻的目光，脑筋急转。他不知道老徐氏私下曾闹了这么一出，还被范家人抓到了把柄。说到底，他还恨呢，若非老徐氏撒谎，他怎会落到如此田地？让一个乡下状师逼得哑口无言。不行，一定要翻盘！无论如何，要做点什么！

好在他心思也算转得快，脸皮也足够厚，见形势不好，立即上前。他嗓门本来就大，这下更是以压倒性的分贝道："大人明鉴，那范建未必就已经死了！"他这是比较聪明的做法，因为人若未定生死，刑罚律法就不适用，案子得拖下去，就有的是办法好想。范家要的不过是银子，私了也未必行不通。所谓民不举，官不究，何况徐家还是富户，抹得平的。

可是单县令一听就怒了："刚才是你说范建已死的，现在又来反口？"

"对啊，我事前还曾问，是否确定范建已死，你满口承认，当着这么多人点了头！"梅状师也道。

吴状师一咬牙，本来他身有功名，除非犯了重大的过错，并不需要跪下，但此时为形势所迫，也只好扑通下跪，哭道："学生糊涂！学生一时糊涂，还望大人恕罪，再听我一言。"

"他那嘴说的是人话，还是放屁啊。"人群中有人怪叫一声，接着就是哄堂大笑。

吴状师涨红了脸，却仍然能保持姿态，没有因为羞愤跑掉或者自尽，令春荼蘼不由得佩服他的心理承受能力。只听他道："学生犯了个大错，不该随便臆测。范建确实落水，可既然没捞到尸体，又怎能确定他是死是活？"

他这是自抽嘴巴的行为，简直可算得不要脸。可他这不要脸，又确实有点道理，顿时堂上堂下就又安静了些。

"当日范建落水，很多人看到。"梅状师不能让好形势遭扭转，于是接口道，"事后，还有很多人围湖守候，也没见有人游上来过。况且那范建不识水性，吴状师倒说说看，他有何活路？"

对啊。围观的百姓们想。

吴状师怔住，可梅状师说的话中，有一点提醒了他，顿时令他兴奋大叫道："范建奔跑在前，很多好心人追赶其后，从邸舍到落湖，中间有一段距离，只看得到背影，谁能保证中途没有换人？范建不会水，但若计划得当，雇佣一个会水的人，穿着、身材与他一样,大家从背后望过去,谁能确定就是范建落水?"

他这话相当于胡搅蛮缠了,可偏偏还有几分歪理。顿时,全不出声了。

吴状师抓住机会,赶紧对单县令道:"大人,学生还想到一个可能。范氏老太太共育有三子,长子早夭,次子就是范建,三子名为范百,在家侍奉母亲。学生无意中听人说到,那范百水性极佳,都说跟鱼儿比凫水,游鱼也会翻白。他既与范建乃一母同胞,背影相像是很正常的吧?说不定就是他们兄弟同谋,想陷徐氏于牢狱,好谋夺徐家家业!"

这大帽子扣的,很准!可是呢,这个推论很快就会站不住脚的。春荼蘼暗想。

第二十六章　我要她!

"这样也行?"过儿可算开了眼界。

"不行的。"春荼蘼摇头,"梅状师很快就会戳破吴状师的论点。"

"为什么不行啊?"过儿不服气,"吴状师说得对,亲兄弟,大部分情况下,身形必定会相似的嘛。况且,那范百会凫水,和整个案情就对得上了啊。"

"魔鬼藏身于细节之中。"春荼蘼再度强调,"那吴状师只是调查到范百会凫水,却没有做得更细致些,亲眼去见见范百本人。而这个证据一旦被推翻,徐家就被逼入了绝境。因为吴状师出尔反尔,先说范建已死,又说范建还活着,他的话,信任度已经降低。他提出了一种可能性,就有义务找出证据证明,如果不能……公堂就会主张反方的观点,也就是取信梅状师的话。那时,徐家老太太会被判有罪的。"

过儿本就是个机灵的,把春荼蘼这番话在心里转了一遍,立即明白了,惊道:"难道范建和范百是亲兄弟,却长得差别很大吗?"

春荼蘼看看春大山,父女两个交换了个眼色。范百来闹时,是春大山挡回去的,所以范百是什么德行,春大山最清楚,这也就是过儿好奇,但他却明白春荼蘼话中之意的原因。

范建是个又高又白的斯文人相貌,有点清瘦,若不考虑他窝囊中带点阴沉,阴沉中又时常闪过猥琐的眼神,算得上中年版白面书生,皮相不错。所以当年老徐氏才看上他,非要招他为婿不可。在爱好美男这方面,徐氏母女如出一辙。

反观范百,却是个地滚葫芦黑胖子,两兄弟之间差别之大,若非范老太太亲证这是一个娘肚子爬出来的,任谁也不会相信他们有血缘关系。

果然，他们在左侧门处议论，堂上梅状师也反应了过来。恰巧，范百就在下面看审，直接叫差役提溜了上来。

不用说话，大家一瞧就全明白了，这直接让吴状师以为逮到的宝贝，成了生生抓在手中的大便，顶着风臭出十里地来。

到这个程度，吴状师再也翻不出天来了。他拿不出证据支持自己的说法，就只能眼睁睁看着梅状师大获全胜，公座上的判官会判对方胜诉。就算当堂乞鞫，重审也得等一阵子。若范家就是为了谋夺徐家财产，有这些时间足够了。总之，他信心满满而来，到头来一败涂地。

只是吴状师虽然垂头丧气，老徐氏却是个堪比"小强"的悍妇。她不服！她是谁，涞水第一富豪，怎么能输？焦急与不甘之中，她四处张望，好像寻找一切可以拯救她的人和事。

春茶蘼看机会差不多，故意向外走了两步，好让老徐氏能看到她。

春大山密切注意女儿，见状就往回拉她，急道："茶蘼，你不能去！"

"爹，咱现在是骑虎难下，逃避没有用。"春茶蘼抓住春大山的手，正色道，"我知道您顾虑什么，但咱们已经被牵连了进来，只有平了这事才能脱身，不然只能泥足深陷。我知道您不是怕事的人，一切只是担心我。但您想，现在春家、徐家毕竟是姻亲，就算甩手，外人还是会把咱们两家联系到一处说。而且，还落个不顾亲戚之名。"

"那你告诉我要怎么做？我去！"春大山急得快哭了，"你上公堂就已经很让人说嘴了，再沾上这些肮脏事，以后可怎么办？"

"爹，嘴长在人家身上，让他们说去。再者，范阳县只是个小地方，等咱家脱了军籍，您带着全家远走高飞，东都洛阳也好，国都长安也罢，天高任鸟飞，海阔凭鱼跃，难道一辈子困在这里吗？到时，谁还知道我之前做过什么。况且都城什么地方，女子可鲜衣怒马，长街扬鞭的，女儿这等作为，未必就被人所痛斥和瞧不起。"

"可是……"春大山仍在迟疑，拉住女儿的手却松了。

"您再想，范家也好，梅状师也罢，为什么把徐家老太太的所作所为摸得这般清楚，还找到最有利的证人？正是因为范建真的没死，和整个范家沉瀣一气，做下这个局。他们谋夺什么我不管，只不该把春家也扯拉进去，既他们要把春家拉下水，那，就谁也别讨到好去。犯我者，虽远必诛！"她最后那句话气势十足，连那两个护卫都差点叫出好来。

好一个犯我者，虽远必诛！好一个天高任鸟飞，海阔凭鱼跃！这是何等的胸襟，何等的高绝气势。此女子，真丈夫也！

这两句话对她而言也不知是福是祸，反正后来传到京中皇上的耳朵中，着实令她在皇上心中留下了很深刻的印象。

不过，幸好春茶蘼没听到两名护卫的心声，不然得怄死。她才不要做男人哩，做女人虽然有诸多麻烦，却也有诸多幸福的地方。比如她十五岁了，还能和春大山、春青阳撒娇，换个男人试试？她才不要做纯爷们，正正经经，舒舒服服地要做一生女人呢。

劝服了春大山，春茶蘼就依计暴露了自己的存在。那老徐氏正六神无主，看到春茶蘼就像见到救星似的，突然在地上爬行几步，跪到公座正前方，大声道："大人，民妇冤枉。而这个状师……"她愤然一指吴状师，"根本就是个没用的，不仅不能帮助民妇，还陷民妇于不利之中。大人，请您允许民妇撤换民妇的状师，自有别人替民妇分辩。"

徐家是涞水大户，这单县令及县衙上下，没少受过徐家的好处，毕竟为商若要顺，少不得官府保驾护航。所以老徐氏的面子，好歹要给些。

于是单县令故意板紧了脸道："犯妇徐氏，念在你是一介妇孺，又屡屡喊冤的分儿上，本县再给你一次机会。若你再说不出所以然来……律法无情，本县身为一地的官长，自然依律而行，断无宽恕之理！"

徐氏一个头磕在地上，随后伸手直指左侧门处："新的状师，我要她！"

堂上众人的目光，循着那根手指看去，落在春茶蘼的身上。堂下看审百姓看不到的，纷纷向前挤，被差役们喝骂着又赶回去。

春茶蘼见单县令望向她，不慌不忙地深施一礼，然后抬步向堂内走来，举止优雅，神色间不卑不亢，镇静大方，令人生出极大的好感来。就连吴、梅两位状师，不知为什么都生出自惭形秽之感。

而她一上场，就像万众瞩目的偶像级人物，周围立即安静了下来。众人只见到一个身穿黛紫色窄袖圆领男装胡服的小姑娘，头上什么也没戴，但挽了男人的发髻，以一根紫玉簪子固定住，同样黛紫色短筒靴和革带，周身再无一点装饰，于是就显得没有半分累赘，清爽利索，而那近似于黑色的极深的紫色，更衬得她肤如凝脂，脸若桃花。

这样甜美的男装小姑娘，能当状师？把两个大男人掐得死去活来的案子理清楚？

"民女春茶蘼，叩见单大人。"春茶蘼没有直接横穿大堂，而是绕到下面去，才规规矩矩地跪好。她感觉到父亲担心的目光，感觉到无数眼神像箭一样射过来，却仍然平静自然，那种从骨子里散发出来的自信，令别人很难轻视于她。

"起来说话。"单县令不由得放软了声音，觉得自个儿如果严厉，就是欺侮人小姑娘似的。

而涞水县离范阳县比较近，虽然道路难行，但消息还是传播挺快的，听她报上名来，立即有人就想起什么似的，低呼道："这就是范阳代父申冤的小孝女，后来又打赢了临水楼的投毒案，十足的能人呀。"

"就是她？不能吧？看起来才十四五岁，娇柔成这个样子，是谁家的小闺女儿，还不及我家那个泼辣，谁大声说话就得吓哭了吧？你到底见没见过，就胡说八道。"

"是叫春茶蘼没错啊。咱们这普通人家，姑娘家哪有正经名字，就随着排行乱叫，大娘二娘三娘的，有名有姓的很难忘记。"

"也别说，是有点门道。普通人，别说是小姑娘了，就算大老婆子上公堂，都吓得什么似的。你们看她，不温不火，不急不躁的，就像个豪门千金，大家闺秀，说不定真有可能！"

"啊，看左侧门那边有位美貌的军爷。听说春茶蘼的父亲就是折冲府的军官，又是有名的伟男子，看来没错，就是那个会打官司的姑娘！"

众人议论纷纷，而且声音还不小。老徐氏听了，心中恼火，暗道自己的女儿都没得到这么多的夸奖，春家的丫头凭什么？只是现在还得用人家，只能忍了。而堂上的单县令、众小吏和差役，自然也听到了这些话，对春荼蘼有了新认识，又不禁好奇起来。

"春家姑娘，你可要担任徐氏的状师？"单县令温和地问。

"不是。"春荼蘼摇摇头，正当老徐氏脸上快挂不住时，又道，"但徐家是我继外祖家，民女为外祖家申冤，也是常理，却当不得受雇佣的状师之位。"她这话说得明白，不外乎一个孝字而已。

看着老徐氏变幻的脸色，春荼蘼暗笑：哈，老徐氏用人朝前，不用朝后，她才不会上这个当哩，先赚点名声再说。就算她当状师为世人不容，至少孝道上是可取的。

"好吧。"单县令点了点头，"既然如此，本县便成全你的孝道。只不知，那徐氏的所作所为，事实俱在，你要如何辩解？"

春荼蘼又施一礼，举止从容不迫，根本没有百姓在公堂上的惶恐之感："大人，您主审了这么久，想必非常疲倦了。今日天色已晚，民女提议，下一堂再审。再者，民女请求主审的公堂换一换地方，方便大人和众位乡亲更直接判断出证据的真伪。"

她这个要求提得奇特又突然，但前面的半句又让单县令很舒服，所以他并没有觉得这小丫头异想天开，而是好奇地问："要换作哪里？有何缘故？"

"就换在范建落水的湖边。"春荼蘼认真地道，"那里是第一案发地，有着重要的意义。但是还得先请大人派差役先守在那里，以免被宵小之辈破坏了现场。"

单县令有点犹豫，虽说春打六九头，如今已经立春，可还是有些寒冷的，到坊市那边要走多半天，就算有马车和官轿也不太舒服。不过转念一想，只有那些负责刑司的大官，才偶尔有在现场断案的机会，自己这案子若判得好，说不能美名远扬，对官声和官威都是有好处的，吏部的考评分也会高些，何乐而不为呢？于是，就点头应下了。

而他这么痛快答应，还是因为看到春荼蘼一脸胸有成竹的样子。他辛苦跑这一趟，也是希望案子能办得漂亮呀。这姑娘，看起来很靠谱。

"退堂。"惊堂木一响，"后日未时初，在范建落水的湖边开审第二堂！"说完这话，单县令起身离开了。

顿时，堂下众人开始议论，都有些为难。不去看审吧，心痒痒的，真想第一时间知道案子的结果，也想看春家的姑娘如何翻案。可去看吧，要走那么老远的路，万一当天退堂得晚，搞不好还得住在坊市那边。看审虽然不花钱，住店吃饭可得花钱哪。

春荼蘼不理会这些，径直向左侧门那边去，打算叫上春大山，之后一起离开。老徐氏见状，连忙挣脱了上来押她的差役，大声道："荼蘼，你和你爹何时来的？打算住在哪里？不如就家里去吧？"

这话说的，照说两家是这么近的亲戚，他们就应该住到徐家，合着老徐氏的意思，这还是对他们比较客气喽？真不知道她这样的办事方法，是怎么接手徐家生意的。春荼蘼忽然想，也许是先辈留下的掌柜们忠心，但若有谋之，二十几年的水磨功夫下来，范建想折腾的话，老徐氏早就成了空架子了吧？

"谢谢您。"她说得极客气，但也透着疏远，"太太至孝，担心老太太的案子，只怕关心则乱,拉着茶蘼不断盘问,反倒影响了后日的堂审。所以我爹的意思,先住在邸舍,等还了您的清白再家去团聚。"当着外人,好歹也维护一下两家的面子。这事她既然已经管了,何必还别别扭扭的不痛快、不大方呢?

老徐氏感觉到春茶蘼的冷淡,却不好发作。旁边的范老太太也拖着没走,见状就大声嚷嚷道:"我说这位大姑娘,你可别管这个泼妇的事。到头来,吃力不讨好,说不定还反咬你一口呢。亲戚?我呸!爹亲娘亲,没她的银子亲!"

春茶蘼微笑不语,心道果然敌人之间是互相最了解的啊。然后再不等老徐氏废话,敛衽为礼,转身走了,把两个都不是善茬的女人扔下,连头也没回。

到了邸舍,春茶蘼立即拜托两名护卫道:"两位大人能否赶回范阳县一趟?帮我捎个口信给韩大人,就说……让他把人给我送过来吧。不过,悄悄的,先不要声张。"

两名护卫本就是韩无畏派来帮助春茶蘼的,立即商量了下,由一人回去办事,另一人仍然留在这边,充当保镖,也提防另外有事。

只剩下父女二人的时候,春大山不禁好奇:"你让韩大人把谁给你送来?"

"后天您就知道了。"春茶蘼笑眯眯地卖了个关子,随即面色一正,"爹,这件事后,只怕徐老太太跟咱家更隔心,说不定会闹腾点事出来。今后要怎么办……爹心里早做打算。"她也没说得太明,相信春大山能理解。

刚才她和老徐氏离得近,清清楚楚看到老徐氏眼中的恨意。有的人就是这样,永远要压你一头,你一直在她脚下,她可能对你还不错,但如果你比她强,甚至于她有恩,她就要想方设法地伤害你、踩倒你,重新获得优势地位,或者与你划清界限。说白了,就是极度没有安全感,非得靠压倒别人才能感觉舒服的糊涂人罢了。

如今老徐氏的丑事被春家了解到了,她还帮助老徐氏脱困,显然占了上风,那老徐氏如何能容忍她呢?而她要的那一千五百两银子,就是推波助澜用的。事实上,她虽然穷,但君子爱财,取之有道,还不至于平白向亲戚伸手。而且那钱,她已经想好用处,自然不会私吞了去。

一天两夜的时间,春茶蘼就窝在邸舍中,连吃饭都叫小二送到房里。她不想被人围观,也知道范家必派了人暗中注意她,更知道吴状师不服气,想逮机会和她磕牙。她惹不起这些人和事,那就干脆躲了还不行吗?

等到第三天一早天才蒙蒙亮,她就拉着春大山等人出发了。她本来想,早点到坊市,租一间邸舍先歇着,省得路上遇到前去看审的人,又烦乱,又拥挤,哪想到县城的城门处,居然已经有好些百姓等着了。幸好她坐在马车里,前后有父亲和那名护卫守着,才没被好奇的人们一拥而上当成熊猫参观。

人多,走得慢,到坊市时已经快午时了。春大山直接带她到了熟悉的吉祥邸舍,安置她歇下后,就去湖边探探情况。照例,走到哪都收到娘子们无数爱慕的目光。大唐女子威武,敢于当街热辣辣地表示爱意。

而单县令是个仔细的人,不仅派差役守住湖边,又着人在湖边搭了漂亮又美观的草棚,还拉了类似于警戒线的绳子,以免看审的百姓乱挤。不过他还是低估了百姓们对八卦的热情,本觉着顶多来个几十人,谁知却来了足有好几百。这数字听着不大,但乌泱乌泱的人站在那儿，算得上是里三层、外三层。

单县令正发愁差役带得不够，怕乱起来伤到人，就有人来报，说折冲府的都尉大人带着几百士兵来了，说要帮助维持秩序。虽然折冲府设在范阳县，但附近的地方都归其防卫，单县令哪敢怠慢，立即亲自去迎接。自然，他也不会以为韩大人是为了他。

官家有官家的小道消息渠道，单县令早听说韩都尉对春家的姑娘另眼相看，过年时连皇上的赏赐都打了包了送去春家一份儿。这春娘子将来的造化只怕不小，当不了王妃或者侧妃，当个妾室夫人总没问题的。再仔细回想，上一堂自己似乎没有得罪春小姐的地方，果然小心行得万年船。

那边，春荼蘼听说韩无畏亲自来了时，心下也有几分高兴。就算她从不想高攀，但被人重视，有大人物给撑场面，换作是谁，也不会不开心。而且，前天回范阳县的那名护卫也跟了来，悄悄地告诉她，她要的人已经秘密押了来，就在被赶到湖边的马车里。

"姑娘放心吧，已经点了穴，那人既不能跑，也不能叫。看他的意思，似乎也认了命，必不会坏了姑娘的大事的。"

"有劳了，改天叫我爹请吃酒。"春荼蘼由衷地谢道，直接给春大山派了任务。

未时初，正刻，春荼蘼在春大山、过儿和两名护卫的陪同下，来到湖边的临时公堂。此时虽然人多且杂，但在折冲府士兵的维持下，秩序井然。春荼蘼到的时候，单县令已经坐好，人犯、状师也已经带到。草棚两侧，甚至支起了一个大鼓，正时正点时，敲打几下，表示升堂。

春荼蘼还是穿着那身衣服，只是因为阳光有点晃眼，头上戴了个大檐的胡帽，并没有垂下帷纱，但有多半张小脸都隐在了阴影中，只有略有点尖的下巴露在阳光下。

规定的程序过后，由被告的新状师开始对推。

"上一堂，徐氏聘请的吴状师曾有言，范建并没有死。"春荼蘼的开场白直接明了，"民女是赞成这个观点的。只是吴状师所提的理由并不成立，所以不妨从另一个角度想想。"才一开口，就吸引了在场众人的注意力。

韩无畏坐在草棚下的陪座上，虽然对案子不发言，但他身上有天潢贵胄的贵气和铁血军人的威严感，非常镇场子，看审的人虽然议论着，声音却非常低，引不起骚乱。

"不知春娘子有什么见教？"梅状师年纪大，见得多，并不因为对方是个小姑娘而轻视。

春荼蘼笑道："当日天色已晚，要动手脚的地方多了，何苦找个替身来添麻烦。"

"此话怎讲？"梅状师奇道。

"范建落水之处，可是正对着坊市口的地方？"春荼蘼问早候在一边的证人。

这些证人已经不是之前的那些人了，而是当日落水事件的目击者，因为都是在坊市做生意的，所以开堂前，春荼蘼只派人支会了一声，单县令就叫人都带到了，以备审案时询问。

证人们纷纷点头，完全没有异议。

"那处有什么与别处不同的特别地方呢？"她又问。

一个人高声回答道："有两块石头，一大一小。在这边做生意的人，本来要给坊市起个响亮的名字，刻在那块大石头上，后来没人肯出钱找石匠，此事便作罢了。"

春茶蘼"哦"了声，却没有继续往下问，话题一转道："再请问各位，当日范建一边呼喊，一边从如意邸舍跑到湖边，是否有很多好心人在后面追赶？"

众人再度称是。

"那又是谁第一个跟在范建后面的？"她再问。

但这一次，众人面面相觑，都很茫然。半晌，才有一个人说："黑灯瞎火的，虽然月色很足，可坊市的灯火照不到湖边。大家一心想救人，谁会注意哪位仁兄排在第一啊？"

"那么，能确定范建落水后，没有人从湖中游上来吗？"

"我们不知道那人会从哪里浮起，就有人沿着湖跑，一直到对面，也有停在湖边的。当时虽然天黑，却真没看到有人从水中冒出。"某人道，"我记得当初武二哥还在对面喊我，叫我留留心，万一浮上来呢？哪想到，冤沉似海，就这么邪性地淹在水底不动。"

"是啊。"一个粗壮的婆子道，"年前一场大雪，湖面本来冻上了，就算年前后迅速回暖开冻，那水也是冰哇哇的凉。这时候水上水下走一遭，上岸后就得冻僵，哪走得了路？更不用说麻利地跑走，让大伙儿都没发现呢。"

"大人可能不知道。这湖虽是死水，但湖面不小，而且水特别深。"又有某人道。

"假如我是范建……"春茶蘼提高了声音，免得大家沉浸在闲聊中，歪了话题，"假如我因为某种原因要诈死，或者要摆脱某人，或者要得到什么利益，我会怎么做？"

她在场中踱来踱去，似乎在苦思冥想，但韩无畏和春大山这些了解她的，知道她早已经胸有成竹，只是摆摆样子，调动众人的心思罢了。

哪想到，她再度做了出乎预料的事。正当所有人咀嚼着这番话时，她却站定了，苦恼地摇了摇头道："这世上，最难测者是人心，我们如何能以自己去揣度别人呢？"

这下，连春大山和韩无畏等人都奇怪了，自己否定自己，又是什么路数？在场众人更是纳闷万分，交头接耳地议论起来。

"不如我说个故事，请大人和在场各位听听，看有几分可能是真的。"春茶蘼见关子卖得差不多了，就接着道，"有一个男人，秀才功名，仪表堂堂，可他总觉得自己时运不济，怀才不遇，而且他再也不愿意过寒窗苦读的贫困生活。恰好，他的父母兄弟也都是爱财之人，就撺掇他到本县的第一富户去做上门女婿。"

她说到这儿，所有人都知道这个男人是谁了，顿时表现出浓厚的兴趣。

"刚才说了，这个男人是斯文人，长相也还可以，所以立即就入了富家小姐的眼，招他为婿，日子一过就是二十二年。只是这小姐虽然有钱，性格却很强硬，成亲多年都不肯让男人插手家中的生意，致使这个男人在吃穿用度上虽然还可以，却也没什么富余的银钱。可是自家的人贪婪，还指望他接济着过好日子，回回要手心朝上，找妻子要钱，也回回被数落挖苦。这男人在妻子面前抬不起头，不禁动了其他花花心思，但无论如何，哪里不需要银子呢？于是他就想让那死死把一切都抓在手里的妻子离开，哪怕是暂时性地离开，比如，妻子坐牢、流放什么的，好给他机会做手脚，掌控家里的产业，纳妾生子，最后颠倒乾坤，重振夫纲。只要有这样的机会，什么手脚都可以做的。若要永除后患，要妻子死在牢里或者流放途中，也有的是手段。"

"不可能！不可能！"老徐氏似乎突然想到了什么，明晃晃的大太阳底下，她却出了一身的冷汗，拼命摇着头，嘴里下意识地否认。

但没有人搭理她，官员、百姓、马车里的人，都似乎沉迷在这个故事中，只听春茶蘼继续讲道："于是，男人设了诈死计划，先是非要跟着老婆出门，然后突然失踪。等到了一定时间，又引诱妻子来大闹，然后假装受了刺激，跑出去后闹出命案来。当然，做这件事要掌握时机，布下这迷阵之前需要做的种种准备安排，也需要把时间拿捏得恰到好处，这时，就需要一个内线，一个在妻子身边的内线来与他配合，随时告诉他，他妻子正在做些什么。这个人是谁？还有比妻子手下最得力的婆子更好的人选吗？"

"王婆子！"老徐氏突然尖声大叫，恶狠狠有如疯癫的目光在人群中扫射，不幸被她看到的人，都感觉浑身发麻，情不自禁地同情起范建来。跟这个女人过日子，是个男人就得疯，就得想办法摆脱她吧？可人家的青春年少岁月也不能白白耗费了，拿点补偿也应该，只是这手段实在是……

"是啊，王婆子。这个妈妈，就是男人的内应！"春茶蘼半接过话茬，"这婆子暗示男人的妻子到坊市这边来寻找，又通知了男人具体的时间。在此处谋生的人都知道，如意邸舍虽然不严谨，可也没到天色黑了，后门还开着的地步。其实，这是这个男人偷偷打开的，等着妻子找上门来。成亲二十来年，他自然知道哪些话能让妻子大发雷霆，然后他就装作被骂得受刺激的样子，冲出门去，直到投湖落水。而那婆子，就成了最好的证人之一。"

"可是，事实上，人真掉到湖里了，而且真的没有尸体浮上来。"单县令忍不住插嘴，"难道是弄巧成拙了？"

"人死，而后有尸。如果没死，哪来的尸体啊，大人。"春茶蘼道，"这本来就是一个方方面面都考虑得周密细致的骗局啊。"

"那他是怎么瞒过这么多人的眼睛的？"韩无畏也问。其实他知道马车里的是谁，但其中有些关窍确实不清楚，很是好奇。

"魔鬼藏身于细节之中。"春茶蘼说出这句自己一再重复的话，"不然，为什么要有蛛丝马迹这个词？若能细致到注意蛛丝，还有什么可隐瞒的。要知道，世上没有完美的犯罪，总会有把柄留下，关键在于我们找不找得到罢了。"

"继续说故事吧？"人群中有人喊。

春茶蘼顿了顿，才说："男人装作被刺激的样子，大叫大嚷着跑出去，引起了很多人的注意。甚至，他一路上撞倒了好几个人，增加人证确认'死者'的机会。他还在大冬天里穿着雪白的中衣，披头散发，在黑夜中特别醒目，容易让人辨认。而出于事发突然，跑来追他的好心人，至少与他有十几丈，甚至几十丈远的距离，只注意得到他明显的特征,却并不能真正看到他的脸、他做了什么。事实上,他早就观察好了地形,知道冬天的湖边没有人来,那块大石头足以掩藏一个人的行迹,而那块小石头非常靠近湖边,平时摇摇晃晃的不太稳当,有时候风吹大些,都似乎要掉进湖里。他早在当天天擦黑的时候,就在大石头处藏好了一包衣服,还备下一根熟铜的撬棍。当时,他按照计划跑到湖边的石头处,先是用撬棍把小石头推到湖里,再扔了撬棍,然后借着夜色、阴影和大石的掩护,迅速套上准备好的外衣,挽起头发。同时,嘴里不断模仿着落水和喊救命的声音。追在后面的人,只看到有人跑到湖边,然后听到扑通一声水响和之后的水花声,自然就以为那男人掉落在湖中,还扑腾了几下。大家全是善心人,都拼命想要把人救起来,武二哥甚至仗着水性特别好,还冒着严寒入水,却根本什么也没找到,后来受了风寒,着实病了几日。"

说到这儿,她又停顿片刻,让大家有时间消化一下信息,才接着道:"各位要问了,那个男人去哪了?简单得很,他换好衣服后,假装也是来救人的,跟大家在湖边跑来跑去。在这么紧张的情况下,谁会注意到他?而他直接跑到湖对面,然后就逃了。当然,他做这事不可能没有接应。说到底,打虎亲兄弟,上阵父子兵。他的兄弟备了马,就躲在不远处的树林里,直接把他接到自己家,藏起来。后来他支使兄弟去徐家闹,把事情闹大,闹到官府。不过他怕自家被搜,就又躲到他在范阳的相好那里。这样一来,外人只管找翻了天,也是找不到尸体的,因为他根本就没死。等他妻子入了狱,女儿又外嫁,他自然操纵暗中埋下的人手,谋夺产业,谋夺妻命,之后再出现,随便编个神奇的故事,就能名正言顺地接管岳家所有的财富了。"

春荼蘼的故事讲完,全体目瞪口呆,偌大个场地,这么多的人,居然寂静得能听见风吹水流的声音。

半天,单县令才下意识地舔了舔嘴唇道:"你……你可有证据?"

"有。"春荼蘼答着,从怀中抽出一摞纸来,"这是证人证言,当日我和我父亲在坊市这边逗留过几日,因为好奇投湖落水的事,我仔细询问过很多目击证人,后来把他们所说的话记录了下来。这些证词上写有姓名,大人派手下一一核对,令其签字画押,即能成为呈堂证供。其中包括如意邸舍的伙计,在天黑后见过范建徘徊在后门。有人能证明范建在如意邸舍通向湖边这条路上,来回走了很多遍。武二哥还看到过范建在事发当天傍晚,在湖边大石处出现。"

这就是她说的"魔鬼藏身于细节之中"的真意。询问证人时,往往会忽略一些盲点,但如果更细致和敏锐些,就会在所谓事实之上,寻找到更多真相的脚印。当初,她和春大山在坊市这边足足待了一天,之后审问王婆子时,又抓住她话中最微不足道的不对头的地方,追根究底,然后推测出答案。

"还有物证。"交上那些证词后,春荼蘼又说,"大人可以现在就派人去看,湖边那块小石头已经没有了。冬天,本来去湖边的人就少,出事后更是鲜有人迹,所以现场保护完好。又因为土地冷硬,撬压的痕迹仍在。当初范建为了省力,在撬棍下还垫了块尺长的小石头,上面隐约残留有铜粉。"若非因为注重细节,春荼蘼怎么会留意到湖边有一大一小两块石头,而且小的那块已经不见了呢?而这些,被最初的问案差役全部忽略了。

听她这么一说,单县令立即派人去调查,果然发现现场情况和春荼蘼所说一模一样。当时,还有很多围观百姓跟着去看,也都惊奇不已。他们就在坊市附近生活、做工,却从来没有人注意过这些,不禁对春荼蘼佩服得不得了。

这时候,范家老太太、老徐氏和梅状师,以及混在人群中的吴状师已经都说不出话了。事实明摆着,之前感觉那么复杂的案情,被春荼蘼一个故事就理得清清楚楚。

吴状师倒罢了,毕竟老徐氏向他隐瞒的事情太多。梅状师却对站在场中的小姑娘佩服得五体投地。范家闹事,要打官司,于是向他提供了王婆子的情况和范建落水的结果,他收集人证和物证太容易了,这本身就说明一件事:范家是共谋。只是他身为范家的状师,不便揭穿,一直装作不知罢了。但春荼蘼完全是旁观者,她却利用有限的证据抽丝剥茧,还原全部事实,不得不说,实在是太聪明能干了。春家小娘子简直天生就是吃状师这行饭的,只可惜是个姑娘家。

"那,你可知范建到底去了哪里?"单县令平静了下心绪,又问。

春荼蘼朝韩无畏笑笑,那明媚的笑颜几乎晃花了韩无畏的眼睛。他抬了抬手,立即有手下兵丁走到马车旁,一下掀起帘子。

车内,一个白面无须的中年斯文败类,被五花大绑地坐在车内,眼神里全是绝望和不安。不是范建又是谁?他不挣扎也不出声,显然是被点了穴,控制住了。

这下,轮到范老太太瘫倒在地了。而老徐氏则跳起来,就想要扑上去把范建撕碎。从来,她从来没有受过这种屈辱和算计,她现在恨不能把同床共枕了二十多年的男人活活咬死!

不过这里到底是临时公堂,立即有差役上前,把她控制住,仍然按着她跪在地上。老徐氏说起来是受害者,可却没有人同情她,大家脑海里都浮现了同一句话:这两口子,没一个好东西!

"带范建。"单县令有气无力地拍了拍惊堂木,心中已经只剩下惊叹了。

韩无畏又抬了抬手,就又有兵丁上前解开范建身上的禁制,毫不客气地把他从马车上揪下来,丢到临时公座之前。

范建摔了个嘴啃泥,倒也算个狠人,没叫也没闹,自个儿挣扎着爬起来。他有功名,但也有罪,所以还是得跪好。

"堂下何人?"单县令依程序询问。

"学生范建。"

此言一出,全场哄然。纵使大家都猜出此男是谁,但他自己亲口承认,终究是不同的。

"还敢自称学生?真是有辱斯文!"单县令骂道,特别生气。在自己的治下,一个读圣贤书的秀才做出这种事,他也觉得面上无光。

"你可知罪?"他气咻咻地又问。

"学生知罪。"范建相当配合地承认了。

春荼蘼冷眼旁观,觉得这范建既聪明又阴险,关键是还识时务。他身犯数罪,诈死、诬告、谋夺，虽然都没有死罪，但数罪并罚也够他喝一壶的。不如争取个好表现，在细节上偏向他一点，争取宽大处理，最好只是罚银和交赎铜，再杖几十下了事。

一般诈死，多是为了逃避劳役、税赋，或者摆脱奴籍什么的，他这种情况虽然少见，却也可套用在《大唐律》中的诈伪之条款。诬告，身为丈夫诬告妻子，按所告之罪减二等处理，也就是过失杀人减二等。谋夺，《大唐律》有规定：公取私取皆为盗，谋夺也是盗窃，只比抢劫的处置轻一点罢了。另外，除了诬告，他的别项罪名应该定性为未遂。

而才认完罪，范建就回过头，对梅状师使了个眼色。

梅状师是个机灵的，立即就明白了他的意思，上前几步，对单公座上的人深施一礼道："大人，学生惭愧，为这样的宵小之辈代讼。只是，我大唐律法，讲究德主刑辅，以尊重礼法和人情，教育百姓为先任。这范建深有悔意，如今好歹没有命案、重案，不如给他个机会，让他与其妻说几句话，若能彼此谅解，胜于反目成仇，也是大人教化治下小民之功。"他这话说得极漂亮，单县令心中就是一动。如果真的变坏事为好事，于他的官声只怕更好哪。

单县令当下抬头望了望天道："天色不早，此地离范阳和涞水都远，若再耽误，只怕县城的大门关闭，百姓夜归，不得其入。百姓受苦，岂不是本县的罪？这样，把人犯一起押回县衙，后日三堂再审并读鞫。"说完了看韩无畏："韩大人，您看？"

"这是县衙的职事范围，你看着办吧。"韩无畏淡淡地道。

于是单县令宣布退堂，众人一边兴奋地议论着，一边依依不舍地散去。春大山见状，不知是该哭还是笑，自家的女儿太本事了，什么时候因为她的存在，百姓把看打官司当成比看戏还好的乐呵事了。

"荼蘼，咱们回哪儿？"他上前问。

"先回涞水，咱们的邸舍不是还没退吗？"春荼蘼很坚定地说，"再说，我得看看最后是怎么判的。而且吧，太太还没给我润笔银子和茶水费呢。"在这个时候，状师因为大部分情况下要写状纸，要上堂辩论，所以给状师的费用通常以润笔和茶水银子称之。

"不过，范建的功名怕是要革了。"她继续说，又耸了耸肩，"反正他又不种田，不贪图减税赋，更不想再走科举路，秀才不秀才的也没多大关系。"

"他们会和解吗？"春大山有些担忧。若姻亲中有罪犯，对春家也非常不好。同时，他再度后悔自己定性不足，结了这门坏亲。

"八成吧。"春荼蘼想也未想地道，"范建是个聪明人，知道打折了胳膊折在袖子里的极致真理。他应该会和老婆商量，赶紧拿出大笔银子在县衙上下打点。因为他们犯的罪说起来可大可小的，就算是徐老太太也择不清，毕竟担着知情不报罪呢。若真双双入了狱、落了案底，徐家及其后辈可就完了。"

"你是怎么找到岳……范建的？"春大山问，险得叫出岳父来。还好他生生咽下去，改为直呼其名。

"这就是我之前和您卖的关子啊。"春荼蘼嘿嘿一笑，"从这边调查的情况来看，我推测范建没有死，而他不可能离太远，因为要操纵事情的发展，范家一门全是草包无赖，他不坐镇不行的。当然也不能离太近，免得被找到。那他还能到哪儿去？一定找自己的相好呗。小琴虽然跟我坦白了与范建的事，但她说得不尽详细，而且摆明是想利用我躲开徐家，哪可能说出全部实情？最奇怪的是，小琴遇事总要攀扯别人，可那天我让她单独住到外面，她只推托了两句就答应了，明显要和其他人联系呀。于是我就要求韩大人帮我盯着小琴，哪想到这丫头狡猾得紧，许久没动静，甚至连门也不出。但比耐心她可比不过我，因为我没有不可告人的秘密嘛，所以终于叫我逮到机会，查出范建就躲在范阳。然后我又请韩大人把人盯死，前天通知他把人送来就是了。"

"这么说，范建和小琴早在咱们跟随康大人去巡狱时，就……"春大山说不下去了。

第二十七章　休妻

春茶蘪也没接话，因为知道那后半句是：在那时就勾搭成奸。

在春茶蘪看来，范建说不定早有那个心思，只是小琴一直惦记着春大山，后来是看没奔头儿了，就退而求其次。只是，小琴是个精明又胆小的人，她敢没名没分地和范建这个无权无钱、被老婆管得死死的中年赘婿偷着来往，肯定是知道更多的事。指不定，徐家已经让范建掏空一半了，所以他才有恃无恐。

只是范建怎么会看上和信任小琴呢？若说为姿色，只能说，小琴那点容貌还不至于让男人到神魂颠倒的地步。而范建今晚会被关进大牢，连同他兄弟范百一起。想必他会花银子，让他能和老徐氏说上话，进行一场监狱谈判。

果不其然，第二天一早，梅状师就来见春茶蘪，叫她同去县衙大牢，说范建求见。

春大山一听就不乐意了，他好好的女儿，为什么跟个老色狼见面？没来由污了自己的名声。可春茶蘪却答应了，因为她知道，她听到的徐家丑闻越多，她家美貌老爹就离自由越近。

至于名声什么的，她又没做坏事，只遮掩遮掩就过去了。至于徐家对她的恨，说白了她根本不在乎。

做这一行就是会被一部分人感激，却又被另一部分人仇恨。想想，状师也是高危职业啊，可话又说回来，除了银子，世上有什么东西又能让所有人喜欢呢？

而韩无畏为了避嫌，不仅昨天当众没和她说一句话，单县令来请时，还答应去住了单家的别院,只让那几名护卫暗中保护春荼蘼。这倒也是省事了,免得他也非要跟去。

父女二人到了涞水的县衙大牢,这才觉得果然是有钱能使鬼推磨,居然男女混押了。那老徐氏和范建的牢房是隔壁,而且周围也没有其他犯人。当然,狱卒更是半个不见。不知这是使了多少银子,才能有单独谈判的机会。

"叫他们父女来做什么?"看到春荼蘼,老徐氏立即吼道,完全没有被救后的感激。

"当我们愿意来吗?"春大山也怒了。从来尊敬长辈,吃了亏也忍气吞声的他,忍不住露出讽刺的表情,反驳道,"岳母大人,您可不要忘记,若非我的女儿,岳父大人的奸计就得逞了。我春家不图报答,可也不是随便就听人冷言冷语的。"

春荼蘼低垂着头,不让人看到她上翘的唇角。看来,徐家真把春大山惹急了。她家美貌老爹若是丢弃那些维护面子的想法,可不是个怕事的人。

果然,老徐氏被他噎得半天没喘过气来。

倒是范建很平静地对老徐氏说:"我要和你谈的事,需要有个见证,免得你我到时后悔。"

"我跟你有什么好谈的?招你这么个窝囊废为婿,我已经后悔了!"老徐氏尖声道。

春大山一听这话,拉着春荼蘼就要走。春荼蘼连使眼色,身子却不动。只要拼着脏一回耳朵,春家就可以彻底摆脱徐家。若说徐家的报复……哼哼,她与她爹都不是池中物,徐家那点小手段,她还真不放在眼里。

"真没想到,我谋划了多年,机会抓得巧妙,思虑又细密,却还是被你破了局。"范建看向春荼蘼,"平时倒小瞧了你。"

"若要人不知,除非己莫为。范先生,有什么话您赶紧地说,我还要赶回范阳呢。"春荼蘼连一声徐老太爷都懒得喊了。

范建不说话,只继续打量春荼蘼,眼神阴狠,春大山气极反笑道:"什么意思?威胁?今天既然已经撕破脸,我不妨直说。你脑子比不上我女儿,体力比不上我,我们父女同心,任你翻出天底下的花样,也只有自取其辱。像你们夫妻这样,过日子同床异梦,互相算计,今天的一切全是你们应得!"

春荼蘼站在父亲身侧,一言不发。有父亲保护,她乐得轻松。

"范先生,还是有事说事吧。"梅状师在一边尴尬地横插一句,破解了诡异的气氛。在这么一种情况下梅状师还肯作见证,可说是冒了风险,只不知得了多大的好处。春荼蘼并没有半点轻视的意思,养家糊口没什么可鄙的,只是好奇。

那边,范建深吸一口气,压下心中的不甘和波澜,转过头对老徐氏开门见山地道:"现如今的情况,想必你也很清楚,不如我们各退一步。我会叫我娘和弟弟撤告,你也不得再反告于我,再多使些银子,衙门没有揪住不放的道理。然后,我们举家搬迁到幽州城去。徐家在那边有产业,也有不少地,虽说离此地不算远,但十里不同风,百里不同俗,那边认识我们的人少之又少,只要我们小心行事,过几年风头就过了,大把好日子在后头。你看，如何？"

老徐氏嘲讽地冷笑："姓范的，你打得如意好算盘，敢情你还做梦呢？好日子？我不把你告到坐大牢就算我仁善，还跟你一起过？你不是失心疯了吧？"

"告我？是，我是诈死骗你，谋夺徐家家产，我母亲和弟弟还背着诬告的罪名，背后是我造意，可是你别忘记，你也有知情不报的罪过。你不让我好，我必也死死咬住你不放的。"范建很平静地说着无耻又狠毒的话，"我无所谓，只是你坐了牢，你放心把你女儿扔在外面。就凭她那个无知懦弱，偏偏又老有馊主意、犯起浑来，低头不语就办了大事的性子？没两天，她死都不知道怎么死的。那时候，你不后悔吗？还有，你徐家也必然快速败在你手里，你也能不后悔吗？你以为，你手下那些忠仆，真的还忠于你吗？"

老徐氏闻言一惊，脸色发白道："你什么意思？"

"无知蠢妇！"范建突然骂了一句，神色凶狠起来，"也不照照镜子，你是什么模样，品德又是如何，当年才二十岁的我，身有秀才功名，若不是为了你的家产，谁会愿意入赘？你以为我从青春年少熬到年过不惑，每天像狗一样被你呼来喝去，指望着你手指缝里流出的一点散碎银子过活，就真的甘之如饴，什么也不做吗？难道你就不想想，我布下这个局，是经过深思熟虑、布下无数后手和后路的吗？不怕告诉你，就是因为暗中已经掌控了徐家过半的买卖生意和那些掌柜管事，只要你消失一段时间，整个徐家就会改姓范了。我今天来和你谈，以你那跋扈性子而言，我若没有倚仗，能开这个口让你羞辱吗？春大山有一句话说得对，既然已经撕破了脸，不妨就直说吧！"

"你你……你……"老徐氏气得跳起来，手指着范建，哆嗦个不停。

"我什么？我今天来和你谈，就是念在夫妻一场的情分儿上。"范建又恢复了慢悠悠的模样，"要么，咱们双方忍下这口气，落个两好，以图后谋。要么，一拍两散，一起倒霉到底！"

老徐氏到底也是生意场上的人，虽然气得浑身发抖，可过了片刻后仍是咬牙道："好，就依你。只是，你别想再回徐家，我与你……和离。不，我休了你！"倒也干脆。

范建呵呵地笑起来："说你是无知蠢妇，你果然就露馅。刚才不是说了，徐家过半的产业已经被我所控制，难道你是想分家？就算你肯，我还不肯呢。二十多年的时光，人生最好的大半辈子，我耗在你身上，这大大的富家翁，我必要做上。若不行，就全毁掉！"

"你要干什么？"老徐氏尖叫。

"你不是自以为富贵，把全天下的人都不看在眼里吗？我能让你一夕之间变成乞丐，而且绝对不会被人抓到把柄。"范建阴阴地道，"你以为，人的天下是什么？其实人的天下，就是狼的天下，不是你死，就是我活，哪有什么道义好讲。徐家的家财，不知多少人盯着，只要我略放一放手，多少狼扑上来分食，你还指望得到点渣子吗？笑死人了。只是不知，你和你女儿过惯了好日子，当了乞丐后，能不能要上点残羹剩饭。"

怪不得有那样的无赖弟弟，因为哥哥骨子里更无赖啊，春荼蘼暗道。在一个慷慨豪侠，讲究信义忠诚的年代，范建的思想实在自私得太超前，也人性黑暗化得太超前了。

而且，范建和老徐氏这么多年夫妻，果真不是白做的。老徐氏骨子里看不起范建，所以说不上了解。可范建却把老徐氏看得通透，知道她最受不了的是从云端跌到尘土里。为了保持高高在上，她什么都可以妥协。

其实，范建未必够狠，只是看得太明白了，掐住了老徐氏的七寸。

不过范建提起徐氏时，总说"你女儿"，而且眼神里有一闪而过的厌恶，绝不是父亲提起女儿的神色。就算是彼此不亲的父女，也不至于这样啊。再想想，徐氏只和母亲亲近，却对父亲很冷淡，缺少天性中的亲近，难道说，徐氏不是范建亲生的？

那么，徐氏是谁的种？

"你到底要怎样？"老徐氏想了半天，才逼出这样一句来。

"我刚才说得明白，把这个官司摆平，所有人都捞出来，以后我们还是夫妻，一起搬到幽州城去生活。"范建直言不讳，"只是你我没有儿子，将来老了没人奉养，死了也没人能顶丧架灵，摔盆扛幡……"

"原来你还是想纳妾。"徐氏冷笑起来，"你以为，我就这么好欺侮，原谅你的背叛和算计不说，跟你和好，还得给你纳妾，看着你跟贱人养儿子。范建，你想得可也太美了！"

"不用为难，所有都是现成的。"范建恶劣地笑道，"妾、儿子，我都有了，你接受就是。"

此言一出，震惊的不止是老徐氏了，包括春大山、春荼蘼和梅状师，都惊得不禁瞪大眼睛。

这范建动作好快，果然谋划多年，算计多年，蛰伏多年，就像一条冬眠的毒蛇。

老徐氏反应过来，扑到木栏上，拼命摇晃捶打，嘴里尖声咒骂着不知什么，其状疯狂，把除范建之外的人都吓到了。春大山下意识地挡在女儿面前，简直无法想象这是他的岳父岳母。

范建却盘腿坐在地上，动也不动，似乎早习惯老徐氏这种突然爆发，好整以暇地说："你招我入的赘，不就是要生个继承人，好接手你徐家的产业吗？可是你自己心里明白，生你女儿时你伤了身子，今生再不能生养。本来你应该早在我房里放人，生下儿子，养在你名下，可你不识大体，凡事争强好胜，容不得别人半点违背你的意思。所以，我暗中帮你解决了。你看看，我是多么称职的夫君。我有儿子，我会让他认你为母，你只要听我的吩咐，我以范家祖宗的牌位起誓，保证不令徐家改姓范，不夺你正妻之位，吃喝用度也不会短缺，将来有儿子养老送终，只是再不许你当家做主！你要名声、脸面，我都可以给你，只是实际上，所有事都不许你插手，就做你的富家太太！"

不得不说，范建这个提议还是挺不错的。但老徐氏是谁，她是什么东西都要捏在手心里的人，凡事都要自己操纵，哪可能让别人控制她？于是当即一口唾沫，啐在范建的脸上，骂道："你做梦！让我跟你继续过日子，让我把徐家的家产供你挥霍，让我容忍你和你的小贱人，还有那个小杂种，你想也别想，除非我死了！不，我就算死，也不会放过你的！"

春大山想捂住女儿的耳朵，不想让女儿听到这些污言秽语，什么小贱人、小杂种的。可是他的手比不上老徐氏的嘴快，待他反应过来时，那边都骂完了。

梅状师一边摇头叹息，以极低的声音嘟囔着："何必呢？何苦呢？"也不知是说谁，十之八九是说老徐氏吧。

范建还真有唾面自干的风度，脸擦也不擦，或者说他忒不要脸了，就那么稳稳当当地坐着道："你不答应，我就没有办法。好言好语说与你，你给脸不要脸，我还能如何？大不了鱼死网破。我的青春岁月都耗在给你当狗上了，现在还有什么放不下？"

"你吓唬我！我会怕你？你个活王八、大混蛋、窝囊废！"老徐氏不管不顾地大叫，变成了彻头彻尾的泼妇，"居然敢跟我讨价还价！我呸！做你范家八辈子的春秋大梦！"

"我不是吓唬你。"范建仍然慢悠悠地说，"因为人，就怕有短处和把柄落在人家手上。想我在徐家二十来年，该知道的，我都知道。不该知道的，只要有心打听，也全部心里有数。而且，我手中还有证据。"

"你什么意思？"老徐氏又是一口唾沫，但看起来有点色厉内荏。

范建这回偏了偏头，躲过袭击，忽然又瞄了春氏父女一眼："你女儿，是你的命根子，她怎么死乞白赖嫁到春家去的，要不要我细细地宣扬宣扬？她名声坏了，你就不在意吗？"

春大山的脸腾地就红了，立即局促不安起来。徐氏的事，很少人知道，他以为春荼蘼也不知情，这时候如果被捅破，他还有什么脸面在女儿面前站着？

春荼蘼也皱紧了眉。

给范建和老徐氏做见证没关系，反正知道徐家的丑事越多，徐氏和春大山和离得越快，但若是对方不管是名声还是心情上伤害她家美貌老爹，她绝不允许！

心念急转间，春荼蘼还没想出办法阻止，老徐氏就冷笑道："我徐家有的是钱，只要把你个狼心狗肺的家伙弄死，我巴不得和春家和离，就算休掉我女儿也没有关系。我本就不喜欢那家子又臭又硬的军户，不怕告诉你，我早就找好给我女儿入赘的好人选。春大山要是有种，现在就扔给我女儿一封休书才好！"

春大山顿时怒了，不过才上前一步，就让春荼蘼给拉回来了。

"别急啊，爹。"春荼蘼捂了捂嘴，把哈欠挡回去，那边狗咬狗，她似乎完全不在意似的，"等徐范两家解决了他们的肮脏事，咱们再说。就算要休了太太，也不是这么个休法。"

听老徐氏说了这种话，见父亲气极，春荼蘼心下是高兴的，因为摆脱徐氏的机会就在眼前。不过看到范建笃定的样子，她知道他必有后招，不如先听听。春家不管是和离还是休妻，都要站在道德的制高点上。因为她爹、她爷爷都没有错，春家不能有丑闻。

她可以不在意自己的风评，但为了春大山的前途，为了春青阳堂堂正正做人的愿望，名声、家风什么的，她必须维护。

"不就是那个混在豪强中，进了徐府的戏子吗？"范建笑眯眯的，但语气和眼神都轻蔑已极，"也是的，你自己的女儿，你自己清楚，就是爱俏，投其所好还不简单吗？可惜春大山空长了好皮囊，却不知情识趣，现在你生死未卜，有个俊俏郎君经常在旁边开解，就算你那女儿还不至于立即就不守妇道，做出苟且之事，到时候你要死要活非让她离开春家，不然就断她财路，她想想戏子，再想想银子，必然就会动摇，遂了你的意。"

这一下，春大山更是羞愤得浑身发抖。这还没和离呢，这还没休妻呢，这老徐氏怎么可以做如此没有廉耻之事！为了把女儿重新收回到身边控制，这老虔婆居然连这种下流事都做！

就算春荼蘼，听了这话也不禁瞠目结舌。谁说大唐人保守？如果不要脸起来，真是令人叹为观止。

但，也好，父亲知道了这些事，就再也不会回头了。

"你怎么知道？"老徐氏又惊又怒。

"我连你身边的王婆子都能收买，你就该明白我的眼线深到你挖不出。"范建得意地道，"我也说过，徐家大半为我所控制，你怎么就不相信？"

"那又如何，你以此威胁，我也不会让你得逞！"老徐氏嘴硬，绝不肯轻易就范。

范建呵呵笑起来："你不在乎你女儿的名声，因为给她找好接手的男人了，反正那男人和我一样，贪的是钱，图的是不辛苦就过好日子。那时，你关紧大门，假装听不到外面的话，倒也不碍什么。可你就不想想，我拿到这么点把柄，敢和你叫板吗？我知道的，远比你想的要多得多，甚至是你不敢想的，比如：你女儿的亲生父亲是谁？他偷了富人家的小姐，以为会有好下场吗？他在某地的尸骨，说不定正等着重见天日。当年我给你遮了羞，冲这，你不应该对我好一点吗？结果，你怎么做的？还有你们徐家是怎么发家的？纸包不住火啊，娘子。刚才春家小娘子说得好，若要人不知，除非己莫为。你们家以为把事情捋平顺了，其实，拔出萝卜带起泥，我这儿有证据，足以让徐氏全族有一个算一个，都倒大霉！"

"你胡说！"

"我有没有胡说，你不妨听听。"说着，他勾勾手指，示意老徐氏跟他耳语。

老徐氏咬牙切齿，但也犹豫，好半天，才蹲下身去，不知范建跟她说了什么，她脸色突然变得惨白，完全没有血色，就像突然被雷劈了似的，随后，疯了一样去抓挠范建，大叫着："你死！你去死！贱人，你不得好死！"

她爆发得太快太猛烈，范建到底是个被酒色掏空了身子的读书人，没有及时躲开，脸、脖子，及其裸露的其他皮肤上，顿时出现好几条抓痕，都很深，血珠子一个劲儿往外冒。

范建疼痛之下也恼了，刚才装出的坐帐军帅的德行完全破功，跳起来，隔栏踹了老徐氏一脚，露出凶恶的样子来，骂道："对，我是贱人，但你更贱。我就算死，也是等你死后。别敬酒不吃吃罚酒，我在你面前低头了二十来年，好歹也轮上你了！我又不曾虐待你，已经比你仁慈多了。你乐意也好，不乐意也罢，要么听我的，要么咱俩手拉着手去死，没第三条路！告诉你，你请的那些豪强我也收买了，你一个女人闹不出风浪来，惹恼了老子，你母女连口饱饭也吃不上！你个无知蠢妇，我不过逗弄两句，你却连你女儿的后路也挑明了给人看，春家必不会再要她，不听我的，难道你们母女出去卖啊？！就你们母女那个样子，能值几钱银子！"

"姓范的，你再口出污言，信不信我打死你！"春大山火了。虽然徐氏母女可恨，但这姓范的也不是个东西。关键是话越说越离谱，他的宝贝女儿还在呢！

春大山的暴吼，令场面诡异地安静下来，几个人呼吸的声音都听得到。半晌，范建又在天平上加了最后的砝码："知道我为什么非要纳小琴为妾吗？因为我儿子，不，咱们的儿子，已经八岁的儿子的娘，正是大小琴十岁的姐姐，玉琴。还记得吗？当年因为跟我关系亲近，你随便找了个借口，几乎把她打死，扔在乱葬岗子。后来我才知道，无故打死奴婢，也是触犯大唐律法的。这是你做下的诸多恶事中的一桩，仅此一件就够你受的。不过她当时没死，后来给我生了儿子才死的。小琴是那孩子的亲姨，总能在你这个嫡母面前看护他！"

呵，最后一个谜底解开了。春荼蘼有松了股劲儿的感觉。虽然范建阴狠无耻，她却不得不佩服他的隐忍和心机。幸好，这个人是要钱不要命，且要钱不要脸的，所以他把自己也困在民间，若他走上高位，还不得为祸四方？

另一边，面色挣扎的老徐氏跌坐在地上，哭得涕泪横流，声音有如绝望的野兽在号叫。

她这样，就表示已经屈服了。可是她不屈服，成吗？她有太多把柄在范建手上了，可能无论哪一条，都能置她，置徐家，置她女儿于死地。

范建走到牢门边，一脸得意洋洋地对外面说："你们看到了吧？徐氏已把徐氏家主之位传给了我，她的夫君，所以我有权决定徐家的任何事。一会儿，麻烦梅状师帮我们双方撤告。明天，我们会出监，那时春大山可以把休书拿来。至于嫁妆，我知道那看着很体面，其实却全是粗笨的家伙，倒也不用麻烦再送回来了，随你们春家或丢或卖，从此两家再无干系。"

春氏父女怔了一怔，对视一眼。

春大山有一种解脱感，春荼蘼却在高兴中带着警惕，因为她惦记了很久与徐家断绝关系的事，却以这样干脆的方式到来，实在出乎她的预料。反常即为妖，太顺利了未必就好。

实际上，她从来不想令徐氏太下不来台，悄悄地写一纸和离书就可以，从此男婚嫁，谁也别耽误谁。这也是春青阳要求的，凡事留一线的做人准则。

只是，徐氏在与春大山还是夫妻的时候就和戏子打情骂俏，相当于给她爹戴了绿帽子。而且范建有利用她的嫌疑，这口气，她可忍不了。

"范建，我说了，要休，也不是这么个休法。不然，我春家成了什么人家了？媳妇娘家里有事就落井下石，还是着急撇清？"她上前几步，走出阴影，那气势自然就逼迫得范建向后退了一步，"你还把我们父女与梅状师绑上了贼船，然后抽身就走，没那么便宜！"

"我只是让你们父女和梅状师做个见证。"她这样,范建没来由地心虚,又向后退一步。

春大山拉她:"别向前。"他担心范建或者老徐氏伸出手,伤害女儿。

"爹放心,禽兽放在笼子里,伤不了人的。何况,女儿还能拔了他们的牙。"春茶蘼笑得寒气森森,眼睛一直盯着范建,"你倒是干脆,把徐家那些傻的、烂的肮脏事都在我们面前说了出来,是要做什么?"

"我说了,是见证。"

"少来。"春茶蘼神色冰冷地打断他,"你是不是以为自己特别聪明?事实上,你和你老婆是同一类人,喜欢操纵别人,不过你比她段数高级太多而已。若真是要挟,就该秘而不宣,那样杀伤力不是更大吗?可你虽然豁得出脸面和良心,却终究胆怯,你当着我们父女和梅状师的面说了一堆有的没的,不就是为了讹诈?若真要人当见证,为什么最关键的证据你隐而不说?打量着别人都是傻子哪。说白了,你就是需要另两个人也成为老徐氏的威胁,因为她能灭了你,却灭不了我们。若真泄露出去,这罪过也要我们父女和梅状师跟你一起担。哈,你这小算盘打得挺响啊。可惜,我什么也没听到。父亲,梅状师,你们呢?"

"我没有。"春大山反应挺快。

"我老了,耳朵不好。"梅状师也说。

春茶蘼笑得恶劣:"不过虽然没听到,偶尔也会有点猜测,少不得要买点补品吃吃。"

"什么意思?"范建目光一闪。

春茶蘼还是笑:"姓范的,你是个明白人,做什么不得付出代价?"

"不就是要钱?"范建哼了声,却也明显松了口气,"多少?"

"什么叫要钱,是我们应得的润笔和茶水银子。我嘛,五千两。"说完,看了看梅状师。

梅状师胆小,也知道自己本事不及春茶蘼。不只在大堂上,在律法上,就算在机敏上也是如此。比如,他就没看出范建的恶劣用心。

所以,他犹豫片刻道:"我,三千两。"

老徐氏一听也不哭了,跳起来骂道:"黑心肝的狗状师,我徐家所有家业,一年也就……"

"闭嘴。"范建拦住她,虽然也心疼得要晕过去了,却咬牙道,"成交。"

"还有。"春茶蘼却没完,"休妻,我们会找个好借口。无论是什么,你们都得认可,不许闹腾。反正徐家女已经有下家接手了,不担心再嫁不了。"

"不行!"老徐氏叫。

"行。"范建点头。

春茶蘼笑得更冷,凑牢门更近:"还有最后一条,那就是:以后千万别惹我。如果不沾染我们春家半点,我会忘记徐家所有的事,大家井水不犯河水,从此互不相识。但如果你们非逼我想起来这许多事,本小姐有本事让你们家破人亡,永世不得超生!"

范建和老徐氏几乎同时怔住，被春茶蘼眼中的坚定与寒气吓得根本说不出话。春茶蘼却知道目的达到，拉着春大山就往外走。

"这就完了？"走出大牢，沐浴在眼光下时，春大山还有些愣怔。

"不完了还能怎样？难道爹还想看加场？"春茶蘼笑道。

"你说家破人亡什么的……"春大山试探性地问。

"撂几句狠话，吓吓他们的。"有些人，就像破车，不打不合辙。但事实上也不算是单纯的恐吓，若真惹到她，伤害父亲和祖父，她真的什么事都做得出来。但估计，有那威胁应该就够了。

"那你怎么还拿他们的肮脏银子？"春大山又问。

"爹，我说过好多回了，银子从来没有肮脏的，肮脏的只有不好好赚银子、花银子的人而已。"春茶蘼道，"再说，我也不是为了银子。因为您不理解范建那种人，他那么爱钱，为钱奋斗了毕生，什么礼义廉耻、亲情道德全不顾了，所以在他心里，银子最重。我们不狠狠敲他一笔，他就不能放心。到时候再来纠缠，就像癞蛤蟆落在脚面上，咬不死人，硌硬死人，那还有完没完了？咱收了银子，还很不少，他才会踏实，咱们也会一了百了。要不，怎么说是贱人呢？"

"那那那，范建说到底，还是得到最大的好处了？"春大山不服气。从骨子里，他看不起范建要比看不起徐氏母女的程度大得多。

"爹啊，您还真不会看人看事。"春茶蘼无奈地摊开手道，"范建这么阴险狠毒，很大程度上是因为他在伪装。现在撕破了脸，他就没有优势了，而老徐氏，您觉得是省油的灯吗？她操纵别人惯了，能长久老实？能不报复？她现在是被一连串的事打击蒙了，才先顺从，之后缓过神来，不会再咬人？这边入赘个戏子回来，那边一个后补小妾，外加一个前妾生的儿子？老徐氏给女儿招赘，摆明要把家产传给女儿。可老范连儿子都有了，可肯双手奉送？告诉您吧，我敢断定，徐家会安稳一阵，搬到幽州城，不出半年，一定故态复萌。到时候家宅大战、互相算计，什么阴招、损招、丧尽天良的招都用上，徐家败落是可预见的。万幸的是，那时候跟咱们再没有关系了。范建掌握了老徐氏的什么秘密，拿了什么把柄，再与春家无干。"

春大山想想，虽然他为人忠厚，多少有点不忍，却也长叹一声，随它去了。

第二天，春大山并没有登徐家门，而是带着女儿，跟着长官韩无畏回了范阳县。禀明了父亲之后，以徐氏私卖前妻白氏的嫁妆为由，休了徐氏。虽然范建说那些嫁妆不要了，春青阳还是叫春大山装了几大车，亲自送回了徐家。同时，拿回了春茶蘼的五千两润笔银子。

春家一向仁厚，所以人缘非常好，传出徐氏私卖白氏嫁妆的事，大家没怀疑，立即就全信了。这也是春茶蘼所能想到的，对自家和徐氏伤害性最小的原因，到底，不过是因为妇人妒忌。

别人家休妻，怎么着家庭气氛也会受影响，只有春家，全家上下一片轻松，过儿每天哼哼着小曲做活儿，老周头也脚步轻快。另外，本以为徐氏会闹腾起来，但据派去打听的人说，并没有。甚至，春大山去送还嫁妆，她都没露面。其结果就是，春大山残留的万分之一夫妻情谊也变得无影无踪了。

日子轻松，就过得快，出了正月，徐家举家搬迁，在指指点点中，逃也似的走了。不仅带走了大批细软，卖宅子的大笔银子，还有一个小妾，一个外室养的儿子。春茶蘼当然知道他们去了幽州城，但既然两家再不相干，她自然也不会多嘴多舌。只是这个八卦却足足令涞水、范阳及周边几个县城议论了好几年。

而徐家离开不久，春家突然就热闹了起来，媒婆们几乎踏破了春家的门槛，说媒的对象是……春大山。以春大山那样的相貌、那样的人品、那样的殷实家境和正经的武官身份，在范阳县这种小地方，那是绝对的高富帅。虽说前面成过两回亲，一回是老婆死了，一回是休妻，而且还有个前房女儿，但春青阳和春茶蘼想象中春大山姻缘困难的情况，根本没出现。毕竟前妻们死的死，走的走，女儿十五了，还能在娘家待几年？可惜春茶蘼却无人问津，把春青阳和春大山愁个半死。而春大山才走出破碎的婚姻，也不想找。春青阳无奈，只得把媒婆都打发了。

只是大唐姑娘泼辣热烈，敢作敢为，于是主动追求这种事做得也顺溜儿。春大山经常能收到绣帕、情诗、香囊什么的。只可怜了春茶蘼，连一个秋波都欠奉，走在街上，连最好色的流氓都不敢调戏她，害怕被她在公堂给告死。

她这才知道，她凶名远播。这下给她郁闷得不行！没错，她有当一辈子老姑娘的准备，但这和根本无人问津、人见人怕是不一样的啊。

时间匆匆，转眼到了三月。

春暖花开的时节，连空气中都似乎有暖洋洋的青草香气，春茶蘼心情好了点。毕竟，自家老爹受欢迎，也是一件好事嘛。然后在三月初的大好春光中，好久没联络的韩无畏突然亲自登门，并带来了一个天大的好消息：春家脱离军户的申请已获批准，春家从军籍变成了良籍。只是春大山因为是有正式任命的正经武官，所以需要继续在军中服役，平级调动到德茂折冲府效力，就驻扎在洛阳城外。

春家上下欣喜若狂，春大山还好，春青阳却当场失态，落下了眼泪，之后立即告罪，到安放祖宗牌位的小隔断去祭告祖先了。对他来说，这是几辈人的心愿，在他手里终究实现，怎么能不激动？而春大山则张罗着请韩无畏及几名护卫留下吃饭，顺便询问很多细节问题。

"爹您陪着韩大人，我去做饭。"春茶蘼高高兴兴地道。

如果说春家其他人是因为摆脱军户而高兴，她则是因为能够帮助祖父和父亲完成心愿而开心不已。祖父和父亲一直都在为她付出，她从来不知道要如何回报他们，现在她真心感到了幸福。

只是她哪里会做什么饭，不过是到附近的食肆订上两桌上等席面。她之前听说过著名的"烧尾宴"，只是这时候哪来得及，只有不疼惜银子，拣好酒好菜点。

大唐的商业挺发达的，大的食肆完全有能力承办宴会，所以并不需要春茶蘼多操心。因为彼此都熟悉了，春家又太小，所以一桌放在正厅，春家一家三口陪着韩无畏吃，过儿在一边侍候。另一桌就摆在宽敞的厨房里，请了隔壁的何大哥帮忙陪席，老周头侍候，就招待跟来的八名护卫。

一时间，宾主尽欢。

饭后又说了会儿闲话，韩无畏就起身告辞了。春大山本来要送，韩无畏却说："调令已经到了，过十天你就得带着家眷启程，还要与亲朋告辞，收拾东西，定会非常忙乱，片刻耽误不得，就不必多礼了。要送的话……"他看了眼春荼蘼，直截了当地说，"就由春小姐代劳吧。"

他这话其实说得很失礼，哪有直接叫人家没出阁的女儿送他一个外男的道理？偏偏，他神情特别坦荡自然，反而叫人说不出拒绝的话，好像若多想了，倒是心思不正似的。

春荼蘼见韩无畏眼神闪闪亮，知道他有话说，立即垂首道："爹，正好女儿要和韩大人商量一下给康大人的谢礼，不如就由女儿相送贵客吧？"

春家能顺利脱军籍，跟远在京城的康正源不无关系，送谢礼是必然，大家心里都明白。好在这个年代没有三从四德，尤其是北地，规矩讲究更没有那么多，陌生男女同席吃饭，一起做生意，或者站在街上说话之类的，都很正常，并无人说三道四。

"好吧。"春大山点点头，摆出严父的样子，"让过儿在跟前儿侍候，你不许胡闹无礼。"

春荼蘼暗笑，但表面功夫还得做，规规矩矩地点头应下。待出了春家大门，韩无畏就松了一口气道："我真替你累得慌。"

"我又哪儿惹着韩大人了？"春荼蘼微笑道，同时对过儿使了个眼色。

看人家那八个护卫，只远远地吊着，多懂事啊。

韩无畏也笑："明明是个刺儿头，在你父亲面前装得多乖巧啊。"

"什么叫装？我是真乖巧。"春荼蘼不服，"我浑身长刺儿，只是针对想害我的人，只是在公堂上，在其他时候，我很大家闺秀的好不好？"

"我不喜欢大家闺秀。"韩无畏突然来了一句，"你……"他没说下去。

春荼蘼心尖一抖。

上回在幽州城，这姓韩的小子夜闯她的香闺，说过一句：我娶你吧。当时她没搭话，过后装没听清、不记得了，甚至不知道。韩无畏也很配合地再没深说，当然也没表现出什么，现在这是什么意思？旧事重提，还是他在开玩笑？

她不相信他人品有问题，相处日久，算不得了解，但也有信任。况且他这样的出身，从小教育极好，绝不是胡来的莽撞人。而他能得皇上看中，就绝对不是个愚蠢的。其实，韩无畏此人，外粗内细，胸有锦绣，前途无量，长相英俊，难得的是还有一颗正直善良的心。说起来，真是个罕见的好男人，可惜大唐虽然民风开放，等级却格外森严，他们根本就不是一路人。所以不管他是真心还是假意，是她听错还是她自作多情了，她都决定，由她来当蠢人好了。

"韩大人不喜欢，我就更要做了。我就乐意和人对着干，看别人难受，我才开心。"春荼蘼好像开玩笑似的说，"我怎么这么坏啊？估计除了我祖父和父亲，其他长辈都会讨厌我吧。"

韩无畏多聪明的人，哪有不明白她装傻到底，隐约拒绝的意思。其实他来也没想如何，只是看到她在席上温柔娇美的模样，再想到她在公堂上的刁钻精怪，聪明犀利，这样极致相反的感觉令他心头一阵冷一阵热，说不清什么感觉，只是心里想到的，嘴里就说出来了。现在他表面上云淡风轻，其实后悔得肠子都青了。

于是他只得转移话题："只不知你这坏丫头，会不会遵守承诺。"

春茶蘼当下就惊住，脚下停步，一时想不起答应韩无畏什么了。难道她哪天昏了头，说了不该说的话？

韩无畏有些失望，脸上却还挂着笑说："你办徐家的这个案子时，曾多次叫我帮忙。当时我问你，要怎么谢我，你答应听我的安排，只要不是让你为难的事情，你就会做。"

春茶蘼恍然想起，是有这么个事。立即，她心头警铃大作，怀疑地盯着韩无畏。他不会是想要谈恋爱什么的来还债吧？她不否认，春家脱籍，康正源卖了人情面子，但韩无畏在其中起的作用，使的力气只比康正源还要多，还要大，毕竟这是归兵部管的事。

而她这模样，显然取悦了韩无畏。他哈哈大笑起来，道："你想到了什么？我常说我那位大理寺丞的表弟像一只狐狸，其实你才像。平时温温顺顺的样子，一碰到毛，小尖牙都露出来了。"

不，不，韩无畏不会那么没品。你啊，怎么眼里总有坏人，总看得到黑色？春茶蘼叹了口气，对自己过分的警惕性也很无奈。

她这么想着，脸色就缓和了下来，叹气道："没办法啊，被人追着还债的，总是会紧张。说吧韩大人，到底您让我如何谢您啊？好歹给准信儿，等着挨宰更吓人。"

"天气多好。"韩无畏突然抬头望望天空，"正是踏青的好时节啊。"

"明白了，韩大人要春游吗？就让小女随行侍候吧！"春茶蘼心下一松，开起玩笑。

她今天穿着一件水红色绣着浅绿色小花的偏襟小夹袄，下面是嫩黄半身裙，头发松松梳个歪髻，插着根碧玉簪子，此时衬着春光，加上瓷白又红润的脸色，说不出的俏皮可爱。

韩无畏心头一荡，神色都柔和下来道："正是邀春家小姐一起去春游，就在郊外，这才不辜负了你的姓氏。不过嘛，吃食要你来负责，要亲手做，食肆的东西不许订。就……后日吧。"

"没问题。"春茶蘼痛快应下。

他们一家很快就要去洛阳了，那里离范阳县很远的，以后可能很少见面。韩无畏对她非常够意思，就算是只为报答，她也不会不答应。

第二十八章　春游日

三月里，春光好，红的花，绿的草……

声声童谣中，在与韩无畏约定的日子，春茶蘼的第一次春游，也就是郊外踏青活动开始了。

韩无畏果真是个体贴的，怕春家长辈不放心春茶蘼单独与他出来，又怕春茶蘼会遭人恶意的议论，于是特意把这次的春游办成了一个贵族子弟们的集体活动。因为在大唐，这类事很平常，青年男女经常结伴出游。只不过，范阳县毕竟是小地方，所谓贵族都是打了很大折扣的，没有京城长安那些标准的太子党，除了韩无畏是货真价实的天潢贵胄之外，其余的人都是普通的官宦子女，包括军中几名武官的孩子，还有张县令的独女张巧娘。另外，地位最高的是范阳卢氏的两个少年，算是真正的世家子弟。

一行六男四女，加上随行侍候的仆人和护卫，足有四五十人，浩浩荡荡地开进了县城外二十里外的一座不知名小山。别看山小而无名，但景色却秀丽雅致，春茶蘼从不知道附近居然有这样的景致，一时非常后悔没有和祖父和父亲来过。以后，短时间内她怕是没机会了，祖父和父亲天天忙得脚不沾地，再过几天，他们就要全家启程，前往洛阳。

说到这个，春茶蘼就更感激韩无畏了，他知道春家十天内要出发，要处理的事情很多，就想尽方法帮忙。他自己是没露面，因为他明白太热情了，反而会让春家为难，只特意找来了两个牙人。这两个人看在他的面子上，办事非常尽力，半文钱也没赚春家的，还处处行方便，帮春家把房子和临水楼的产业在三天内租了出去。

临水楼原租金是年租三十五两，牙人这次介绍的，是要开胡食店的商人，租金提高到年租五十两，两年一结，因为方娘子临走时留下很多家伙什儿，做价十两，一起给了后租者，交割手续后，共收到一百一十两银子。

春家的房子，春青阳舍不得卖。因为他是土生土长的范阳县人，觉得在外待个十几、二十年，早晚会落叶归根的，到时候不能没有住处。可房子但凡空着，就特别容易破败，必须有人住着才好。家里又没有闲钱雇人看房子，只好就租出去。年租八两，也是两年一结，优惠后收了十五两，租给了来范阳县做生意的商旅。

春茶蘼自己的小金库本身有不到二百两银子，但来来回回花了些，还剩下一百六十两。而春氏父子手里有多年存下的三十多两，零零碎碎加在一起约莫三百二十多两，全家商议后，平均分做五份，由包括过儿和老周头在内的五个人分别藏着。

从范阳到洛阳路途遥远，路上可能遇到各种突发事件，以春茶蘼小心行得万年船，以及鸡蛋绝不放在一个篮子里的理论，才做了这种安排。这样，万一有什么，五个人只要有一个保住了，全家就有退路。

当然，春青阳拍过板，等到了洛阳，安顿好了，春茶蘼自己的私房钱和临水楼的租金，仍然归春荼蘼所有。就算洛阳的消费水平比范阳高不少，但春氏父子的钱，加上老屋租金有将近五十两，应该也够了。在这个年代，盖上间一进隔成两进的房子，只要不是在最繁华的地段，二十多两银子，连装修和家具都能置办齐全，实在是太太太……太便宜了！

春青阳的另一个意思是：万一春荼蘼嫁不出去，好歹还有大笔嫁妆。对于小门小户的男人来说，也算是有超强的吸引力。

不是他看低自己的孙女，但连范阳县的流氓恶霸都不敢招惹自己的小宝贝，也不得不让他担忧。怕孙女吗？银子能压惊呀。而且他心里也有了打算，万一找不到好人家，像徐氏那样招个女婿也不错。只是，一定要找忠厚老实的，绝不能要范建那样的。当然，最好是能嫁，毕竟肯入赘的，都不是太有本事的男人。自家的孙女，没点能耐的男人怕降不住的。

这些大事安排好，剩下的，就是交接公文，以及收拾细软和往来人情。收拾细软的事好办，春家只是小康之家，除了随身的衣物首饰外，东西不多，全家齐心合力，两天就整理好了，总共也不过三五口箱子。在人情方面，自然由春氏父子出面。春家脱籍，春大山平调，春青阳辞工的事，此前早就传开了，这算是莫大的喜事，却也面临分别，于是平时交好之人自然要送别，点头之交的，也要有几句客气话。

至于给韩无畏和康正源的谢礼，春荼蘼硬要一力承担，春氏父子拧不过就由了她。她精挑细选，要求做到既不寒酸，也要符合自家的身份；既不能太疏远，也不能太亲近和巴结，着实费了一番心力。

她知道韩、康二人不介意礼物，但要的就是个礼仪和意思，倒是答应韩无畏带的春游日的吃食，很用心地自己亲手做了，用了十足心意。

贵族青年男女出行，一般是骑马，韩无畏体贴春荼蘼可能不会骑马，特意准备了马车。因为有位于小娘子是他下级的妹妹，是一位很可爱、很聪明又很有眼色的姑娘，之前得了嘱咐，所以特地陪着春荼蘼，令她不致尴尬。

春风旖旎，阳光明媚却不灼人，不得不说，真是出门的好天气，令人的心情也好起来。路上，一行人说说笑笑，一边赏着风景。山青水碧，美景无限，令人流连忘返，不知不觉就上到了半山腰。眼见已到午时，气温升高，大家也走累了，就在临溪的一片平地上安顿下来。

春荼蘼这才知道，人家一人平均带三四个仆人，还特意有货运马车是为什么。因为要有男仆要负责扎帐篷，有女仆要侍候小姐们更衣，而且人家带的是食材，到了地方现做。就连茶，也是取了山泉水现煮现烹。还有人带了风筝放，有人带了笔墨画山水，有人带了鱼竿去钓鱼。

她不禁惭愧又惊叹：真会玩！

而她，只带着过儿一个丫头，显得单薄又寒酸。好在她根本不介意，而且韩无畏表面上对同行者一视同仁，和每个人都笑眯眯地说话，实际上一直暗中关照的人是她。所以，她自然也就有帐篷，还是与那位于小姐一起，要玩的东西，韩无畏悄悄也给她备了一套。

"待会儿你带的吃食,可不许拿出去。"趁于小姐不在,韩无畏钻进帐篷,笑着对春荼蘼说。

帐篷带顶,但四面是纱帐,彼此之间看得见,所以韩无畏并不用特别忌讳。

"堂堂都尉大人,看您的小气劲儿。"春荼蘼和韩无畏在一起总是很自然随意,"难道别人家的东西,我不能吃吗?吃了人家的,却不拿自己的,岂不让人笑话?"

"我不管,你亲手做的,只能是我的。"韩无畏突然霸道地说了一句,"至于别人……待会儿吃饭时我就在这儿坐着,有谁敢不送来。送来了,你想吃多少没有?"

"合着,我就只能沾你的光吗?不能自己交朋友?"

"还有几天你就走了,等你再回来,物是人非,早就不一样了。既然如此,不用浪费感情了,你巴结我就成。"韩无畏笑得看似没心没肺,可黑宝石般的眼睛中却闪着莫名的光。

"你做的什么好吃的?"他突然转变话题。

"我啊,做的一种点心。"春荼蘼笑道。

"点心?"韩无畏来了兴趣,"什么样的点心啊?我看看呢。"

"算是胡食吧?"春荼蘼想了想,不由得发笑。

之前她考虑很久,真想不出做什么来,于是就把发面芝麻胡饼,切成巴掌大的三角型,中间剖开,里面放上咸肉片、菜叶子、白水煮蛋切片,抹了酸乳酪。还有过年时韩无畏送的樱桃,一直在菜窖中保存,并没有坏,又放在井水中浸了大半天。来时,在漂亮的黑漆木盒中垫了翠绿的,也在井水中泡过大叶子,边上点缀着由萝卜刻成的五瓣小花。

这东西看着漂亮可爱、餐具也精致,她用料足,食材也用的全是上好的,所以味道还是非常不错的。重要的是,样子蛮有趣新鲜。

"哈,样子真别致。"打开盒盖看了看后,韩无畏赞道。显然,他很满意。虽然他还没有吃,但是否用心了,他看得出。

"今天不吃这个,我要带回去。"他当机立断,抢过盒子,宝贝似的护在怀里,又问,"这个有名字吗?"

"叫三文制!"春荼蘼被他逗笑了,"意思是,三文钱就能制出来的吃食。其实很简单,韩大人不必这么宝贝,回家一看,你家厨子也会做的。"

"那怎么一样?"韩无畏突然笑了一下,带着浅浅的温柔,令春荼蘼心尖一抖。

"可惜未时中就要往回走。"见春荼蘼怔了下,韩无畏又快速转变话题,"现在天又近午了,没时间打野味。其他都是从家里带来的吃食,总少了点天然趣味。"

"反正主要是欣赏春光嘛,吃的只是其次。再说,总会有机会……"

"好,答应你。"韩无畏抢着点头道,"以后找时间,定要带你出来打一回猎,真正的打猎。"

"我没要……"

"不用客气,我韩无畏说话一言九鼎,绝对作数。"说着,不等春荼蘼再说什么,韩无畏突然站起身,亲昵地轻拍了拍她的头,转身出去了。

"他这是强买强卖？"春荼蘼自诩嘴皮子利索，这一次却让韩无畏抢了先，不禁愕然。

一直站在旁边没说话的过儿笑道："小姐，韩大人这明显是打蛇随棍上。他想约小姐去打猎，偏偏闹得好像是小姐的要求。"想了想又说，"我早知道韩大人心悦小姐。"

春荼蘼没有半点娇嗔，只无所谓地耸耸肩道："过儿，这话你说说、我听听就罢了，千万别当真。像韩大人那样的家世，娶的妻子是否令他喜欢，永远是最后才考虑的事。再说了，过几天咱们就要去洛阳了，也不知多久才能回来，大家从此山高水远，不会见面。至于韩大人和康大人对咱们家的恩情，咱们牢牢记住，有机会一定报答，不必婆婆妈妈放在嘴边，但别的想头儿也不要有。"

过儿一想也是，就再不多嘴了。倒是春荼蘼兴冲冲地翻着韩无畏拿来的小箱子，从里面拿出一个蝴蝶风筝，笑道："看起来，午饭一时片刻还不能做好，咱们不如先去放风筝吧。"

"外面太阳好大。"过儿有点犹豫，"小姐会晒黑的。"

"有什么关系？路上不是坐船就是坐车，很快就白回来了。"

她强拉了过儿出去，正好遇到于小姐和张巧娘，三人就一道去放风筝。其实，主要是春荼蘼在疯跑，人家两位小姐都文文静静地站在一边看。韩无畏远远地看到，一颗心不禁为了春荼蘼更加柔软起来。

见惯了她在权贵面前，举止优雅，不卑不亢；见惯了她在公堂上的自信从容，如刀锋般锐利闪亮；也见惯了她在调查案件时的独辟蹊径，如小狐狸般机敏聪慧；今天又见到她另一副模样，活泼可爱中带着散漫和满不在乎，毫不惺惺作态、也不死守着规矩，竟然别有一番迷人的风姿。

或者，他可以想想办法，让不可能的某些事，成为可能。

那边的春荼蘼并不知道韩无畏动了心思，心无旁骛地玩得很开心。丰盛的午饭后，仆人们忙着收拾东西并装车，少爷小姐们则坐在棚子里聊天，做一些不太需要体力的游戏。

春荼蘼和这些人都不熟，不过虽然春荼蘼小门小户出身，身边仆从少，衣饰也不华丽，但其他人看在韩无畏的面子上却对她都很友好。还有些对春荼蘼上公堂之事颇感兴趣的人，但只要试图开口询问，韩无畏就果断把话题岔开。

在他看来，春荼蘼是他费尽心思请来的贵客，其他人全是陪衬，这次春游，其实只是为了她一个人而已，怎么能让她满足别人的好奇心？

总之，春游日的一切都很顺利，本也可以圆满结束，算得上是春荼蘼目前为止的重要回忆了。但偏偏在就要启程回家的时候，天色骤变。

都说夏日的天，小孩儿的脸，可此时是春天，清明虽过，夏天却远还未到，这种天气变化也未免太剧烈了点。中午时，那一轮大太阳还晒得草木发蔫，人坐在阴凉处也微微冒汗，转眼间却凉风飒飒，碧空被乌云迅速笼罩，山雨欲来，四周顿时暗了下来。

"这种天时应该没有大雨吧？"卢氏的一位郎君抬头看了看，说。

"我瞧着云层并不厚。"一位年轻的军官也说，"就是看着吓人，山里嘛，总有点飞沙走石的，其实不会有大问题，小姐们不要惊慌。"

春茶蘼看向韩无畏，本能地，她觉得他比较靠谱，更值得她信任。

韩无畏感觉到春茶蘼的目光，给了她一个安抚性的眼神，神情却是严肃的，皱眉道："你们不知道，在平地看雨和在山里看雨是不同的。本不大的雨，但从山川四周汇聚，流到半山或者山脚时，就会变大数倍。"

"那怎么办？"于小姐问到，有些紧张。显见，在家也是娇生惯养的主儿。

"不妨事。"韩无畏想了想，"趁着雨还没来，我和卢大郎先护送几位小姐往山上走约莫半里。那边有一个很大的凉亭，建在高台上，四面空旷，山势缓和，尽可安然避过风雨，然后我们再回来，把东西和其他人带过去。这时节不会有连雨天，等一会儿就能回家了。"

众人见他安排得当，又表现得沉着冷静，当下放了心，依言而行。因为山风有些大，骑马的两位小姐也要坐在车里，而唯一空着的载人马车只有一辆，就是来时春茶蘼坐的那辆，所以只坐得下四位小姐，其他女仆丫鬟就只好等一会儿自己走过去了。

"小姐，你当心。"过儿不放心地嘱咐。

"我有什么好当心的？有韩大人和卢郎君相送，又有马车坐。"春茶蘼不像其他三位小姐那样，山雨欲来也有点惊吓，很平静地说，"倒是你，若是雨来得急，千万别落单，把咱带来的衣裳披在身上，能挡一层雨就挡一层，别舍不得，也不是什么好东西。"

过儿应下，站在原地看马车离开，眼泪汪汪的，还挥手说再见，就像生离死别似的，逗得春茶蘼想笑。而她轻松的表现也感染了其他三位小姐，加之很快就又到了韩无畏说的那个地方，紧张之情缓解不少。

那凉亭比一般凉亭大两倍有余，虽说不是红柱绿瓦，只以原木搭就，但胜在结实，顶上有厚厚的茅草，四周栏杆即高且密，看着就让人安心。春茶蘼见了，不禁暗道：果然是避雨的好地方，除非山塌，或者暴发山洪，不然绝对安全。

"我留卢大郎在此相陪，我回去接人，马上回来。"韩无畏对几位小姐说，但眼神却极快地瞄在春茶蘼身上。随后，又极快地移开。

春茶蘼唇角上翘，知道他这是特意对她说的。不知怎么，她心里有种怪怪的感觉，开心、得意，是那种危急关头还被人重视的虚荣感。总之，是一种偷偷的愉快。

只是韩无畏的身影才在前面消失，雨就落了下来。开始并不大，但很快，雨丝就变得极为细密。而且本来薄薄的乌云也骤然加厚，天空暗如锅底，本是午后的明朗天色，此时，却像近黑夜之时。

到这时候，春茶蘼才知道韩无畏有多么正确。若在家里的院子中看，这顶多算是中雨，可在山中，当雨水顺着山壁流淌下来，居然汇聚出很大的流量，冲刷而落，立即就像倾盆大雨似的。幸好，那凉亭建在有二十几级台阶的高台上，虽然有雨丝随风卷入，整体上却如惊涛骇浪中的孤岛，有屹立不动的安稳感觉。

小姐们似乎没见识过山雨，不住地发出略带恐惧的惊叹，卢大郎忙着安慰，倒觉得春氏娘子果然与众不同，镇静淡定，没有大惊小怪，扶着亭柱站在一边观看雨景。其实，春荼蘼只是比较独立，胆子比走到哪儿都一堆人侍候的娇小姐大多了。

"过儿和韩无畏不要被雨淋透了才好。"她望着来时的路，心中焦急地想。因为此时还是春天，淋了雨，很容易感冒的。

然而，就在细密的雨丝中，有一条身影向着凉亭而来。很快，像是奔跑。可惜雨丝似乎缠裹着一层白雾，令春荼蘼看不太清那人的面容。甚至，凉亭中除了她，其他人根本没注意到这个情况。

但很快地，她觉出不对劲儿来，身体中那种对危险的天然反应令她悚然而惊。那身影实在太快了，快到不可思议，似乎某人一直隐藏在暗处，现在遇到机会，眨眼间就到了她眼前，近到她能看到来者眼睛里那浓烈的杀意。

那人一身灰色短打，脸上蒙着块白色方布，在雨中丝毫不显眼，似乎融化于其中。但除了那双满含凶意的眼睛，还有他手上两尺长的短刀，闪烁着骇人的白光，刺目之极，是绝对实在的存在！

他就等着韩无畏和两个军中年轻的军官不在，所以才下手。而且，要杀的人，是她！

几乎瞬间，她就明白了。虽然，她不知道对方是谁，又是谁要杀她！

"小心！"她大叫一声，矮下身子。

幸好，凉亭的柱子很粗，她身子又细弱，堪堪能够躲避。耳边只听当的一声，那刀砍在了木柱上，一击未中，却几乎把柱子砍断，可见那力量之猛。其实以她的水平，是根本闪不过的，只是她有预判。而若躲不开的话，此时她已经被拦腰斩为两段！

凉亭中，尖叫声四起。

刚才还觉得凉亭内宽阔，此时有莫名其妙的杀手闯入，就显得特别逼仄起来，根本转不开身子。那三位小姐和卢大郎都是不会武功的，见状只是惊慌失措，张巧娘直接晕了过去，横在地上，结果绊倒了于小姐和另外那位李小姐。

卢大郎还没弄明白怎么回事，但本能地知道有人要伤害他们。他也算个男人，虽然手无缚鸡之力，却还是要保护女性，只能愣头愣脑地迎上去，结果被那杀手反手一掌，直接打得晕死过去。

春荼蘼知道对方为自己而来，早就趁乱逃出凉亭。纵然，外面没有遮挡，但总比圈在凉亭里等死好些。况且，若她跑得快，说不定韩无畏正带着人迎上来……

可是，才跑出不到五十米……身后，凛风已至！

一瞬间，春荼蘼似乎又重新体会到了那种感觉，就是滚下山坡时那种拥抱死亡的感觉，那种像生命迁徙般的转移感觉。她甚至来不及害怕，只是茫然，不知道要面临什么。之后想到又要和祖父、父亲分离，心中痛得无法形容，就像千刀万剐的滋味，在同一时间叠加起来品尝。

她的惊叫憋在喉咙里，感觉到背心处一凉。接着，她的身子凌空，被揽进一个宽阔温暖的怀抱中。巨大的冲力令她连同身后环着她的人一起向前"飞"出数丈。她什么也看不清，只觉得眼前阴沉的天空和泥泞的山地快速地转换，不知滚出多远才停下。

一切发生得太快，她的脑海、身体和目光中都无法做出反应，直待身子稳住，耳边听到兵戈相交的金属锐声，才恍然意识到有人救了她。

她勉力抬头，雨珠儿飞溅，人影纷乱交错，白蒙蒙的雨雾令春荼蘼看不清交手者的面容，只勉强辨识出一灰衣、一黑衣的两个男人打在一处。灰衣人正是那个杀手，黑衣人的背影则是异常高大，长发没有束起，转身腾跃间，被雨水浸透的黑发遮住了他的脸。

凉亭此时已在远处，被细密的雨帘阻隔，好像是另一个世界。亭中四人，只有于小姐还清醒，她不断地试图叫醒其他昏倒的三人，并张大嘴，呼喊着什么。可惜山雨嘈杂，哗哗水声掩盖了所有的声响。只有尖锐的金戈之声，刺破了时间与空间一般。

春荼蘼奋力站起，尽管腿软得像面条，她也咬着牙齿不断后退。因为她知道，有人救，也得积极自救才行，不能坐等。至少，她要躲得远一点，让那灰衣杀手哪怕顺手，也够不到她这边来，也算是帮黑衣人的忙，令他不必再分心照顾自己。

只是她很疑惑，灰衣人是谁？黑衣人是谁？谁要杀她？谁又要救她？她自认是没背景、没权势的小人物，难道是因为打官司得罪了人？闪念之间觉得，似乎只有徐家和罗大都督被她得罪个透，难道是他们一下的手？

这个时候，她根本不及细想，算是脑子里冒出的念头而已。其实所有的一切，全在眨眼之间发生，又在喘息之间结束。她退出没几步，一跟跄坐在了地上，力气耗尽了似的。

同时倒下的，还有灰衣杀手。但他是个狠的，在死去的瞬间，还拼着最后一口气，向春荼蘼掷出了一柄飞刀。

王八蛋，死也要拉我垫背！

春荼蘼暗咒，却根本躲不开。最关键的时刻，还是那黑衣人飞身而来，狼狈地抱着她，又是就地一滚。他的速度实在太快了，简直超越了人体物理极限。之前，凉亭四周空阔，灰衣人出现时，黑衣人根本没露出半点行迹。可当春荼蘼遇险，他宛如天降神兵，突然出现。现在，又如黑色闪电般，瞬间把人救起。只是因为情况太紧迫了，他两次都只能以极不雅的姿势救春荼蘼于死亡陷阱之中。

"没事？"黑衣人问。

雨水声中，他的声音沉稳而醇厚，带着一点点的性感。

春荼蘼抬起头。

两次在地上翻滚数丈，她也好，黑衣人也好，身上、脸上，全被泥浆覆盖，看不出本来面目。但她仍然透过那头墨黑滴水的乱发，泥水淋漓的表面，撞入那双绿色的眼眸。

北方地界多有外族胡人来往，包括突厥、回鹘、波斯等等各个种族，所以这种眸色虽稀少，却也不是绝无仅有。可是，她心里却明明确确地知道，黑衣人就是那个在军营前被铁链捆绑的雪人，是那夜救她于危难的闯入者。不为什么，她就是明明白白地知道。

于是她愣怔住，确切地说是仿佛被定住了一般，就么呆呆地看着眼前人，似乎被那汪绿色淹没。

　　时空似乎凝固了，两人的目光胶着，半天，春荼蘼才艰涩地问："你是谁？"

　　他没有回答，只有哗哗的雨声。

　　"你到底是谁？为什么要救我？两次。"她感觉眼前的男人身子一动，似乎要离开，也顾不得太多，反手拉住他的衣袖，"告诉我吧。"

　　她的眼神太灼热了，带着股不弄清楚就不罢休的劲儿，执拗又专注，男人有一瞬间的犹豫，嘴唇动了动，就像被什么蛊惑了般。但他还没有出声，远处就传来马蹄声，还有韩无畏焦急的大吼："荼蘼！荼蘼你在哪里？"

　　接着，韩无畏看到了这边：地上的尸体、歪坐在地上的春荼蘼，还有高大的黑衣男子。

　　弯弓搭箭，韩无畏没有片刻犹豫，速度快得惊人，那锋锐的箭头就对准了黑衣男："我数三声，立即离开。我保证不追击，但你若伤她一根头发，天上地下，本都尉必取尔之命！"杀气十足，仿佛就算是虚无的影子，也躲不开他的弓箭。

　　别杀他，他是救我的人！

　　春荼蘼想喊，可连半个音节都还没发出，身边一空，黑衣人已经不见踪影。她突然觉得一切都很不真实，有点惊慌，因为这一切都发生得太快了，快到她无法思考。不管在哪个地方，她所倚仗的就是自己的头脑，但此时，大脑死机后，剩下的唯一感觉。

　　她觉得冷，才明白刚才是黑衣人帮她挡住了风雨。再看不远处，韩无畏已经催马奔来，马蹄踏起雨水飞雾，如腾云里。

　　"荼蘼，你没事吧？"韩无畏的焦急与心疼，还有内疚不安，完全出于本心。

　　春荼蘼感觉了下，身上有几处酸疼，大约是摔倒所致。手掌和膝盖有丝丝缕缕的刺痛，并不严重。可能在翻滚时，黑衣人小心护着她，根本没让她被山石所伤。所以……

　　"我没事。"春荼蘼努力冷静地说，"只是我的衣服，背上大约撕坏了。"

　　韩无畏二话没话，脱掉已经湿透的半臂，胡乱绕在春荼蘼的背上："对不起。"他突然搂住了她，"我不该把你扔在这儿的。我拉你出来，却没能保护你。对不起。"

　　"谁能料到呢？跟韩大人一点关系也没有。"春荼蘼轻轻挣扎开，安慰道，"连我自己都不知道，为什么有人要杀我。"事情很明显，因为凉亭中的四个人，除了卢大郎试图保护她而挨的那一掌外，灰衣杀手没在别人身上费半点力气。

　　冲的，就是她！

　　"我会查清的，我一定会查清的！"韩无畏咬牙发誓，"没有人可以在我的安排下，能伤了你而不损分毫。"他脸上的线条极冷峻，宛如山岳，不似他平时嘻嘻哈哈的模样。也许那本就是他的伪装。生于皇族，他哪能活得那般没心没肺呢？

　　"我觉得应该从那具尸体查起。"春荼蘼冷得打了个哆嗦。

　　韩无畏怔住，之后哭笑不得。

　　普通姑娘家遇到这种事，得吓得趴在他怀里哇哇大哭吧？可荼蘼呢？居然还冷静地提出建议，告诉他要从哪里查起。

尽管如此，看到她的湿发贴着苍白的面颊，那只蝴蝶发饰歪歪斜斜地挂在已经散落的发髻侧面，眼睛里有拼命掩饰的惊慌不安，嘴唇白到几乎透明，真是何处皆可怜的样子，顿时令他的心脏缩紧，有一种强大的、要保护她的愿望塞满了他整个心房。

他扶起她，紧紧环着她的肩膀，努力把自己身上的热量传递给她，半扶半抱地送她到凉亭处。因为人多，东西也多，他立即命令男人们背身站在凉亭外围，女仆们则拉起帷帐，让遇袭的几位小姐先换上干衣裳，以免着凉。至于受了轻伤的卢大郎，则由他亲自看护。

好在，这场雨来得快，去得急，不过一盏茶的工夫就停了。眼见众人惊魂未定，韩无畏就指挥大家尽快回家。

所有人都没了欣赏雨后清新山色的兴致，生怕再遇到什么事，一路行得极快。路上，韩无畏私下嘱咐了每个人，要他们不得说出今天遇到的刺杀事件，免得破坏他追查。其实，最主要是当时在场的四个人保持沉默。卢大郎和于小姐还好，是知道轻重的，张巧娘和李小姐一直哭哭啼啼，但韩无畏把此事说得特别严重，把她们也吓住了。

世上没有不透风的墙，可至少近期不会有什么消息透出去。再过几天，春荼蘼就会离开此地，也说不定韩无畏能找到幕后人。

一行人越走越远，山路上却出现了两个人，正是夜叉和胖胖的金一。只是，金一挺正常，夜叉却是僵直着一动不动，死人般伏在马背上。

和与春荼蘼初见时情形不同的是，夜叉的眼睛里还有一丝灵动和活人气儿，显然还没有完全"僵尸化"。

金一长长地叹了口气，像自言自语，又像是无奈的责备："殿下，您这是何苦？就算要报恩，也不用搭上自己。无妄神功，虽然会令您在瞬间数倍提升功力，有如神助，可后患却是无穷。不仅在随后的一到两天之内有如僵尸，不能动、不能言，一个普通孩童若有恶意，也能轻易置您于死地，自身还要承受巨大痛苦。当初，若不是为了摆脱萨满对您的控制，还有这所谓神功对您的伤害，我们何必在幽州城筹划了那么多年，布这么大的局？"

"我要摆脱的是王庭。"夜叉还能说话，只是极其虚弱，说是气若游丝也不为过，而且言语间，他的眉头皱了起来，显然每说一个字，都要承受莫大的痛楚。

可是，他眼神里仍然划过一丝冷意："萨满？哼，父王和诸王，以及部众们对他奉若神灵，轻易不敢得罪，我却根本不看在眼里。宰了他也就宰了，可不曾见天神降罪于我。而我要的，不过是罗立手中的那件东西。"

他暧昧地沉默了下，又说："对春荼蘼……她喂过我一个饼，给过我一捧雪，对我说过一句话，所以我欠她三条命，必要一一偿还。我夜叉，从不欠人情！"

"好吧，救了她两次了，现在还欠她一命。"金一妥协地苦笑。

"不，锦衣，是还欠两条命。"夜叉的声音比冰雪还冰凉，"第一次是你为了惹怒韩无畏与康正源，想把这两人扯进罗大都督的事件中来，所以派人杀她，我只是及时阻止而已，并不算救了她。"原来，所谓的金一，其实名为锦衣，和他的殿下一样，对外，他们是没有姓氏的人，是羞于有姓氏的人。

"殿下……"

"我说过了，仅此一次。"夜叉的声音虽弱，却有着不容置疑的坚定，"我也说过了，以后不准碰她，连主意也不要打到她头上。我族中人，有仇报仇，有怨报怨。"他话说到此，一阵剧痛突然袭来，排山倒海般，从灵魂莫名的深处，迅速蔓延到全身每一个毛孔，像车裂，像凌迟，像冰寒覆体，像烈火焚烧，饶是他从小惯会忍痛，也禁不住闷哼出声。

无妄功的反噬作用来了！夜叉知道。从前，他惧怕、厌恶这种疼痛，可在萨满及其背后王庭的操纵下，不得不经常承受这种酷刑。只是现在，他居然愿意这痛苦出现。

因为痛，证明他还活着。

他憎恨自己的出生，继而憎恨自己的生命，可惜他在母亲灵前起过誓，绝不能自戕。然而上次，当他为了那个局，设计到军中为军奴，并动用了无妄神功后，结果遭到了比之前更可怕的反噬。除了身体内部仿佛无穷无尽的绝对痛苦外，他隔绝了感知外界的一切，对伤害无从反应，体温降至人类无法存活的程度，变成了一个真正的活死人。

那样不知过了多久，仿佛生命的一个轮回。接着，好像有人敲打着他心灵的窗，他灵魂外坚硬的壳。啪啪啪……啪啪啪……他苏醒。后来他知道，那是拍打他身上积雪的声音。

然后他睁开眼，看到冰雪世界，以及，整个世界唯一的存在，她。

如同看到了雪地上盛开春天的花。他想，那就是一瞬间他的感觉，有希望的感觉。

她对他说：活下去！那样坚定又倔强地希望他活下去！似乎要与天地相争，那样固执，那样不甘，他突然就觉得，其实他的生命不应该随意被放弃。哪怕是和老天对着干，是要令王庭中的某些人如坐针毡，他也要活下去！

简单的话，却激发出他灵魂深处最大的反抗力量。从那一刻，她就成了他希望和生命的象征。所以他活下去了，也绝不会让她死。

至少，三次。

除夕夜，他本来离开了，除了身边的金一，还有那么多人追随他，他做的那摊子事又那么大，他必须去主持大局，但他还是又折了回来。罗立那老家伙还没有找到丢失的两箱财宝，绝对不会善罢甘休，表面上平静，看似把事情压了下去，暗地里却是侦缉四出。其实重要的倒不是财宝，而是里面的秘物，范阳县又离幽州城那么近，锦衣曾露出过行迹，他徘徊在春荼蘼附近，确实是冒了巨大的风险。可是他在幽州城潜伏了这么多年，太了解罗立这个人。

罗立给人的感觉是宽宏有度量的儒将，其实小肚鸡肠，凡事都要计较。他这次吃了这么大的暗亏，找不到正主儿，又不敢牵连韩、康二人，必会找其他破坏过他行事的人报复。

今日的事说明，果然！

这么多日子来，他没有白盯着春荼蘼，总算能救她一命。只是这场雨来得太突然，被杀手利用了。他当时藏得远，被迫不得不动用神功，不然一定会来不及！

他不后悔，哪怕那疼令他觉得死亡可能更轻松些。可是她对他说活下去，他现在觉得活下去还挺有意思的。何况，春荼蘼打官司破案时的一幕幕影子浮现在脑海里，让他觉得……很有趣。

夜叉脑子里纷乱地想着，可身子终于僵得如石雕一般。金一，不，锦衣眼见着他的变化，又是长叹一声："殿下，我还是找个地方，偷偷把您安置起来吧。免得被仇家发现，不管是王庭那边的，还是大唐这边的，您不能动手，我不会武功，保护不了您啊。"说着，他从怀中的木盒中取出金针，在夜叉身上扎了几下，减轻他的痛苦，又从马鞍边的囊袋中拿出了一张大毯子，展开，蒙在不动的夜叉身上。最后牵着马，慢慢向山中深处走去。

另一边，春荼蘼到了家，祖父正在门口张望，怕她在山里遇雨，出现危险。幸好她早换下了背心破碎的衣服，只说淋了雨，其他都挺好，玩得也开心。过儿也非常配合地说谎，到底瞒过了春青阳父子，只灌她喝下两碗姜汤才作罢。

刺杀事件什么的，春荼蘼无能为力，但因信任韩无畏，她干脆也不过问，心想若有消息，他必定会告诉自己。而且既然瞒住祖父和父亲，启程去洛阳的事就不能耽误。虽说，若有人真心想她死，新杀手就极可能再度出现，但她也只能防备，不能事情还没发生，就让家人平白为她担惊受怕。不过，她也不能就这么直愣愣地给人当靶子。而且若只是她自己就罢了，但伤了父亲和祖父，以及过儿和老周头怎么办？

于是，她也做了点准备。

第一，她掂量了一下自己的私房银子，打算找韩无畏帮忙，请一位护卫，一路上暗中保护春家。她想，如果她是那只被捕的蝉，必须保证后面有捕螳螂的黄雀，以暗对暗，总比她一个人在明处好得多。

第二，她路上也会小心谨慎，有问题及时示警。要知道她家美貌老爹也不是吃素的，武功一项军中有名，就算不能单人对付杀手，若像雨中灰衣人那样的，搭配着护卫，应该打得过。

第三，她花言巧语，撒娇卖乖，死说活说，才把安排行路的权利从父亲手中要过来，打着顺便游览风景的名义，决定陆路水路交替着走，为的就是防止有人半路埋伏。总之，她不会让任何人知道转天的路线。

第四，杀手是谁派来的，也必须快点查出来。毕竟做贼能千日，还有防贼千日的吗？要知道最好的防守是进攻，总防着别人，提心吊胆地过日子，还不得累死？

想好了这些，临行前两天，她打听到韩无畏回了镇上的宅子，并不在军营，立即前去拜访他。

见了面，她还没说话，韩无畏就说："荼蘼，我一直没问，那天，救你的人是谁？"

春荼蘼一怔，虽然她早知道韩无畏会打听，却存了点侥幸心理，希望韩无畏当那绿眼男也是杀手一伙儿的，当初被他的弓箭吓跑了的。

唉，看来真的瞒不过武学的行家，而且是真正聪明人的韩无畏啊。

"我不知道。"她摇摇头，垂下眼睛，表面上摆出心有余悸的样子，实际上是怕

·127·

韩无畏看出她的心虚来。

"我不知道那人为什么要救我。难道,是要活捉?"她不知道自己为什么要瞒着绿眼男的存在事实。或许,是怕两边有什么利益冲突,说到底绿眼男是逃走的军奴啊。

"韩大人可查出是什么人要杀我?"为了不被追问下去,她驾轻就熟地转变话题。

"你有想法吗?"韩无畏又把问题丢回来。

第二十九章 洛阳

"我在公堂上说过,凡事皆有动机,就像佛教有云,有因必有果,有果必有因,世上没有无缘无故的爱与恨。"春荼蘼正色道,"我和我们全家都是小人物,与他人利益无冲突。非要攀扯,只能是与官非之事有关的。想来想去,恨得要买凶杀我的,只有徐家和罗家。所以,我才请韩大人从那具杀手的尸体入手。"

韩无畏点头:"我仔细查过了,那灰衣人是专职杀手。你可能不知,我们大唐有几个专门干这些杀人勾当的黑道组织,行那违反律法之事。而从灰衣人的行事风格、凶器,还有留在身上的印迹、武功的路数来说……只是有银子,很难请得动他。何况,徐家还没那么有钱,一个小县城的土财主而已。"

是罗大都督?!

两人眼神一对,都从对方的目光中看到了答案。

"以你的了解……"沉默了半晌,春荼蘼皱着眉说,"罗立一计不成,会不会二计又生?"

"他是不达目的誓不罢休的性子,不然也不能累计军功升至这样高的地位。"韩无畏的眉间隐藏着冷意,"不过,他老了。有的人,年纪越大就越看得开、想得透,知天知命,胸藏人生的道理与感悟。可有的人,活得越久,就会越贪婪、越胆小,越舍不得很多东西……生命、财宝、权势,都恨不得紧紧抓在手里,不肯放开。前一种人不必怕,因为他不会伤害别人。后一种人也不必怕,只要拿住他的七寸就好。"

"你做了什么?"春荼蘼一挑眉,立即意识到韩无畏不是只随便说点听起来很厉害的话。

韩无畏笑笑,目光中闪过狡黠:"我没做什么,就是……我到底年轻识浅,很多事只是听闻,却没有亲眼见过,也没亲自处理过。于是,我把那灰衣杀手的尸体送到幽州城去,拜托罗大都督帮我调查调查。告诉他说,若你出了什么事,我韩无畏上天入地，也非要把伤你的人碎尸万段不可。不仅我，大理寺康大人也一样会震惊，必要追查到底的。"

"谢谢韩大人保护。"春荼蘼没有细问下去，因为她已经明白了，干脆直接站起来，敛衽为礼。

罗大都督此人多疑，跟她的多疑不一样。她是不喜欢别人突然接近自己，与案件有关的事，喜欢反复论证，追求精确。罗大都督则是在官场上待久了，心中已无好人。虽然她和韩无畏不能确定杀手一定是罗大都督派来的，但这一招却有敲山震虎的作用。这是告诉罗立，有的人不能碰，就算是无权无势的小人物，可这小人物的身后却有他惹不起的背景。现在，韩无畏已经怀疑他。而韩无畏怀疑，意味着他再不罢手，皇上也会怀疑的。

"嗯，这个感谢留着吧，说不定以后我有需要你报答的时候。"韩无畏半开玩笑、半认真地说。

春荼蘼点头，却不敢直视他，他的目光有点灼热和压迫感。但她也知道，所谓人情，就是有来有往，就是接受，然后找机会偿还。除非彼此是最亲近的人，那就什么都无所谓。

这并不是势利，而是正常的人际关系。若她够无赖一点，这事就得找康正源来解决。毕竟她是为了帮他巡狱，才得罪的罗大都督。

不过算了，计较那么多，半个真心的朋友也交不了。她很明白这世上不管在哪儿，只要活着，都是要有关系网的。这，就叫圈子。再说人相处久了，一点一滴的，怎么也会产生各种各样不同的感情出来。

而感情，是天下间最真诚的东西。

"再给你个添头，回头再见之时一并回礼给我。"韩无畏又说，"上回办徐家的案子，借给你的两个护卫，最擅长隐藏形迹，暗中跟踪。我把他们再借你些日子，路上就不必太担心了。"

"你是怕罗大都督为了显示杀手事件与他无关，反而会再派人找上我？"春荼蘼想到一种可能。

"能不能不这么聪明啊。"韩无畏夸张地做了个苦恼的表情，"你一点就透的话，很难让我表现运筹帷幄的智慧。"

"我若连这也猜不出，还要你详细解释，就不配韩大人如此费心了。"春荼蘼被他感染，也变得轻松起来，"不过他应该不会动真格的，摆摆样子罢了。"

"好多事就是这样，明明大家心里都明白，可表面上不但不能说，还得唱戏。"韩无畏按了按浓眉上方的细细抹额，"罗大都督就算是摆样子，也难保没有试探之心。到时，我的护卫飞身救主，等于告诉罗大都督，我韩无畏说到做到，不是闹着玩的——看，连人都派到你身边了。"

"韩大人往后但有差遣，我春荼蘼莫敢不从。"到了这个分儿上，谢谢两个字已经没有意义，多说反而显得啰唆，不如直接表个态就行了。但是临了，她又找补道，"只要是我做得到的，一定连眉头也不皱一下。"

"哦？那……如果，我要你以身相许呢？"韩无畏话题一转，仍然是半开玩笑半认真的模样。但，也有一丝紧张，划过他灿若群星的眸子。

"救命之恩，才能以身为报。下回韩大人救了我，咱们再谈条件。"春荼蘼笑道。

不当成是个玩笑，她就没法回这句话。因为，韩无畏本身也不是完全认真地问，要她怎么说？这好像是个暧昧的游戏，谁先认真，谁就输了。或者说，这也是试探。为了不影响今后的关系，继续由她做蠢人吧。只要不捅破那层窗户纸，她就可以装作不解风情。毕竟她才十五岁不到，有这个装的资本。

对韩无畏，她不是没有好感的。这样的男人，很难让人不喜欢。只是她太理智了，知道两人之间的障碍太多，很多还是不可跨越的。而她又太有目的性，那就是当状师、帮助人，还有保护难得的亲情。所以爱情、男人，于她而言暂时还排不到最前面。

但也许，她还没有在对的时间遇到那个对的人，没有遇到命运般的那个人。因为，能被理智战胜的，都不是真正的爱情。

"难道你是要嫁给那个黑衣人？"韩无畏突然又说，眼神戏谑中带着怀疑。

春荼蘼一怔。

"怎么想到他？"她问，心中瞬间冒出无数个问号。

"因为……"韩无畏的目光锁住她，"我们说到杀手的事，你这样警惕敏感的人，居然没有把那黑衣人算在内。那么，你说他是要活捉你，就说不通了。这样就只有一个解释……你知道他不会伤害你。"

春荼蘼继续发怔。

韩无畏太聪明了，她就这样一个小漏洞，就被他抓住了。也说明，他不信她的话，她说不知道黑衣男是谁的那句话。

不过，沉默片刻，她深吸一口气，骨子里的骄傲令她抬起下巴，平静地直视着韩无畏的眼睛："是啊，我知道他不会伤害我。但他是谁，我是不会说出来的。韩大人，每个人都有自己的秘密，不是吗？"

韩无畏回望她，震惊于她的直率，好半天才认命似的点点头道："果然，这才是你。碰到你不许别人窥探的地方，就立即亮出小爪子来。"

"说得我这样可怕。"春荼蘼无所谓地耸耸肩，"那不妨跟韩大人透露一下，我其实是个很坏的人。刚才说救命之恩，以身相许什么的，也得看我是否喜欢。若救命恩人我不喜欢，多大的恩情也是白搭，我会换别的方法报答。我这个人哪，良心很易变的，说不准是黑是白。"

她的本意，是告诉韩无畏，她没有那种委屈自己，知恩必报的"美德"。恩义什么的，必排在她自己的意愿之后。可韩无畏却以为她是在说，那黑衣人就算救了她的命，她也不会嫁，顿时就觉得，这几天堵在胸口的大石头被踢开了。他的呼吸，又顺畅了起来。

他平时嘻嘻哈哈的，在军中没有架子，和普通士兵也混得很好。但骄傲，是他深刻在骨髓中的东西，他喜欢的姑娘，他想自己保护，不假手于任何人。

是的，他喜欢春荼蘼，那天看她差点死在杀手刀下时，他就明白了。只是他不能说，这丫头除了她的祖父和父亲，再加上春家的两个家仆，谁都不信任。太冒失的话，她绝对会跑掉的。再说，身份问题确实要先解决了才成。

"黑心的姑娘，提前跟你说一声，你们出发那天，我军中有事，就不送了。"他又转了话题，语气轻松地说，"答应我，要常给我写信。好吧，不如这样，我写给你，你每封都按时回复就行了。"

"好！"春荼蘼痛快地答应。

"还有，上回你做的三文制，我还没舍得吃，就让雨水泡了。既然今天算是饯行，你再亲手帮我做几个。"

"饯行不是应该你请客吃饭吗？"春荼蘼讶然问。

"今天就把大萌和一刀带走。"他说的两个人，正是一直帮她忙的两名护卫，"直接跟他们约定各种暗号就成，倒不必安置，他们自己会潜伏随行。"

春荼蘼又感激，又无奈，只好认命地起身去厨房了。其实韩无畏这么帮她，而她只是做点半成品的吃食，她非常乐意。

转眼，到了出发的日子，韩无畏果然没出现，却有军中官员和街坊四邻相送。大家依依惜别，场面热烈又感人。春青阳、春大山满怀着对故土的留恋，春荼蘼倒没什么舍不得。

唯一令她感到不舒服的是，春家大房和二房收离别礼和春青阳送的银子时可痛快了，可今天却没一个人露面，心性之凉薄，礼数之欠缺，简直让人无语。

不过，阳春三月好天气，是出行的好时节，看看蔚蓝的天空，闻闻暖暖的带着花草清香的空气，心情立即就变得大好。军中公文规定，春大山到德茂折冲府报到的期限是四月二十，距今还有一个月，时间很充裕，一家人可以顺带着一路游山玩水，想想倒也有些向往。

如果不算突厥人肆虐的那一百多年，前朝开通的永济渠从涿州县直通洛阳城。而从范阳县东上不远，就是涿州。依春荼蘼的意思，虽然水路直达，但他们还是一站一站地雇船，不拘在哪个码头，只要有兴致，就下船去游览一番风景名胜。至于行李，他们随身只带细软，那三五箱日常用品就由货船直接带到洛阳，那边有接待春大山的军士帮忙先收一下。

她这样做，完全是出于对安全的考虑。但春氏父子却以为是她贪玩，纵然觉得这样既浪费银子，又耗费精力，但都舍不得拒绝她，于是全家就同意了。

晓行夜宿，春荼蘼开始几天还有点紧张，后来就完全放开了，只当是陪着父亲和祖父出门旅行了，虽说条件比不得在家里，难得的是空气好，吃食和景色也很不错，两旬过来，身体确实疲惫，但心情却格外好。就连一向温和、不爱说话的春青阳，脸上也多了明朗的笑容，更不用说精力旺盛的春荼蘼和过儿，她俩都快玩疯了。只是本来是轻装上路，可到后来，行李却愈见沉重，因为买了好多有用没用的小玩意儿。

其间，有三拨可疑人物出现在附近，不过还没等靠近春家，就让悄悄跟在后面，以暗号和春荼蘼联系的两大护卫一刀和大萌干净利索地料理了。眼见还有几日就能到洛阳时，春家的周围，彻底恢复了清静。

东都洛阳，是京城长安的陪都，自有一套官僚系统，但除了分管军事和治安职位外，大多是闲职和散职。也因此，正式文书中说起洛阳的官员，前面要加"东都"二字。据说当今皇上时不时在洛阳住些日子，就住在洛阳城西北方的皇城宫城中。

总之，洛阳与范阳县不同，和幽州的治所幽州城也不同，是不折不扣的大都市，而且是繁华的大都市，其繁华程度，仅次于京城长安。

洛阳城前临伊阙、后据邙山，左渠右涧，洛水横贯其中，把整座城分为南北两端，是块依山傍水的风水宝地。总体上，洛阳城分为四部分，由宫城、皇城、里坊区和郭城组成。

郭城是都城外围廓，对都城起防护作用，外郭有八门。春茶蘼跟随祖父与父亲进城时，见墙高足有五六米，格外雄伟壮观。比之范阳县城的小城墙……春茶蘼自豪感油然而生：这还只是洛阳，若有机会到长安，还不知要如何繁华和强大呢。

外郭八门中的正南门定鼎门，与天津桥、皇城和宫城轴线贯通，形成洛阳城的中轴线。城内有三条大道，居中一条为官道，是文武百官平日着官服上朝面圣的专用通道，而平常百姓只能通过左右两侧的大道进入城中，且左出右进。

里坊是居民宅院、各宗教寺庙、中央或当地行政机构的所在地及西北南三市。里坊的街巷有东西南北四条大街，还有环坊墙内侧的街巷和其他一些小的巷、曲。居民的住宅就分布在诸巷、曲之内。听来过此地的人讲，洛阳的里坊一共有一百三十多个，比长安略少，其中三分之一的里坊分布洛河以北，多为贫寒人家，其余分布于洛河以南的，多为达官显贵的邸宅住所，中产阶级和小康之家，也有不少在这一区。

皇城和宫城在洛阳城的西北部，旁边是含嘉仓城，就是超大的粮库。南方的粮食，大多从此地中转，然后经水路运往长安。

春家是通过上东门进的城，沿着上东门大街，直接到了北市。走到北市附近的码头时，春茶蘼被眼前的景象惊到了。河面上，万船汇聚，河路都堵塞了。河岸上，商贩交易的马车，也把道路堵塞了。

她很有些后悔在洛阳附近的码头没有改乘船，通过引漕渠直入城内，没办法亲身体会堵船的感觉。但此情此景，也足以让她吃惊。

而他们之所以到北市来，因为这里酒馆、酒家、邸舍云集。前几天春大山已经发快信给负责接应他的德茂折冲府人员——名为老苗的一名卫士，告诉他春家抵达的日期和大约时辰。

刚才在城门处，他们已经会合。老苗为他们预订了北市一间中档邸舍的房间，好歹先安置下来。如今才四月十二，还有八天的时间，可以用来看好房子，再或租或买了置家。而他们先抵达的物品，老苗也早放在邸舍那边了。

一共三间上房，春青阳独占一间，春大山和老周头一间，春茶蘼带着过儿住一间。不得不说，大城市的邸舍服务态度都不一样，春茶蘼这才坐下，小二已经上了热茶和洗脸的热水。房间内的家具和被褥不是新的，却非常干净，半点潮气也没有。

但尽管如此，过儿还是从随身的包裹里拿了干净的布单铺在床上，才许春茶蘼躺下去。

"你个小管家婆，在外面，一切就应该从简。"春茶蘼瘫在床上说。不到地方，她也不觉得累，现在知道前方没有旅程了，突然全身都无力起来。

此时她已经洗了手脚，散了头发，换上了家常的短袄和宽脚裤，舒服得不想动弹。

"那可不行，您是小姐，哪能随便睡外面的被褥，谁知道被什么人躺过？"过儿很认真地道，"过几天，咱们有了自己的家就好了。"想了想，又问，"小姐，您说，咱家是买房子，还是先租一间啊？"

"当然希望能买。"春茶蘼叹了口气，"毕竟我爹不太可能频繁调动，在洛阳闹不好要待好多年呢，自己的房子住着才踏实。不过，洛阳的物价和咱们范阳可不一样，贵的不是一倍两倍，只怕买不起。"

"洛河北那边也不行吗？听说那边住的都是普通百姓，房价会便宜点吧？"

"我爹的意思，宁愿租，也要找个安静又安全的地方。"春茶蘼摇摇头，不断转着心思。

她知道父亲和祖父的意思，希望给她一个好的居住环境。眼看她就要及笄了，父亲和祖父二人对她结一门好亲的心始终不死，所以不想让她住贫民区。可偏偏，他们又不肯用她的钱。至于从徐家那拿来的五千两巨款，祖父和父亲不问，她也不提，因为那钱她是打算拿来为父亲铺官路用的，不能花在别处。那是徐家欠父亲的，自然还在父亲身上。

她心里想了个主意，在房间吃过晚饭后，就独自找到春青阳的房间，正好春大山也在。听父亲说，明天就要去一趟折冲府办理交接公事，然后趁着还有几天时间，再把家里安置好。这边和范阳折冲府是不同的，他既然不用种地，还是有品级的官员，就不再是一旬训练两天，而是一旬休息两天，其余时间都要在军府里办事。那样的话，他闲在家的时间就不多了。

春青阳随儿子上任，自个儿那个狱卒的差事就丢了。因为他不是官，而是小吏，狱吏自然没有调动一说。本来他想在洛阳找点事做，可春大山如果长期不在家，大家人生地不熟，而且人多事杂，民风不比范阳淳朴的地方，他就需要守在家里，守着小孙女。不然，家里没个正经男人，只一个老奴怎么行呢？

春大山到了德茂折冲府，俸禄比在范阳高了一倍，足有四两。但这么一大家子人，在洛阳这种物价状态下，也实在是有点压力。如果再算上租房子的费用……

"不如我们买房子吧。"春茶蘼建议。

春大山和春青阳对视一眼，没说话。刚才他们已经打听过，城内里坊的房价，家里有点承受不了。事先他们计划的是找地方盖房，到了一看，完全不搭边。除非住在城外，哪还有地盖房？

可为了茶蘼，他们一定不能住在地段太差的地方。

"我知道咱家家底不厚，不过，祖父和父亲想没想过给我置产？"春茶蘼把自己的想法说出来，"就是拿我娘留下的钱买房子，落在我的名下。这样祖父和父亲和我住在一起，照顾我不是天经地义吗？而且，省下租房的银子，存起来，以后有机会再买其他的呗。若爹高升到别处去，洛阳的房子卖了也成，现在太平盛世，没有仗打，

· 133 ·

置产是稳赚不赔的。若咱们在洛阳一待就是十几二十年，我从这里嫁，房子算嫁妆不是挺好？"

春青阳和春大山一听，都有点心动。虽说依靠孙女生活有点丢脸，但不失为一时之计。不过这丫头怎么说起出嫁的事这么大方，好像……不当回事似的。

"我本来还有一百六十两，临水楼的租金一百一十两，路上花了十两，还有二百六十两呢，就算洛阳物贵，也买得起一个院子大点的房子。"春茶蘼见春氏父子神色有些松动，接着道，"到时候祖父在家种点菜，养两只鸡，也有好多事做，又省了吃菜吃鸡蛋的嚼用。最好再带一口独立的井，或者大树什么的，那样环境也像个样子了。"

春氏父子与春茶蘼是直系血亲，自然不会跟她见外，之前一直不动用白氏留下的银子，以及临水楼的出息，就是为了给春茶蘼做嫁妆的。现在听她说得有理，哪有不同意的道理？而既然做了决定，第二天春大山就托老苗找了牙人，由于他要忙着军府的入职事宜，这些家务事就交给了父亲和女儿。

本来，买卖一事就怕着急，尤其买产置业的，要等机会。可赶巧了，牙人手中正好有一处房子要卖，就在洛河以南的富人区，临着建春门大街的荣业坊。出了坊，沿着建春门大街往右拐，走过三坊就是有名的南市。

洛阳里坊共有三市，北市有码头，最是拥挤热闹，各地的商贩多在此交易，因而酒楼、酒家也是最多的。西市号称金市，是聚钱之所。而南市独占两坊之地，则是最繁华、店铺最多的所在，据说有"一百二十行，三千余肆，四百余店，货贿如山"。在它的西南方是修善坊，多车坊、波斯胡寺等。说白了，隐隐有现代城市的市中心感觉。而隔了三坊之地，一坊为一里，不远不近，闹中取静，静中又出行方便，实在是很好的地段。还有，据说这一带虽然没有名气最大的达官显贵，也没有豪华的园林式建筑，但隔壁的隔壁坊，住着一位很有名气的大文豪。

这样一对比，似乎比富人区的中心地段更好。谁不愿意与文化人住在一处？处处显得有品味，有文化气息。

房主也是读书人，他妻子还是一个没落的高门之女，因为儿子在外地做了官，夫妻两个要投奔儿子。大约是不打算回来了，所以要卖房。

春茶蘼和春青阳去看过，见那是一处两进的宅院，虽然比之邻居的房屋，显得小了些，但胜在精巧规整，麻雀虽小，五脏俱全，有春茶蘼要求的大树和水井，院子也够大。夹在高门大户间，既不显寒酸，也不起眼，真是低调又舒服，祖孙两个一看就爱上了。

只是这价钱……要二百五十两。

春茶蘼当场就想买下，她手中的银子刚刚够，还略略有一点盈余，何况主人家还附送五成新的、很有生活品味的家具。可春青阳还没有适应洛阳的高物价，所以就是不肯点头。

"老爷子，我是老苗介绍来的，就是帮忙，定然不能坑您的，也不报虚价，两头吃好处。"牙人劝说道，"您老从范阳县来，恐怕还不知道洛阳的行情。咱这洛阳，别的不多，就是告老致仕的贵人多，等着走仕途的年轻士子们多。您往前随便扔一块石头，砸到的多半就有曾经的朝廷重臣，或者未来大唐栋梁。但凡在洛阳的各个任上沾过点边儿，就比别处的官员升迁快。您老的公子在军中为官，以后的前程不可限量，以后人情有来往，若住的地方不合适，倒叫人笑话了去。看着事小，说不定担待大。不怕跟您老说，二百五十两在这个地段已经是非常便宜了。不信，您私下打听打听，若不是最便宜的，您抠出我的眼珠子当泡儿踩。"

牙人嘴巧，很会说，就连春荼蘼都连连点头，何况春青阳。可是对他来说，这个价钱确实一时难以接受。如果买下这个房子，孙女的私房钱就差不多全没了，若等再赚出这些银子，还不得猴年马月去？若很快就有合适的人家呢？虽说他手头还有不到五十两，也难以置办好嫁妆，总不能只把个房子当陪嫁吧？

说到底，他一心想的是孙女，所以才纠结不已。何况，他这一生清苦，没有一次性出手过这么多银子，难免心慌气短。

春荼蘼见状，连忙对牙人说："买产置业是大事，能不能请您再等两天，等我父亲从军府回来，我们一家商量商量再决定。"

牙人有些为难："人家是急着卖，这……"

"这房子似乎才翻新过，又被料理得这样仔细，想必房主是极喜爱这里的，迫不得已才卖掉吧？"春荼蘼大打感情牌，"您再看我们家，绝对的诗书耕读人家，我祖父又是爱惜东西的良善人，必定精心住这房子，爱护这院子，总比卖给不懂珍惜、或者粗俗的人家强。您这样和房主说合说合，说不定人家就同意。要不这样，也不为难您，三天内给您消息如何？"她从来没有看不起商人过，但这年代的很多人都会轻视，所以再穷的士人、官员，也比富得流油的商家强，这样的等级观念相当森严，也深入人心。也就在小地方，她那前继外祖母才把自家的银子看成是脸面。

牙人听她这么一说，不禁笑了："小姐真会说话，我看这事能行。不过三天后，无论这买卖成与不成，您都得给我个实信儿，不然我就两面不是人了。"

春荼蘼应下，拉着春青阳走了。老周头被留在邸舍看东西，只有过儿跟着他们祖孙。

因为内心挣扎，春青阳沉默不语。春荼蘼几度张嘴，又把话咽了回去。有些话，她这当孙女的来劝不管用，不如等父亲回来，先说服父亲再说。

那个房子实际上有些大，前后院共十来间房，他们才一家五口，就算把大萌和一刀也拉来住，不算厨房什么的，平均下来也一人也两间多。但是，春荼蘼考虑得比较远。一来她私下确实打听过，这个价钱真心不贵。二来，若父亲在洛阳多待上几年，要考虑的事就多些。

她嫁人不嫁人的没有关系，但父亲总要再娶妻的，那时候太小的院子就不好了。除非是至亲血亲，人和人之间，是需要一点距离的，太近则生摩擦。通过父亲和徐氏的婚姻，她吸取了必要的经验和教训。父亲是自己的，但继母终归隔了一层，生活中保持距离比较好。

祖孙两个都有心事，就都不说话，一前一后地低头走。春荼蘼的精神更集中在自个儿的想法上，没留神就撞上了祖父的背，把祖父撞得一趔趄不说，自己也差点坐地上，幸好过儿眼疾手快，在后面扶住她。

"祖父没事吧？"她一边揉着撞疼的额头，一边问，"您怎么停下了？"

"路堵了。"春青阳指指前面的十字街口。

春荼蘼伸着脖子望去，见那边里三层、外三层地围着一群人，似乎发生了什么事。

"祖父，咱们去看看吧？"春荼蘼拉着春青阳的手。

春青阳有点纳闷，自家孙女可不是喜欢看热闹的性子。孙女自一场大病后，性情就有些转变了，看着笑眯眯的，温柔和气，其实有些冷情，不相信外人。对自家人特别维护，但对其他人则不冷不热，绝不轻易接受。这时，又是怎么了？

不过他很高兴孙女能有点十五岁小姑娘那种好事儿的样子，当下就道："好，去看看。可是不能离开祖父身边，别给挤丢了。"

"我不会迷路的，我知道怎么回邸舍。"话虽这么说，她还是拉紧祖父的手臂，以行动表明决心。 而她突然这么八卦，不过是为了哄祖父放松，有些闲事分散注意力而已。

她一手拉着祖父，一手拉着过儿，见人群中有一处人较少，果断从此处突破，挤了进去。

人群围着，自动形成了一个圈子。圈子正中，跪着一个姑娘，因为垂着头，看不清面貌与年纪，但浑身缟素，显见是戴了重孝。她的面前，立着一个牌子，写着：卖身葬父。

紧接着果然有无良恶少出场，照例是长得磕碜，獐头鼠目，身后跟着两个帮凶。

"小娘子，抬起头来看看。"恶少说着经典台词，"叫本大爷断一下，你值不值这五两银子。"

一个大活人哪，才值五两银子！春荼蘼暗叹，心道真是好人各有各的好，坏人们却是万一人面，都这副找抽的德行。她这时候多希望韩无畏在身边，可以狠狠揍一顿恶人。春大山虽然也有武功，但她不想自己的父亲惹事。韩无畏没关系，他地位太高了，谁惹得起？

"好可怜。"一边的过儿抹泪道。

她也身为奴仆，虽说春家待她极好，小姐更把她看成亲姐妹般，但那种被迫卖出自身的悲惨感觉，她深有体会。

"这三个恐怕是无赖，未必是真正有钱人家的子弟。"春荼蘼低声道。

"为什么这么说呢？"过儿奇怪地问，瞬间把伤怀之情也扔到脖子后面去了。毕竟她被卖时，年纪还很小，在春家又过得如意，感伤只是片刻。

"你看他们。"春荼蘼略抬了抬下巴示意，"身上穿的虽然是绸缎衣裳，戴着书生幞头，但眼神不正，四处乱飘。尤其后面的两个，眼珠子总在地上和别人腰上的荷包瞄。而且，他们挤进人群时还略提着长袍的下摆，好像怕弄脏了似的。从这些小细节、小动作上看，他们就是冒充斯文人的，其实是偷鸡摸狗之辈。"

过儿信服地点头，就连春青阳也露出骄傲的神情，觉得自己的小孙女真是聪明得紧啊。

这时，跪在场中的姑娘已经抬起了头，人群中立即发出惊叹声：漂亮，绝对值五两银子。

此女十六七岁，正是花朵一般的年纪，柳眉杏眼、粉面桃腮，虽非绝色，但绝对算得是个美人了。难得的是，她虽然容颜憔悴，双目红肿，显然是哭过的，但浑身上下透着一股英气勃勃的劲儿，举止也大方坦荡。只可惜，美色迷人眼，那三个无赖看不到本质，只觉得有大便宜可占，顿时跟打了鸡血似的兴奋起来。

领头儿的那个从身上摸了半天，拿出几块碎银子，约莫二两多，既不递到人家手里，也不是扔到地上，而是轻浮地砸在那女子身上，大言不惭地道："客死异乡的落魄人，用不着风光大葬，这二两银子足够买口薄皮棺材，随便埋在哪处山旮旯里算了。而你模样虽然还好，但身着重孝，丧气得很，除了本大爷，没人敢收留。银子拿好，这就跟我走吧。"说着，威胁性地瞪向四周看热闹的普通百姓。

春荼蘼的火不打一处来，为什么哪里都有这种人？本来自己就身处底层，却还要欺侮比他们更底层的人，让艰难求生的人更艰难。这类混蛋，比为富不仁、草菅人命的高门败类更可恶！

这种无赖没什么权势，但粗暴无耻，对于平头百姓而言，多一事不如少一事，谁愿意平白惹上这样的麻烦，以后就没有安生日子过了。真是癞蛤蟆落在脚面上，咬不死人，但恶心死人。

而那边，三个混蛋还低声商量什么。可惜因为周围人声嘈杂，春荼蘼什么也听不到，只是见他们神情兴奋，目射淫光，指定是伤天害理的事。

她正琢磨着要不要帮忙，就见那穿孝的女子耳朵尖略动了动。春荼蘼确定不是自己眼花，因为她恰巧站在比较近的角度，又全神注意着场中，认真考虑要不要伸出援手，以及有没有力量帮助人，春家能否承担后果，会不会给父亲祖父带来麻烦的这些事，所以看得特别清楚。

难道，事情终于要向不一样的方向发展了？

一般情况下，都是柔弱美丽的少女卖身葬父母，然后是恶少出场调戏，想强行抢人。再然后有大帅哥英雄救美，最后和美丽少女发展一段良缘或者孽缘。每回看这样的戏码，春荼蘼都觉得特别无语。这哪里是单纯的卖身？明明是凭着死去的亲人，给自己找了个长期饭票。长得漂亮了不起啊！柔弱了不起啊！孝顺了不起啊！到后来还不是得男人来兜底？最可怕的是英雄无意，被救女人死乞白赖非跟着，美其名曰：报恩。极品一点的，男人不要，女人就各种陷害争宠，搅得人家后宅不宁，怪不得有句民间俗语叫施大恩，如结大仇呢。

可现在，明显戏剧的节奏不对了呀！

她不知道，那女子的耳朵微动，是因为听到了那三个无赖的话。

领头儿的无赖说："这小娘子长得真是不错，比枕香院的窑姐还好看，弄回家，咱哥仨儿先玩玩。回头玩够了，再转手一卖，就算不是处子，这姿色至少也得十两银子。这样，不但白玩娘们儿，还能赚钱，哪找这好营生去。"

跟班一说："就算一时舍不得卖，也可以留在身边。自己吃不了，剩下的可以单卖给道上儿的兄弟们,人是咱的,还照样能赚银子。"

跟班二眼光放得比较长远,说:"不如以后咱们就做这桩买卖吧?到外地去拐来姿色好的小娘子,自个儿先睡,享受够了再倒手。"

这话要让春荼蘼听到,会提醒他们:开始,他们只是缺德;后来,他们就是缺德连带犯法了。拐卖妇女儿童,在哪朝哪代都是大罪,只是在暗无天日的时期,没人有心思去管罢了。

可是这三个人正商量得热闹,那卖身女子却动了,抓起滚落在地上的银子,丢在那三个无赖身上,怒道:"几位收好银子,小女子不卖与你们!"

她说话爽利,动作更是爽利。那银子不能说是丢出去的,准确地说是打出去的,像暗器一样,那三个无赖立即哇哇大叫起来,疼得一跳几尺高。

这就有意思了。春荼蘼心中一松。

而所谓无赖,就是不识时务的,若是聪明,此时就该看出这小娘子不是一般人,立即甩几句遮羞的话,走人就是。可他们偏不,非要鸡蛋碰石头。

那领头的无赖立即不干了,气势汹汹地扑过来嚷嚷道:"你不卖?大爷非要买!这银子不要就算,你要倒贴,大爷我更乐意。走,现在就跟我们哥仨儿走,我看谁敢拦着?"说着,伸手就拉那女子。拉哪儿不好,非要揪人家胸前的衣服,都这时候了还要占便宜。

那女子顿时大怒,显然是个暴脾气,看得春荼蘼更乐了。只见那女子一跃而起,坐着时不明显,这一站起来却显示出高挑身材。据目测估计,春荼蘼是一六五左右,可卖身女子却足有一七五多。大唐男人身高不矮,尤其是北方,这女子,却可比肩男人了。而且她高归高,却身姿窈窕。

三个无赖却是个个都矮,顿时从居高临下变成仰望,唬了一跳。而还没等他们反应,女子的粉拳已至,拳拳带风,招式有模有样。

春荼蘼不会武功,但春大山会,韩无畏会,而且都还不错的样子。再者,她经历过杀手刺杀,看得多了,就很能分辨武功的好坏,所以当下就判断出,这女子是个高手!

不过几息的工夫,众人只见乱花丛中穿白蝶,再定睛看,那三个无赖已经躺在地上起不来了,呼疼声中,还有很多红的及透明的液体从这三人身上冒出,不是流的血,就是吓的尿,白瞎了一身他们不知打哪淘换来的好衣服。

那女子也不多言,厌恶地看了那三人一眼,转身又回到原地跪下,摆正身前的牌子,继续卖身葬父,只是有了这一出,谁还敢再买她?

春荼蘼动了。她敢买。她也很乐意买。她甚至不和春青阳商量,直接就从腰间摸出五两银子,那本是预备做买房定金用的,一共二十两。

她径直走到那女子身边,态度严肃认真地递过去银子,绝无施恩之态,也不同情,就像是做买卖、谈生意:"这银子你先拿着,办好你父亲的丧事后,来找我。"说完,转身就走。

投资需要谨慎,这是不灭真理。但看到合适的,也必须果断。这世上的好人、好东西都不多，有幸遇到，就必须尽快下手，迟了被人抢走，相当于自身损失了。

她看出来了，这个女子年纪虽小，只比她大一两岁的样子，但刚强、知礼知恩、不怕事，还不肯占人便宜，有股子傲劲儿，宁愿卖身，也不平白受人恩惠，很是自尊自强。这样的人，很可用。最重要的是，她有武功啊，还很高强的样子。

她如果要继续做状师，就需要调查员兼护卫，虽然韩无畏把大萌和一刀借给了她，但他们毕竟是在暗中行事，也不能进内院，有个女护卫就不同了啊，可以贴身保护自己。

她扔下银子就走，是最后的考验，如果这女子不来找她，就当这银子丢了。若来找，说明这女子人品极佳，以后略观察观察，就可以放心使用了。若要信任，就多相处些时日再看。

而她才走出几步，那女子就起身追上她，规规矩矩地躬身道："奴婢名为小凤，多谢小姐援手。请问，我师父的丧事办完，要去哪里找小姐？小姐刚才没有留下地址。"

春荼蘼微笑，心道捡到宝了。人无信不立，小凤，明显是个有信之人。五两银子，买个签下卖身死契的贴身护卫，而且为人很诚信，实在是天上掉馅饼的大好事。

告知了地址和自己的姓氏，春荼蘼突然反应过来："你葬的是师父，不是父亲？"原来是这个"父"啊。

第三十章　歪招

后来才知道，小凤是个孤儿，从小被隐居山中的老道姑收养，精心教养到十六岁。所以她这个"父"不但是师父，而且还是女师父。只是情同母女的师父年老，自知天命已到，想到长安去探望故人，到洛阳换船时，不幸病逝。

山中日子本就清苦，仅有的一点银子还给师父看病用了，小凤身无分文，只好自卖自身。而她虽然俗家打扮，却秉承一颗道心，对俗世没有要求，所以卖身为奴在她看来，是另一种修行，并没有多么痛苦的感觉。小凤性格纯良，虽然没到不谙世事的地步，可也有点愁人的执着、一根筋。这样的人相处起来有点费力，但胜在心无杂念，忠诚正直。春荼蘼想想，觉得自从来到洛阳，运气一直不错，居然还捡到宝了啊。

春青阳最是心善，纵然有点心疼那五两银子，但想到救人于危难，还是欢欢喜喜地表扬了小孙女。只是这样一来，房子的问题就更紧迫了些。春荼蘼在心里盘算，回头干脆把两名暗卫过了明路,反正如果买下荣业坊那个院子,两进的院子足够住人了。

外院的倒座房,东舍归老周头住,西舍改为车马房,她要为父亲买一匹好马,再买一辆车和驾车的青骡。外院的西厢房就归大萌和一刀,东厢房明亮宽敞,就作为外书房。她心中筹划着要弄个小小的状师店子,名字还没想好,但到时候,那边可做会客之所。

内院的正房当然还是给祖父居住,父亲住东厢,她和过儿、小凤就住西厢,其余厨房和库房都尽够用了。以后赚了钱,再买个丫鬟和小厮,给老周头和过儿做帮手。毕竟屋子大,打扫的地方也多,她可不想要祖父亲自做家务。

内院花木扶疏,环境清幽优雅,基本上不用动。后院有水井和空地,可以给春青阳,让他老人家闲来种种瓜果蔬菜,省得总想出去找事做。而且家里有祖父坐镇,不管是父亲也好,她也好,出门办事总是很踏实。因为知道家有人看着,不管在外面多辛苦,总有家在身后,永远打开大门,温暖地等在那儿。

至于说做状师……只要她打响名气,一定有生意上门。以她跟康正源巡狱一趟的所见所闻来看,状师这个行业在大唐是极有前途的。虽然与人诉讼是很低贱的行业,从官到民都特别需要,却又被人特别看不起,可是事在人为,说不定她能扭转世人的偏见。不过因为她是女的,遇到的阻力和不信任可能更大些,但她有信心克服,更有信心赚大钱,让祖父安享晚年,为父亲的仕途铺路。

据她看,洛阳和长安不比幽州,对女性抛头露面的容忍度是很高的,这几天她在附近的南市看到太多女人做买卖,有的甚至站在车辕上跟男人争抢生意,毫不逊色。虽然商人还是被高官士族蔑视,社会地位也不高,但民间却能够接受。那么状师,早晚也会像商人一样,不再被妖魔化。她琢磨着,如果她做得好,也不会扯父亲的后腿。

春大山虽然心里明白,脑子也好使,但到底性格耿直,不够圆滑,不够无耻,并不适合官场。但他有雄心,又是武官,比做文官的复杂度低,如果有银子做靠山,就能避开那些钩心斗角的麻烦。倘若运气好,渐上青云也不是不可能。她研究过,当今圣上用人不拘一格,英雄不问出处。若非有这样的天子,康正源也没有胸襟用她一个姑娘家。

当然,她会努力掌握合适的度,既不让父亲被她牵累,还要得到大大的好处。反正,就算她不做状师,像春家这种才脱籍的、没背景的、祖父做过狱卒的,在所谓名声上也不好听,照样被人轻视,倒不如让她成为刺儿头般的存在,那样一来,别人就算不提拔父亲,至少也不敢陷害。她越是难缠,越是鬼见愁,父亲和祖父就越安全。

想通顺了这些事,她就按部就班地准备起来。第一个要考虑的,还是房子,那是安身立命之所在。

为了说服祖父,她先得说服父亲。所以从外面回来后,她就一直守在邸舍房间的窗边,等着春大山回来。她的房间位置好,正好可以看到从邸舍门口出入的路。快到傍晚的时候,她眼尖见到春大山在人群中的身影,那样的卓尔不群,很容易就认出来。

她立即跑下楼,截住父亲,到邸舍大堂找了个安静的角落,一边喝茶,一边密谈。虽然她没有说要专门当状师的事,但把其他的好处和想法,掰开揉碎了、絮絮叨叨地跟春大山说了又说，包括买了个女仆，以及韩无畏送的两名护卫一直暗中跟随的事。春大山被说得心动，最后完全倒向女儿这边。

女儿说得对：银子就得花用才叫银子，不然就是两块银色的疙瘩，还怪压手的。

"这事容我慢慢说服你祖父。"春大山瞪了女儿一眼，"他这辈子都行事谨慎，没有你胆大、手宽。在他看来，你这是败家。"

"爹你要加快进度。"春荼蘼提醒道，"今天四月十六，到四月十八就得给人家准信儿。然后还能腾下两天时间搬家。若没安顿好，父亲去军府也不放心不是？"

"反正你这丫头若动了念头，就一定要成功。"春大山没好气地点了女儿的额头一下，但眼神中满是宠溺。就是……女儿太能干了点，好像要一飞冲天，不能被他捧在掌心了，令他有点失落。

而他这一劝，让春青阳足足犹豫了两天。第三天早上，春青阳的决定还没做出来，小凤已经办完了师父的丧事，依约来邸舍，自愿到春家为奴。可是，还没拜见完春老太爷和老爷，也没说明白奴籍落在主家户籍上的事，邸舍外就传来喧哗声，吵吵嚷嚷，好像是闹事的。

春荼蘼本来没打算理，毕竟万事与她无关。他们一家子才到洛阳，跟别人的关系还没建立起来呢。但，店伙计却慌慌张张地跑进来，焦急地道："春老爷，大事不好，您快到外面看看吧！"

春大山那天办完了军府的手续公文，这几天是假期，所以一直陪着父亲和女儿，闻言吓了一跳，噌地站起来："怎么回事？"

"有三个人非要闯进来。说是……"伙计抹了抹额头上的汗水，又瞄了眼垂首站在一边的小凤道，"说是贵奴打死了人，要找主家说理呢。"

小凤蓦地抬头，一脸诧异地道："是说我吗？我没有惹事啊，一直办师父的身后事，然后直接就来了。"她是个懂事的，虽然常年生活在山里，行事倒也知道分寸，来主人家，怕主人有忌讳，连孝服也脱了，发誓以后只在心里为师父守孝。

"你应该自称奴婢。"过儿道。

春荼蘼摆摆手，提醒过儿，现在不是教规矩的时候，只望向春大山道："爹，女儿和您下去看看。老周叔留下陪着祖父，过儿和小凤跟着。"

"好。"春大山点了点头。

春青阳本来已站了起来，犹豫了一下，却又坐了回去。伙计看在眼里，心中不禁觉得稀奇。这个家，老爷子虽然和善，可那位军爷听说是个官呢，怎么家里倒像是小姑娘做主？这么想着，就多看了春荼蘼几眼，正惊讶于这小姑娘的镇定，却看到小凤目射寒光地瞪他，大约怪他无礼盯着人家姑娘看，不禁觉得后背发紧，赶紧跑到前面带路。

到了楼下，发现已经围了不少人。春荼蘼不禁暗叹：大唐人就是爱看热闹啊。再看那闹事者，倒是认识的，就是那天调戏小凤未成的三个无赖。

身边的小凤惊得"咦"了声，春荼蘼却是眯起眼睛：哎哟，来者不善哪！倒要看他们耍什么花样。

她本来还想解决房子的事后，再考虑宣传的问题，得让人知道她是状师，才有人来找她打官司啊。在范阳县，甚至整个幽州，她是有点名气，可未必能传到洛阳来。哪想到老天爷对她真不错。她想吃冰，天上下雹子。她想睡觉，这边就递上枕头了。从小凤的反应上看，她应该没对这三个无赖动手，这么说是被讹诈了。看来，碰瓷这种事情真是哪里都可能有啊。

邸舍的老板挡在门前，阻止外人非要闯进来的行为。他这所以这样，是因为三个无赖有两个站着，手中抬着一个破板子，那无赖的头目躺在上面，脸色青灰，像是死掉了。

死人进店，那是多不吉利啊，所以他绝对不能让开道。而当他看到春大山带人下来，立即见了救星一样，委屈地大声道："军爷军爷，他们是来找您的。求您跟他们外面说去成吗？小的求您了，我这店小利薄，一大家子人等着养活，实在招惹不起这污秽事！"

春大山哪是不讲理的人，当即就挥挥手，表示不让店家为难，自己则大步走向门外。他那站如松，行如风的军人作派很有威势，加上长得好看，顿时就形成了一种叫气场的东西。话虽然没说一句，那两个无赖却乖乖抬着第三个人，走出店外。但外面的人都围死了，一行人也走不太远，就在店门侧面十来步的地方停了下来。

"说。怎么回事？"春大山坦然又镇静地问。

他的语气不经意间影响了周围的人，两个无赖本来上蹿下跳、神情激动的，闻言却是一愣。片刻后，胖的那个才想起什么似的大叫道："你家奴仆打死了我大哥，这事不算完！"

"说明白点，没头没脑的。"春大山皱眉，神情间有点训斥的意思。

瘦的无赖一哆嗦，却还是梗着脖子道："军爷，您家不是新买了个丫鬟？"说着，向小凤一指，"就是她。前两天在十字街口卖身葬父，我大哥好意拉她一把，不过给的银子少些，她不答应就算了，买卖不成仁义在嘛。哪想到，这毒妇居然拿银子砸我大哥！"

"这毒妇可不是普通人哪，身上有功夫的。"胖子接过话茬，"当日好多人都看到了，能证明我没有撒谎。她那哪是扔银子，根本就是放暗器啊。老天无眼，我大哥行善不成反受辱，这也就罢了，没承想这毒妇的银子暗器正打中我大哥的胸口。膻中穴，人体大穴啊，当天晚上我大哥就不舒服，一直嚷嚷心口疼，直折腾了两天，昨天晚上……昨天晚上……吐了两口血，就这么归西了。"说完，胖瘦两个无赖抱头痛哭，鼻涕眼泪都哭出来了，很是入戏，也很是恶心。

"不可能！"小凤听完，立马激烈地反驳，"我手上有准儿，打的是他们身上肉厚的地方，全在四肢和后臀之上。青紫必有，但绝不会伤人性命！"

傻丫头，这才到哪儿呢，就先承认人是她打的了，这不是自动把把柄送到人家手上吗？春茶蘼无奈地闭了闭眼。

"你说打哪就打哪了啊？"果然，那瘦子就等着小凤开口，立即接话道，"伤在我们身上，自然我们说了算。不然当着这么多人的面儿，我们脱了衣服让大家看看！"

一边说，一边就要拉扯自个儿的衣服。

大唐民风开放，但当众脱衣也是极其无耻的行为，何况街上还有很多女人。小凤见状，气得就要冲过去，再度修理这两个无赖，被春茶蘼眼疾手快地拉住，对父亲使了个眼色。

唉，为什么她的两个丫头全是爆炭性格，没一个沉着稳重的呢？

父女连心，春大山立即明白了女儿的意思，断喝一声道："住手！你们还有没有点礼义廉耻！妨碍风化，难道你们想把衙门的人招来？直说吧，你们到底要怎么办？"

"怎么办？"胖子哭天抹泪道，"我们三人情同兄弟，日日在一处，冷不丁的，我大哥就没了，还能有什么办法，直接去见官，还我大哥一个公道！"

春大山怔住，本以为他们得讹银子，没想到要上公堂。情不自禁地，他看了女儿一眼，因为只要是官非的事，他已经习惯依赖女儿了。

一边的小凤一听，脸就白了，对春茶蘼躬身道："小姐，是我惹的事，还是由我一人承担吧。我跟他们去见官，或打或杀，大不了以命相抵，可惜小姐的恩情，只怕我无以为报……"

春茶蘼摆摆手，阻止她说下去。小凤啊，真是淳朴，这才哪儿到哪儿啊，就以命相赔？这明显是个陷阱。

不过躺在那儿的无赖头子不知吃了什么秘药，看起来真是和死了一样，她观察半天了，那人的胸膛连呼吸的起伏也没有，只怕拿刀扎他，他这会儿也醒不过来，不得不说他们还挺敬业的。更不得不说，大唐医药文化真是灿烂哪。

"我春家既然买你为奴，你做的事，我们自然就会负责。"春茶蘼神情淡然，但带着一股子主人的气势，"记着点规矩，主家说话的时候，没你一个奴婢插嘴的份儿。"

"是。"小凤低下头，说不感动是不可能的。她还没签身契呢，也没到官府落户，可春家就一力保着她，更坚定了她今后粉身碎骨也要保护小姐的决心。

无赖站在一边，看到这个白白净净的小姑娘能主事，瘦子立即就道："这位小姐，您说怎么办吧？"他想走近些，可被春大山一瞪，吓得又缩回去。

春大山怎么能允许这样的混账，走到女儿身前？可春茶蘼却不怕，只点了点头道："他们要见官，那就见官喽。爹，咱有理走遍天下。就算那个人是被小凤打死了，也不过是失手，赔些银子了事，还能如何？"哼，跟她玩欲擒故纵？那真是在关公面前耍大刀！

两个无赖一直支棱耳朵听着春氏父女说话，春茶蘼又没有刻意低声，自然听个清楚，不禁感觉大事不妙。

瘦子一咬牙，拉胖子上前两步，有意挡在春氏父女前行的路上，假意商量什么，但那声音大得……周围看热闹的民众都听得清楚。

"不能见官，那样要验尸的。"瘦子痛心疾首，"大哥已然归天，不能让他尸体受辱，还是入土为安的好。再者，那位小姐说得对，纵是那毒妇下手杀害大哥，可咱们也没有证据证明她是有意的。既然如此，罢了，还是让他们出了丧葬银子，算大哥倒霉。只是以后，再也不做这等善事！"

"你们要多少？"春荼蘼紧跟着问。

"五……五十两。"胖子说，"不能让我大哥入土还寒酸。"一转头，接触到春荼蘼似笑非笑的眼神，不由得心里发寒。这小娘儿们，怎么回事？明明笑着，怎么像是挖了坑让他们跳呀。

春荼蘼笑眯眯的，心里明镜似的。不愧是洛阳，连无赖做事都讲究策略。

这三个无赖想讹钱，想必之前已经探过春家的底。知道春家是外来的，到洛阳没几天，春大山是德茂折冲府的武官，春家却没有什么背景。而他们要的银子虽不少，但也不是春家承担不起的数目。

在这种情况下，一般的人家应该息事宁人，破财消灾。毕竟强龙不压地头蛇，光脚的不怕穿鞋的。春家正经人家，还大小是个官身，是要脸面的。若真见官，那有个活死人摆着，除非认真查验，否则很可能糊弄过去。而春家呢，说不定落下纵奴行凶的坏名声。

老百姓对于上公堂，都是不愿意去的。无赖们利用的就是这种普遍的心理，以谋取好处利益。他们早不找来，晚不找来，就等小凤办完师父的丧事、入了春家的门再来，显然也是估算好时间的。甚至，知道春大山二十号就要去军府报到，家里只剩老父幼女，跟他们耗不起。

可该着无赖们倒霉，今天他们就遇到一个特别喜欢上公堂的人。

"不行。"春荼蘼一摇头，"我们家清清白白的人家，不能随便让别人诬陷。拼着见官，也要辩个是非黑白。"

两个无赖怔住了，没想到是这个结果，对方态度还很强硬，一时无措。

到底是瘦子反应快，咽了咽口水，勉强着横道："真是敬酒不吃吃罚酒，我们退一步，只是为了大哥的身后事，还怕你们不成？见官就见官，就算你们家有权有势，可也不能随便欺压我们洛阳的百姓！"他很是狡猾，表明春家是官家，是外来人，这是想挑起民众的倾向性——平民百姓和官吏相争，百姓们总认为官吏惹不起，而且一定是官吏的错。

春荼蘼自然知道他的企图，既不急，也不恼，只笑道："见官的意思，就是看躺在板子上那位，是不是真的死了。实话说，我信我的婢女，她说手上有准，没打死人，那一定是没死的。"

"没死？没死！"胖子瞪大眼睛，倚仗的就是地上那位"死"得真，"让大伙儿看看，这难道还有假装的不成？"

春荼蘼又摇头："我不看，衙门自有仵作验尸。不过嘛，我提醒二位，可知诈死或者自残以逃避劳役，或者谋获钱财，也是犯法的？"

胖瘦两个无赖对视一眼，茫然中带着对未知事物的惊恐。

"《大唐律》中诈伪篇明确有言：凡诈有疾病，而逃避事情者，处杖打一百。若故意自伤致残，处徒刑一年半。其中受雇佣或者请求，为人实施伤残的，与人自伤致残同罪，因此而致对方死亡的，比斗殴杀人罪减一等处罚。"春荼蘼大声道，声音清脆明晰，令在场的每一个人都听得清清楚楚，然后又指着地上道，"这个人若是诈死，就要分析一下你们之间，谁要负的责任比较大。若是真死了，那就要剖开尸体，判断死于何处之伤，不是你们说什么就是什么。若是你们两个杀了此人，以此设计谋夺讹诈，那可就是大麻烦了。"

"就是……就是你的丫鬟打死的。"胖子嘴硬道，但额头上已经冒出一层白毛汗。

"你以为，自残诈死是做表面功夫吗？从伤口的形状，血脉的断折，有经验的仵作完全可以判断出施为者是谁。人在做，天在看，世上没有不透风的墙。你们要讹银子，好啊，但也得想清楚，这个局一旦被戳破，那后果是你们承担得起的吗？"

胖瘦无赖两人再度对视。

他们讹人钱财也不是一次半次了，但"死讹"还是头一回。偏偏，装死的是老大，也没想到遇到个硬茬子，律法上的东西像一座大山般砸过来，听得他们两腿发软。

就在这时，春荼蘼又加了一把火："就算官司你们赢了，躺在地上这个人就永远不活过来了吗？只要他喘一口气，就坐实了诈死之名，到时候，我叫你们吃不了兜着走！"

两个无赖的脸白了，周围看热闹的百姓议论声鼎沸，没有人注意到一辆华丽的、车上刻着族徽的马车自从这出戏开始就停在那儿，静静地观察着春荼蘼。

春荼蘼错后半步，对紧跟在后面的过儿耳语两句。过儿立即钻出人群，回到邸舍，很快就又返回，塞到春大山手里约莫二两银子。

春大山会意，把银子在手中抛了抛："想好怎么办了吗？是见官，还是继续掰扯，我奉陪到底，既耗得起时间，也不怕丢脸面！所谓公道自在人心，黑的也白不了。"他长相英伟，这样大声说话时，威信力十足。

要知道作贼都是心虚的，尤其碰瓷这种事，只要你占住了理儿，坚持公事公办，对方就一定会软下来。当春大山说完这话后，只见到那两个无赖目光闪烁，显然犹豫退缩了，就又找补了一句："要么，就把这二两银子拿走，也不枉你们白耽误半天工夫。嚷嚷这么久，想必嗓子都干得冒烟儿了，好歹买点茶水或者浆酪喝。"说着，银子又是一抛。

二两银子没多少，但就算洛阳物价高于范阳县，也足够三口之家一月的生活所用，或者喝顿小酒、外加叫个唱曲儿的姑娘了。所以，当那银色在阳光下划出一段弧线时，两个无赖同时意动。

但，还没等他们反应，躺在板子上的"死尸"突然跳起来，上前抓起银子就走，其动作之快，所有人还没反应过来时，他已经跑远了。

两个无赖怔了怔，同时追出去，喊道："大哥！大哥你不能独吞哪。"话音未落，看热闹的百姓都哄笑了起来。真是，讹银惨案变成闹剧，这种情节跌宕起伏的事件比戏文还好看。

春荼蘼松了口气，可也真心疼银子。她正撺掇祖父买下荣业坊的宅子，一分钱恨不能掰成两半花，平白又丢了二两。但她也没办法，花点小钱免得大麻烦，若半点好处也不给无赖，他们不肯善罢甘休，为这种事上公堂，真不值当的。

"今天谢谢各位乡亲见证,都散了吧。"春大山也是又好气又好笑,团团向四周施了一礼,带着女儿和两个丫头回了邸舍。

春荼蘼从人群中看到大萌和一刀的身影,故意慢走两步,听"擦肩而过"的一刀低声对她说:"那个诈死的无赖很奇怪,用的秘药极难得,似乎不是咱们大唐的东西。"

"跟去看看,小心点。"春荼蘼低声吩咐。

看着一刀和大萌远去的身影,她忽然产生了奇怪的联想……在幽州城的时候,那个胖胖的秀才金一,他祖父去世后,尸体不翼而飞,是真死?是假死?是罗大都督动的手脚,还是另有隐情?

她被自己的念头吓了一跳,随即甩甩头,把太丰富的想象画面赶走。叫暗卫去跟踪无赖,只是想知道那些混账家伙还会不会找麻烦,秘药什么的,她没有兴趣。再者,两地相隔这么远,案子之间未必是有联系的,有这个想法,完全是她的多疑造成的。嗯,一定是的。

回到邸舍房间,春荼蘼把事情经过和春青阳全说了,春青阳这才放心,点头认可他们做得对。不过他还是觉得孙女胆子大了些,初到一地,多一事不如少一事,哪能硬碰硬呢?

正说着,牙人求见,说荣业坊那宅子的主人突然家有急事,不想再拖了,想请他们立即过去一趟,那房子到底要不要,直接面谈。春青阳还在犹豫,听到这个信儿,就有点不知所措。

春大山当机立断,干脆说:"爹,这事您也别管了,我带着荼蘼去看看。若价钱还有得商量,就拍板定下。为个宅子折腾得人心惶惶的,日子还过不过了?"

春青阳一听也是,就点了头。春荼蘼吩咐小凤和过儿留下,叫老周头跟着一起出门。

荣业坊紧邻建春门大街,但春荼蘼看中的宅子,位置靠内,闹中取静,风水也好。进入里坊的时候,牙人在街上被熟人拦住说事,他就叫春家人自己先进去。眼看再拐过一条小巷子就到了,突然传来一声尖叫。

他们出门的时间比较特殊,正是晌午时分。这时候街上没什么人,就算繁华如南市,大部分人也歇晌了。而在这种比较高档、又没有高门豪宅的区域里,人们都关门闭户,街上也无行人,若非太阳明晃晃地挂在头上,寂静无人的感觉就像是半夜似的。

于是这声尖叫就显得特别刺耳,满带着惊恐。接着,就是扑通一声,显然有人跌倒了。

本能地,春大山循声冲了过去。

春荼蘼本性多疑,还犹豫着要不要贸然前去,但春大山跑走了,她不得不跟上。结果,眼前的景象把她吓得也差点叫起来。

就在她看中的那个宅子门口,一对中年夫妇双双跌坐在地上,女的已经晕过去,男的浑身抖似筛糠，身边的一名健仆已经吓傻了，就呆站在那儿。

再往房子看，大门不知何时被砸开了，高大的门梁上悬着一根绳，绳上挂着一个人。这是个年轻的男人，舌头微微吐出，眼珠子浮凸，似乎要挤出眼眶。看脸色，已经吊死了。门槛附近，倒着一张椅子。

春大山的第一反应，就是把女儿捞到怀里，捂着她的眼睛，不让她看。

春荼蘼也确实吓着了，把惊呼声生生咽进喉咙。她自诩胆大，现在才明白，那是因为她没有看到更吓人的事。

不过她毕竟沉稳，很快就清醒过来，轻轻推开父亲的手，问那个中年男："您是这里的屋主冯经冯老爷？"

冯经点点头，茫然而惊恐。

"这是怎么回事？这个人，您认识吗？"春荼蘼指了指吊死的年轻人。

冯经又点点头，然后似乎缓过神似的说："是我远房表侄。我不知道……不知道他怎么死在这儿！"

"要报官吗？"春荼蘼再问。

这下，冯经跳了起来，大叫道："不能报官！不能！我不知道怎么回事。但是，与我们无关的。我没杀他！我没……不不，他是跟我怄气！我没……这是为什么？我没……"他开始语无伦次。

春荼蘼皱眉，从中听出一点苗头来。但她很快冷静理智下来，急道："低声，您想让更多人看到吗？刚才那声叫，只怕已经惊动邻居了。"

"不能让人知道！"冯经好不容易找回点理智，恍然看到春荼蘼比较镇静，立即像是抓住救命稻草一样，哀求道："小姐救命！小姐救命！要怎么办？我真的不知道他为什么会吊死在这儿。哪里是他死，他这是也要逼死我啊！"

"别叫了。"春荼蘼板下脸，冷喝道，"还不把人弄下来，先送进宅子里，再想其他办法！"

冯经闻言，立即招呼那名傻了的健仆，一起动手。可惜冯经手哆嗦得根本使不上力，还是老周头去帮的忙。最后，把椅子也捎带进了院中。

这边，春荼蘼指挥冯经把那中年女子，也就是他的老婆弄醒，扶到宅子里去。春大山一直护着女儿，警惕四周，生怕有什么东西冒出来，伤害到自家的心肝宝贝。

"牙人一会儿就到。"春荼蘼又吩咐满头冷汗的冯经，"请冯老爷镇静些，告诉他，要和我们家私下细谈，牙人的费用一分也不会少他的，还要多加谢仪，把他打发走。如果……你不想更多人知道这件事的话。"

冯经忙不迭地跑出去，跨出门槛时，还不忘记反手把大门关紧。

春荼蘼不管他在外面怎么和牙人说的，只指挥那名健仆和老周头随便打开一间东厢房，把吊死的人抬进去。这时候，老周头显示出年长之人的阅历和胆魄来，凑近了细细检查，然后对春氏父女摇摇头："人都硬了，死得透透的。"

春荼蘼点点头，叫大家又回到院子当中。毕竟，谁也不愿意和死尸待在一个房间内。也在这时，冯经打发了牙人，冯夫人也缓过神来，两人吓得抱头痛哭。

· 147 ·

"二位，先不忙哭，先解决问题是上策。"春荼蘼走上前，耐着性子问道，"说说，到底是怎么一回事？"

"我也……我也不甚明白。"冯夫人哽咽着说不出话，只好由冯经来说明，"死的人，是我的远房表侄，一直好吃懒做，今年已经二十五岁，既不找事做，也不娶妻，就住在洛河北的老屋之内。是我看在亲戚的分儿上，时时接济他，才没让他饿死。"

他喘了口气，露出无奈又怨愤的表情："本来，我家富裕，也不缺他一口饭吃，哪怕他争点气，我为他娶妻立业，也无不可。但千不该，万不该，他吃喝嫖赌，还欠下巨债。就在十天前，他来找我帮他还债。我气得不行，又想着要卖了房子，投奔儿子去，就没答应。他先是求我，后来见我不应，就威胁说，如果我不给，就吊死在我家门前，让我也得不了好，让我儿子跟着吃挂落儿，官路给堵死。我只当他说说罢了，没那个胆气和狠气，哪想到……哪想到……"

说到这儿，他突然愣怔地问："请问，你们是谁？"

春荼蘼翻翻白眼儿。

这时候才来问他们是谁？若是有人故意挖坑，他刚才全部坦白，不等于自动跳下去吗？再者，刚才他打发走了牙人，怎么就想不出他们的身份？可见，此人的脑子已经乱成了糨糊。

"是牙人叫我们过来的。"春大山道，"哪想到出了状况。"

冯经想了想，才记起是有这么个事。但偏偏，自己这宅子的门口吊死了人，还让买主看到了，人家还能买吗？其实这还是次要的，关键是他表侄这件事要怎么解决？不报官吧？他没有胆子直接把人找地方私埋了。世上没有不透风的墙，万一被人知道，他满身是嘴也说不清。甚至，还会影响到自己儿子的前程。报官吧？他照样要被牵连，逼死人命也是犯法的呀。

焦虑中，冯经正对上春荼蘼清澈的目光，顿时眼前一亮，就像立即有了主心骨，又像溺水之人看到了浮木，也不管是否能被带上岸，也没有理智去考虑一个小姑娘哪有这分能耐，对春荼蘼一躬到地，哭求道："小姐救命！求小姐指一条明路！"

春荼蘼还没说话，春大山就挡在女儿面前，忙道："冯老爷这话说的，我女儿年幼，还没及笄呢，哪懂得许多事，这不是折煞她吗？您是急糊涂了吧！我看，干脆就报官，我愿意为您作证，咱们来时就看到人已经吊死在这儿了，与冯老爷夫妇没有半点关系的。"内心深处，春大山还在挣扎，还是觉得既然离开了家乡，没人知道女儿之前上过公堂，还是要把女儿娇养起来。至于侍奉老父，养家糊口，本来就是他的责任。

春荼蘼很清楚父亲和祖父的想法，但她不想走他们为她铺好的人生之路。只是春氏父子那么疼爱她，她也不能强行如何如何，伤他们的心，所以心中早拐了好几道弯，准备用"形势所迫，不得不从"的无奈态度来达到自己的目的。因此，她不能放过任何一个机会。这样，积少成多，一步步走到她的路子上，祖父和父亲就会慢慢接受了。

这不是她算计祖父和父亲，而是哪怕面对亲人，哪怕是做正确的事，也得要努力争取他们的理解和支持才行。

"若您说的是真话，我可以帮您避过这一劫。"她想了想，突然开口。

春大山想拦她,可来不及了。又见冯氏夫妇可怜,张了张嘴,再阻止的话就没说出来。他好歹也是朝廷官员,知道被官非缠上身,多少会影响前程。因为世上有很多事,是好说不好听的。特别对文官,到底武官最大的倚仗是军功,对德行上的要求略低些。

冯经一听,顿时大喜,抢白道:"我说的句句属实,不敢欺瞒小姐!"

冯夫人更干脆,直接扑通一下跪在地上,求道:"我夫家书香门第,绝不会做下这等恶事。小姐明鉴,我夫君所说,绝无半字虚言!"想了想,又找补道,"若小姐能帮我们躲过官非,我冯家必有重谢!"

"重谢不敢当。"春茶蘪摆摆手,"只是不喜欢这种事罢了。"说完,看看父亲。心说:今天真倒霉,遇到讹诈两次,前一次是假死,后一次却是真正的"死讹",绝对够狠!

所谓升米恩,斗米仇就是如此吧?冯经对表侄多方迁就,按说对远房表亲如此,算是仁至义尽,可他那表侄不但不心存感激,反而把恩惠当成应得。自己不学好就算了,只要冯经一决定放手不管,他就觉得被亏待了,表叔可恶,于是死也拉表叔垫背。这世上的人,为什么没良心的这么多呢?他怎么就敢死得心安理得?

所以不为别的,也不考虑自己的利益,只为不想让恶人得逞,她也会帮助冯经。

"爹,刚才确实没人看到这边的事吗?"春茶蘪问春大山。

春大山想了想,摇头道:"这时候,大多数人都在歇晌,听到叫声是可能的,但等到跑出来看,咱们已经进了院子。我注意过,当时周围没有人窥探。"

"那,冯老爷,你和牙人说话时,也没人发觉吗?"春茶蘪又问。

冯经很干脆地摇头:"我一直跑到前面巷子去,见了牙人。来来回回之间,应该没有人看到我才是。"

"那好。"春茶蘪很沉着,"你表侄已经死了一会儿了,之前既然没有发现,证明就是没有人看到,否则不可能不报官。"

冯经急忙道:"此处是坊里,除了早上人来人往,平时若无访客,确实人烟稀少。"

"说起来,也是老天眷顾。不然被人发现,早早闹起来,我也没办法帮你了。"春茶蘪接口道,"待会儿,我和我父亲先走,你们就等在院子里,大门紧闭,不要发出声响。天色黑下来后,你们再把尸体挂在前门的门梁上。"

"啊?!"冯氏夫妇,外加春大山和老周头,全部发出惊呼,不知道春茶蘪这是何意。

春茶蘪也不解释,继续说,"但要注意四件事。第一,绝对不能让人看到,做这件事时要分外小心。第二,人上吊时,本能地会挣扎,加上自身体重,门梁上必有印迹。所以你们再拴绳子时,一定要与印痕吻合。绳子刮出毛毛的地方,也要对正。第三,那把椅子处理掉,不能让人看到,更不能藏在这宅子里。第四,做完这些事,立即回到你们的住处,装作不知道这件事。等明天早上,或者今天晚上,有人发现吊死的尸体,报了官,官家来提你们,你们要一口咬定不知情。但,你们表侄与你们的恩怨可以说，他威胁要吊死在你家门口的事，不能透露半个字。只说……你们平时接济他，可到底是远亲，没有义务给他还债。官差找到你们时，你们才知道他吊死了。"

冯氏夫妇愣怔了半天，又对视半天，冯经才道："不知小姐这样做，有何意义？结果，不还是要见官吗？"

"见官并不要紧的，最主要把你们择出来。不仅如此，还要获得同情才好。"春茶蘼胸有成竹。平民百姓就是如此，总是怕见官。这，固然有衙门和律法的黑暗处，但也是观念问题。老百姓很多时候不讲规则，总讲人情，其实很多事，摆在明面儿上更简单，也更清楚。

"可是，他还是死在我家门前了，我还是说不清啊！"冯经不放心。

春茶蘼拉住春大山的衣袖，一边往外走一边说："冯老爷若信我，就照我说的做，一丝一毫也不能办错，到了公堂上，你捎个信儿给我，我必能还你清白。不然，我就没办法了，是福是祸，冯老爷自己担着吧。"

走到门口时，她又补充道："还有第五件事：今天和我们见面的情况是要说的，我和我爹会为你们作证。千万记得，我们说了会儿话就离开了，房子以二百两银子成交，等着明天去衙门办交割呢。当然，我们谈买卖房屋时，并没见着死人。明白吗？"

冯经夫妇和那名健仆，下意识地点头。于是春茶蘼没再多话，拉上春大山回了邸舍。

路上，春大山问："你这又是玩什么花样？用什么律法？"

春茶蘼笑道："这不是律法，是反律法。您就当是……黑暗的公正？这类讹诈的人，沾上就难以摆脱，牛皮糖似的，而这种死也不放过恩人的家伙更是歹毒阴损。既然律法保护不了好人，就用点别的歪招呗。"

她的良心是有弹性的，对付坏人，她没什么原则可讲，不太光彩的事也做得出来，心肠黑得很。当然了，此事的前提是冯氏夫妇说的是真话。她的第六感告诉她，冯经没撒谎。只是为了保险起见，再叫大萌和一刀调查一下就好。

当天晚上，一刀来密报。第一，他们追那三个无赖，居然追丢了，感觉很惭愧。第二，冯经所说不假，他表侄确实一直靠他接济生活，最近迷上赌博，欠下金银赌坊五百两银子，外加输了洛河北的祖屋。昨天赌债就到期了，冯家表侄自然没还上，人也失踪不见了。而冯经夫妇要卖掉那处宅子，就是因为那表侄天天来闹，他们实在受不了了，想着快点去投奔儿子。这些日子，住的是租屋，在那表侄不知道的地方。

"这败家玩意儿！"春茶蘼暗骂。

在荣业坊的遭遇，春大山和春茶蘼都没瞒着春青阳。虽说老爷子有些担心，但家人之间的感应是很敏锐的，能坦诚沟通最好，免得猜来猜去，反而容易出误会。

再者，春茶蘼要再上公堂，无论如何也得让春青阳有个心理准备。春青阳本来很郁闷，但春茶蘼把整件事描绘成救人一命，春青阳心善，只得勉强答应。其实春茶蘼也不撒谎，冯家这事不解决，冯经还好说，冯夫人真有可能气急而死。

第二天一早，一家人正围在一起吃早饭，冯家那名健仆来了，见到春茶蘼就直直地跪了下去，头磕得嘭嘭响："春小姐，请您救救我们老爷和夫人！"

他们是在大堂吃的饭，周围人还挺多。他这一大嗓门，嚷嚷得满堂皆知。春青阳和春大山当场就变了脸色，很不高兴，春荼蘼却暗中满意。

第三十一章 凶宅

春青阳从来没见过孙女上公堂，这次定要跟去看。于是，只留下老周头看东西，全家人一起浩浩荡荡地跟着冯家仆人去了。春青阳见到孙女穿着利落的男装，葱青色斜襟文士袍，黑色文士幞头，白底青面的布鞋，中规中矩的打扮，却硬是穿出俏生生的感觉。刚才他还奇怪为什么孙女突然换了男装，可因为姑娘家穿男装也是常事，他没有注意。现在恍然有点明白，孙女是正等着来人，好带她上公堂吧？唉，这个孩子，为什么就是喜欢律法上的事呢？愁人哪！

虽说死了人，但这种小案子还不至于惊动河南府尹，当属于洛阳县衙受理。春荼蘼到的时候，冯经夫妇已经跪于堂上。一旁，是冯家表侄的尸体，以白布单覆盖。两边，三班衙役已经站好，公座上坐着县令窦福。

春荼蘼看了冯经一眼，目光中满是询问。冯经面色苍白，但经过一夜的心理建设，他和他老婆都还算镇静，借着抹去额头上冷汗的工夫，极快地对春荼蘼点了点头。

春荼蘼立即就安心了。只要冯经不露出马脚，她就有本事让县令当堂释放他们夫妇，包管沾不上半点官非。虽然是有点弄虚作假，但对坏人嘛，就得比坏人还坏才成啊。为达目的不择手段什么的，只要不伤害善良之人，她做起来没什么心理压力。

春青阳和小凤、过儿作为看审者，自然留在堂下，春大山和春荼蘼却上了堂。因为春大山没惹官司，又是正经的武官，并不需要跪，但春荼蘼却免不了这一礼。

照例的通报姓名后，窦县令问冯经："你说春大人父女是你的证人，对否？"

冯经茫然点头，因为他已经照昨天春荼蘼说的去做了，下面要怎么办，他完全不知道。自从出事，他就又是害怕、又是混乱，读书一辈子，受圣人教化，遇事却束手无策，受了蛊惑一般，只听个小姑娘摆布。

窦县令见冯经确认了，就问起案来，自然全是昨天春荼蘼编好的那一套话。春氏父女沉着应对，就算反复问了三遍，也没发现两相冲突之处。最后还叫了那牙人来，对证后也无漏洞。

这下，窦县令可发愁了，心说难道又是一桩无头公案？虽说死者家里没有亲近人，但若有其他有心人闹将起来，他也不好交代，干脆……

"此案押后再审，本官需要时间派人调查。"他拍了拍惊堂木，又转向冯经，"不过，到底是吊死在你家门外的，虽说不知死者从哪里得了钥匙，但你也脱不了干系，至少有逼人致死的嫌疑。本官今先将你散禁收押，若你是清白的，重审之日必还你公道！"

冯经一听就急了。

散禁也是禁，也得在牢里待着，就算条件比较好，终究是衙门大牢啊。先不说淹狱有多可怕，一年两载是它，十年八年也是它，简直看不到希望。就算很快解决，但他坐过牢，怕对儿子的前程有很大影响啊。

冯经想到这儿，就有点失去理智，不过他还没有喊冤枉，就听到春荼蘼清亮的声音响起。刹那之间，就如有一汪清泉流过，瞬间浇灭了他的心头火。不知为什么，他对只见过一两面的春家小姑娘，自然而然地就信服了。或者，是因为她身上有一种与年龄不符的镇静。普通人遇到官非事都会慌张，可她却谈笑自若，由不得人不信。

"大人，民女有言相告。"春荼蘼大大方方地说。

窦县令本有些烦躁，但念在春大山是军府中人，不好得罪的分儿上，压着性子说："起来回话。"

"谢大人。"春荼蘼起身，因为跪得有点久了，膝盖发疼，所以踉跄了一下，幸好春大山在一边扶住。接触到父亲关切的目光，她有些内疚，可有些事，她是必须要做的。

"我没事。"她低声说，给了父亲一个"您安心"的眼神，然而面对窦县令，朗声道："大人，民女在范阳县时，曾担任过状师。民女初来贵地，与冯老爷商谈买卖房屋之事，也算有些交情。如今不忍好人蒙冤，特别自荐，代冯老爷为讼。"

春氏父子闻言叹气，这个丫头，就是不听话，非要做这一行啊。

而除他们之外，所有人却都是吸了一口凉气。状师，洛阳自然也是有的，不过人数不是很多，何况还是女状师？

窦福在洛阳为县令，到底算是见过世面的，最先反应过来。他知道大唐律法中没有禁止女子代讼的条款，只好问冯经道："春氏女此言，你可愿意否？"

冯经下意识地点头，但看他神情，显然是还没弄清是怎么回事。之前，春荼蘼确实说过帮助他，可并不是做他的状师啊。

"身无功名而与人为讼，按例是要打板子的，或者以赎铜代替。女子不经科考，自然身无功名，你可愿意代出赎铜？"窦县令再问。

这一句，冯经听明白了。本能中，他觉得人家是为他辛苦，出点赎铜很应该，于是又点头。

窦县令见双方无异议，只得转向春荼蘼问："你要如何为冯经诉辩？本官提醒你，若你所辩之词与事实出入很大，也是要处以刑罚的。"

"谢大人，民女知道。"春荼蘼笑笑，又回过头看了祖父一眼。

春青阳的心脏本来提到了嗓子眼儿，可不知为何，看到孙女的娇俏笑颜，心顿时就落回了身子里，妥帖地安放好了。

"我家要买冯老爷的房子，不瞒大人说，也是暗中打听过冯家之事的。毕竟，我们规规矩矩的人家，不想与恶人交易。"春荼蘼向尸体那边蹀了两步说，"而调查的结果自然是好的，冯家诗书传家，家风严谨，冯老爷夫妇为人忠厚善良，不说修桥铺路，但也是乐善好施。就算是对那不成器的表侄，也就是死者，也是多方接济照顾。请问大人，这样的良民怎么会逼人致死？"

"你说是为何？"窦县令是个滑头，居然来个反问。

春荼蘼胸有成竹，自是从容地道："民女想，凡事有因必有果。冯老爷家境殷实，平时不善与人争斗。这样的人，特别容易引起不法之徒的觊觎。或者说，妒忌。而此事发生突然，就在冯老爷要卖房卖产，去异地投奔为官的儿子之际。所以，十之八九是为人陷害。"

"你有何证据？"窦县令再问。

听春荼蘼说得头头是道，他也重视起来。如果春荼蘼能给出好的答案，他乐得接受。毕竟，冯经的儿子也是官家，虽然远在外地，但凡事留一线，日后好见面。都在官场上，以后谁能保证不用着谁吗？

哪知道春荼蘼却摇摇头："民女没有证据。不过民女想看看尸体，也许会找到证据呢？"

窦县令这个气啊，心说没证据你说那一大套好听的话干什么呀？验尸？本县难道没有仵作吗？刚才仵作说得清楚，此人确实是吊死无疑，还在冯家门梁上发现了印迹，上吊绳子也在。

可不让她看，她怕是不死心……于是，他只好摆摆手道："小小女子，若有那胆量，自去验看便了。来人，侍候着。"

一名差役上来，很嫌弃地揭开布单。

春荼蘼捂着口鼻，忍着恶心，凑近了，仔细观察那尸体的颈部。只一眼，她就确定了，连忙立即走开，对公座上道："大人，冯老爷果然是被冤枉的。这下子，民女有证据了！"

不仅窦县令，所有人都吃了一惊，仵作和差役们忙了大半宿加一早上都没发现什么，她只看一眼就明白了？这小女子，脑子没毛病吧？没骗人吧？

"什么证据？"窦县令一下好奇起来。

"大人，民女眼尖，刚在尸体的脖子上看到两道很明显的勒痕。"春荼蘼摆出吃惊的样子来，"您若不信，可叫人再看。"

窦县令大吃一惊，干脆也不叫人了，自己到尸体前细看，仿佛怕自己眼花似的，又叫了仵作出来，外加几名差役，最后大家确认，确实有两条痕迹。

仵作的冷汗都流下来了，一个劲儿地自责道："大人恕罪，是小人疏忽了。若非您目光如炬，实在难以发现这样细微的差别。"

"这说明什么？"窦县令不理仵作，问春荼蘼。

"民女不懂验尸，但民女想，若死者真是被冯老爷所逼，上吊自尽，应该只有一个勒痕才对。"春荼蘼认真地说，"若是两条，而且一深一浅，感觉似是勒死后，又挂

· 153 ·

到冯家门梁上。如此多此一举的事，说明还有第三人存在。所以民女推测，必是那人栽赃陷害冯老爷。"

堂上众人怔住，瞬间都觉得有这种可能。

"又或者，死者欠下巨额赌债，无力偿还，继而自尽。"春茶蘼继续说，"这时，有恼恨冯老爷的小人看到，干脆借尸生事，想要让冯老爷倒霉。若此事没有报官，冯老爷为息事宁人而私下埋尸，他就可以私下讹诈。这等下作的人，下作的手法，若非被识破，遂了他的意，岂不冤枉好人？"

春茶蘼敢于做这样的手脚，是因为知道仵作能检验出初步的死因，但太细节的部分就无法验明。所以嘛，兵法有云，要活学活用，天时、地利与人和不对，就不能乱套用计谋。

她用虚假的、自行创造出的事实把众人都带到沟里了，那就是：冯家表侄不管是自杀还是他杀，都与冯经没有半点关系。死人无法把自己吊两次，造成这种结果，是有人想陷害。况且门梁那么高，可现场却没找到上吊所用的椅子。这就更证明，当时有"第三人"在场。而包括县令在内，从上到下，就没人想过冯经就是那第三人。毕竟照常理来说，哪有自家门口死了人，把尸首弄下来后又挂上去，最后让街坊邻居发现的道理。

这不是自己给自己惹麻烦吗？却不知道，有时候麻烦大了反而解决问题，这是逆向思维。

可以说，春茶蘼利用了人们那种想当然的心态，轻松就赢了这场官司。她的良心没有受到丝毫的谴责，她相信，结果永远证明手段是正确的。毕竟临死也要硌硬人的混账东西，实在不值得同情。既然冯家表侄以恩为仇，那么就让他的坏心思和他的灵魂一起下地狱去吧。

而鉴于暂时找不到那个"第三人"，冯经被陷害的情况又已经坐实，自然当堂释放。此案成为一件小小的悬案，冯家表侄也没有亲人了，无人上告，过不久这事就淹没在日常的琐碎之中。若有人来闹腾，那个人就会被严重怀疑正是第三人，纯粹自找倒霉。

冯经对春茶蘼千恩万谢，第二天一早就找到邸舍，不仅送了不少礼物给春青阳——其实是谢谢春茶蘼，还要把那宅子送给春家，羞愧地对春青阳说："还怕您要嫌弃，实在不好意思拿出手，毕竟有横死鬼，实在不太吉利。不过您老的儿子为军中官员，听说老太爷以前是衙门中的人，煞气重，必定是镇得住邪祟的。所以无论如何，请您笑纳。"

其实冯经看似忠厚，却也是个聪明知机的。他表侄吊死在大门前，左邻右舍都知道了，他的宅子恐怕贱价也卖不出去，他又急着离开这是非之地，不如大方送出，虽然也很肉疼，却是能落个人情。再者，春家非常人，以后官场相见，也好有个缘法。

但春青阳忠厚，不愿意占人家便宜，况且也是有些忌讳宅子有人吊死，不禁一时犹豫，只说要考虑一下，拿了些土仪做回礼，打发冯经走了。

"今天都四月十九了，明天我爹就要去军府报到。咱家到现在也没有着落，何必叫我爹在军中也不放心？"春茶蘼私下里劝祖父，"不如就要了这个宅子，您要是不愿意白得，折价好了。到底孙女帮了冯家大忙，照理也得给润笔和茶水银子的。您知道孙女的价钱，虽说只上了一堂，说了几句话，可是一计换他身家性命，所收也应当不少。"

"你就不觉得那宅子的风水破坏了？"春青阳担心道。

"一不忌，百不忌。"春茶蘼无所谓地耸耸肩，"有祖父，有父亲在身边，孙女一点也不害怕。再说这里是阳间，不是邪祟待的地方，咱家又坐得正，行得直，我不信有好兄弟找上门来。"

"那……折多少？"春青阳终于意动。

"他原来要价二百五十两，我看三折好了。"春茶蘼狠斩一刀。冯经是倒霉在他表侄身上的，与春家没有半点关系。从某种角度上来说，她还算吃亏了呢。

当天下午，和冯经推让了半天，最后以五十两成交。银子虽少，但春家不欠别人，春青阳和春大山这种正直的人，心理才没有负担。至于到衙门去交割、换文契，就交由牙人忙活，加上春家落户，还有小凤的入籍，付上点辛苦银子，就一起办理了。

大唐没有银庄票号，但有官府办的柜房。柜房里有一种东西叫"飞钱"，就是把银子或者铜钱存到指定的官办柜房，由官府开具"券"。此券不具备流通功能，但可以在指定的官府机构汇兑。范阳县是小地方，没有柜房，他们临行时，春大山特意去了幽州城，除了随身携带的三十两现银，分成五份带在全家人身上，剩下的全存入柜房，包括徐家付的那五千两。此时有大花销，直接从洛阳的官办柜房，兑了银子就行。

第二天一早，春大山去军府报到，春青阳就领着孙女和仆人搬家。他们带来的东西本就不多，春大山又拜托了当初接待他的老苗帮忙，中午时就收拾出住的地方了。照原先的安排，春青阳住在内院正房，春茶蘼带着过儿和小凤住西厢房，给春大山收拾出了东厢房。外院的倒座房归老周头，打算用做养马的厩舍和用做外书房的东厢房暂时空着，把大萌和一刀拉来住西厢。

大萌和一刀是韩无畏借给春茶蘼的人，自然在出借期间以春茶蘼为主，她说让他们暗转明，遵命照做就是了，并无什么不乐意，总胜于在外面风餐露宿地隐藏。春青阳看家里的人员齐整，那点点不安之心也就消失了。

春茶蘼还特意问了老周头，介不介意睡门房，毕竟那边离冯家表侄上吊的地方最近。出了那种事，里外还不过三天，实在有够糟心的。老周头却笑说："老奴一把年纪，说句打嘴的话，到春家之前，生死面前打了几个来回了，有什么可怕的？再者，鬼才可怜呢，放不下生前事，走那孤冷黄泉路。小姐只管放心，就算有那不长眼的鬼来，老奴也给小姐捉走，断不会扰到内院的。"

春茶蘼见老周头果然是完全不放在心上，也就踏实了。只是老周头毕竟年纪大了，住的地方又是夏热冬冷的倒座房，就叫过儿去置办些新的铺盖，给老周头换上。如今已近夏天，到冬天时多放炭火，把屋子烘得暖暖的，也就是了。

而这宅子是带着家具出售的，只缺了些吃穿用度，还有些随手用的零碎东西，好在离南市很近，转天春茶蘼开了单子，叫过儿和小凤两个人去买。春青阳是个闲不住的，干脆把记账管家的活儿交给孙女，自个儿带着老周头和两个护卫把后院的青砖地撬了，全整理成菜地，又侍弄了内院的花草树木，倒是忙得挺开心。

可惜，忙碌但平静的生活注定过不了太久，这天是四月二十九，春大山的休沐日。头天晚上，春大山已经回家。春茶蘼八天没看到父亲，很是想念，难得起个大早，亲手给全家人做了早饭，又洗好一早让过儿买来的新鲜瓜果，分别装盘，打算好好做回孝顺闺女，结果全家人没上桌，就来了不速之客。

"老太爷，是大老太爷和二老太爷来了。"老周头进来报信儿，"拉家带口的，怕不有十几口子人，都堵在门外呢。"

祖孙三人愣住，下意识地对视了好几眼，春青阳才反应过来，一边往外迎，一边急道："怎么不先请进来？"

"大老太爷和二老太爷不肯进来，定要老太爷开大门，亲自去接。"老周头低头禀报，神情间颇为忍耐，看样子是受了点气的。

春茶蘼见状，心里咯噔一下，忽然有很不好的预感：她的美好生活会被打乱的。要知道亲戚，有时候是最可怕的存在。

她心里想着，却不得不跟着祖父往外走，到外院时，看到大门其实是敞开着的。这个时辰正是里坊人来人往的时刻，而她家门外，站着一堆男男女女，老老少少，还带着大包小包，大人叫，孩子闹，实在吵闹得很，顿时惹来邻里的注目。

春大山也意识到这样没规矩，会被邻居瞧不起，连忙上前，笑道："大伯和二伯来了？快请进来。怎么也不提前叫人说一声，我好去接你们呀。"

一个矮胖，脸膛红红的老头儿就哼了声，大着嗓门道："快别说好听的，你们离了范阳县后，哪告诉我们地址了？若非我女婿机灵，去军府打听清楚，哪能找到这高门大户前？你们三房自个儿过了好日子，却忘了本，真真的狗掀帘子，拿嘴对付！"

春茶蘼一听，立即火冒三丈。她不知道眼前的一群人都具体哪位是哪位，但这死老头一开口，她就知道是找茬来的。

不过碍着祖父和父亲的面子，她忍了。现在外面的小巷子这么多人，若吵起来，是给自个儿家没脸。再者，对方这么说话，就带着吵架，招来外人看热闹的劲头儿，不能让他们得逞。

春青阳大约也是如此想，见儿子被噎住，连忙快走两步，拉住矮胖老头，另一手拉住旁边沉默的瘦小老者，一边往门里带，一边赔着笑说："大哥、二哥，我们也是才安顿下来，还没得到机会给家里捎信儿，哪承想你们就来了。快进屋！有什么事，去家说。"

那矮胖老头甩脱了春青阳的手，气呼呼地还要说怪话，却见到一刀和大萌站在门边。这二人得了春茶蘼的暗示，两双利目瞪向他。一刀和大萌是暗卫出身，正经杀过人，也经历过刺杀的局面，严肃起来时，煞气十足，凶得很，生生把他吓得缩起脖子，乖乖跟了进来。

看着眼前鱼贯而入的人，春茶蘼一数，好嘛，大大小小的人头算起来，足足十三口子。

这是干什么？不像走亲戚啊，还都提着细软，倒像是投奔。不会吧？他们不会要住到家里来吧？不会是要她父亲和祖父养活吧？话说她病好后都没见过这两家人，现在他们怎么会露面，而且摆出要长住的架势？

春荼蘼只觉得一个头变成两个大，整个世界都灰暗了似的。她低声嘱咐老周头赶紧把门关紧，之后硬着头皮，带着过儿和小凤跟了进去。这所宅子几天前才吊死过人，现在又演这么一大出戏，简直成了众人关注的焦点。

春青阳把人让到正房的厅里，虽然客厅的面积不小，但呼啦啦一下子站这么多人，也拥挤得连身子也转不开了。何况，春家那两房的人还都死抓着自个儿的东西不撒手，宝贝似的，不肯先放在院子中。

就在混乱一片中，春青阳给春荼蘼介绍两房的人。因为大房和二房几年没到三房走动，彼时孙女年纪还小，只怕记不清楚人了。

春家大房共五口人，瘦小沉默的老者，是春家大老太爷，名为春青木，六十来岁。他身子看起来不太壮健，妻子也早亡，只留下一个女儿，名为春大娘。

普通的底层百姓，有时不给儿女起名字，女儿就按排行称为几娘几娘，儿子也按排行称为几郎几郎。春家军户之家，但祖父那辈却为三个儿子起了名字。到第二代，只有三房为儿子起名为春大山，其他两房的女儿则又恢复了简称。

按辈分，春大娘是春大山的大堂姐，春荼蘼的大姑母。这女人四十上下，极瘦，竹竿一样毫无曲线美。其实对于女人来说，胖瘦都可以美丽，只是瘦不要干，胖不能肥，可春大娘却是干巴人儿，在以圆润为美的大唐，绝对算丑女。而且她嘴唇极薄，鼻子直，下巴方，再加上一对厉目，显得极为泼辣厉害，面相十分不讨喜。

她的夫婿叫陈冬，似乎怕老婆，身量本就不高，还缩头缩肩的，更显得窝囊。可别看春大娘瘦得没有几两肉，肚皮倒争气，生了两个儿子。

陈阿大今年已经二十，却没娶妻，性格和相貌酷肖其父，看人都不用正眼，总是一瞄一瞄的，没有年轻人的朝气，反而令人备觉猥琐。春荼蘼眼尖，注意到他瞄了小凤好几眼。

陈阿二才十一岁，农家的孩子这年纪已经下地干活，生活条件好的，也开始读书了，可陈阿二似乎很受宠爱，极为没规矩、没家教，身上虽然干净整洁，但进屋后，见到桌上的点心水果，抓起来就吃。春大娘看在眼里，却根本不说。

春家二房有七口人，矮胖的红脸膛老者，也就是一直大声嚷嚷的那位，就是春家二老太爷春青苗。这名字，跟他的整体形象相差太多了。快六十岁的人，底气却足。他老婆王氏，也是圆胖的身材，从五官上看，年轻时应该有几分姿色，可惜长了一双贼溜溜的眼睛，看见什么都两眼放光。

春家子嗣单薄，除了三房有春大山外，大房只有一个女儿。不过那是因为妻子早丧，大老太爷后来也没有银子和体力续娶。可二房呢？老爷子、老太太身体都好，一把年纪还活蹦乱跳的，却也只生了个女儿，名为春二娘。

春二娘倒似大老太爷的女儿，模样眉眼都平顺老实，比春大山大四五岁，但面相却有些苍老，倒是她那个姓江的夫婿，不像农人，倒似个四处跑买卖的，穿着体面，目露精光，眼睛滴溜儿乱转，远比不上春大山的堂堂相貌，有些油头粉面的感觉。考虑到正是他从折冲府打听到春大山的住处，应该是个机灵的，或者说机灵过头了。

春二娘没有堂姐的本事，一口气生了三个女儿，名为江大娘、江二娘、江三娘。最大的十八岁，定了亲，却是望门寡，根本没有去夫家。其次是十四岁，最小的仅三岁不到。她们站成一排，隐身在父母身后，倒一时看不出什么脾气秉性，却比陈阿二懂礼多了。

认完这一家子，春荼蘼心生怪异之感。她家老爹美貌，祖父也是模样周正的老人，因为心善厚道，所谓相由心生，看着就觉得亲近可信。但同样的亲兄弟，为什么和春家另两位老太爷的长相差距那么大呢？连带着到春荼蘼这辈，五官上完全看不出是血缘如此近的亲戚。

春荼蘼不是外貌协会的人，不以人的外形评判人，但是……相比起来，她还是情不自禁地有些高兴。她敢说，春家所有的女人中，她是最漂亮的。跟其他春家女相比，她简直就是美人。

"这位是？"春青阳介绍到后来，面对着一个与江大娘年纪相仿的女子，一时愣住。

这不是他们春家的人啊。春青阳看了眼儿子，见春大山也轻轻摇头，就明白不是自己眼花了，遂又看向自家二哥。

若论生出闲事闲非，一定是他。

"哦，她也叫江二娘，是我那女婿的嫡亲妹子。为了和我那二外孙女区别，我们都叫她江娘子。"春青苗大刺刺地说，好像这是他家，"洛阳是大地方，我那女婿一向疼妹子，就一起带来，见见世面也好，能在这边配了女婿也行，总是条出路。"

春荼蘼愕然，就算大唐姑娘活泼勇敢，不压抑个性，也不能这样直接啊，一屋子人呢。合着，这是往大城市找男人来嫁的？谁给说媒，嫁妆谁出？从哪儿出嫁？春家大房和二房来占便宜就罢了，好歹沾着亲，血缘还比较近。可难道，二房嫁出女儿的小姑子也要归三房管？即使在大家族中，这也不算正经亲戚，春青苗和江明怎么敢直接就赖上来！

再看江娘子，虽然并不丑，是普通人的相貌，但面色青白，眉尖额窄，在相学上，称为克夫相，在迷信的大唐人面前，婚事应该是会很艰难的。而听到春青苗说这话，她态度倒是坦然，躬身一礼，姿态也还不错，似乎是读过书的。但是，她大方得是不是过了点？一身当家做主的奶奶做派？这可是别人家里啊！反正从她的行为上挑不出大错儿来，可就是让人不舒服。

"我说老三。"春青苗又开口了，好像他不说话，别人会当他哑巴似的，"你家这日子过得不错啊，这样大的宅子，这样好的家具摆设。看这……"他指了指桌上已经被陈阿二抓得狼藉一片的饭菜，"吃得这样好。咱们哥仨儿虽然不是一母所生，好歹是一个爹的亲兄弟，不能你吃香喝辣，让我们喝西北风啊。老三，这也太没良心了，你就不怕天打雷劈？"

嗯？不是一个娘生的？！怪不得长相差距这么多，连脾气性格也差着，原来虽然是同根所生，却不是挂在一个枝上的果子！看来祖父的娘应该是填房，这难道是大房和二房对三房这样刻薄冷待的原因？但占便宜时，怎么不离远点？

"看二哥说的，哪里就喝西北风了。"春青阳赔着小心道，"我是随儿子上任才来洛阳，其实哪怕有一丝机会，我也不想来这儿，到底故土难离。"

"三叔说话真好听，哪有人放着福不享，偏待在小地方受苦的。"春大娘接过话来，"三房这好日子啊……哟，光仆人就四五个了。"她是算上了大萌和一刀。

"是啊，是啊。"二房的王氏老太太也道，眼睛在厅里乱瞄，"瞧这宅子……"

"这宅子是凶宅。"春茶蘼实在忍不住，开口道。照平时祖父对她的教育，长辈不问，她是不应该随便说话的。从这一方面来看，三房和其他两房人从教育水平就差很远。

"三侄女真会开玩笑。"二房的女婿江明笑说，语气很亲热，好像经常走动的亲戚那样。

春茶蘼略施一礼，认真地说："不瞒二姑夫，此处真是凶宅，不信可以去打听打听。就在前几天，还有个人吊死在前门的门梁上，脸色青灰，舌头吐那么老长。"她比划了一下，"死时都不瞑目，眼珠子瞪得就快掉下来了。"

大唐人人迷信，崇拜鬼神，听闻春茶蘼的话，春家那两房的人都变了脸色，除了浑不吝又不懂事的陈阿二，所有人眼神中都流露出恐惧，王氏更是哆嗦了一下道："这样不干净的宅子，你们还……你们还……"

"唉，我爹和祖父有多少俸禄，二祖母岂会不知？"春茶蘼叹了口气，继续说，虽然不能阻止那两房人占自家的便宜，至少要表明，自家也不是任人宰的肥羊，"我祖父临离开范阳县时，还封了两包银子留给大祖父和二祖父，再加上路费什么的，若不买吊死过人、没人愿意要的凶宅，哪有银子住别处？就是这宅子想转手卖，也是卖不出的，好歹自己住，图个省钱罢了。"

一席话，春家大房和二房的人都闭紧了嘴，才进门时的理直气壮消失了。

可惜春青阳太厚道，不忍场面冷清，连忙道："大哥、二哥，你们这么早就到了，只怕半夜就起来等城门开。不如先吃点东西，有什么事，回头再说。"

破功了啊。春茶蘼暗暗摇头。不管什么年代和时空的人，总是善良和面子软的人吃亏，祖父和父亲偏偏是这一类人。看来，最近她的日子清静不了，得想个办法解决才行。

这么多人吃饭，小凤和过儿忙活不过来，春茶蘼和老周头也只好来厨房帮忙，可怜大萌和一刀这两个贤王府的暗卫，也是有品级的，弄不好比春大山都高，现在却要放下身份，暂时充当门房。

春茶蘼一心三用，要在灶上搭下手，还要暗中注意那一大家子人，更要转着心思，力图把这场蝗灾般事件的恶劣影响，降到最低。

"小姐，要不要把东西都登记造册？"过儿悄悄问春茶蘼，"我看大房的陈阿二太没有规矩，二房的老太太又贼眉鼠眼的……东西指定是多不出来，但如果少了，到哪儿说理去？"

"嘘,小心别让祖父听到,怕他老人家脸上不好看。"春荼蘼压低了声音,快速往外看了看道,"算了,咱们才搬过来没多久,值钱的小摆设还没置办,他们总不能把房子拆了,把家具搬走吧?这样,你快去把咱们屋里,还有祖父和父亲屋里,把值钱的东西都打包,放到大萌和一刀那去。他们两个凶神恶煞似的,正好当门神挡小鬼儿。"

过儿点了点头,立即就跑了出去。

春荼蘼见该蒸的、该煮的都放在锅里,老周头手脚麻利地在灶下烧火,只剩下切点熟肉或者炒个小菜什么的,就对小凤说:"你去帮过儿的忙,再把仓房的门窗检查一遍,绝对要锁好。注意点,别让他们看出咱们的防备来。你和过儿都是爆炭,他们再讨厌也得忍着,我可不想祖父难过。无论如何,混过今天再说。"

"小姐放心吧。"小凤放下挽起的袖子说,"我若做手脚,必不能让人发觉,不然这么多年的功夫可白练了。"

"知道你本事。"春荼蘼忍不住笑,"对了,叫我爹来厨房帮忙。这句话要大声说,让他们也看看,官老爷亲自下厨,还有什么好挑刺儿的吗?"

小凤一走,春荼蘼就着手切菜肉并装盘。她深知,做的吃食必须量大,宁愿剩下也不能不够,否则又要被挑理儿。她昨天才派人买了米粮肉蛋和蔬菜瓜果,本来够吃好几天的,这下可好,一顿就见底儿了。

"女儿,爹来了,有什么帮忙的?"正忙活,春大山进来了,脸上带着点讨好。

想到祖父也是这个神情,春荼蘼的心,立即就软了。祖父和父亲都知道她不高兴,知道清静日子被破坏了,可又没办法,只得在她面前做小伏低。她若明着闹腾,岂非太不孝。

"爹就炒鸡蛋吧?"春荼蘼把鸡蛋筐子拿过来,"分两次,都炒了。我看二老太太是个精明的,说不定一会儿来厨房检查,发现有剩,会觉得祖父抠门呢。"

春大山讪讪的,一边干活一边说:"当年你还小时,见过大房和二房的人,这些年,以为你不记得了,哪想到你还记着他们⋯⋯做派。"

春荼蘼心道我哪里是见过,是猜测的。没承想好的不灵坏的灵,让她一猜一个准儿。

"爹,我叫您来,其实是商量点事。"她手上不停,嘴里却说,"如今那两房人来了,不管他们打的什么主意,看起来一时半会儿的不会走,不管祖父怎么想,您都不能留他们住下。"

"这是凶宅,他们敢住?"春大山轻敲了女儿的头一下,神情却宠溺,还带点好笑,"你这丫头反应就是快,刚才说得绘声绘色,听得我都汗毛直竖。"

"我又没说谎。"春荼蘼委屈地哼了声,"咱家人都心底无私,不怕鬼怪邪祟,别人就未必了。不过我怕他们舍不得回去,硬着头皮,壮着胆也要住,那就麻烦了。俗话说得好,亲戚远来香,街坊高打墙。大房和二房本就自私凉薄,若让他们沾上,咱家就没好日子过了。"

"那你说要如何呢?"春大山也皱眉,意识到事情的麻烦,"但⋯⋯最好不要撕破脸。爹虽然很烦他们,可你祖父⋯⋯你知道的,他老人家认老理儿,到底是一个爹生的亲兄弟……"

"什么亲兄弟？明明是蝗虫！"春荼蘼夸张地做出受惊吓的表情，"不过我明白您的意思，我是想，了不起银子上吃点亏，赶紧去找牙人，在洛河北那边租个宅子，先让他们安顿下来。他们离开，咱们才能平心静气，看看他们到底要干什么，再考虑要怎么应对。爹啊，我只怕他们所图不小，不那么好打发。"

春大山想了想："就照你说的做。不过，咱家银子不太富余了，这又是一大笔花销。他们两大家子人，估计就等着白吃白喝，还得吃好喝好，沾上咱们就不会轻易离开。"

看着父亲皱紧的眉，春荼蘼暗松了口气。还好，祖父虽然面软心软，父亲却不是个好糊弄的，更不会忍气吞声，能跟她统一战线。

想想这人啊，真是贪心不足。祖父以为她不知道，其实她什么都清楚，只是不说罢了。

祖父在她身上从不俭省，对自己却格外抠门，舍不得吃，舍不得穿。衙门但凡有押解犯人的工作，他老人家为了那点差旅银子、一点点补助和犯人家属打点的灰色收入，别人都不愿意去的艰苦地方，祖父都抢着去。这三十年下来，存了足有两百多两银子，可带到身上才三十来两，剩下的分成两封，已经交给大房、二房了。说是代他供奉祖宗牌位，只当孝敬过世的老人，其实还不是想着自己跟儿子去任上，说不定十几二十年回不来，干脆一次性贴补两个哥哥了。毕竟，他们都没儿子，靠着女儿女婿生活，身上有钱，心里不慌。

一家一百两，在范阳这种小地方，不管是买地还是置业，甚至做点小生意，完全是可以了。春青阳，对哥哥可谓仁至义尽。但是大房二房呢，银子老实不客气地拿了，还追来洛阳，打算吃死所谓的"亲"弟弟、"亲"侄子。

"所以要在洛河北区给他们租房，那边住的是平民，租金和物价都低些。"春荼蘼安慰春大山道，"爹也别烦恼，皇上还可能有乞丐亲呢，左不过他们就是为了钱罢了。这宅子本来也没想这么便宜买下来，我手中银子尽够。虽然这么花出去我心疼，但女儿想得开，当做善事不就得了？先稳下来，慢慢想办法让他们回去就是了。"

"恐怕会很难……"春大山对困难也有充分的预期。

"事在人为。"春荼蘼解下围裙道，"爹您看着火，我去外院找一刀和大萌，叫他们速度去找牙人。不瞒爹说，有这两家人在周围吵吵，我忍受不了三天。"

"当着你祖父别这么说。"春大山嘱咐，话音还没落，春荼蘼已经跑得没影儿了。

她去找了两名护卫，说实在的，让他们做家仆的琐事，她实在感觉很内疚和抱歉，可谁让她现在没有可用的人呢，仅有的几个还全被极品亲戚拴住了。好在这两个的服从性相当好，半点不抱怨。她一吩咐完，一刀立即去找上回帮了大忙的牙人。而大萌就盯在门口，等着有人跑出去好监视。

果不其然，在大房二房的风卷残云之下，做了这么多早饭，居然盆干碗净。而且筷子才撂下，春大娘、二老太太就张罗着参观参观各个屋子，江明却逮了个机会，说去外面看看。一切都在春荼蘼的预计之中，她倒也不拦着。反正精细东西全收起来了，外面的茶壶花瓶等物，也不值什么，眼皮子浅的要拿走，随它去了好了。

大老太爷春青木和春二娘还算老实，二老太爷春青苗却在接到二老太太的眼色后，大声嚷嚷着要看仓房。春青阳一脸尴尬，又是羞愧，又觉得对不起儿子和孙女，却说不出直接反对的话。春大山只好救助地看向自家女儿，不知道要怎么拒绝才不坏亲戚情分。

可在春荼蘼看来，这样的亲戚之间有情分吗？还有继续迁就下去的必要吗？她不介意帮助穷亲戚，因为血浓于水，物质永远抵不过感情，就算不相干的人落了难，能帮一把也要搭把手的。不过，她可不会任人宰割。她施舍，她帮忙，是她的诚心善念，别人却不能把好心作为应当应该的，咬上她就牙牙见血，口口见肉，好像不狠就对不起人似的。

"二祖父。"她脸上笑眯眯的，语气却不善，"那间房里放着我娘留给我的东西，您还要看吗？侄媳妇的家私，你要拉得下来脸……要不……您就看看？"

第三十二章 小姐，可胜任否？

春青苗脖子一梗，红脸膛就更红了。他再不讲理，这个头也不能点。倒是他老婆王氏在一边赔笑道："这孩子是怎么说的？他是长辈，做事哪能不管不顾？咱春家虽然不富余，却也是老辈传家，祖上有读书的，讲究着呢。不过，我当婶子的总可以开开眼吧？"说着就向仓房走。

春荼蘼也不拦，反正大铁锁把门，别人进不去，只在后面不急不缓地道："我娘去了这么久，东西都还有什么，我也说不清。不过若是少点什么，或者贵重的损坏了，二祖母是讲究的人，将来就给我添补上吧？"

二老太太一怔，顺便就瞪了二老太爷一眼。春青苗配合巧妙，说不过春荼蘼，就立即发作春青阳，叫道："老三，你这是怎么教育的孙女，有这样和长辈说话的吗？"

"这是防贼哪。"春大娘皮笑肉不笑地在一边添柴加火。

春荼蘼一挑眉。

这是她家，她绝对不会让人欺侮到祖父头上去。斗嘴？她会怕吗？若论指桑骂槐，是女人就会，只是大部分好人不屑罢了。但若惹急了她，她什么无下限的事都做得出来。

正想着，春大娘的幺儿陈阿二就撞枪口上了。

其实真正的世家子弟，家教都很良好，就算心思歹毒，面儿上的风度却有。反而是小门小户娇宠出来的孩子，十分令人厌恶。

陈阿二就是，都十一岁了也没启蒙读书，又不像农家朴实的孩子帮着家里干活儿，而是胡吃闷睡，横行霸道。早上他才吃得饱饱的，满院子乱窜不说，先是当着这么多人的面儿，蹲在墙角拉了一摊，之后就开始祸害内院的花草。在他亲娘敲边鼓的时候，他正把一丛花木当假想敌，嘴里哼哼哈哈，手上又揪又打。眨眼间，开得好好的花零落于地，花枝折了不少。过儿见春家大房和二房这么多大人看到都不管，气得脸色发白，又记着小姐的嘱咐，死忍着不发脾气。

春茶蘼心中虽有气，可为了祖父，一直都是态度温软良好。这给了那两家人错觉，以为她是好拿捏的。也不想想，能在公堂上辩倒做惯讼棍的秀才，压得堂堂大都督无话可说，仅凭着恶名声，就让街上的流氓都不敢招惹的姑娘能是好欺的吗？

此时，只见她俏脸一板，气势顿时就凌厉起来。她也不多话，快步上前，一巴掌就呼在陈阿二的后脖子上，怒骂："发的什么疯？还有没有点规矩！"动用武力呗，多简单粗暴呀，多管用呀，多解气呀。

陈阿二正咧着大嘴笑，因为没挨过打，反射弧有点过长，在众人的惊讶目光中，过了半晌才觉得疼痛，哇的一声大哭起来。不过他虽未成年，却霸道惯了，仗着自己在贫困的军户中算是有钱人家的孩子，又仗着春大娘会撒泼，无人敢惹，哪吃过这等亏，第一反应就是反身扑了过来，抡起小拳头，打向春茶蘼的肚子。那劲道看来很大，若打中，就算春茶蘼大了他四岁，也受不得。

春茶蘼不打无准备之仗，自然对混横的半大小子有所防备，若非小凤就站在她身边，她也不会这么莽撞。而小凤也没让她失望，身影一闪就挡在她前面，这样苗条的人，居然把壮实的阿二拎了起来，随后就摁在地上。也不知点穴还是什么功夫，反正阿二动弹不了了。

可这小子蛮横，污言秽语顺口骂出，都是最粗俗的那种。小凤顿时大怒，又封了他发声的功能。阿二这才害怕了，大嘴上下动着，就是不能出声，鼻涕眼泪哭得前襟到处都是。

春大娘号叫着扑过来，儿啊肉啊地喊着，本来想撕打小凤和春茶蘼，却见两个姑娘并排而立，没有半分慌乱，却是煞气十足，不禁气势就怯了，干脆拿出最擅长的那一套，一屁股坐在地上，先抽了两口气，拍着大腿，打算施展撒泼打滚那一套。

哪想到还没出声，春茶蘼就凉凉地道："大姑母，你若敢哭叫一声，阿二能不能回复到原样，我可不敢保证。"打蛇拿七寸，她不会和春大娘对着玩泼妇手段。但以势压人、吓唬人什么的，她运用得得心应手。

果然，春大娘哽了声，生生把没出口的话全咽了下去。但她眼珠一转，转头面向春青阳："三叔，您就不管管我侄女！这是什么家教！若是嫌弃我们穷亲戚上门，直接说一声就是，何必打孩子？这明明是有邪火啊，那朝大姑母身上发啊。我是没脸的，也不怕人家笑话，可怎么能对阿二下黑手？这若是打坏了，谁赔我一个儿子！"也不管阿二躺在地上如何哼哼，先告状再说。

"大姑母，阿二是我表弟，看到他做错事，我得教育他呀。"春荼蘼又恢复了好脾气，坚决不让春大娘和自家心软面软的祖父搭上话，若祖父一时不忍，说出弱势的话，她这边就不好继续发作了，"这里可不比乡下地方，到处都是出身富贵的孩子，表弟今天在我家，在我跟前儿没规矩地撒泼就罢了，倘或这么是非不分，又浑又横，惹到哪家公子小郎君，就算我爹是正经的武官，也承担不起。到时候把他打死打伤，算谁的？说起来，我是为了他好，在家挨顿打，总比在外面让人捏死强。大姑母，你还当这是范阳县吗？走在街上，随意撞到个人，就可能是皇亲国戚！"

"你……你……"春大娘被噎得不行，强说嘴道，"教育阿二，自然有我，什么时候轮到你这个当表姐的？"

"奇怪了，依大姑母的意思，自家人管自家人的事，不对吗？那我再不好，自有我祖父、父亲来管教，刚才大姑母告什么状？三房的家教如何，也轮不到大姑母议论呀。"

"我也是长辈，你也叫我一声大姑母。既然春家三房没分家，你爹一肩挑三房，我不敢管你，还不兴向三叔说道？"春大娘哼了声。

"哦，没分家啊，一家人啊，那我又为何管不了表弟？"春荼蘼冷冷地看着陈阿二，"他还好不姓春，是外姓旁人，不然，我直接打断他腿。我宁愿花银子养他，也不能让他跑出去惹祸！"

她说得掷地有声，不仅春大娘和陈阿二，其他人也都感觉背后发寒。三房的这个孙辈，以前不知道是这么厉害的，说的话让人心头发毛。

春荼蘼神态安然地站在一边，心思却活动开了。吵架也能吵出思路啊。分家？！她怎么没想到这个办法。只要分了家，虽然还是亲戚关系，但彼此之间就不用拴在一起了？虽然大唐的宗族观念重，但寒门小户的，也不讲究这些。

只是，大房和二房赖上来，必定是不肯分家的。想个什么办法呢？不能急！不能急！

至于被这些人讹点好处……她并不在乎，谁让祖父心里惦记他那两个不成器又不讲理的哥哥呢？为了祖父，万八千的银子，她也不放在眼里。若对方是知理的，亲戚嘛，总是越走动越近，她也不会看不起人，大家亲亲热热，互相帮助，家族的力量不正是如此吗？可现在情况不同，所以还是破财免灾的好。但是，必须得有个明确的说法，不然这样鸡飞狗跳的日子，铁定没完没了。

一边的二老太爷和二老太太见此，反正不是自家外孙吃亏，倒没插嘴，但却惊讶于春荼蘼半分面子也不给。

其实春荼蘼就是要撕破脸的。什么鸟，就得喂什么食，对讲理爱面子的人，自然不能轻易坏了脸面，但春家大房和二房？哼，如果他们要脸也不会直接杀过来了。只要有便宜好占，就算脸全没了，他们照样会贴过来。所以，不如来个下马威，好歹让他们心里有个谱，不敢为所欲为。当他们知道便宜不好占，说不定能快点离开。

春青阳见状，很是尴尬，本想劝解两句，却让春大山给拦住了。春大山面沉似水，眼神中隐有怒火。女儿是他和父亲从小捧在手心儿里的，一根头发也舍不得碰，如今陈阿二敢挥拳就打？若不是刚才小凤更快，他会打断这小兔崽子的胳膊。他早看大房和二房不顺眼，如果不是为了父亲，他早忍不下了。

春大娘被噎得双眼翻白，可又不敢装晕，毕竟，她儿子还在一边当僵尸呢。她从小就是个厉害的，对堂妹春二娘使了个眼色，春二娘瑟缩了一下，却不敢上前，吞吞吐吐地对春荼蘼说："大侄女，你就……你就放了阿二吧，他再不敢了。总这么僵着，回头坏了身子就麻烦了。"

"就听二姑母的，我也不想伤他，但必须让他长个记性。不过我的丫鬟手下有分寸，断不会让阿二受伤。"春荼蘼对小凤点点头，示意她恢复阿二的自由，但眼睛却瞪着这小子，冷声道："别记吃不记打，下回再做混账事，我不管你爹娘是谁，见一回、打一回，直到你走了正道为止！不然，我就不认你们家这门亲！"

阿二只觉身上又酸又麻，猛然间能动了，就想继续打骂眼前可恶的"表姐"，可才一动弹，就生出恐惧来，结果连哭也不敢出声。

春大娘搂着儿子，心疼极了。但她心中有火，不敢发泄，只狠狠瞪着窝囊的丈夫，怪他从开始到现在，连个屁也不敢放。她倒不想想，她如此泼赖都没话好说的陈冬能说什么。

倒是一边的江娘子，跟春家没半点血缘关系的人幽幽开口，"管教表弟自然是好，但也未必就得打。孩子嘛，给他说说道理才是"。

春荼蘼垂下眼睛，过儿立即配合默契地道："江娘子，我家的事，您就别操心了。我们小姐常说：乱世用重典。阿二少爷摆明是给宠坏了，可不得有点雷霆手段。"那话的意思是：你一个春家二房女婿的妹妹，八竿子打不着的，这儿哪有你开口的余地？

而只冲这一句，春荼蘼就极不喜欢这个江娘子。她表面上是知书达理的，却没分寸。怎么着？这是打抱不平？打算在春家当家做主，还是想表现自己？

她无意中一抬头，见江娘子连瞄了春大山几眼，面颊微微飞红，不禁心中警铃大作。自家美貌老爹的桃花太多了，可惜全是烂桃花。身为女儿，一定要为父亲挡掉！

"一窝皮，不嫌骚。"二老太爷看不下去了，终于开口，满脸的不耐烦，"小孩子间吵吵闹闹，撂下爪子就忘了，大人们就别掺和，还是想想怎么安置吧。昨天大半夜就起床，守在城门口，可累坏我了。"说着，还打了个哈欠。

春荼蘼冷笑。

谁说春青苗是浑人来着？这话说得多么地道啊。明明是她教育陈阿二，在春青苗嘴里却成了小孩子打闹。这不就是说，她容不下人吗？好吧，她就是容不下，干脆来个默认。

春青苗本来以为春荼蘼会回嘴，他正好摆伯祖父的架子，哪想到春荼蘼根本不理，气得他胡子抖了几抖。

"荼蘼，你看看怎么安排？"春青阳抢在二哥废话之前道。

看到孙女被围攻，还是在他眼前，他不是不生气、不心疼的。可孙女稳稳占住上风，他又被两个哥哥压榨惯了，到底不忍，只好息事宁人。

春荼蘼也知道，无论如何，在没找到房子前，不能把人赶出去。不是她不想，是怕影响父亲的名声。要知道名声二字能压死人，又没法到处跟人家解说另两房的人品。可正当她考虑要怎么安排这么些人时，出门溜达的二姑父江明回来了。

他脸色苍白，额头上却挂着汗珠子。如此违和的造型，只能说明一件事：他打听过了凶宅的事，然后悲伤地发现是真的。于是，他们赖在这里不走的愿望落空了。

春荼蘼暗爽，心想时机真好，若没这个所谓的凶宅，还真不好阻止他们住下。想着就往内门瞄了一眼，见大萌对她比画了个手势。他们之间是研究过联络暗号的，所以她立即明白，她所料不错。

她假装扶祖父先回屋休息，见到春家那两房的人迅速凑到一起，随着江明说着什么，所有人都是脸色苍白，目露恐惧。

"过儿，去拿点银子给我爹。"她吩咐道，又转身对春大山说，"爹，您找个普通的邸舍就行了，再给柜上放点钱，千万别交在他们手里。"

春大山点点头，春青阳却支吾着说："要不要找个人照应他们，毕竟人生地不熟……"

春荼蘼一想也是，倒不是为了别的，至少看着他们不闹出事来。等租下正经的宅子，安置他们住进去，才好松口气，再考虑下面怎么办。

"去看看一刀回来没有，如果回来了，就叫他和老周叔跟去。"春荼蘼道，"老周叔办事老到，一刀长得凶，一个侍候他们，一个镇着他们，多好的组合，再合适不过了。"

"是不是太委屈一刀了，不然我去？"春大山说，他是知道一刀和大萌的身份的。

"你就两天休沐日，别耽误了后天去军府。"春青阳拍板道，"到底不能因为家里的事，影响你为国尽忠，听到没？至于一刀和大萌，以后好好补偿就是，咱们记着这份情。"

春大山应下，到院子里对一大群人说，怕他们忌讳这宅子才吊死过人，请他们暂时到邸舍去休息，吃用都直接找柜上要，回头他来结账，过几天再安排其他住处。

大房和二房本来就是想赖上三房不走的，听到这样的安排，顿时觉得虽然没有第一时间就占住脚，却也不错了，谁让三房一家子浑不吝，连凶宅也敢住？当下都没闹腾，跟春大山走了。人多，事也多，春大山直忙活到下午才回来，满脸的疲惫，可心疼死春青阳与春荼蘼了。好在之前就准备了洗澡水和吃食，祖孙俩亲自侍候春大山，完了爷仨几个就坐在院中的树下乘凉、说话。

宅子内外被祸害的地方都收拾过了，小凤和过儿去补充了新的吃用东西。只要不细看，倒没有"蝗虫过境"的惨状。

"他们不是要长期跟着咱家吧？"春荼蘼直接问。

她这是明知故问，也是为了确定祖父和父亲是不是这么想的。他们一路游山玩水过来，在路上耽误了二十来天，可那两房人若直奔洛阳，日夜兼程，自然就快多了。就是说，他们在家是研究了一些时日的，算是有备而来。

春青阳就叹息道："春家不再是军户，那是天大的好事，但范阳县的那些田地，就不能免租免税给大房与二房种了。春家又没分家，你爹一家挑三户，所以他们来投奔，我不好……不好拒绝。"面对孙女，他有点愧疚。毕竟，他怎么都好说，可如今大房二房刮干净了他，花的是孙女的钱。

"祖父不是给了他们银子？够买二十亩地的，比之前种的还多呢。"春荼蘼恨大房和二房贪婪。在这个年代，不仅房价便宜，地价也是如此。在地广人稀的北方，五两银子能买一亩上等良田。

"而且这些年，他们攒下不少家私吧？不然，也不能宠得阿二那样。"春荼蘼继续说，在亲人面前，并不掩饰自己的情绪，"退一万步讲，要我爹奉养大祖父和二祖父、二祖母，那没有问题，毕竟没分家，生养死葬，不用说我爹了，连我都要承担责任，他们到底是长辈。可他们不能连女婿一家子也带过来，那我爹成什么了？有必要养着这些外人吗？他们没手没脚？"

"可能……可能是离不开女儿，嫁出去也是亲生的。他们是打算在洛阳找点事做，沾咱家点光吧。"春青阳解释，对两个哥哥如此做法也不赞成，而且有点抬不起头。

"祖父您太心善，我敢担保，他们就没想找事做，只想吃我爹的俸禄。"春荼蘼哼了声。

"他们是责怪咱们。"春大山接口，声音闷闷的，"之前在范阳种的地，他们差不多全把出息拿走了。这些年风调雨顺的，大房二房其实都有富余。现在要自己买地，当然心疼银子。还有最重要的，以前咱家的地临着一个沙石场，是和田地连带在一起的，那才是真正赚钱的买卖。不是我说嘴，他们两家看似普通，其实肉在骨头里，比咱家有钱多了。之前我朋友魏然，他的娘舅做过沙石买卖，跟我算过一笔账，说他们两家虽说做的是小打小闹的沙石生意，但这么些年下来，最少也得有五百两银子的身家。这算不得是大富贵，却是咱家拍马赶不上的日子。"

"那他们还要咱家日常垫补？"春荼蘼很火大。

"他们……太贪了。"春大山当着父亲，不知说什么好，"自家有万贯钱，也得算计咱家一文。"说着面向春青阳，"爹，您拿他们当哥哥，他们却不拿您当弟弟，自以为是债主子。您从不欠他们什么，何必一味迁就？他们怪咱们害他们没便宜地种，再不能做沙石生意，却不想那沙石场本不该和田地连在一起，是军府管事看在我的面子上才给的。他们怪咱们为春家脱离了军户，却不想大房二房没有儿子，将来老人一走，女儿女婿拿饱了银子，自己去过好日子，可我以后有了儿子呢？难道世代在军中效力，连科考之路也走不得？脱籍，明明是好事呀，在他们心里，却是我们三房对不住他们。"春大山越说越气，可见平时忍耐久了，这下子有点爆发的意思了。

"大山，我知道你委屈了。可我亲娘是填房，还是被你大祖母和你祖父救的。他们临终之前，要我发誓照顾两个哥哥。你不知道，当年他们本来也可以读书识字，好歹做个小吏，可你祖父却把机会给了我……"春青阳很为难，眼圈都红了。

他是厚道人，又正直知恩，可这也不是被所谓亲人欺侮的理由呀。报恩，也得有个适当的报法儿。只是看祖父这么伤心难过，委曲求全，春荼蘼一肚子的刻薄话全忍住了。

她得想办法分家，只要分得平静干净，最好是大房和二房拼命要分，祖父的心就

· 167 ·

不会被伤到，以后过日子时也不会觉得对不起人，才会坦然。

她要想办法，不能急，一定会有办法和机会的。

春大山见父亲如此，也不忍说得太过分。沉默了一会儿，换了平和的语气说：“刚才我先回来了一趟，走到半道，却想到有事没嘱咐邸舍的老板，就又折回去了。您猜，我听到他们说什么？”

"说什么？"春青阳机械地问。

"他们商量着，自家的钱存起来，一文也不能动用。因为大伯父、二伯父要养老，陈家要为两个儿子娶媳妇，江家要为三个女儿备嫁妆，甚至还想招女婿。"春大山喘了口气，平复着心情，"所以，要尽量把咱们的银子弄过去。我的俸禄，您的体己就不提了，谁让您发誓要照顾他们呢？可他们不该……不该……"

"怎么了？"春青阳疑虑重重，紧着问。

"他们说，荼蘼能给人打官司。他们打听过，上公堂很赚钱的，所以才卖了房子和地，直接找上咱家。还说……还说好歹不能让荼蘼嫁人，先给他们每家赚出几千两银子再说。"

轰的一声，春青阳的血全冲上了头，气得身子晃了一晃。

他可以为春家大房和二房做任何事，唯独他的小孙女，是他的命根子！绝不能被别人算计！绝不能！

这是他第一次真的动怒了！多年来，被"恩义"二字压迫着，他还能忍耐，今天是第一次，对大房和二房产生了深刻的怨恨！

动他儿子行，谁让大山一肩挑三房？吃他的肉，喝他的血也行，谁让他当着死去的爹和大娘面前发了誓。但谁动了荼蘼，就是要他的命！

"赶他们走！想办法赶他们走！"春青阳突然怒了，"我就还那三十两银子，都给他们拿去。如果实在不行，我跟他们回范阳，我养活他们，大山你带着荼蘼在洛阳待着吧！"

春大山和春荼蘼看到春青阳眼圈都红了，怕刺激得他老人家太过，不禁有点后悔，毕竟很多观念是根深蒂固的，不能很快就改变，于是连忙把话往回拉。

"爹，我一旬中有八天在军府里，家里就算有老周头、大萌和一刀，没个主事的可怎么行呀？"春大山道，"荼蘼是个姑娘家，身边没个长辈，您放心吗？您回范阳，她怎么办？"

春荼蘼在一边用力点头，又说："祖父，孙女考虑……亲戚是可以走动的，但掺和着一块过日子就容易出矛盾，您也看到了，他们拿咱家当贼咬呢，真是入骨三分。我看，只有分家是彻底解决的办法，只是他们肯定不乐意，所以这事得慢慢筹谋，不能急。如果他们豁出脸面地闹，会影响咱家的名声、我爹的官声，到时候您更得着急上火。"

此前，分家的念头她只是自己想想，一见春青阳反应这么大，干脆挑明了。春氏父子闻言都是怔住，之后就觉得这是个好办法。春青阳不好意思开口，春大山却问："要怎么做？"

春茶蘼安抚地笑笑，而后摇头："这事吧，得等合适的机会。爹和祖父不要着急，大房和二房暂时留在洛阳，不过是白吃白喝，贪点银子。而能拿银子解决的事，就不算个事。咱家保证礼数，亲戚情意也尽到，他们再闹腾，咱家在大义上也站得住脚。祖父少安毋躁，等咱家在洛阳住稳了再说。"

大房二房这般贪婪，早晚会露出马脚，让她抓到机会的。现在就闹分家，只能是打草惊蛇，到时候，极品亲戚更难甩脱。她春茶蘼从来不打无准备之仗，最好是让大房和二房主动分家，三房多损失点银子，给父亲和祖父一个平安和心安就好。她是想给父亲、祖父最好的生活，但钱财上并不看重，反正她有信心，千金散尽还复来。

祖孙三人又说了会儿话，少不得劝劝心中郁结的春青阳，又催春大山快休息。第二天一大早，春大山就回军府了。临行前极为不放心，一再嘱咐，有事就派人去找他。

早饭过后，那个牙人又上门了。因为他能把吊死人的凶宅也卖出去，现在在业内口碑极为良好，所以对春茶蘼的请托就很积极地应下。

他尽心尽力，不到两天就在洛河北岸的平民区玉鸡坊，找到两处相邻的宅子，四合院式建筑。大一些的有五间房，能住下二房的人。小一些的只有三间房，但也够大房的人住了。

请两房人搬过来时，他们还有点不乐意。毕竟在邸舍好吃好住，多舒服。之后，又嫌弃河北里坊的环境不好。

"三弟好歹是官身，怎么能让两位伯父住旧屋，周围还全是贫户。"春大娘嘟囔道。

"是啊，这是给大侄子没脸啊。"二老太爷也道，"你把他给我叫来，我不相信那厚道孩子能做出此事，必家是你这刁钻丫头。"

春茶蘼怕祖父生气，回头再忍出病。中医说，气行全身，在哪里郁结，就会在哪里出状况。所以，她叫祖父装病，由她带着小凤和一刀过来。这两个都能打，她不会置自己于危险之中。否则大房二房撒泼动武，她还真应付不了。

"我爹是朝廷命官，自然为大唐服务，为皇上尽忠，哪能二祖父叫回来就回来？"春茶蘼似笑非笑地说，"若耽误了正事，追究起来，我爹固然倒霉，春家三房人，任谁都得被牵连，何况还是二祖父开口提议。再说一遍，洛阳不比乡下，您呀，慎言。"

一句话就把老头噎回去了，倒是一直不怎么吭声的大老太爷开口道："行了，都快别折腾了，有的住就不错，我看比原先的房子还好些。"

"爹，这么多口人，住不开。"春大娘不依不饶的。

"反正我们三房就这点银子，大姑母就算大不满意，人家也不能让我们砸锅卖铁，供着大房和二房过富裕日子。传出去，人家怕是说大祖父和二祖父的不对。再者，就算真的三房吃糠咽菜也要奉养大祖父和二祖父，大姑母和二姑母也没脸跟在一边白吃白喝不是吗？到底是嫁出去的女，泼出去的水，两位姑父又没伤，又没残，这两大家子人，都不姓春呢。"她把话说得明白，他们要在外面满嘴胡吣，败坏三房的名声，只能是他们自己倒霉。毕竟三房供吃供住，已经做得很好，没人向着他们说。第二点是说明，三房没有养着春大娘和春二娘一家的义务，所以他们最好闷声大发财，别挑刺儿。

春大娘脸一红，春二娘就更抬不起头了。二老太太就赶紧把春大娘往自个儿身后拉，怕这泼辣货把好处给折腾没了。

江明机灵，又见一男一女两尊煞神站在春荼蘼身后，忙赔笑道："多谢大侄女了，大热的天还跑一趟。我们先安顿下来，然后再去给三叔请安。"

"不用了，我祖父病着呢。说不定是那宅子风水不好，阴气太重，千万别让邪气染了二姑父。"春荼蘼淡淡地道，随后拿出十两银子，"房租我都交了，这些银子，就算不俭省，也够买两个月的米粮菜蔬……"

"娘，我要吃肉。你说过，找到三房，就能天天吃肉！"陈阿二嚷嚷道，被身边像锯了嘴的葫芦似的陈阿大猛拍了一巴掌。顿时，坐在地上大哭起来。

不过，这时候没人管他，春荼蘼脸色一冷道："我爹的俸禄每月不过八两，总不能让我家喝西北风吧？话呢，我是说到这儿了，如果你们支撑不到两个月，后面也只能饿着。放心，是大家一起饿，三房不吃独食。"说完，转身就走。

既然他们贪得直白，她也不用虚假客气。春大娘和二老太太想追上她说道说道，被江明一力拦下。而春荼蘼走出院子也没就直接离开，对一刀使了个眼色，等一刀的身影隐没在院子的屋顶上，才带着小凤走了。

一刀伏在屋檐的阴影处，就见江明跑到门边，确定外面没人，这才说道："大伯、爹、娘还有大姐，咱来时不说好了吗？不贪这点蝇头小利。三房最有钱的是谁？正是荼蘼这个小丫头片子。她娘给她留下那老多的嫁妆不说，她给人打官司，那才发财。我可打听了，几十两，甚至上百两地往家搂银子。"

"没用。"大老太爷春青木插口，"我和老三聊了几句，他不想让他宝贝孙女做这行。话说谁会愿意自家孙女坏了名声？"

"我孙女要有这个本事，我就乐意。"二老太爷春青苗接话道。然后，他看了看春二娘生的三个女儿，一个个低头垂目，畏畏缩缩，不禁心头郁闷。为什么？为什么三弟能生儿子，为什么他的孙女能赚银子？老天太不公平了！

"所以，我们要加把火呀。"江明眼珠子乱转，"三叔想护着那丫头，仗着的，就是她在范阳县的名声没传过来。我们就给她四处宣扬宣扬，名声坏得彻底，还有什么藏着掖着的？到时候有打官司的人上门，她就推不了了。"

这些话，简直其心可诛。若顾及半点亲情，也不会背地里想着破坏堂侄女的名声。他们只看到打官司能赚大把银子，他们跟着沾大光，却不想想如果春荼蘼真为此嫁不出去该怎么办。反正他们得了银子回范阳，牵连不到自家姑娘就是了。

而当一刀把这些话传过来后，过儿和小凤都气炸了，小凤更是立即就想去揍人。春荼蘼虽然冷笑，却是淡定，而且把小凤等人拦住了。

不是她没脾气，不是她滥好人，也不是她委曲求全，是她能让坏事变好事。本来她就担心祖父和父亲不同意她上公堂，心中发愁要怎么办。哪想到老天对她真好，想吃冰，天上下雹子。春家大房和二房这么闹也好，既成全了她的心意，间接帮了她的忙，还能冷了祖父的心，以后分起家来，不至于太难过。

这就叫，诽谤再利用。

春家两房人的效率很高，几个女人每天早上起来，头不梳，脸不洗，秉承乡下懒妇的坏习惯，站在自家门口，拉住过往的人说闲话，一聊就是到中午。因为这一片生活的全是平民，喜欢闲谈他人是非的人比较多，听到女子当状师的新鲜事，八卦的热情相当高涨，加上春家有意把春荼蘼说得厉害些，不出半个月，全洛阳的人都知道春家出了个女状师，能把黑说成白，把死的说活了，那真是能说得口吐莲花，天下红雨。

不管在哪个时空，哪个年代，开创先河的都要承担骂名，好在洛阳是人文发达，对女子抛头露面的接受度比较高。春荼蘼的坏名声，完全是因为世人对状师的误解和骨子里的鄙视，还有惧怕和敬畏。

春荼蘼要利用大房和二房的无耻私心，自然不会把外面的事瞒住，只是她做了安排，让那些消息循序渐进地进了春青阳的耳朵，给他时间慢慢接受，不至于气坏了身子。春大山却是在外面听到的这些谣言，军府中还有军官问起他，把他气得暴跳如雷，春荼蘼好不容易才安抚住了。

"咱们家是军户，就算脱了籍，可还有底子在呢。而且，祖父还在大牢里做过事，再怎么仔细，有心人也会找茬，拿出来贬低春家。说到我的亲事，对方若是家风清正的人家，必要挖地三尺，了解得清楚明白。既然如此，咱家做任何事，不如大大方方摆在面儿上，何必躲躲闪闪、遮遮掩掩的呢？所以说，我就算做了状师，咱家的名声还能更坏吗？再说了，凭着本事吃饭、赚银子，有什么丢人的呢？世人不容我，难道祖父和父亲还不容？说不定，我这样帮助别人，还能积福，为自己未来谋好处，正经闯出一片天呢。"她这样说。

春青阳和春大山尽管百般不愿，可也知道形势比人强，已经无法阻拦。那不如，就支持荼蘼在这条路上走下去。说不定，不只是那些皇家公主能展现出大唐风华，一般女子也能光宗耀祖呢？

"既然要做，就做好吧。"当春青阳叹息着说出这句话时，春荼蘼算是放下心来。

因为，这意味着她可以按自己设定的人生道路走下去了，发挥自己的所长，实现自己的愿望。嫁不了人有什么了不起的，这年头不也有一辈子没成亲的老姑婆吗？顶多就是让人笑话。可是有句话说得好啊：人生，不就是你笑笑我，我笑笑你吗？她很想得开，就是有点厌恶那个二十岁不成家就要官配，否则就要交税的律法条例。

春青阳和春大山父子的某些性格很相似，比如只要认准的事，就不轻易回头。为了能让孙女成为最好的讼师，春青阳包办了所有家务琐事，指挥着两个丫鬟和老周头记账、买东西、操持家务、种植蔬菜，力图给孙女一个好环境，让她认真研究整部《大唐律》。至于看家护院，自然有大萌和一刀。闲时，他甚至利用之前做过狱卒的优势，去和洛阳县的同僚攀交情，好打听县令大人，以及河南尹大人的行事风格与喜好。

而春大山在军府做事，但凡有人说女儿家做状师不成体统的话，他就把早就准备好的一番说辞抛出来，与人辩论。那是他翻圣贤书、引经据典、呕心沥血写出来并背好的，春荼蘼还给润色了半晌，加了好多大道理的话。听到他这种"歪理邪说"的人，就算觉得有哪里不对,也辩不过他。渐渐地,居然压了一下恶名声,大家只对春家女儿感到好奇罢了。

眼看进了六月,盛夏之日,终于有了生意上门。

说起来,春荼蘼是个娇气包儿,怕冷又怕热,因为是快晌午时分,天晴太阳大,院子里烤得慌,还不如屋子里凉快,于是她就干脆躲在屋里纳凉。

这年头的冰很贵,可春青阳怕孙女看书的时候受罪,特意买了冰块,只供她一个人用。这情形令她更下定决心要多赚钱,让家里过上好日子。至少,冰炭随便用,祖父不用再种菜贴补家用。

她正迷迷糊糊要睡着的时候,小凤进了屋,对在一边做针线的过儿低声说:"叫小姐起来吧,外面有人求见。老周叔说,来人是大户人家的管家,说要问问官非的事。"

"什么官非啊?小姐似乎睡着了……"过儿有点为难。

春荼蘼就伸了个懒腰,出声道:"我没睡踏实,醒着呢。我琢磨着,可能是要找我打官司吧?小凤,你把人请到外书房去。过儿,你帮我梳洗一下,我总不能顶着鸡窝头出去见人呀。"

她说得风趣,过儿和小凤都笑了。刚来春家时,小凤还有点拘谨,时间长了就发现自家小姐是个随和的,只要忠诚、服从,不让老太爷生气,不触及小姐的底线规矩,就完全能过得轻松随意。而春家老爷和老太爷也不是苛刻的,令她感叹自己运气好,没有卖入不堪的人家。

"对了,别惊动祖父。"小凤快出门时,春荼蘼又吩咐,"还不知道什么事呢,免得祖父跟着白白担心。还有,茶点随意些,别用好的。上门的都是给咱送银子的,好东西一定要给祖父和父亲享受,再不济咱们自己用,死要面子活受罪的事,咱春家不做,听到没?"

"知道啦,小姐说过好多遍了。"小凤笑着出去了。

这边,过儿手脚麻利地帮春荼蘼洗脸梳妆。她才十五岁不到,自然素着一张脸。人都说十七八岁无丑女,毕竟年轻就是漂亮。她也不用脂粉,只涂了护肤用的面脂。因为有点油腻,所以也只用了一点点。

她梳了简单但整洁的单螺髻,只插了一支素玉簪。身上穿着七成新的湖水绿绣着樱草色小花的夏衫,下系月白色八幅烟罗裙,脚下踩着线鞋。这是一种以线编织而成的鞋子,夏天穿的就织松点,那样既不会露出脚,还很凉快。

这一身,既庄重大方,又不刻意装扮,在春荼蘼看来,算是比较合适的装扮。虽然没有胡服利落,但不上公堂的话,祖父和父亲都不喜欢她穿得像个男人。

"荼蘼有礼,请问您是?"进了外书房,春荼蘼敛衽为礼,态度温雅大方地问。

尽管之前对方已经送上名帖,刚才进屋前,老周头也给了春荼蘼,但是依礼节,还是要问上一声的。说话时,她也极快地看了来人一眼,对方四十来岁,衣着讲究,虽然面色谦和,不过眼神却倨傲,好在只是好奇地打量她,没有死盯着看,并不失礼。

这说明,此人是大户人家出来的训练有素的仆人,且掌握实权,见过世面。常言道：宰相门前七品官。所以这人未必看得上一个九品武官之女和小门小户的春家。而洛阳，虽然没有手握大权的皇亲国戚，但也有很多大人物，有等着升迁的显贵家族子弟，也有曾经在长安呼风唤雨的能人志士。所以，豪门这种特权存在，洛阳是从来不缺的。

而在她观察来人之时，来人也在看她。这人的心情也很复杂。本来，他对女人做状师就保持着怀疑的态度，想想头发长、见识短的女人，又是这种家族出身，能些许识得几个字就不错了，哪里能懂得律法？

《大唐律》，在世人眼中是很神圣的，一般人哪能精通？

可现在，这个名声有如邪风般突然吹遍洛阳的姑娘家，居然是想不到的娇柔温婉，料不到的年轻漂亮，他更觉得老爷决定的事不靠谱。

"先生。"春荼蘼见来人有短暂的发愣，不愿意冷场，就笑说，"来之前，是否以为荼蘼长相凶恶，甚至青面獠牙？毕竟，公堂不是人人敢上的。结果一见之下，看到荼蘼只是普通的女子，所以有些失望？"她现在是作为状师在接待客户，就不必摆出大家闺秀的举止态度来，处处拿着劲儿，端着架子。

她干脆直率地说话，显得爽利：“其实律法之事，并非凶恶或者强横之人才敢为之的。"她的恶名声在外面传得响，可她平时待在家里不出门，很少人见过她。

她与外界的联系，就只是和韩无畏的通信。那信件是摆在明面儿上的，不然便成了私相授受，反而不美。反正在大唐，男女通信并不违背礼仪规矩。

"小姐真会说笑。"来人听她这么自嘲式的说话，倒有些不好意思了，心说这姑娘大方得很，也许有点门道。

"鄙人是积善坊英家的管家。"他报上家门，"受我家老爷英离所派，请小姐代英家打一桩官司。只是不知……小姐能胜任吗？"

第三十三章　睚眦必报

春荼蘼暗暗吃惊。

虽然她擅打官司的名声传得沸沸扬扬，但有底蕴的豪门大阀之家未必听信。需知世间，往往很多时候只有普通百姓听风就是雨。而积善坊英家，却是十足的大家族。

她既然要在洛阳站住脚，当然详细了解过洛阳的显贵与地头蛇，韩无畏在来信中也给她详细说明过。黑白两道，能不得罪就不要得罪。不是她怕，是她不愿意平白树敌。勇敢和不管不顾的莽撞是不一样的，前者是优良品德，后者是脑子进水。她要做大唐第一女状师，却不能把父亲给折进去，阻了父亲的路。

当然，如果是必要为之就另当别论，反正她也是不会怕的。

本以为，先会有打小官司的平民找上门来，而且不会太信任她，大约会有那种出于死马当成活马医，或者好玩、看热闹的心态。但慢慢地，她就会凭真才实学，扭转坏名气，打响春氏的牌子，那时就能吸引大主顾了。毕竟，凡事都得从低到高，从小到大做起。哪想到，上来就是大主顾，倒让她有点不踏实起来。

不过，她从不会露怯。

"英爷您不细说，我怎么知道能不能胜任呢？"她没表现出半点惊吓或者意外，稳当当地坐下，又做了个请喝茶的手势，才道，"不知惹了官非的事，说得，说不得？"

"我家老爷既派我来，就无不可对人言之处。"英管家傲然道，"不过是个暴发户，跟我英家争产而已。"

春茶蘼心中打了个突，心道若这么简单，你何至于特意来请我？打出名声的状师，你们也不是请不起的。

如果按照案件类型来划分，这算是经济案了。与商业有关的案子，春茶蘼没有接触过，还真有点心虚。

不过，她秉承着宁被人打死，也不被人吓死的态度，照样平静地问："对方是何人，所争之产又是什么呢？"情况问清楚后，若无半分把握，她会推辞，这是对委托人负责的态度。但若可以一争，她就会迎难而上。毕竟，这样的大客户侍候好了，对她的未来发展太有利了。

"对方是集贤坊潘家。"英管家抿了口茶，慢慢开口。

春茶蘼知道，潘家也是大户，但与英家不同。

英家是百年世家，如今的当家人英离年事已高，致仕在家。但他曾官至光禄大夫，从二品的官职，也曾封县公。虽然这爵位没有实权，到底尊荣尚在。而且英家是望族，人才辈出，好多子弟入朝为官，人际关系网庞大，底蕴深厚。如今英离在陪都做着富贵闲人，表面行事低调，但骨子里很傲，特别被文士清流所尊崇。就算在豪门大户云集的洛阳，也能代表一部分洛阳的风向和舆论。

而潘家，却是新贵，出了位从一品的骠骑大将军，有开国之功，掌着实权。子侄在各地做着现官，虽多为武将，却并无虚职。潘家人行事强横霸道，带着战场上的刚烈之气，虽然家主式的人物潘老将军身在长安，可老家却是洛阳当地，倒也无人敢惹。

这两家一文一武，在洛阳是数得上的人家，但互相并无来往，虽说也没有争执，却透着股彼此看不起的感觉。此时针对上，那是谁也不想输的。

而两家所争的，是城外的一处山地。那处山背靠邙山，面临伊水，观之山势，有瑞气东来之相，主富贵荣华。洛阳本就是风水宝地，那处却是一个小风水局。之前并没有显露，也无人看出，直到年前来了一个不知名的风水先生，无意中受了英老爷的恩惠，点拨了几句。

也不知怎么，英老爷就相信了。更不知怎么，这消息本来是保密的，却被潘家的代家主得知。而那处山地是无主之地，只是有两片墓区在山脚下，恰巧归英家和潘家所有。

而依那风水先生所言，所谓风水轮流转，两家相争，富贵局恐怕就会破掉，必要将附近的地归于一家才好。于是两家人为这块风水宝地争了起来，谁也不肯让步。偏偏，他们还都有地契，证明是这片山地的所有者。可那地契，又都有些问题。

这无头官司几个月前闹过一场，那时春家还没搬到洛阳，自然是不知道的。而两个豪门相争，县官谁也惹不起，又都没有压倒性的证据，断了个糊里糊涂。案子推到河南尹那里，人家也是个伶俐的，又给推了回来打起了太极，急死你没商量。

听英管家说了情况，春荼蘼想了想，没有细问下去，最后还是决定拒绝。虽然一炮而红的机会难得，但她才来洛阳，两家又是勋贵之家，加上她打经济官司不是强项，还是决定不蹚这浑水。帽子虽大，也得看有没有那么大的脑袋戴上才行。

"春家小姐，我们老爷说过，只要能打赢这个官司，愿奉白银三千两。"英管家许以重利。

春荼蘼却仍然是微笑摇头："此案关系重大，我想来想去，真的没有多大把握。财帛动人心，可也得有那个能耐来拿才行。毕竟，这是大事，若耽误了，岂非对不起人？"

她感觉有些古怪。刚才英管家还诸多对她看不起、看不惯，怎么她推托了，对方倒争取起来？这是什么路数？但无论如何，她不接这个案子就是。承认自己不行，没什么丢人的。

"白浪费了茶水点心。"送走英管家后，过儿抱怨。

最近因为要担负玉鸡坊春家大房和二房的生活费，春青阳又不允许过度动用孙女的钱，所以日子过得精打细算。过儿是春老爷子最忠实的信徒，把这一方针执行得极为彻底。除非是春荼蘼花用，否则不管谁多占一文钱，她都心疼。

"小姐把三千两都推了，你还计较茶水干什么？反正是普通货色，也不值什么。"小凤接口道，一是可惜那么多银子赚不到，二是遗憾看不到春荼蘼上公堂。

她是新来的，却听过儿反复讲了好多遍神化过的自家小姐上堂的故事，早就非常着迷、好奇来着。好不容易似乎有机会能亲身经历，哪想到小姐却拒绝了。

"三千两！"过儿惊讶得瞪大眼睛。

刚才她没在外书房侍候，自然是不知道里面的事。至于说徐家赔的五千两，自始至终就是以"飞钱"的形式保管，过儿并不知情。所以，这三千两对她来说，是她听过的最大最大的巨款了。

春荼蘼笑而不语，但是却回了内院，和祖父禀报了一声。春青阳赞成她推了这个案子，却又觉得她的名声大到连豪族都知晓，不禁又是患得患失了起来。但偷眼一瞧，见孙女该吃吃，该喝喝，即没有沮丧也没有得意，一派平和安静、不急不躁，也就放下了心。

孙女是个稳得住的，凡事又有思量，是个能成大事的人。可惜啊，为什么不是个小子呢？

春家照常生活，春荼蘼也并不担心没有官司打，影响自家的生计，更不去理会玉

· 175 ·

鸡坊那两房人。可她不知道，在豪华得如园林般的英府里，英管家正向英离老爷子，详细汇报找状师的过程和结果。

"不接？"英老爷挑了挑已经灰白的眉，"提了茶水和润笔银子了？"

"说了。"英管家点头，"不过这位小姐嘴里净是新鲜词，管找她打官司的，叫委托人。管茶水和润笔银子叫委托费用。"

"倒是稀奇，看着有点门道。"英老爷又问，"不过依你看，此女如何？"

"回老爷话。不怕您骂我，我去春家之前，还真是有点不以为然。一个姑娘家，周岁不足十五，就算天纵奇才，还能如何？可是见了面，我发现那还真是个人物。态度落落大方，听到咱家的门庭，听到是和潘家的官司，半点也没露出惊讶或者惧怕之意。对我，也没有谄媚巴结的行为。后来拒绝那三千两，眼睛都不眨一下。有分寸、知进退，利弊权衡后，不贪婪也不动摇，品性实属难得。康大人给您介绍的状师果然不错。"

英老爷看着在自己身边历练多年的管家，不禁眯起了眼："你也是个眼毒的，能得到你这番评价，那姑娘想是难得。只是她打官司，真有那定乾坤的能耐吗？"

英管家毕恭毕敬地道："这个，老奴可不敢断定。但康大人少年游学至洛阳，与老爷有忘年之交，他必不会害咱英家。再者……"

"有什么话，直说。"

"前头打这糊涂官司时，咱们两家都请了状师，名气不小，经事也多，却很不称手。偏那片地还牵着好多城外的贱民，实在不好处理。不如就试试，说不定春家小姐剑走偏锋，把这事就了结了呢？"

"不是了结。是要赢。至少不能输。"英老爷沉声道，"在洛阳这块地界儿，英家绝不能让潘家压一头。潘家是胡民归化，以为赐了姓，就懂什么礼义廉耻了？！老夫最看不上这类人，也不会让他们得了山川风水之利。虽说咱们英氏比不上五大姓、七大家，但不借助风水之力，也是百年望族。"

英管家垂下眼睛，明白了老爷的意思：那块风水宝地拿到最好。若不然，两家就谁也不能得到。因为比内蕴，英家是不惧潘家的。所以外运，就成了关键。

"那……春小姐不肯接案，只怕多给银子也不成的。要怎么办？"他犹豫了一下问。

英老爷想了想，忽然笑道："潘家凡事抢先，不懂得后发制人，又霸道多疑。你把英家请春小姐为状师的事透露出去，他家必有所动。那时看看各方反应，再决定如何请人。"

"老爷英明。"英管家笑了。

两日后，又逢春大山的休沐日。现在春家大房和二房怕惹恼春荼蘼，不好捞银子，轻易并不到荣业坊这边来，春家虽说要白养活两房人，却好歹过上了几天清静日子。

而春大山初入德茂折冲府，仍然是队长之职，为了表现好些，能够升职加俸，让父亲和女儿过上更好的日子，他日常的操练极为刻苦，军府中各种辛苦事、同僚的支使，也都努力认真地完成，所以格外辛苦。

春青阳和春荼蘼深知这一点，自然心疼，于是每到春大山回家休息的两天，就变着花样给他做好吃的，想方设法让他休息好，并保持心情愉快。

"祖父，拔哪种菜呢？"春荼蘼蹲在后院的菜园子里，看着一片片青翠可爱的蔬菜，皱着眉头问春青阳，"要能败火的比较好吧，我爹最爱吃羊肉烩饭，可这个天气吃热物，肯定会上火。"

"都摘一点吧，拿酸酪凉拌成菹菹，他倒还是吃的。"春青阳道，有点发愁。

春大山和大多数壮年男人一样，是肉食动物，可人体是不能缺乏维生素的，所以让他多吃点水果蔬菜，都靠春青阳威胁，外加上春荼蘼哄着才行。而且，如今是六月天，天气炎热，吃点醋啊、酸酪啊，特别开胃。可以说，为了春大山的健康，春氏祖孙煞费苦心。

"好吧。"春荼蘼开心地点头。

上后园拔菜，是她目前唯一的运动，她每天在屋里研究《大唐律》累了，对前院风雅的花树倒没什么兴趣，偏喜欢这片菜园。

"我爹今天晚上回来，肯定又累又热，咱们就做一个酸酪菹菹，再做一个凉拌胡瓜，放点井水镇过的熟粉丝和摊的鸡蛋饼丝，吃起来爽口又美味，多加点胡蒜末，可以防止腹泻。"她扳着指头算计着，"要不，再炸一个昆仑瓜盒吧？咱家还有猪肉馅儿呢。如果没有肉菜，怕我爹要吃不下饭。"胡瓜就是黄瓜，昆仑瓜盒，就是茄盒。

春青阳看小孙女一脸兴奋，微笑着点头。对于他来讲，辛苦了大半辈子了，能天天看到这一幕，就是最大的幸福。此生，再无所求了。

春荼蘼见祖父答应，就蹦跳着到菜埂上，拣着肥肥胖胖的青菜摘。正想着是不是叫过儿弄一坛米酒到井水中镇一镇，等春大山回来，喝着正可口时，就见过儿慌张张地跑进来："老太爷，小姐，不好了！老爷回来了！"

春荼蘼一怔："我爹回来了，有什么不好？你这丫头，真不会说话。"

可这才是上午，春大山怎么回来这么早？不应该是晚上吗？

春青阳正摆弄菜园，闻言也站了起来，手上的泥还没洗掉，就这样张着两只手，心里有一种很不好的预感。

"不，不是。"过儿眼圈是红的，"老爷……老爷伤了，是……是让人抬回来的！"

"什么？！"春荼蘼一听就急了，扔下手中的菜就往外面跑，心慌之下，把绿油油的菜都踩倒了一溜儿。

春青阳比她反应慢，但愣怔片刻，也赶到了外院。

这时，两个兵士已经抬着春大山进了大门。话也没说一句，满脸怒气冲冲把人丢在外院当中，转身就走。老周头本想过去问问，却被推了一个趔趄，还趾高气扬地骂道："少挡本大爷的路，不知死活的东西！"怎么听，怎么像指桑骂槐。

"爹，你怎么啦？"春荼蘼扑过去。

就见春大山趴在一块板子上，身上只着中衣，后臀和大腿处血迹斑斑，衣物已经和血肉粘连在了一起。而他本人，双目紧闭，脸如金纸，呼吸急促但微弱，这么大热的天，冷汗把头发全打湿了，贴在额头上。

"谁干的？！"春荼蘼噌一下跳起来，眼珠子都红了，又是心疼，又是狂怒，那模样非常吓人。若她手中有刀，在场所有人都相信，她会拎刀就砍。

"送我爹回来的人哪儿去了？回来给我说话！"她叫了声，大步地往外走，气势汹汹，把站在院子里的人都吓傻了。包括大萌和一刀在内，见过她在公堂上侃侃而谈，见过她在查案时诡计多端，见过她平时笑嘻嘻的随和样子，也见过她周旋于各色人之间的一点点小狡猾，却不知她怒起来是这样吓人的，简直是人挡杀人，佛挡杀佛。

幸好春青阳赶到，一把拉住她的手臂："荼蘼，救人要紧。"六个字，霎时熄灭了她那仿佛燃烧到全身的火焰。

她站在那儿愣了会儿，就一抽一抽地哭起来，哽得说不出话。那纯出自然的小女儿态，和刚才要杀人放火的凶残样子对比，反差极度强烈。

"老周，你快去请大夫。擅治内伤和擅长治外伤的，各请一个。"春青阳到底经事多，虽然心疼自个儿的儿子，腿都哆嗦了，但还是有条不紊地吩咐，"小凤，你看好门户，过儿去把你们老爷的房间打开，然后去烧点热水。大萌、一刀，麻烦你们把人帮我抬进来。"

各人应了声，麻利地去做事，只有春荼蘼缩在一边，已经哭得上气不接下气。之前不管遇到什么大事，她都是冷静从容的。唯有这次，她不能！她惊慌失措，恐惧非常。

她感受到了死亡的气息，看到父亲昏迷不醒的样子，她吓得心都凉透了，感觉整个人都沉到看不见的深渊中去。一种锥心刺骨的痛苦，笼罩着她的全身。

她受不了这个！真的受不了。

"丫头，别哭。你爹会没事的，别哭。"春青阳上前，搂着孙女的肩膀，轻声哄着。

"祖父……祖父要保证……保证我爹……没事……"春荼蘼抓紧春青阳的袖子，泣不成声。

"祖父保证。"春青阳脸色苍白，可神色却坚定，"你爹如今是朝廷正式封的武官，就算品级低些，也不是谁能随意打死，连个交代都没有的！"说完，对大萌和一刀使个眼色，这两人就把春大山抬到内院东厢他自己的屋里去。

春青阳拥着孙女，紧紧跟在后面。此时，过儿已经迅速铺好了床，又跑去烧水。可惜春大山躺不下，只能继续俯卧着。

一刀在军中已久，跟军医学过点皮毛，于是顺手搭了搭春大山的脉搏，然后安慰屋里的一老一小道："大山性命无碍。不过这顿打得不轻，身上只怕聚了火毒，一时难以醒来，今后也要好好调养一阵子。"

看着春荼蘼哭花的小脸，他不禁心中暗叹：平时再大方懂事，也不过是个小姑娘，见到亲爹伤了，看吓成那样子，真是可怜。这件事，要不要写信告诉他家韩大人呢？从军府回来受的伤，势必与军中人物有关，以韩大人的能耐，若要为春家小娘子出气，只怕得罪春大山的人没有好果子吃。

他因不是奴仆也不是下级，只是韩无畏派来帮忙的，所以平时直呼春大山的名字。见了春青阳，也只是称呼一句春老爷子，而不是像老周头他们那样叫老太爷。

"多谢。"春青阳对一刀等二人也很客气，略点了点头道，"请二位替了小凤，叫她去厨下帮着烧水，再把熬药用的东西找出来备着。等老周回来，让他直接到内院帮手。大门那儿，就有劳你们了。"

一刀和大萌点了点头，并不多说，转身就出去了。

望着还没苏醒的春大山，春荼蘼从最初恐慌中走了出来，狠狠擦了擦眼睛道："谁干的？！"

"只怕是在军府中受的罪，违了军法军规什么的，让人发作了。"春青阳哑着声音，"但我自己的儿子如何，我最清楚，他这么努力认真，怎么会犯错到招致毒打，不过是欲加之罪，随便找了个由头……"

春荼蘼听到春青阳这么说，强迫自己沉下心思。

谁打的父亲？为什么打？这并不难查。只是为什么？春家没有背景和地位，春大山品级这么低，威胁不到别人。而且春大山为人厚道，但也不傻，自然不会得罪上锋和同僚。那么，唯有两种可能：第一，春大山无意中又碍着谁了。第二，父亲，或者说他们整个春家，不小心得罪了谁。

至于说春大山撞见了什么秘密……可能性基本没有，毕竟如果到那个程度，怎么也得杀人灭口才是，断不可能只打一顿就完了。现在的情况，倒像是找借口出气。

到底是如何的，她暂时不想了，治好春大山的伤要紧。之后，不过是使点银子，什么都打听得出来，毕竟春大山受的不是私刑，还给大庭广众之下抬了回来。这是想给春大山和春家没脸，或者是警告。再联想到那两个兵士的恶劣态度……

"没下死手，但下了黑手。"春青阳在衙门做了三十年，特别清楚这里面的门道，所以在看了儿子的伤处后，就说，"特意留着你爹的命，但却着实要给他个教训。荼蘼啊，你不懂，一样的棍子打在身上，结果可是天差地远的。"

明白了，就是动手的人狠狠打了春大山，毫不留情，但终究不敢打死他。这说明什么？说明对方想要给春大山或者春家一点颜色瞧瞧，说明春大山被人做了筏子。原因？肯定是惹到了某人，但还没惹透。整件事，带着一股警告、威胁的意味。

很快，大夫请来了，看过春大山后，说出的结论与之前一刀与春青阳判断的差不多。这时候，春荼蘼身为女儿，守在一边诸多不便，就只能站在东厢房的窗户下听着。大夫几针下去后，她听到春大山醒了。然后在清理伤口时，她听到了压抑的闷哼。

不管是谁伤了父亲，她必要对方付出代价！她一直尽量低调做人，不惹麻烦，可她其实有个睚眦必报的坏性格。有恩，她加倍报答。有仇，她十倍奉还！伤害她，没有关系，反正她是刀剑不入，但若是惹了她的家人，那就是捅了马蜂窝。

好不容易，外伤大夫处理完伤口，内方大夫又开了方子，东屋却还是不让春荼蘼进。

"天热，伤口不能捂着，若发了汗，不仅会疼，而且皮肤容易溃烂。"春青阳哄着她，"你爹现在光着身子趴在床上，你当女儿的，怎么好接近？这几天，就由我和老

· 179 ·

周侍候他,你把家里家外的事管起来就成了。"

春茶蘼一想,也确实是这么个理儿,就点头道:"那有劳祖父了,我侍候不了父亲,还要您动手。不过,待会儿我在院子当中画一条线,东边那半边,我和小凤、过儿都不去,这样我爹房间的门窗也可打开。多通风,对他的伤口好些。"

春青阳见孙女想得周到,心中有几分安慰。春茶蘼又问:"我爹到底说了没有,他为什么挨打?谁下的命令,打了多少板子?"

"是军棍。"春青阳犹豫一下才道,"只是他才醒过来没多久,身子正弱,我没细问。丫头啊,你要听话,也别跑去问了,何必让他堵心。大夫说了,他心中郁结,别让他再心情起伏才好。不然,火毒怕是不好拔了,那会于身子有损。"

春茶蘼明知道这是祖父和父亲要瞒她,肯定有特别生气的事,但也不打算再追问下去。他们越不说,就证明越有问题,她难道不会查吗?不必当面儿让祖父为难,父亲难堪。

"好。我听您的!"她痛快地答应春青阳,把内心的怀疑好好掩藏了起来,然后很快转移话题道,"人是铁,饭是钢,一顿不吃饿得慌。不吃饭,怎么有力气养身子?我去给父亲蒸肉末昆仑瓜吃,再蒸点白米饭,回头祖父劝说父亲全吃掉。"

"就你怪话儿多,每天都一套一套的,都没听别人说过。"因为儿子被打伤,春青阳本来内心郁郁,可听孙女嚷嚷两句,他不禁微笑起来,心里敞亮多了。心道一会儿进屋,也给儿子说说,儿子的心情也一定会好起来的。

唉,他们虽说脱离了军户,到底是人下之人,受委屈、被欺侮的事,哪能少得了?能怎么办?忍耐吧。他现在就怕孙女爹毛。那丫头看着软乎乎的,可急眼的时候浑身是刺儿。

可出乎他预料的是,春茶蘼两天来都很安静,只张罗着给春大山弄吃食,既要美味,还要对伤口有好处。菜,是自家种的,都新鲜。买肉蛋,她都亲自去,不假他人之手。看着孙女如此孝顺,春氏父子很安慰,却不知她私下里根本没这么老实,完全是折腾不断。

她先安排一刀约了老苗,那是当日他们初来洛阳时,负责接待春家的兵士。此人没品级,但是为人圆滑机灵,街头巷尾的事都知道,属于到哪儿都吃得开的那种人。

然后第二天,她借着买东西的由头,和老苗在茶肆见了一面。银子,没少使,可得到的消息却很值得。据老苗说,春大山当天挨了四十军棍,在军法中处于不轻不重的处罚。但是,一般行刑时,军中兄弟们都会手下留情。这一次却是实打实的,显然背后得了什么人的嘱咐。

这个人是谁?八成是下命令的那个人——果毅都尉潘德强。德茂折冲府在本朝是下府设置,军府的果毅都尉是从六品下阶。官阶并不算高,但官大一级都压死人,何况春大山和他差了这么多级,他还是春大山的直属上司?

至于潘德强下令责打春大山的缘由,是说春大山训兵不严。从罪名上讲,无可挑剔,虽说处罚严厉了些,但到哪儿说都占了理儿。

可事实呢?

春茶蘼知道，有很多所谓的事实，只要反复询问细节，就会漏洞百出，经不起推敲，显示出丑陋的面貌来。春大山被责打一事，正是如此。

就在春大山受伤的前一天，果毅都尉潘德强忽然提议要检验兵士们的训练成果，进行列队比武。春大山个人武功不弱，兼识文断字，懂得兵法，在军中又尽职尽责，实在是个能人。所以，虽然他带队的时间比较晚，可他那队人的战力是很强的，平时演习时就没输过。哪想到潘都尉却提出要考较各队队长的指挥才能，把原有人马打散重新编排。

这也没关系，春大山个人能力强嘛。可也不知这姓潘的从哪里做的手脚，分给春大山的全是老弱残兵，而且全然不肯配合，就连武器和马匹也都是不顶用的。那结果……可想而知，在军中大比的名次垫了底。潘都尉借机发作，说春大山玩忽职守，指挥懈怠，当众责打。

这些细节，越是打听，春茶蘼越是生气。她忽然明白，当时父亲昏倒，也不只是外伤所造成的，还有那种心理上的屈辱感。自家的父亲，她是很明白的，春大山虽然为人忠厚，但自尊心很强，对自己的能力也很自信。可他所受的折辱，明眼人一看就知道是找茬，这口气他如何咽得下？

可是，军法如山，他不能反抗。若他孑然一身就罢了，但他身后还有老父和幼女，很多事不得不忍耐。可忍字头上一把刀，他伤的只能是自己。

"爹，您等着，看女儿给您报仇。"春茶蘼咬牙切齿。

当天回家后，她独自坐在窗边的短榻上发呆，过儿和小凤很担心她，又不敢吵她，直到她长出一口气，眼神重新灵动了起来。

过儿熟悉她这种表情，低声对小凤说："看到没，小姐这是想通了一件事。只要小姐想通了，后面就有好手段。告诉你吧，咱家小姐是顶顶聪明的人，就没有解决不了的事。"

小凤"哦"了声。她年纪虽然比春茶蘼大了一岁多，却是很崇拜和信服自家小姐。此时，见春茶蘼站起身，连忙上前道："小姐，咱们要怎么做？"

看她跃跃欲试的样子，春茶蘼不禁想笑。怎么她的丫鬟，就没一个省事的，都是唯恐天下不乱似的？不过嘛，忠心可嘉。

"等着英家上门。"她明明在笑，可是却让小凤感觉到后背发凉，"若他们来，我接下那个案子。"最后，她要让潘德强也尝尝被人踩在脚下，有苦说不出的滋味！

"老爷被责打和英家的案子有关系吗？"过儿好奇地问。

"不管有没有……"她挑挑眉，"只要能让潘家难受的，我都会做。"

实际上，她认为是有关系的。想了半天，她也找不出潘德强找春大山麻烦、或者潘家找春家麻烦的理由。唯有一桩，就是那个争地案。当事人双方，正是积善坊的英家和集贤坊的潘家。她和整个春家，也因为此案，与那两大豪族之间，产生了联系。

尽管，她是拒了那个案子的。

其实，英家直接找上她就很奇怪，而潘家，必是知道这件事，才来给春家警告。再者，春大山如果下不了床，她身为女儿，应该床前尽孝，哪还有心思上公堂？

· 181 ·

潘家是给英家釜底抽薪，可她真的那么重要吗？这样的两大家族，必不会因为市井传言就对她重视起来，背后肯定有更深的原因。

还有，英家是无辜的吗？英家来找她，潘家怎么那么快就知情了？如果，英家也很快知道春大山被打的事，并找上门再要求她接手案子，就说明消息是他们透出去的。那么，英家也不是好鸟，也惹了她！

从来都是她挖坑让别人跳，能挖坑让她跳的，她可要好好记在心里。拿她当枪使，没那么便宜。到时候若有机会掉转枪口，那就怪不得她。

不出她所料，春大山出事后没三天，英管家又上门了。春荼蘼心中冷笑，脸上却一派温文尔雅："我有一件事不太明白，希望英大管家赐教。"

"不敢。请问是什么事？"英管家客气地反问。

老爷已经知道春大山被打的事，也知道了春荼蘼打听到了其中的缘由，断定这个丫头必定恨上了潘家，所以他才再次登门。此行，虽说没有提高那个什么什么"委托费用"，但他带来了上好的草药和御制药膏，全是治外伤的。春荼蘼这么机灵的人，定能领会其中之意。刚才，她已经老实不客气地全收下了，说明案子的事有门，真是半点也没逃过老爷的算计呀。

"为什么找我？"春荼蘼直截了当，"为什么要我打官司？我只是个小女子而已。既没背景，又没有功名。虽说有些市井流言，但英老爷是什么人物，怎么会被传言所左右？"

"春小姐是明白人。"英管家之前得了指示，所以回答得也不遮掩，"找小姐您，只因为我家老爷与大理寺丞康正源大人是忘年之交。年初，我家老爷与康大人通信，问及巡狱之事，康大人极为推崇小姐之才能。我说句打嘴的话，小姐实在太年轻了，我家老爷并非完全相信，但是在小姐一家来洛阳之初，住在邸舍之时，曾遇到有无赖敲诈。那天，小姐当街侃侃而谈，斥退宵小，给我家老爷留下了极深的印象。"

春荼蘼怔然，想起当日围观人群中确实有一辆豪华马车来着。不过当时她没有在意，以为只是哪个权贵经过，哪想到还有这样的渊源。但康正源……他这样做事，令她极其不满，谁让他乱推荐她来着？但念在欠他良多的分儿上，她原谅他，只当还一份人情。

"后来，春家这宅子的原主人犯案，也是小姐解救。我们老爷听闻，更是赞赏。"英管家继续说，"以至于后来有了传言，我家老爷都没有怀疑。"

你家老爷的耳朵真长，什么都打听得到，属兔子的吗？春荼蘼暗暗腹诽。

"那潘家又如何知道我的？"她突然话题一转。

英管家眼神一闪，自以为掩饰得好，却让春荼蘼逮个正着。果然是英家故意挖坑，让霸道的潘家出手，伤了春大山，继而让她兴起愤恨之心，变相逼她接下案子。

哼，做事用手段，她本来不介意。可千不该、万不该，那手段不是对她用，而是对她看得重若生命的家人。最终，不管官司谁赢谁输，受罪的却是春大山。委托费？别说区区三千两，就算是三万两，春大山的肉身之痛，谁能替代？谁来偿还！

"潘家想做洛阳第一大族，所以不管什么样有名气的人出现，他们必会暗中调查得清清楚楚。看看谁能为潘家所用，谁应该想办法踢走。这样一来，想知道小姐的事并不难。"英管家解释说，和春茶蘼猜测的一样。

但春茶蘼心中不管怎么想，面儿上却不露，假意略想了想道："请回复英老爷，这个案子我接了。只是，委托费用不了三千两这么多。我只取三百两，胜诉后，再取三千。若输，我分文不要，但这三百两，是不退的。"

再讨厌英家，讨厌英老爷，她也不会乱收费。规则就是规则，就像律法，不能因个人喜怒而改变。想要赢，关键在于熟练运用律法——把武器放到自己手上，才能庇护自己。

而英管家看她有钱不收，完全不贪婪，反而有理有度，自然又高看了她一眼。

这是春茶蘼第一回代理原告，从前一直是应诉来着。而为了详细做好案前准备工作，她与英管家商定，十日之后到洛阳县衙去递状纸。在此之前，英家要把前面官司所涉及的卷宗都交给她。如果有补充的证据或者证人证言，也要一并告之。

"要想打赢官司，必须对状师说明一切。当然，状师出于职业道德，是不会泄露有关委托人的各项事宜的。"她说。

最后的要求是，暂时不要让潘家知道英家及她的动向，免得对方有充分的时间做准备。照理来说，英家递上状子三天内，洛阳县会决定是否受理，然后会通知潘家的。

"还有，我父亲。"春茶蘼面无表情地对英管家说，"因为英家找我打这场争地官司，潘家才报复我爹，如今事情摆到了明面儿上来，英老爷也要保护我家才对。"

英家虽然辈出文臣，在军中没有多少势力，但春大山本就无过，所以只要英家站在道义的制高点，春茶蘼坚信，挤对得潘家别波及无辜还是可以的。再者父亲现在伤着，天气又热，伤口不好愈合，至少得养上两个月吧？那时，天气凉爽了，她也能还父亲一片安宁的天空。

这件事，英管家不能做主，但他回报过英老爷之后，给了春茶蘼肯定的回复。小凤和过儿这时候看出了门道，不禁都很生气。小凤更是怒道："小姐，英家和潘家是不是傻瓜啊？他们布的局这么明显，难道不怕咱们看出来？一个挖坑让咱跳，一个以势压人，太无耻了！"

"他们不是傻瓜，能带着家族走到豪族的地位的，都有一颗七窍玲珑心。"春茶蘼目光冷然，"他们只是不在乎罢了。豪门巨兽，会顾及平民蝼蚁的感觉吗？"这些所谓的贵族，就是明着摆布百姓，难道百姓还有力量反抗不成？

可她不。她是不想惹事，不想得罪人，能躲的麻烦就躲。但，这不意味着别人欺侮到她头上来，她都不反抗。说起来，她的性格真是坏。看，又找出一条，惹急了她，她可什么都敢做。

接下来的时间，她全身心扑在这个案子上，卷宗恨不能一个字一个字掰开了看，又反复推敲。见到她辛苦，春青阳很心疼，也很不愿意孙女接下豪族间的争斗案。不过春茶蘼想了无数个理由来说服，但没说自己要为春大山讨公道的真实目的。到最后，春青阳反驳不了，也只好同意了。

另一边，春大山的恢复虽然不错，但还不能下床。于是祖孙俩商量好，暂时瞒着春大山这件事，免得影响他养伤。

英潘两家争地案，特别复杂混乱。原因在于，双方都要吞并对方的地，却又都没有最有利的证据，也就是本朝签发、在衙门有明确记录的地契。哪怕是副本呢，也没有。

英家的证据，属于事实证据，就是英家的族谱。英家号称百年望族，但实际上在洛阳已经生活了三百多年。就算前面的突厥王朝在中原肆虐了很久，其间对士家大族也是多方打压和迫害，但英家哪怕大部分人都逃到其他地方，也始终留有子弟守着自己的家园。

英家辩称，他们是有地契的，但随着战乱被毁。后来韩姓成为天下之主，开创大唐盛世，他们只是没有及时补办地契而已。毕竟，谁不知道那块山地是他英家的祖坟？可惜事到如今，英家也没办法去寻找远遁阿尔泰山脉的突厥流亡王廷，拎他们来作证。

不过是个洛阳人就知道，英家的根在洛阳。那片墓地，祖宗的碑位也可作为旁证。英家墓地的面积，更比潘家大得多，埋骨人多得多。所以从事实上说，那片地该归属英家，确信无疑。

而潘家的证据，换句话来说的话，就是无效证据。虽然，他们是有地契的，也是大唐衙门签发并备录的，但在没确认此地无主之前，就把地契落在潘家身上，从律法上来讲，是站不住脚的，算是衙门的疏忽。就连潘家的祖坟，也是本朝开创后，从外地迁来的。

况且窦县令的前任是因为贪赃枉法被处以斩首之刑的，实不可靠。也恰是此人做主，把地契给了潘家。英家就死咬着这点不放，说地契是潘家行贿所得。不过英家没有证据，所以这个辩护的理由也只停留在口头上。

第三十四章　找麻烦的体质

春荼蘼搞清楚原委后，实在是很同情窦县令，因为这根本就是无头官司，偏偏双方一是豪族，一是新贵，谁也得罪不起。他就像悬在火上的猎物，让英潘两家不住地翻烤。其实春荼蘼对此也有点一筹莫展，干脆决定到现场去看看。

现在她身边有两个丫鬟，她决定让过儿主内，小凤主外，做到人尽其用。毕竟过儿的针线好，做饭也不错。而小凤呢，家务事上马马虎虎，可偏偏一身好功夫，又因为是女的，可以贴身保护她。

另外，她把大萌和一刀也拆了对子。大萌稳当，遇事沉着，就留在家里。现在她在风口浪尖上，怕有人对春家不利，留个高手，她心里踏实。而一刀呢，瞪起眼来凶巴巴的，天生就是当保镖的好料子。

所以，她带着小凤和一刀出了门。

那处山地，其实只是邙山的一角，算是延伸出来的一个小山包。可山不在高，有仙则名，水不在深，有龙则灵。不得不说，此地风景还是不错的，明媚秀丽、蕴风藏势，若说是风水宝地……虽说春茶蘼不懂这些，但瞧起来就是可信。不然，英家祖上不可能把墓地定于此处。潘家是胡民归化，也不可能把祖宗的尸骨迁在此处。只是，他们两家的祖坟，一在东，一在南，中间隔着大片的荒地。

春茶蘼到地方才发现，那些荒地不是荒地，而是田地，且有人耕种！

怎么回事？英潘两家争地，这些贫民又是做什么的？英家给她的卷宗里，没有提到啊。而且看那些土地，似乎种了不是一天半天了。但不管这块地最终判给谁，两家的地要连起来，中间的田地就会被吞并掉的。

那时，这些农民该怎么办呢？

询问之下她才知道，这片原就是无主之地。五年前，附近归化的胡民因为无地可种，就到此处辛苦开荒，又努力耕种，令荒田变成良田。

"这片地虽然土质不错，但夹在两块坟场之间，所以无人开垦。"一个老农忧愁地说，"可如今不管英家还是潘家，都要把地圈走，不管他们谁输谁赢，我们这些人连老带少，就得喝西北风去。"

"那你们还种？如果不等收获，岂不是连人力和种子钱也损失了吗？"一刀皱眉道。

"能有什么办法？"老农仍然是叹息不止，"能抢种一茬，就能多点存粮。只希望英潘两家在秋收后再打官司。那样，等交了税粮后，还好歹能混过这一年的饥荒。"

一刀和小凤几乎同时看向春茶蘼，目光中带着期盼。那意思是：小姐，拖拖打官司的日期吧。这些人真是好可怜的。只当日行一善了。

春茶蘼无语，一来她早就和英家约定好了，不能言而无信。二来，拖时间不是解决问题的办法，治标不治本的事，做了只能是浪费时间。

"税粮交多少？"她问，心中闪过一个念头。

"比普通田地，减免一折。"老农回答。

"那……为什么不去官府换了正经的文契，把荒地归为你们所有呢？"既然交了税粮，官府就等于从事实上承认了这些人对土地的所有权，至少是耕种权。

大唐归属韩姓，才历两代。前面战争频发，民不聊生，所以本朝鼓励开垦荒地，若使其变为良田，只要交少许费用，就能收归己有。

"我们是贱籍，不能拥有土地的。"老农低下了头。

"那英家和潘家，知道你们的事吗？"

"怎能不知呢？我们曾派人求上两家，结果却连家主也没见到，就被打了出来。"

老农脸上露出悲伤又无奈的表情，"他们都要圈祖坟之地，尊敬先人，却不顾活人的活路。"

"放心吧，这世上还有天理呢。"春荼蘼安慰道，又随手掏出一两银子，递给老农，"今天耽误您的工夫了，这银子算是补偿。"

一两银子，对英、潘这样的大户人家来说，几乎可以忽略不计。就算在春家，也不是什么了不起的财富，可对于生活贫困的农民来说，却可以让一大家子人过上两三个月。这就是朱门酒肉臭，路有冻死骨。贫富之间，就是天与地、云与泥的差别。

只是，最底层的人却有着最朴素高贵的情怀。那老农先是惊喜，随后就坚持不收。在他看来，说几句话而已，哪里用得着钱。

"我还有话要问呢，占了您侍弄庄稼的时间，自然要有补偿。"春荼蘼硬把银子塞到老农的手里，然后拉着老农到一边说话。

"小姐平时就这样吗？一件事翻来覆去地问？"小凤好奇。

"这个得问过儿，我也是头回见到这样查事的。"一刀也很纳闷，"但春小姐是个能人，我们韩大人都信服的，这么做，必定有缘故，咱们还是耐心地等着吧。"

而这一等，就是足足两个时辰，之后几人才到洛阳城里。他们出门的时候挺早的，就是为了避开毒辣的太阳，可因为遇到特殊情况，回程时却正是日央未时初，天上就像下了火一样，才进城，三人都热得快晕了。

"小姐，刚才咱们应该先在山里避过了一天中最热的时候再回来。"小凤晒得脸蛋儿红扑扑的，不断拉着汗湿得快要黏在身上的衣服。

今天他们出来，没有套车，而是骑马。春家只有一匹马，是春荼蘼给春大山配的，但她把马匹的供应列在委托费用中，找英家"借"了两匹。她虽然没怎么骑过马，可选了驯好的温顺马儿，再有一刀带领，倒也顺利跟下来了。

只是，她只贪图速度快，却没想到在这种天气骑行，简直是受罪，大腿处可能被磨破了皮，被汗水一浸，隐隐作痛。

但若是坐马车，在车厢内也会被烤熟的。今年的天时有点怪异，热得反常。可那些农民却不敢歇伏，在地里继续辛苦劳作。

"我是怕回来晚了，祖父会担心。本来说好中午就回的，已经迟了一个多时辰。"春荼蘼戴着帷帽，倒不是她怕羞，或者装大家闺秀，而是怕晒，当遮阳帽用了。

说着，她情不自禁地抹了抹脖子，沾了满手的汗水。这时候，她也后悔了，不该急于一时的。

"干脆我先回去，告诉老爷子一声，让他别着急。"一刀看了看两个快要晕过去的姑娘和同样发蔫的马，"这边城门离家还很远，你们不如先找家冷浆店坐一坐，避避暑气，顺便饮饮马，不然真中了热毒，反倒是麻烦了。"

"那你呢？"春荼蘼不放心。

"我身子壮健，不妨事。"一刀也抹了把汗，"快别推辞客气了，看街上都没人，肯定都去避暑了，咱们三个站在当街，真是傻气。"

春荼蘼也是真的坚持不过去了，感觉头一阵阵发晕，胸口犯恶心，更不用说口干舌燥的时候，想起冰凉酸甜的浆酪，立时几乎连路也走不动了。于是，她当即答应了一刀的建议。

旁边正好是一间冷浆店，门面很小，但纵深大，暗幽幽的，门前还有两棵枝叶茂密的大树遮挡阳光，看着就让人感觉温度低了几分。

她下了马，在店门口先拿了一盏常温的酸浆出来，递给一刀喝了，才让他离开。在这种天气里，不及时补充水分，容易造成脱水的。

"小姐，咱们买放了碎冰的浆酪吧？那喝下去多凉快呀！"小凤提议。

"身上被晒得像着了火，五脏六腑也正烫着，这时候往下灌冰水，冷热相激，人的身子容易出毛病的。"春荼蘼边说边走进店里，"刚才给一刀喝常温的，也是这个道理，并不是小姐我舍不得一碗多加的那五文钱。"

"奴婢没说小姐抠门呀。"小凤笑道。

"咱们也得这样，先凉快凉快，喝点微凉的茶。身上的汗全落了，再买放了碎冰的浆酪来喝。"春荼蘼站定，"你去叫店家要个雅间，再弄点清水来。咱们不是带了布巾子？好歹洗把脸再擦擦身。最好再找店家拿几身干净衣服换上，价钱高点，男装女装都无所谓。还有，叫店主找伙计去侍候马。"她刚才还能硬顶，现在却突然无法忍受了。

小凤应了声，就去找店家。

这样的天气，喜欢吃浆酪的人都不愿意出门了，因而店中十分清静。整个大堂，除了春荼蘼和小凤外，只有三两个客人。那店主也热得发懒，趴在柜台中打盹，不但没发现来了新客人，就连刚才春荼蘼端出去了一碗酸浆也不知道。

小凤叫了他起来，很快把事情办妥。

这家冷浆店地处隐蔽，设了几个雅间，全在后面，倒像是暗室。不过，越是这种情况，就越显得凉爽，春荼蘼毫不犹豫地跟了进去。

先喝一碗清甜的井水，又擦了头脸和身子，换了一身七八成新的宽袖男装，再啜饮着放碎冰和碎果子的浆酪，春荼蘼这才舒服了。趁着小凤去还水盆的工夫，她打量起四周来。

雅间面积不算宽敞，却胜在精巧，桌椅和旁边的架子都是由粗竹所制，大约就是为了过夏天才置换用的，不仅是观感和心理，事实上也起到了降低室内温度的作用。杯子是竹筒所制、扇子是竹枝所编。窗外的树影摇摇，挡住了吹进屋内的热空气，窗棂上还挂着一串金钟型的铃铛，无一不体现出店主的巧妙心思。

春荼蘼饮着冷浆，思维天马行空，眼见没有关紧的门缝处影子一闪，连忙跑去开门。天气热，她从早上到现在只吃了一块葱油胡饼，加上体力消耗有些大，当那仿佛横隔在胸口正中的暑热气散掉后，就饿了起来。小凤正是给她去拿吃的，所以她误以为小凤拿得太多，开门不方便，很自觉地去帮忙。

哪想到打开门后，并没看到小凤。她身子往外探，眼尾余光扫到一抹身影向右，拐到冷浆店最尽头的雅间去了。那人的个子不高，略略有些胖，但衣着清雅，举止从容，拐过去时露出半边脸，春荼蘼却是认识的。

胖子金一!

在罗大都督府失窃案中,她和金一有过接触。这个看起来白白胖胖的年轻男人,看着温和软弱,可却熬过了连江湖硬骨头都没办法承受的酷刑,令人刮目相看。为此,她对他的印象特别深刻。还有一个原因就是,罗大都督府失窃案至今没有个完整的结果,她内心深处也是好奇的,只是她不多事,不再去掺和就是了。

但后续的情况,她也知道一点。直到现在,罗大都督也没找到失窃的两箱宝贝,当然也包括箱子中谁也不知道的、有可能要了罗立性命的东西。而金一死去祖父的尸体也没找到,他却突然消失在幽州城。

此事,在当地传来传去,已经变成了一个离奇的故事,什么狐仙大搬家、什么恶鬼食尸吞宝……完全就是老百姓传瞎话,越传越神。到后边,原来是什么事,已经谁也不清楚了。

春茶蘼在这种情况下,突然见到金一,即便她再谨慎小心,也没有想太多,更不可能知道金一是锦衣,是她所想不到的另一种人、有秘密的人。况且,她此时的心情放松,行动第一次比脑子还快,两步就追了过去。

在洛阳遇到熟人,倒有些他乡遇故知的感觉。

而当她追到那个尽头的房间时,什么也没听到,只看到房间门并没有关好,半开着,还透着一股有人进入过的感觉。

可是房内房外,一点声息也无,就好像根本没人出现过。若不是春茶蘼敢肯定自己眼睛没花,她甚至怀疑自己看错了,金一只是她的幻觉。不然,为什么一个大活人会突然不见了?

而那扇门,就像魔鬼的诱惑,引着她走过去,轻轻推开来。

房间内有人,却不是金一,而是她从没见过的人。这是个年约四十来岁的中年男子,从衣着、下颌的短须、一双养尊处优的手及手上的戒指来看,非富即贵。

只是这个人,是个死人。不用凑近了去看,他的脸色也还没有呈现出失去生命的死灰,可但凡长了眼睛就会知道他死透了。因为他七窍流血,半挂在桌子上。姿势很诡异,身边有一个躺倒的凳子。不远处,就是大开的窗子。

春茶蘼下意识地按住嘴,把要出口的尖叫死死压在喉咙里。随后,她转身就走,虽然腿都哆嗦了,却强迫自己没有奔跑,还放轻了脚步声。直到回到自己订的雅间,才感觉全身都失了力气,跌坐在椅子上。

很明显,她目击了一场杀人案!

人,是什么时候死的?距离太远,时间太短,她不能确定。按表面的情况和推断来说,有两种可能:第一,死亡时间并不太久,但杀人者遗失了什么特别重要的东西,所以才会二度返回作案现场。否则,不可能再入险地。第二,死者死于她到达的前一刻。

那么,杀人者的手段就太惊人且精确了。若此人就是金一,她几乎敢断定他是职业做这个的。若非专业,谁也不可能如此利索干脆。仔细想想,她和金一几乎是前后脚到达了尽头的雅间,相隔不超过十秒钟。也就是说,才眨眼的工夫,就办了事,走了人，且全无半点动静。如果不是万难的巧遇，连她这个目击者也不会有。

死者是谁？又为什么被杀？选择在这个时间和地点"办事"，是预先的设定，还是偶然的决定？这些对她来说，都不重要。关键在于，金一发现她了吗？如果发现，最佳的处理方法就是略麻烦点，把她一并送上西天。如果没发现，细节上说不通。

在这样寂静无人的小店，金一有可能没料到会有人认出他，但她没有武功，虽然极力放轻了脚步声，对方却不可能完全没有发觉。

那么，金一为什么直接走掉了？就不怕她闹起来吗？不管什么案子，第一时间都是非常非常重要的。这世上没有完美的谋杀，发现越早，越容易找到蛛丝马迹。况且，金一不怕自己被她认出来吗？

又或者，那个人是金一吗？若不是，金一哪里去了？还有，当时房间里是不是有第三人？

正想得出神，只听咣的一声，一只大碗被放在了桌子上，里面装着冷切羊肉。

春荼蘼吓了一跳，差点从椅子上跳起来。抬头看，却是小凤。她手里拿着个托盘，上面还有一碗凉拌蔬菜，两小碗蒸得软软的黄米饭。按着春荼蘼的习惯，米饭没有掺着鱼肉蒸，散发着熟食的清新香味。

小凤脚步轻，门上的户枢润滑，她居然没意识到有人靠近。那么是不是说，金一也正巧没听到她跟了上去？不，不可能。她和金一，或者说无名杀手，怎么是同段位的耳力？

杀手为什么没有灭她的口？这是她目前所想到的、唯一不对劲的地方。不是她想死，而是她不能理解。她太习惯逻辑的东西，对不符合规律的，心里就始终放不下，就像强迫症一样。

"小姐，你怎么了？脸色这么差？"小凤关切地问。

春荼蘼的心里瞬间拐了几个弯，最后决定暂时什么也不说。只摸了摸自己的脸道："没什么，只是饿得心里发慌。快吃吧，吃食落了肚，我就会好了。"

她不能立即就走。

不管金一是不是杀手，如果对方在暗中观察，她跑得太快，只能证明她真的看到了不该看的东西。还有，这里的杀人案势必要爆发出来，到时候官府调查，她可以说什么都不知道，也没看到或者听到。可如果她迅速而慌张地离开，显出半点不正常，就会被怀疑。

她也不能立即就和小凤说，隔墙有耳，目前她在明，别人在暗，她不能有任何疏忽。

春荼蘼强压下心中的焦虑不安，努力装出平静无事的样子。哪怕对方知道她在掩耳盗铃，必要的姿态还是得做一下的。好不容易吃完这一餐，塞了整整一碗饭到肚子里，为了显示正常，她还吃下好多羊肉和蔬菜。之后，叫小凤会了账，两人这才离开了这是非之地。

回到家，她才私下叫来小凤、一刀和大萌三人，把事情详细说了。那三人听闻，都表现得很严肃，尤其是两个男人。而她说出口后，心理的负担卸下了，竟然轻

· 189 ·

松了好多。

"小姐，你要接手这个案子？"小凤问。

春荼蘼敲了一下她的头："此案与咱们有什么关系？最好闭紧了嘴巴，当作没看到。只是……我怕有人不放心，做不到相安无事。"只要不是她的亲人，只要没有事关欺凌，她根本不在乎死者是谁。况且，她也管不着。

"小姐是怕杀人者会找上门来？"大萌毕竟稳重，想出其中关键。

春荼蘼点点头："这些日子，家里安全防卫的等级要提高。过几天看看风向，我才能确定到底有事没事。"事实上，她有点懊恼。她难道是找麻烦的体质？在冷浆店歇个脚，都能目击杀人事件，给自己和家里带来麻烦。

"小姐放心吧。"大萌拍着胸脯保证，"我和一刀本来就是韩大人的暗卫，平时就负责保护他的安全。我们来洛阳之前，韩大人说过，小姐的命就是我们的命。现在还有小凤，我定能安排得周全。不敢说春宅有如铁桶，飞不进一只苍蝇。至少，比苍蝇大的，绝对进不来，更伤害不到小姐和家人。"

大萌办事稳妥，春荼蘼略放下了心。晚上，小凤破天荒地睡在她外间值夜，她心理上更觉得加了一道保护。

可半夜时分，在她辗转反侧了半天睡不着，才进入迷迷糊糊的状态之后，就感觉有人站在她的床前。

那种突然接近，却又冷冷地保持着距离的感觉，令她猛然惊醒，坐起身来。